12, AVENUE D'ITALIE. PARIS XIIIe

Sur l'auteur

Jasper Fforde vit au pays de Galles. Après avoir travaillé vingt ans dans l'industrie cinématographique, il a choisi de concrétiser son rêve d'enfant : devenir écrivain. Son premier roman, *L'Affaire Jane Eyre*, situé à la frontière entre le thriller littéraire et le conte fantastique, est devenu un livre culte aux États-Unis et en Grande-Bretagne. Le second volume des aventures de Thursday Next, *Délivrez-moi !*, a paru en 2005 au Fleuve Noir.

Site de l'auteur : http://www.jasperfforde.com

JASPER FFORDE

L'AFFAIRE JANE EYRE

Traduit de l'anglais
par Roxane AZIMI

« Domaine étranger »

dirigé par Jean-Claude Zylberstein

FLEUVE NOIR

Titre original :
The Eyre Affair

ISBN : 2-264-04207-9

A mon père
John Standish Fforde
1920-2000

Qui n'a jamais su que j'allais être publié,
mais qui néanmoins aurait été très fier
… et grandement surpris avec ça.

Sommaire

1. Capel-y-ffin, dont le nom signifie « chapelle frontalière », se trouve non loin de Hay-on-Wye, près de l'ancienne frontière anglo-galloise. *(N.d.T.)*

1

Une femme nommée Thursday Next[1]

... Le Service des Opérations Spéciales a été créé pour gérer des missions jugées trop particulières ou trop ciblées pour relever du ressort de la police générale. Il comprenait trente sections en tout, à commencer par la plus triviale, Troubles du Voisinage (OS-30), en passant par la Brigade Littéraire (OS-27) et celle des Arts (OS-24). Tout ce qui se situait au-dessous de OS-20 était frappé de confidentialité, même s'il était bien connu que la ChronoGarde était OS-12, et l'Antiterrorisme, OS-9. La rumeur voulait que OS-1 soit chargée de surveiller tous les autres OpSpecs. Quant aux sections restantes, on ne peut que spéculer sur leur fonction. On sait seulement que la plupart des agents sont d'anciens militaires ou d'anciens policiers, tous légèrement désaxés. « Si tu veux entrer chez les OpSpecs, dit le dicton, faut la jouer zarbi... »

MILLON DE FLOSS
Brève Histoire du Service
des Opérations Spéciales

1. Littéralement, « Jeudi Prochain ». *(N.d.T.)*

Mon père avait une tête à arrêter les pendules. Je ne veux pas dire par là qu'il était laid ; c'était l'expression employée chez les ChronoGardes pour décrire quelqu'un qui avait le pouvoir de ralentir le débit du temps. Papa avait été colonel dans la ChronoGarde. Il avait toujours été très discret sur son travail ; tellement discret que nous avions appris sa mutinerie seulement le jour où ses potes gardiens du temps avaient débarqué chez nous avec un mandat de Prise et d'Eradication de Corps non daté ni dans un sens ni dans l'autre, exigeant de savoir où et quand il était. Depuis, papa était resté en liberté ; nous sûmes ultérieurement, à l'occasion de ses visites, qu'il considérait tout le service comme « moralement et historiquement corrompu » et qu'il livrait une bataille solitaire aux ronds-de-cuir du Bureau de la Stabilité Temporelle. J'ignorais ce qu'il entendait par là, et je n'en sais pas plus aujourd'hui ; j'espérais juste qu'il n'allait pas s'attirer d'ennuis. Sa faculté d'arrêter les pendules était durement acquise et irréversible : désormais, il vagabondait dans le temps, n'appartenant à aucune époque, sinon à toutes, et sans autre domicile que l'éther chronoclaste.

Je ne faisais pas partie des ChronoGardes. Ça ne me disait rien. D'ailleurs, c'est tout sauf une sinécure, même si la paie est bonne et que vous bénéficiez d'un plan de retraite à nul autre pareil : un aller simple pour le lieu et l'époque de votre choix. Non, ce n'était pas pour moi. J'étais ce qu'on appelle un « agent échelon I » à OS-27, autrement dit détective à la Brigade Littéraire du Service des Opérations Spéciales basée à Londres. C'est *loin* d'être aussi glamour que c'en a l'air. Je travaillais sous les ordres du chef de district Boswell, un petit homme bouffi qui ressemblait à un sac de farine sur pattes. Depuis 1980, le grand banditisme s'était reconverti dans le lucratif marché littéraire, et nous avions fort à faire et peu de moyens pour y arriver. Boswell ne vivait que pour son travail ; les mots étaient sa vie et sa passion – son plus grand bonheur, c'était de traquer un Coleridge contrefait ou un faux Fielding. Ce fut sous Boswell que nous arrêtâmes la bande qui volait et revendait les éditions originales de Samuel Johnson ; à une autre occasion, nous démasquâmes la tentative d'authentifier une œuvre perdue – et totalement invraisemblable – de Shakespeare, *Cardenio*. On s'amusait bien sur le coup, mais ce n'étaient que des îlots d'enthousiasme dans l'océan de routine qu'est OS-27. La plupart du temps, nous avions affaire au commerce illégal, au non-respect des droits d'auteur et aux fraudeurs en tout genre.

Cela faisait huit ans que je travaillais pour Boswell à OS-27. J'habitais un appartement à Maida Vale avec Pickwick, un dodo domestique régénéré datant de l'époque où la renaissance des espèces faisait rage et où l'on pouvait se procurer un kit de clonage sous le manteau. Je rêvais – non, je *brûlais* – de quitter les LittéraTecs, mais les mutations n'existaient pas, et un avancement, ce n'était même pas la peine d'y songer. Pour que je parvienne au grade d'inspecteur, il fallait que ma supérieure s'en aille ou bien obtienne une promotion. Chose qui ne risquait pas d'arriver ; l'espoir que caressait l'inspecteur Turner de rencontrer le Prince Charmant et de partir avec lui n'était précisément que ça – un espoir –, dans la mesure où le Prince Charmant se révélait souvent être le Prince Menteur, le Prince Ivrogne ou le Prince Déjà Marié.

Comme je l'ai dit plus haut, mon père avait une tête à arrêter les pendules ; et ce fut exactement ce qui se produisit un matin de printemps tandis que je mangeais un sandwich dans un petit troquet à côté du bureau. Le monde vacilla, frémit et s'arrêta. Le patron du café se figea en plein milieu d'une phrase ; l'image à la télévision s'immobilisa. Dehors, les oiseaux restèrent suspendus dans le ciel. Trams et voitures stoppèrent dans les rues, et un cycliste impliqué dans un accident se retrouva, immobile, en l'air, à cinquante centimètres du bitume, une expression affolée sur le visage. Le bruit cessa aussi, remplacé par un sourd bourdonnement, tous les sons confondus bloqués indéfiniment sur la même note et le même volume.

— Comment va ma ravissante fille ?

Je me retournai. Mon père était assis à une table ; il se leva et me serra affectueusement dans ses bras.

— Ça va, répondis-je en m'accrochant à lui. Et comment va mon père préféré ?

— Je ne peux pas me plaindre. Le temps est un bon médecin.

Je le dévisageai un moment.

— Tu sais quoi, marmonnai-je, j'ai l'impression que tu rajeunis d'une fois à l'autre.

— Tu n'as pas tort. Alors, des petits-enfants en perspective ?

— Au train où vont les choses ? Aucune chance.

Mon père sourit, haussa un sourcil.

— Je ne dirais pas *tout à fait* ça.

Il me tendit un sac Woolworth.

— J'étais en 78 dernièrement. Je t'ai apporté ceci.

C'était un single des Beatles. Je ne reconnus pas le titre.

— Ce n'est pas en 70 qu'ils se sont séparés ?

— Pas toujours. Comment ça se passe pour toi ?

— Comme d'habitude. Authentifications, droits d'auteur, vol…

— … les mêmes vieilles conneries ?

— Ouais.

Je hochai la tête.

— Les mêmes vieilles conneries. Qu'est-ce qui t'amène par ici ?

— Je suis allé voir ta mère trois semaines en avance sur votre temps, répondit-il, consultant le gros chronographe à son poignet. Pour les raisons – hum – habituelles. Elle va peindre la chambre à coucher en mauve d'ici huit jours. Pourrais-tu lui dire deux mots pour l'en dissuader ? Ça jure avec les rideaux.

— Comment est-elle ?

Il poussa un profond soupir.

— Rayonnante, comme toujours. Mycroft et Polly aussi se rappellent à ton bon souvenir.

C'étaient mon oncle et ma tante ; je les aimais énormément, bien qu'ils fussent fous à lier. Mycroft surtout me manquait. Je n'étais pas retournée dans ma ville natale depuis des lustres, et je ne voyais pas ma famille aussi souvent que je le devrais.

— Ta mère et moi pensons que ça te ferait du bien de passer quelque temps à la maison. Elle trouve que tu prends ton travail un peu trop à cœur.

— Ça te va bien de dire ça, papa.

— Pan sur le bec. Et côté histoire, ça va ?

— Pas mal.

— Sais-tu comment est mort le duc de Wellington ?

— Bien sûr, opinai-je. Il a été tué par un tireur français tout au début de la bataille de Waterloo. Pourquoi ?

— Oh, comme ça, murmura mon père, faussement innocent, griffonnant sur un petit calepin.

Il fit une brève pause.

— Donc, Napoléon a *gagné* à Waterloo ? demanda-t-il lentement, avec le plus grand sérieux.

— Mais non, évidemment. L'intervention opportune du feld-maréchal Blücher a fait pencher la balance.

Je plissai les yeux.

— Tout ça, c'est du niveau brevet d'études, papa. Où veux-tu en venir ?

— Ma foi, c'est une drôle de coïncidence, non ?

— Quoi ?

— Nelson et Wellington, deux illustres héros anglais, tués *l'un et l'autre* aux premières heures de leur bataille la plus décisive.

— Qu'est-ce que tu insinues ?
— Que les révisionnistes français sont peut-être dans le coup.
— Mais ça n'a pas affecté l'issue des deux batailles. Chaque fois, c'est quand même nous qui avons gagné.
— Je n'ai pas dit qu'ils savaient s'y prendre.
— C'est ridicule ! m'esclaffai-je. Tu vas dire que les mêmes révisionnistes ont fait tuer le roi Harold en 1066 pour aider à l'invasion des Normands !
Mais papa ne riait pas. Il répondit, quelque peu surpris :
— Harold ? Tué ? Comment ?
— Une flèche, papa. Dans l'œil.
— Anglaise ou française ?
— L'histoire ne le dit pas, répliquai-je, agacée par ses questions bizarres.
— Dans l'œil, hein ? Notre époque *est* détraquée, grommela-t-il, gribouillant une nouvelle note.
— *Qu'est-ce* qui est détraqué ? demandai-je, n'ayant pas bien entendu.
— Rien, rien. Heureusement que je suis né pour la remettre en ordre…
— *Hamlet ?* fis-je, reconnaissant la citation.
Sans me prêter attention, il finit d'écrire et referma son calepin d'un coup sec ; puis il posa les doigts sur ses tempes et les massa distraitement. Le monde avança en un sursaut d'une seconde et se figea à nouveau. Papa regarda nerveusement autour de lui.
— Ils sont constamment sur mon dos. Merci pour ton aide, Pupuce. Quand tu verras ta mère, dis-lui qu'elle a le don d'aviver l'éclat des flambeaux – et n'oublie pas de la dissuader de peindre la chambre.
— N'importe quelle couleur sauf le mauve, c'est ça ?
— Absolument.
Il sourit et m'effleura le visage. Je sentis mes yeux s'embuer ; ces visites étaient beaucoup trop rares à mon goût. Il devina ma tristesse et eut un sourire comme tout enfant aimerait en recevoir de son père. Puis il parla :

— *J'ai fait un saut dans le passé, bien loin pour un OpSpec-12…*

Il marqua une pause, et je terminai la citation, extraite d'une vieille chanson des ChronoGardes que papa me chantait quand j'étais petite :

— *… j'ai vu le monde tel qu'il est et ce qui nous y attend tous !*

L'instant d'après, il avait disparu. Le monde tressaillit tandis que la pendule se remettait en marche. Le barman finit sa phrase ; les oiseaux regagnèrent leurs nids ; la télévision se ranima sur une publicité écœurante pour les SmileyBurgers et, dans la rue, le cycliste atterrit sur le bitume avec un bruit mat.

Les choses avaient repris leur cours normal. Personne en dehors de moi n'avait vu papa venir et repartir.

Je commandai un sandwich au crabe et le mastiquai distraitement, tout en sirotant un moka qui mettait un temps fou à refroidir. Les clients étaient peu nombreux, et Stanford, le patron, était occupé à laver des tasses. Je reposai mon journal pour regarder la télé quand le logo de Krapo News apparut sur l'écran.

Krapo News était la plus grande chaîne d'information en Europe. Propriété du groupe Goliath, elle diffusait vingt-quatre heures sur vingt-quatre des reportages en temps réel que la chaîne d'information nationale n'avait pas les moyens de concurrencer. Goliath lui assurait une stabilité financière, en même temps qu'une réputation légèrement douteuse. Les gens n'aimaient pas l'emprise pernicieuse du groupe sur le pays, et Krapo News était largement critiquée, malgré ses négations répétées d'être à la solde de la maison mère.

— Ici, tonna le speaker par-dessus une musique sautillante, Krapo News. Krapo, la chaîne de l'Information Internationale, réactualisée heure par heure !

Les projecteurs se braquèrent sur la présentatrice qui sourit à la caméra.

— Voici le journal télévisé de la mi-journée, lundi 6 mai 1985, présenté par Alexandria Belfridge. La péninsule de Crimée fait à nouveau parler d'elle ; les Nations unies viennent de voter la résolution PN 17296, appelant l'Angleterre et le gouvernement impérial de Russie à ouvrir des négociations en vue de sa souveraineté. Alors que la guerre de Crimée entre dans sa cent trente et unième année, des groupes de pression à la fois sur le sol national et à l'étranger poussent vers le règlement pacifique des hostilités.

Fermant les yeux, je gémis doucement. J'avais été sur le terrain, pour accomplir mon devoir patriotique, en 1973, et j'avais vu la guerre en face, sans pompe ni éclat. La chaleur, le froid, la peur, la mort. La présentatrice poursuivait, avec une pointe de chauvinisme :

— Lorsque les forces anglaises ont chassé les Russes de leur dernier bastion sur la péninsule en 1975, cette victoire a été considérée comme un triomphe sans précédent, malgré les pronostics des plus pessimistes. Toutefois, depuis, le conflit s'est enlisé, et sir Gordon Duff-Rolecks a résumé l'état d'esprit de la nation lors d'un rassemblement contre la guerre à Trafalgar Square.

S'ensuivirent les images d'une grande manifestation essentiellement pacifique au centre de Londres. Debout sur une estrade, Duff-Rolecks discourait face à une forêt de micros.

— Ce qui a débuté comme un prétexte pour juguler l'expansionnisme russe en 1854, clamait le député, s'est transformé au fil des ans en un vulgaire exercice de maintien de l'orgueil national…

Mais je n'écoutais pas. Tout ça, je l'avais déjà entendu un milliard de fois. Je bus une gorgée de café ; des gouttes de sueur me picotaient le crâne. La télé diffusait des vues en boîte de la péninsule : Sébastopol, une ville de garnison anglaise ultrafortifiée avec de rares vestiges de son héritage architectural et historique. Chaque fois que je voyais ces images, l'odeur de cordite et le fracas des obus qui explosaient m'emplissaient la tête. Instinctivement, je caressai la seule marque tangible qui me restait de cette campagne – une petite cicatrice sur le menton. D'autres avaient eu moins de chance. Rien n'avait changé. La guerre s'éternisait.

— Tout ça, c'est des conneries, Thursday, fit une voix éraillée à côté de moi.

C'était Stanford, le patron du café. Lui aussi avait fait la Crimée, avant moi. Contrairement à moi, il y avait laissé plus que son innocence et quelques bons amis ; il se déplaçait sur deux jambes en fer-blanc, et sa carcasse contenait encore suffisamment de shrapnel pour fabriquer une demi-douzaine de boîtes de conserve.

— La Crimée n'a fichtre rien à voir avec les Nations unies.

Il aimait bien évoquer la Crimée avec moi, malgré la divergence de nos points de vue. Il faut dire que ça n'intéressait pas grand monde. Les soldats engagés dans le conflit avec le pays de Galles avaient davantage de prestige ; les combattants de la Crimée en permission laissaient généralement leur uniforme au vestiaire.

— Possible, répondis-je d'un ton neutre, regardant par la fenêtre un vétéran de la Crimée qui faisait la manche au coin de la rue, récitant par cœur des vers de Longfellow pour deux ou trois pennies.

— Si on la rend maintenant, c'est comme si toutes ces vies avaient été gaspillées pour rien, grommela Stanford. On est là-bas depuis 1854. Ça nous appartient. Non mais, autant rendre l'île de Wight aux Français.

— Nous avons rendu l'île de Wight aux Français, dis-je patiemment.

Stanford ne se tenait au courant de l'actualité qu'en matière de croquet première division et de la vie amoureuse de l'actrice Lola Vavoum.

— Ah oui, marmonna-t-il, le sourcil froncé. C'est vrai, ça. Eh bien, on a eu tort. Et pour qui ils se prennent à l'ONU, hein ?

— Je ne sais pas, mais si la tuerie s'arrête, je voterai pour eux, Stan.

Le patron du bar secoua tristement la tête pendant que Duff-Rolecks achevait son discours :

— … il est certain que le tsar Alexei IV Romanov détient tous les droits à la souveraineté de la péninsule, et personnellement, j'attends avec impatience le jour où nous retirerons nos troupes de ce qui s'est avéré comme un immense gâchis de vies et de ressources humaines.

La présentatrice de Krapo News reparut à l'écran et passa au sujet suivant : la taxe sur le fromage allait être relevée à 83 %, mesure impopulaire qui verrait sans doute les citoyens les plus militants manifester devant les crémeries.

— Les Russkoffs pourraient y mettre fin dès demain, s'ils se retiraient, déclara Stanford, belliqueux.

Mais ce n'était pas un argument, et il le savait aussi bien que moi. Il ne restait plus rien de la péninsule qui vaille le coup de revenir au vainqueur, quel qu'il fût. La seule bande de terre qui n'avait pas été réduite en charpie par les bombardements était copieusement minée. Historiquement et moralement, la Crimée appartenait à la Russie impériale, point à la ligne.

Le reportage d'après était consacré à une escarmouche frontalière avec la République Populaire du Pays de Galles ; il n'y avait pas eu de blessés, juste quelques tirs échangés de part et d'autre de la rivière Wye. Exubérant comme toujours, le juvénile président à vie Owain Glyndwr VII avait accusé les visées impérialistes des Anglais cherchant à réunifier la Grande-Bretagne ; comme toujours, là encore, le Parlement avait passé l'incident sous silence. Et ainsi de suite… je n'y prêtais plus vraiment attention. Le président avait inauguré une nouvelle usine de fusion à Dungeness. Les flashes crépitèrent, et il découvrit obligeamment ses dents dans un sourire. Je me replongeai dans mon journal et lus un article sur le projet de loi visant à priver le dodo de son statut d'espèce protégée, en raison d'un accroissement spectaculaire de la population ; mais je n'arrivais pas à me concentrer. Ma mémoire était assaillie de souvenirs indésirables, les souvenirs de Crimée. Par chance, le bip de mon pager me ramena à la réalité. Je jetai quelques pièces sur le comptoir et sortis en courant tandis que la présentatrice de Krapo News annonçait d'un air lugubre la mort tragique d'un jeune surréaliste – poignardé par une bande affiliée à une école radicale d'impressionnistes français.

2

Gad's Hill

… Il existe deux écoles de pensée sur la résilience du temps. La première stipule que le temps est hautement volatil, le moindre événement influant sur l'issue possible de l'avenir de la planète. Le second point de vue est que le temps est rigide : on aura beau faire, il reviendra toujours à un présent déterminé. Moi, je ne me préoccupe pas de ces futilités. Je me contente de vendre des cravates à quiconque cherche à en acheter…

Marchand de cravates à la gare de Victoria,
juin 1983

Mon pager affichait un message déconcertant : un vol impossible venait d'être commis. Le manuscrit de *Martin Chuzzlewit* n'en était pas à sa première disparition. Deux ans auparavant, il avait été emprunté par un agent de la sécurité qui aspirait à lire le livre dans son état de pureté originelle. Tourmenté par sa conscience et incapable de déchiffrer l'écriture de Dickens au-delà de la troisième page, il finit par avouer et écopa de cinq années à suer devant des fours à chaux aux confins du Dartmoor.

La maison de Gad's Hill, c'était là que Charles Dickens avait vécu à la fin de sa vie, mais pas là qu'il avait écrit *Chuzzlewit*. Ça, c'était à Devonshire Terrace, du temps où il était encore avec sa première femme, en 1843. Gad's Hill est une vaste demeure victorienne près de Rochester, d'où l'on avait une belle vue sur la Medway, à l'époque où Dickens l'avait achetée. En plissant les yeux, et en faisant abstraction de la raffinerie de pétrole, de la massive centrale hydraulique et de l'entrepôt de MatEx, il n'était pas difficile de comprendre ce qui l'avait attiré dans la région. Gad's Hill accueille plusieurs milliers de visiteurs par jour : c'est le troisième lieu de pèlerinage littéraire après le cottage d'Anne Hathaway et la maison des Brontë à Haworth. Une telle affluence pose un très gros problème de sécurité ; personne ne veut prendre de risques depuis qu'un détraqué a fait irruption à Chawton, menaçant de détruire toute la correspondance de Jane Austen si l'on ne publiait pas sa biographie franchement banale et ennuyeuse de l'écrivain. Ce jour-là, il y avait eu plus de peur que de mal, mais c'était un sinistre présage pour les années à venir. A Dublin, l'année suivante, une bande organisée avait fait main basse sur les papiers de Jonathan Swift, exigeant une rançon. Au terme d'un siège prolongé, deux des bandits avaient été tués, et plusieurs pamphlets politiques originaux ainsi qu'un premier jet des *Voyages de Gulliver*, irrémédiablement perdus. L'inévitable devait se produire. Les reliques littéraires furent placées dans des vitrines blindées, gardées par des caméras de surveillance et des policiers armés. Personne n'aimait ça, mais c'était la seule solution. De fait, il y avait eu peu de problèmes majeurs depuis, et le vol de *Chuzzlewit* n'en était que plus remarquable.

Je me garai, fixai mon badge OS-27 à ma poche de poitrine et me frayai un passage parmi la foule de reporters et de badauds. Apercevant Boswell à distance, je plongeai sous le ruban tendu par la police pour le rejoindre.

— Bonjour, monsieur, marmonnai-je. Je suis venue dès que j'ai su.

Il posa un doigt sur ses lèvres et me chuchota à l'oreille :

— Fenêtre du rez-de-chaussée. Ç'a pris moins de dix minutes. Rien d'autre.

— Quoi ?

Puis je la vis. La journaliste vedette de Krapo News, Lydia Startright, était sur le point de réaliser une interview. Joliment coiffée, elle termina son introduction et se tourna vers nous. Boswell, prestement, fit un pas de côté et, me gratifiant d'une bourrade joviale dans les côtes, me laissa seule face à la lumière aveuglante des projecteurs.

— … de *Martin Chuzzlewit*, dérobé au Musée Dickens de Gad's Hill. J'ai avec moi le détective littéraire Thursday Next. Dites-moi, comment les voleurs ont-ils pu pénétrer à l'intérieur pour s'emparer d'un des plus grands trésors de la littérature ?

Je soufflai « Salaud ! » à l'adresse de Boswell qui s'éclipsa, hilare. Embarrassée, je me dandinai d'un pied sur l'autre. L'engouement du public pour l'art et la littérature ne faiblissait pas ; le travail des LittéraTecs n'en devenait que plus difficile, surtout compte tenu de notre budget limité.

— Les cambrioleurs sont entrés par une fenêtre du rez-de-chaussée et sont allés directement vers le manuscrit, déclarai-je de ma voix la plus télégénique. Toute l'opération n'a pris qu'une dizaine de minutes.

— Il me semble que le musée était surveillé par un circuit de télévision interne, poursuivit Lydia. Les caméras ont-elles capté l'image des voleurs ?

— L'enquête est en cours, répondis-je. Vous comprenez bien que certains détails doivent rester confidentiels afin de ne pas gêner les investigations.

Lydia coupa le micro.

— Vous n'avez rien à me donner, Thursday ? Parce que ces platitudes, je peux les avoir n'importe où ailleurs.

Je souris.

— Je viens juste d'arriver, Lyds. Revenez me voir dans huit jours.

— Thursday, dans huit jours ce reportage sera classé dans les archives. Bon, allez, on continue.

Le caméraman hissa sa caméra sur l'épaule, et Lydia reprit l'interview.

— Avez-vous des pistes ?

— Les voies que nous explorons sont multiples. Nous sommes persuadés d'être en mesure de rendre le manuscrit au musée et d'arrêter les auteurs du cambriolage.

J'aurais bien voulu pouvoir partager mon propre optimisme. J'avais passé beaucoup de temps à Gad's Hill pour superviser le dispositif de sécurité, et je savais que c'était comme la Banque d'Angleterre. Les gens qui avaient installé ça étaient des pros. Des pros de haut niveau. Ce qui en faisait, dans un sens, une question personnelle. L'interview prit fin, et je me glissai sous le ruban ACCÈS INTERDIT des OpSpecs pour retrouver Boswell qui m'attendait.

— C'est un bordel innommable, Turner. Je vous laisse le soin de la briefer.

Et, nous abandonnant toutes les deux, Boswell s'en fut en quête d'un casse-croûte.

— Si tu arrives à m'expliquer comment ils ont fait ça, murmura Paige, une version féminine en un peu plus âgé de Boswell, je mangerai mes bottes, avec les boucles et tout.

Turner et Boswell étaient déjà à la Brigade Littéraire quand j'y avais débarqué, fraîchement démobilisée de l'armée et après un bref passage dans la police de Swindon. Bien peu de gens quittaient la Brigade Littéraire ; une fois qu'on était à Londres, on avait en quelque sorte atteint le sommet de sa carrière. Les seules portes de sortie étaient la promotion ou la mort ; un boulot chez les LittéraTecs, disait-on, ce n'était pas pour Noël – c'était pour la vie.

— Boswell t'aime bien, Thursday.

— Dans quel sens ? m'enquis-je soupçonneusement.

— Dans le sens où il te verrait facilement à ma place après mon départ – ce week-end, je me suis fiancée à un type très sympa de OS-3.

J'aurais dû me montrer plus enthousiaste, mais Turner s'était déjà fiancée si souvent que tous ses doigts et orteils auraient pu en porter témoignage… et plutôt deux fois qu'une.

— OS-3 ? demandai-je sans cacher ma curiosité.

Le fait d'être dans les OpSpecs ne vous garantissait pas de connaître l'activité de chaque section – le quidam de la rue était probablement mieux renseigné sur la question. Les seules brigades des OpSpecs dont la désignation m'était connue au-dessous de OS-12 étaient OS-9, l'Antiterrorisme, et OS-1, les Affaires Internes, autrement dit la police des OpSpecs, chargée de nous maintenir dans le droit chemin.

— OS-3 ? répétai-je. Ils s'occupent de quoi ?

— De Trucs Bizarres.

— Je croyais que les Trucs Bizarres, c'était OS-2.

— OS-2, c'est les Trucs Très Bizarres. Je lui ai posé la question, mais il n'a pas eu le temps de répondre… on était occupés à autre chose. Viens voir.

Turner me conduisit dans la salle des manuscrits. La vitrine qui avait contenu le manuscrit relié de cuir était vide.

— Du nouveau ? demanda-t-elle à l'un des agents sur place.

— Rien.

— Des gants ? fis-je.

La technicienne se redressa et s'étira : elle n'avait pas relevé la moindre empreinte.

— Non, c'est ça qui est étrange. On dirait qu'ils n'ont pas touché à la vitrine – ni avec des gants, ni avec un chiffon, rien. D'après moi, cette vitrine n'a pas été ouverte, et le manuscrit est toujours dedans !

Je regardai la vitrine. Elle était bien fermée à clé, et tous les autres objets exposés paraissaient intacts. Les clés, conservées à part, n'allaient pas tarder à arriver de Londres.

— Tiens, c'est curieux..., marmonnai-je en me penchant plus près.

— Qu'est-ce que tu vois ? demanda Paige anxieusement.

J'indiquai une portion de la vitre latérale qui ondulait légèrement. Une portion à peu près de la taille du manuscrit.

— J'avais remarqué, dit Paige. Je croyais que c'était un défaut du verre.

— Une vitre à blindage renforcé ? Impossible. Et ce n'était pas comme ça quand j'avais supervisé l'installation, je peux te l'assurer.

— C'est quoi, alors ?

Je caressai le verre et sentis la surface dure et brillante ondoyer sous mes doigts. Un frisson courut le long de mon échine ; une sensation désagréablement familière s'empara de moi, le genre de sensation qu'on éprouve quand quelqu'un qui vous martyrisait à l'école vous interpelle des années après comme un ami de longue date.

— Ce travail, ça me dit quelque chose, Paige. Quand j'aurai retrouvé son auteur, ce sera sûrement une vieille connaissance.

— Ça fait sept ans que tu es chez les LittéraTecs, Thursday.

Je compris ce qu'elle sous-entendait par là.

— Huit ans, et tu as raison – tu dois le connaître aussi. Ça ne peut pas être Lamber Thwalts ?

— Ça aurait pu, s'il n'était pas en taule – encore quatre ans à purger pour son escroquerie de *Peines d'Amour Gagnées*.

— Et Keens ? Il serait bien capable de monter un coup de cette envergure, non ?

— Milton n'est plus de ce monde. Il a chopé l'analepsie à la bibliothèque de Parkhurst. En quinze jours, c'était fini.

— Hmm.

Je désignai les deux caméras vidéo.

— Qui ont-ils vu ?

— Personne, répliqua Turner. Pas un rat. Je peux te repasser les bandes, mais ça ne t'avancera pas à grand-chose.

Elle me montra ce qu'ils avaient recueilli. Le gardien de service avait été emmené au poste pour interrogatoire. Ils espéraient qu'il s'agissait de quelqu'un du musée, mais cela n'en avait pas l'air ; le gardien semblait aussi anéanti que les autres.

Turner mit la cassette et pressa la touche *Play*.

— Regarde bien. L'enregistrement couvre les cinq caméras, cinq secondes chacune.

— Donc l'intervalle maximum entre les caméras est de vingt secondes ?

— C'est ça. Tu y es ? Bon, alors voici le manuscrit…

Elle indiqua le livre, clairement visible dans le cadre tandis que le magnétoscope diffusait les images de la caméra à l'entrée. Rien ne bougeait. La porte, ensuite, que le cambrioleur aurait dû emprunter ; tous les autres accès étaient condamnés. Le couloir, le vestibule – et l'appareil revint à la salle du manuscrit. Turner appuya sur *Pause*, et je me penchai. Le manuscrit avait disparu.

— Vingt secondes pour entrer, ouvrir la vitrine, récupérer *Chuzzlewit* et décamper ? C'est impossible.

— Croyez-moi, Thursday… c'est exactement ce qui s'est passé.

Cette dernière remarque venait de Boswell qui regardait par-dessus mon épaule.

— Je ne sais pas comment ils ont fait, mais ils l'ont fait. J'ai eu un coup de fil du préfet Gale : le Premier ministre compte sur lui. Il y a déjà eu des questions à la Chambre, et il y a une tête qui va tomber. Mais pas la mienne, soyez-en certaines.

Il nous gratifia d'un regard perçant, ce qui me mit particulièrement mal à l'aise : c'était moi qui avais conseillé le musée sur son dispositif de sécurité.

— On s'en occupe, monsieur, répondis-je, tapant sur *Pause* pour relancer la cassette.

Les vues du bâtiment se succédaient rythmiquement, sans dévoiler quoi que ce soit. Je rapprochai une chaise, rembobinai la cassette et la visionnai à nouveau.

— Qu'espères-tu trouver ? demanda Paige.

— N'importe quoi.

Je ne trouvai rien.

3

De retour au bureau

Le Service des Opérations Spéciales est financé directement par l'Etat. Le travail est en grande partie centralisé, mais chaque section a des représentants en province pour garder un œil sur les problèmes locaux. Ils sont placés sous les ordres d'un commissaire qui sert d'agent de liaison avec le bureau national en matière d'échange d'information, de directives et de décisions à prendre. Comme dans toute administration, ça sonne bien sur papier, mais en réalité, c'est une pagaïe sans nom. Querelles intestines et intérêts politiques, arrogance et méchanceté pure – il est quasi *inévitable* que la main gauche ne sache pas ce que fait la main droite.

MILLON DE FLOSS
Brève Histoire du Service des Opérations Spéciales

Deux jours de recherches infructueuses ne nous avaient pas fourni le moindre petit indice sur le sort de *Chuzzlewit*. Il y avait eu des rumeurs de blâme dans l'air, mais seulement si nous pouvions déterminer comment le manuscrit avait été dérobé. Car il eût semblé dérisoire de se faire taper sur les doigts pour une faille dans le système de sécurité, sans savoir à quel endroit on avait failli. A présent, quelque peu démoralisée, j'étais de retour au poste, assise à mon bureau. Me rappelant ma conversation avec papa, je téléphonai à ma mère pour lui demander de ne pas peindre la chambre en mauve. Mais mon coup de fil se retourna contre moi : elle trouva l'idée *géniale* et raccrocha sans me laisser le temps de protester. Je soupirai et parcourus les messages téléphoniques accumulés depuis deux jours. La plupart venaient d'informateurs et de citoyens victimes d'un vol ou d'une escroquerie, inquiets de savoir si nous avions progressé dans notre enquête. C'était du menu fretin comparé à *Chuzzlewit* ; nombreux étaient les jobards qui achetaient des éditions originales de Byron pour une poignée de cacahuètes et qui se plaignaient ensuite de s'être fait gruger. Mes collègues et moi savions qui était derrière tout cela, mais nous n'arrivions pas à mettre la main sur le gros gibier – nous n'attrapions que les « diffuseurs » chargés de revendre la camelote. Ça puait la corruption en haut lieu, seulement nous n'avions aucune preuve. D'habitude, je consultais mes messages avec intérêt, mais aujourd'hui ils me paraissaient sans importance. Après tout, les poèmes de Byron, de Keats ou de Poe sont réels, qu'on les lise dans une édition contrefaite ou non. Le résultat est le même.

J'ouvris le tiroir de mon bureau et sortis un miroir de poche. Une femme aux traits assez quelconques me faisait face. Ses cheveux mi-longs, d'un châtain terne, étaient hâtivement noués en queue-de-cheval. Elle n'avait pas de pommettes à proprement parler, et son visage, notai-je, commençait à se creuser de rides. Je pensai à ma mère qui, à quarante-cinq ans, était déjà ridée comme une noix. En frissonnant, je rangeai la glace dans le tiroir et pris une photographie décolorée et légèrement écornée. C'était une photo de groupe prise en Crimée alors que j'étais encore simple caporal T.E. Next, matricule 33550336, chauffeur à la Brigade de Blindés Légers. J'avais servi ma patrie avec diligence, j'avais pris part à une débâcle militaire et j'avais été démobilisée avec les honneurs et une médaille à l'appui. Ils s'attendaient à ce que je donne des conférences sur le recrutement et la bravoure, mais je les avais déçus. J'avais assisté à une seule réunion de régiment, et c'était tout : je m'étais surprise à chercher des visages qui, je le savais, n'y étaient pas.

Sur la photo, Landen se tenait à ma gauche, un bras autour de moi et l'autre autour de son meilleur pote, mon frère. Landen avait perdu une jambe, mais il était revenu. Mon frère, lui, était toujours là-bas.

— Qui c'est ? demanda Paige en regardant par-dessus mon épaule.

— Ouh là ! glapis-je. Tu m'as fichu une de ces frousses !

— Désolée. C'est en Crimée ?

Je lui tendis la photo, et elle l'examina attentivement.

— Ça doit être ton frère… vous avez le même nez.

— Je sais, on se le partageait à tour de rôle. Moi, je l'avais le lundi, le mercre…

— … et l'autre, c'est sûrement Landen.

Je me tournai vers elle en fronçant les sourcils. Je ne parlais *jamais* de Landen. C'était *personnel*. Je me sentais trahie à l'idée qu'elle pût fouiller dans ma vie privée derrière mon dos.

— Comment sais-tu, pour Landen ?

Elle perçut la colère dans ma voix et sourit.

— C'est toi qui m'as parlé de lui.

— Moi ?

— Evidemment. L'élocution était un peu brouillée, et tu avais tendance à divaguer, mais il était clair que tu pensais à lui.

Je grimaçai.

— La sauterie de Noël l'an passé ?

— Ou l'année d'avant. Tu n'étais pas la seule à divaguer, d'ailleurs.

Je contemplai à nouveau la photo.
— Nous étions fiancés.
Paige eut soudain l'air gênée. Les fiancés de Crimée risquaient de faire un *très* mauvais sujet de conversation.
— Est-ce qu'il est… euh… revenu ?
— En grande partie, oui. Il a laissé une jambe là-bas. On ne communique plus vraiment, lui et moi.
— C'est quoi, son nom complet ? s'enquit Paige, contente de pouvoir enfin glaner quelques renseignements sur mon passé.
— Parke-Laine. Landen Parke-Laine.
Voilà combien de temps que je n'avais pas prononcé son nom à voix haute ?
— Parke-Laine l'écrivain ?
Je hochai la tête.
— Il est plutôt beau gosse.
— Merci, répondis-je, ne sachant pas trop de quoi je la remerciais, au juste.
Je remis la photo dans le tiroir, et Paige fit claquer ses doigts.
— Boswell veut te voir, annonça-t-elle, se rappelant finalement ce pour quoi elle était venue.

Le patron n'était pas seul. Un homme d'une quarantaine d'années se leva à mon arrivée. Il ne cillait pas beaucoup et arborait une grosse cicatrice sur la joue. Après avoir ânonné pendant un moment, Boswell toussa, consulta sa montre et parla de nous laisser.
— Police ? demandai-je sitôt qu'il fut sorti. C'est quelqu'un de ma famille ? Un accident, hein ?
L'homme alla baisser les stores vénitiens pour qu'on fût plus tranquilles.
— Pas que je sache, répliqua-t-il.
— OS-1 ? fis-je, m'attendant à une éventuelle réprimande.
— Moi ? dit-il, sincèrement surpris. Non.
— LittéraTec ?

— Vous ne voulez pas vous asseoir ?

Il m'offrit un siège et prit place dans le grand fauteuil pivotant en chêne de Boswell. Il avait un classeur avec mon nom dessus, qu'il posa devant lui. Un classeur si épais que j'en restai bouche bée.

— Tout ça, c'est sur moi ?

Il ignora ma question. Au lieu d'ouvrir le classeur, il se pencha en avant et me contempla, toujours sans ciller.

— Comment situez-vous l'affaire *Chuzzlewit* ?

Je ne pouvais m'empêcher de fixer sa cicatrice. Elle lui barrait le visage du front au menton avec la finesse et la discrétion d'une soudure de coque de bateau. Sa lèvre s'en trouvait retroussée, mais cela mis à part, il n'était pas désagréable à regarder ; sans cette cicatrice, il aurait pu être beau. Mon attitude frisait l'impolitesse. Instinctivement, il la couvrit de sa main.

— Cosaque premier choix, murmura-t-il d'un ton léger.

— Pardonnez-moi.

— Ne vous excusez pas. C'est difficile de ne pas mater.

Il marqua une pause.

— Je travaille pour OS-5, annonça-t-il lentement, exhibant un insigne brillant.

— OS-5 ? soufflai-je, incapable de cacher ma stupeur. Et vous faites quoi, là-dedans ?

— C'est confidentiel, Miss Next. Je vous ai montré l'insigne afin que vous puissiez me parler sans vous préoccuper du règlement. Mais si vous préférez avoir l'accord de Boswell… ?

Mon cœur battait à coups redoublés. Un entretien avec un OpSpec plus gradé pouvait quelquefois déboucher sur une mutation…

— Alors, Miss Next, que pensez-vous de *Chuzzlewit* ?

— Vous voulez mon avis ou la version officielle ?

— Votre avis. La version officielle, je peux l'avoir par Boswell.

— Je pense qu'il est trop tôt pour se prononcer. Si le mobile est une demande de rançon, le manuscrit devrait être intact. S'il a été volé pour être vendu ou échangé, il doit être intact également. En revanche, s'il s'agit d'un acte terroriste, là on peut commencer à se faire du souci. Dans les cas un et trois, c'est OS-9 qui mène la danse, et les LittéraTecs n'ont plus qu'à dégager.

L'homme me dévisagea intensément et hocha la tête.

— Vous ne vous plaisez pas trop ici, hein ?

— Disons que j'ai fait le tour de la question, rétorquai-je en baissant un peu trop la garde. Vous êtes qui, vous, au fait ?

Mon interlocuteur se mit à rire.

— Excusez-moi. C'est très malpoli de ma part ; je n'avais pas l'intention de la jouer cape et épée. Mon nom est Tamworth, je suis chef de mission à OS-5. En soi, ajouta-t-il, ça ne veut pas dire grand-chose. Il n'y a que moi et deux autres gars, c'est tout.

Je serrai sa main tendue.

— Vous n'êtes que trois en tout ? m'étonnai-je. Ça fait un peu maigre pour une section d'OpSpecs, non ?

— J'ai perdu plusieurs de mes hommes hier.

— Je suis désolée.

— Non, ce n'est pas ce que vous croyez. Nous avons bien avancé dernièrement, et ce n'est pas forcément une bonne nouvelle. Il y a des gens qui font d'excellents investigateurs, mais qui n'aiment pas trop le travail de terrain. Ils ont des gosses. Pas moi. Mais je comprends.

J'acquiesçai d'un signe de tête. Moi aussi, je comprenais.

— Pourquoi êtes-vous venu me voir ? demandai-je presque nonchalamment. Je suis OS-27 ; comme la commission des mutations des OpSpecs ne cesse de me le répéter très aimablement, ma place est soit chez les LittéraTecs, soit derrière les fourneaux.

Tamworth sourit et tapota le classeur en face de lui.

— Je sais tout ça. Le bureau de recrutement des OpSpecs n'a pas de mot approprié pour dire « non » ; leur grande spécialité, c'est de noyer le poisson. Néanmoins, ils sont parfaitement conscients de votre potentiel. Je viens d'en parler à Boswell, et il est prêt à vous laisser partir, si vous acceptez de nous filer un coup de main à OS-5.

— Si vous êtes OS-5, il n'a pas vraiment le choix, j'imagine.

Tamworth rit.

— C'est vrai. Mais *vous*, vous avez le choix. Jamais je ne recruterai quelqu'un contre son gré.

Je le regardai. Il ne plaisantait pas.

— C'est une mutation ?

— Non. J'ai simplement besoin de vous car vous détenez des informations susceptibles de nous aider. Vous serez une observatrice, rien de plus. Quand vous aurez compris à qui nous avons affaire, vous serez très contente de n'être que cela.

— Et, après que ce sera fini, vous allez me lourder, c'est ça ?

Il me considéra en silence, cherchant un moyen de me rassurer sans recourir au mensonge. Je lui en sus gré.

— Je ne vous fais aucune promesse, Miss Next, mais quelqu'un qui a participé à une mission de OS-5 a peu de chances de rester OS-27 toute sa vie.

— Qu'attendez-vous de moi ?

Tamworth sortit un formulaire de sa mallette et le fit glisser dans ma direction. C'était une décharge réglementaire : une fois signée, elle remettait entre les mains des OpSpecs pratiquement tout ce que je possédais, et bien plus encore, si jamais je m'avisais de souffler le moindre mot à quelqu'un de moins gradé que moi. Je signai le papier et le lui rendis. En échange, il me remit un insigne brillant de OS-5 avec mon nom déjà gravé dessus. Visiblement, Tamworth me connaissait mieux que je ne le croyais. Cela fait, il baissa la voix et commença :

— OS-5 est essentiellement un service de Recherche et de Contention. On traque un individu jusqu'à ce qu'il soit retrouvé et contenu, puis on passe au suivant. OS-4, c'est presque pareil ; il n'y a que la cible qui change. Vous voyez le tableau. Bref, j'étais à Gad's Hill ce matin, Thursday – je peux vous appeler Thursday ? – et j'ai examiné de près le théâtre du crime. Quiconque a pris le manuscrit de *Chuzzlewit* n'a laissé aucune empreinte, aucune trace d'effraction et aucune image vidéo.

— Avec ça, on n'ira pas bien loin, hein ?

— Au contraire. C'est exactement l'occasion que j'attendais.

— Vous en avez parlé à Boswell ?

— Bien sûr que non. Ce n'est pas le manuscrit qui nous intéresse, c'est l'homme qui l'a volé.

— Et qui est-ce ?

— Je ne puis vous dire son nom, mais je peux l'écrire.

Il prit un feutre, écrivit « Achéron Hadès » sur un bloc-notes et le leva afin que je puisse lire.

— Ça vous dit quelque chose ?

— Et comment ! Qui n'a pas entendu parler de lui ?

— Mais vous, vous l'avez rencontré, n'est-ce pas ?

— Tout à fait, répondis-je. C'était un de mes professeurs à l'époque où j'ai fait des études d'anglais à Swindon en 68. Personne n'a été surpris quand il a choisi de faire carrière dans le crime. C'était un coureur de jupons. Il a fait un enfant à l'une de ses étudiantes.

— Braeburn ; oui, nous sommes au courant. Et en ce qui vous concerne ?

— Il ne m'a pas fait d'enfant, mais ce n'est pas faute d'avoir essayé.

— Vous avez couché avec lui ?

— Non, coucher avec les profs, ce n'était pas vraiment ma tasse de thé. Ses attentions me flattaient, c'est sûr… les dîners et tout le reste. C'était quelqu'un de brillant – mais moralement, c'était le vide intersidéral. Je me souviens, une fois il a été arrêté pour attaque à main armée tandis qu'il nous faisait un cours magistral sur *Le Démon blanc* de John Webster. Il a été relâché sur ce coup-là, mais l'histoire de Braeburn a fini par lui coûter son poste.

— Il vous a demandé de sortir avec lui, et vous l'avez envoyé sur les roses.

— Vous êtes bien informé, Mr. Tamworth.

Il griffonna une note sur son calepin. Puis il leva les yeux.

— Mais le plus important est : Savez-vous à quoi il ressemble ?

— Bien sûr, opinai-je, sauf que vous perdez votre temps. Il est mort au Venezuela en 1982.

— C'est ce qu'il nous a fait croire. Nous avons rouvert sa tombe l'année suivante. Ce n'était pas lui du tout. Il a tellement bien simulé la mort qu'il a réussi à flouer les médecins ; on a enseveli un cercueil lesté. Ses pouvoirs sont déconcertants. C'est pour ça que nous ne pouvons pas prononcer son nom. J'appelle ça Règle numéro Un.

— Son nom ? Et pourquoi donc ?

— Parce qu'il est capable d'entendre son propre nom – même chuchoté – dans un rayon de plus de mille mètres. Il s'en sert pour détecter notre présence.

— Et pourquoi vous pensez que c'est lui qui a volé *Chuzzlewit* ?

Tamworth fouilla dans sa mallette et sortit un dossier libellé « Top Secret – Autorisation Spéciale OS-5 exclusivement ». Le cadre normalement réservé à la photo d'identité était vide.

— On n'a pas de photos de lui, dit-il pendant que j'ouvrais le dossier. Son image n'impressionne pas la pellicule, et il n'est jamais resté suffisamment longtemps en garde à vue pour qu'on puisse le croquer. Vous vous souvenez des caméras à Gad's Hill ?

— Oui.

— Elles n'ont filmé personne. J'ai visionné les cassettes avec le plus grand soin. L'angle de prise de vue changeait toutes les cinq secondes, mais il était totalement impossible d'échapper à *l'ensemble* des caméras en étant à l'intérieur du bâtiment. Vous voyez ce que je veux dire ?

Je hochai lentement la tête, tout en feuilletant le dossier d'Achéron. Tamworth poursuivit :

— Ça fait cinq ans que je lui cavale après. Il a cinq mandats pour meurtre sur le dos en Angleterre, dix-huit en Amérique. Plus vol, extorsion de fonds et kidnapping. C'est un type froid, calculateur et entièrement dénué de scrupules. Trente-six de ses quarante-deux victimes connues étaient soit des OpSpecs, soit des policiers.

— Hartlepool en 1975 ? demandai-je.

— Oui. Vous en avez entendu parler ?

Comme la plupart des gens. Hadès avait été coincé au sous-sol d'un parking de plusieurs étages après un cambriolage raté. Un de ses associés gisait mort dans la banque d'à côté ; Achéron avait abattu le blessé pour l'empêcher de parler. Au sous-sol, il persuada un agent de police de lui remettre son arme, tuant six autres policiers au moment de sortir. Le seul survivant fut justement celui dont il avait emprunté l'arme. C'était sa conception de l'humour. Le policier en question ne parvint jamais à expliquer *pourquoi* il lui avait abandonné son pistolet. Il avait pris une retraite anticipée et s'était gazé dans sa voiture six ans plus tard, après un bref épisode d'alcoolisme et de menus larcins. Depuis, on le considérait comme étant la septième victime.

— J'ai interrogé le survivant de Hartlepool avant qu'il ne se donne la mort, reprit Tamworth. J'avais reçu l'ordre de retrouver… de *le* retrouver coûte que coûte.

Mes investigations nous ont amenés à formuler la Règle numéro Deux : Si jamais vous avez le malheur de le croiser en personne, *ne croyez rien de ce qu'il dit ou fait*. Il est capable de mentir en pensée, parole, action et apparence. Son pouvoir de persuasion est inouï sur un esprit fragile. Vous ai-je dit que nous avons été autorisés à recourir à la force maximale ?

— Non, mais je m'en suis doutée.

— Concernant notre ami, OS-5 a adopté la politique du tir à vue…

— Eh, oh, attendez une minute. Vous êtes habilités à l'éliminer *sans* aucune forme de procès ?

— Bienvenue à OS-5, Thursday… que croyez-vous que ça veut dire, *contention* ?

Il eut un rire qui me perturba légèrement.

— Comme dit le proverbe : *Quand on veut entrer chez les OpSpecs, faut la jouer zarbi*. On n'est pas du genre à tourner autour du pot, nous.

— Est-ce légal ?

— Pas le moins du monde. Au-dessous de OS-8, c'est le Bureau des Yeux Fermés. On a même un dicton : *Au-dessous de huit, au-dessus des lois*. Vous n'avez jamais entendu ça ?

— Non.

— Eh bien, vous allez l'entendre souvent. De toute façon, on en a fait notre Règle numéro Trois : L'appréhension est d'une importance minimale. Qu'est-ce que vous avez comme arme ?

Je le lui dis, et il nota quelque chose sur son calepin.

— Je vais vous procurer des balles explosives cannelées.

— Ça risque de coûter un max, si on se fait choper avec ça.

— Légitime défense seulement, expliqua Tamworth avec empressement. Vous n'aurez pas affaire à notre homme ; je veux juste que vous puissiez l'identifier, au cas où il se manifesterait. Mais voilà, si jamais ça tourne au vinaigre, il n'est pas question que les gens de mon équipe affrontent la foudre avec des arcs et des flèches. Et utiliser autre chose qu'un projectile explosif, c'est comme fabriquer un gilet pare-balles avec du carton mouillé. On ne sait pratiquement rien de lui. Ni sa date de naissance, ni même son âge exact, ni qui étaient ses parents. Uniquement qu'il a débuté en 1954 en tant que délinquant avec un penchant littéraire, et qu'il a progressivement gravi les échelons jusqu'à devenir le troisième criminel le plus recherché de la planète.

— Et qui sont les deux autres ?

— Je n'en sais rien, et j'ai été informé de source sûre qu'il vaut mieux *ne pas* savoir.

— Bon, on fait quoi maintenant ?

— Je vous appellerai. Restez sur le qui-vive et gardez votre pager sur vous, jour et nuit. A partir d'aujourd'hui, vous êtes en congé en ce qui concerne OS-27. Profitez donc de votre temps libre. Allez, à bientôt !

L'instant d'après, il était parti, me laissant avec l'insigne de OS-5 et le cœur battant. Boswell revint, suivi de Paige, curieuse. Je leur montrai l'insigne.

— Tu iras loin ! dit Paige en me gratifiant d'une accolade.

Boswell, lui, avait l'air beaucoup moins enthousiaste. Il faut dire qu'il avait sa propre section à faire tourner.

— Ils ne rigolent pas là-bas, à OS-5, déclara-t-il d'un ton paternel. Je veux que vous retourniez à votre bureau et que vous réfléchissiez tranquillement. Prenez un café et une pâtisserie. Non, *deux* pâtisseries. Ne vous décidez pas sur un coup de tête. Pesez le pour et le contre. Et, une fois que ce sera fait, je serai heureux de me prononcer. Vous avez compris ?

J'avais compris. Dans ma hâte de quitter le bureau, je faillis oublier la photo de Landen.

4

Achéron Hadès

… Il n'y a point de meilleure raison pour commettre des actes odieux et détestables – et, soyons francs, je me targue d'être un expert en la matière – que la simple beauté du geste. L'appât du gain, c'est très bien, mais ça rabaisse la malveillance à un niveau accessible à quiconque souffre d'une cupidité hypertrophiée. Le mal véritable et gratuit est aussi rare que le bien à l'état pur – or nous savons tous combien *ceci* est difficile à trouver…

ACHÉRON HADÈS
Plaisirs et profits de la dégénérescence

Tamworth n'appela ni cette semaine, ni la semaine suivante. J'essayai de le contacter au début de la troisième semaine et tombai sur un négateur professionnel qui refusa catégoriquement d'admettre ne fût-ce que *l'existence* de Tamworth ou de OS-5. Je profitai de mon temps libre pour me remettre à la lecture, ranger mes papiers, faire réparer ma voiture et aussi – à cause de la nouvelle législation – faire enregistrer Pickwick comme animal de compagnie plutôt que comme un dodo sauvage. Je l'emmenai à l'hôtel de ville où un inspecteur des services vétérinaires examina l'oiseau, jadis disparu, avec la plus grande attention. Pickwick le regardait d'un œil torve : les animaux de compagnie n'aiment pas beaucoup les vétos.

— *Plock-plock*, fit-il nerveusement lorsque l'inspecteur fixa d'un geste prompt un gros anneau de cuivre autour de sa cheville.

— Pas d'ailes ? s'enquit le fonctionnaire avec curiosité, contemplant la silhouette quelque peu insolite de Pickwick.

— C'est la version 1.2, expliquai-je. Une des premières. La séquence complète n'a été obtenue qu'à partir de 1.7.

— Il doit être drôlement vieux.

— Douze ans au mois d'octobre.

— J'ai eu un des premiers thylacines, dit le fonctionnaire, la mine sombre. La version 2.1. Quand nous l'avons décanté, il n'avait pas d'oreilles. Sourd comme un pot. Aucune garantie, rien. On laisse faire n'importe quoi. Vous ne lisez pas *Bout à bout* ?

Je dus avouer que non.

— Ils ont séquencé la vache marine de Steller la semaine dernière. Comment suis-je censé lui faire passer la porte, à cet animal ?

— Graissez-lui les flancs, suggérai-je. Et montrez-lui une assiette de varech.

Mais l'homme n'écoutait pas ; il s'était déjà tourné vers le dodo suivant, une créature au long cou tirant sur le rose. Le propriétaire croisa mon regard et sourit d'un air penaud.

— L'ADN superflu a été emprunté au flamant rose, expliqua-t-il. J'aurais mieux fait d'utiliser la colombe.

— Version 2.9 ?

— 2.9.1, plus précisément. Il est fait de bric et de broc, mais pour nous, il est simplement Chester. Nous ne l'échangerions pour rien au monde.

L'inspecteur était en train d'étudier les papiers d'identité de Chester.

— Je regrette, dit-il finalement. Le 2.9.1. entre dans la nouvelle catégorie des Chimères.

— Comment ça ?

— Il n'est pas assez dodo pour être classé dodo. Salle sept au fond du couloir. Suivez le propriétaire du dégueuloir mais soyez prudent ; j'y ai envoyé un quark-bull ce matin.

J'abandonnai le fonctionnaire et le propriétaire de Chester à leur dispute et sortis avec Pickwick dans le parc. Là, je le détachai, et il courut après les pigeons avant de fraterniser avec des dodos sauvages qui se rafraîchissaient les pattes dans l'étang. Ils barbotèrent avec entrain et échangèrent des *plock-plock* animés jusqu'à ce qu'il fût l'heure de rentrer à la maison.

Deux jours après, j'avais épuisé toutes les idées pour changer les meubles de place, si bien que le coup de fil de Tamworth tomba à pic. Il était dans une planque et me demandait de le rejoindre. Je griffonnai l'adresse à la hâte et, quarante minutes plus tard, j'étais dans l'East End. La planque se trouvait dans une rue sordide bordée d'anciens entrepôts promis à la démolition depuis une bonne vingtaine d'années. J'éteignis les phares, cachai tout ce qui pouvait avoir de la valeur et verrouillai soigneusement les portières. La vieille Pontiac était suffisamment fatiguée et crasseuse pour ne pas éveiller de soupçons dans ce décor sinistré. Je jetai un coup d'œil alentour. Les façades de brique étaient en train de crouler, et à l'emplacement des gouttières, les murs étaient striés d'algues vertes. Les vitres étaient sales et fêlées et, à hauteur d'homme, les briques étaient noircies tantôt par des graffiti, tantôt par de la suie après un récent incendie. Un escalier de secours rouillé zigzaguait le long du bâtiment obscur, jetant une ombre hoquetante sur la chaussée défoncée et sur plusieurs voitures calcinées. Suivant les instructions de Tamworth, je me frayai le passage jusqu'à une porte latérale. A l'intérieur, de grosses fissures s'ouvraient dans les murs ; aux odeurs d'humidité et de pourriture se mêlaient les relents d'eau de Javel et de curry provenant du troquet situé au rez-de-chaussée. Une enseigne au néon clignotait rythmiquement, et j'entrevis quelques femmes en jupe moulante blotties sous des porches sombres. La population locale formait un drôle de mélange ; les loyers élevés de Londres et de sa proche banlieue drainaient ici toute une faune de gens du quartier, de laissés-pour-compte et de professionnelles. Côté ordre public, ce n'était pas l'idéal, mais ça permettait aux agents des OpSpecs d'aller et venir sans attirer l'attention.

J'atteignis le septième étage où deux jeunes fans de Henry Fielding étaient occupés à s'échanger des emballages de bubble-gum.

— Je te file une Amelia contre une Sophia.

— Va te faire... ! répliqua son ami, indigné. Si tu veux Sophia, faudra que tu me donnes un Allworthy et un Tom Jones *en plus* d'Amelia !

L'autre, réalisant la rareté d'une Sophia, acquiesça à contrecœur. Une fois le marché conclu, ils redescendirent en courant pour aller cueillir des enjoliveurs. Je vérifiai le numéro que Tamworth m'avait communiqué et tambourinai sur la porte à la peinture écaillée couleur pêche. Un homme âgé de quatre-vingts ans au moins m'ouvrit avec précaution. Il se dissimulait à moitié derrière sa main parcheminée. Je lui montrai mon insigne.

— Alors comme ça, vous êtes Next, fit-il d'une voix étonnamment jeune pour un octogénaire.

J'entrai. Tamworth scrutait à travers une paire de jumelles une pièce dans l'immeuble d'en face. Il me salua d'un signe de la main sans se retourner. Je souris au vieil homme.

— Appelez-moi Thursday.

Cela eut l'air de lui faire plaisir. Il me serra la main.

— Moi, c'est Snood, mais vous pouvez m'appeler Junior.

— Snood ? répétai-je. Vous ne seriez pas un parent à Filbert ?

Le vieillard hocha la tête.

— Ah oui, Filbert ! murmura-t-il. Un brave garçon et un bon fils pour son père !

Filbert Snood était le seul homme qui m'eût tant soit peu intéressée depuis ma séparation avec Landen, dix ans plus tôt. Snood avait été dans la ChronoGarde : il était parti en mission à Tewkesbury et n'en était jamais revenu. Son supérieur m'avait appelée pour m'annoncer qu'il avait été retenu de manière irrévocable. J'en déduisis qu'il avait quelqu'un d'autre. Ça m'avait fait mal sur le coup, mais je n'étais pas amoureuse de Filbert. De cela, j'en étais certaine car *j'avais* été amoureuse de Landen. Une fois qu'on a connu ça, on n'oublie pas : c'est comme quand on voit un Turner ou qu'on se balade sur la côte Ouest de l'Irlande.

— Vous êtes donc son père ?

Snood se dirigea vers la cuisine, mais je ne lâchai pas le morceau.

— Alors, comment va-t-il ? Où habite-t-il en ce moment ?

Le vieil homme tripota la bouilloire.

— J'ai du mal à parler de Filbert, finit-il par confesser, se tamponnant le coin de la bouche avec un mouchoir. C'était il y a *si* longtemps !

— Il est mort ?

— Oh non, souffla le vieillard. Il n'est pas mort ; on a dû vous dire qu'il était retenu de manière irrévocable, non ?

— Si. J'ai cru qu'il avait rencontré quelqu'un d'autre.

— Nous pensions que vous comprendriez ; votre père est ou était ChronoGarde, et il nous arrive d'employer certains – disons – *euphémismes.*

Il me contempla intensément de ses yeux bleus limpides sous les paupières lourdes. Mon cœur cogna sourdement dans ma poitrine.

— Qu'essayez-vous de me dire ?

Sur le point d'ajouter quelque chose, le vieil homme se ravisa, marqua une pause, puis retourna d'un pas traînant dans le séjour étiqueter les vidéocassettes. Visiblement, il y avait autre chose là-dessous que juste une fille à Tewkesbury, mais j'avais tout mon temps.

Abandonnant le sujet, j'en profitai pour examiner la pièce. Une table perchée sur des tréteaux contre le mur humide croulait sous le matériel de surveillance. Un magnéto Revox à bandes tournait lentement à côté d'une table de mixage qui dispatchait les sept micros et la ligne téléphonique dans l'appartement d'en face sur huit pistes distinctes de la bande. A l'écart des fenêtres, il y avait deux paires de jumelles, un appareil photo doté d'un puissant téléobjectif et une caméra vidéo enregistrant à vitesse lente sur une bande de dix heures.

Tamworth leva les yeux de ses jumelles.

— Bienvenue, Thursday. Venez jeter un œil.

Je regardai à travers les jumelles. Dans l'immeuble d'en face, à moins de trente mètres de distance, je vis un homme bien habillé, âgé d'une cinquantaine d'années, aux traits tirés et à la mine soucieuse. Il semblait parler au téléphone.

— Ce n'est pas lui.

Tamworth sourit.

— Je sais. C'est son frère, Styx. Nous avons découvert son existence ce matin. OS-14 s'apprêtait à mettre la main dessus, mais *notre* homme est un bien plus gros poisson ; j'ai appelé OS-1 qui est intervenu : pour le moment donc, Styx est sous notre responsabilité. Ecoutez.

Il me tendit un casque, et je risquai un nouveau coup d'œil dans les jumelles. Assis derrière un grand bureau en noyer, le frère d'Hadès feuilletait un exemplaire de la *Centrale de l'automobiliste*. Pendant que je l'observais, il s'interrompit, décrocha le téléphone et composa un numéro.

— Allô ? dit Styx dans le combiné.

— Allô ? répondit une femme entre deux âges à l'autre bout du fil.

— Vous avez une Chevrolet de 1976 à vendre ?

— Il veut acheter une voiture ? demandai-je à Tamworth.

— Restez à l'écoute. Même heure, toutes les semaines, apparemment. C'est réglé comme du papier à musique.

— Elle n'a que cent trente-deux mille kilomètres au compteur, disait la dame, et elle est en très bon état. La vignette est payée jusqu'à la fin de l'année.

— Ça m'a l'air *parfait*, répliqua Styx. Je suis prêt à payer cash. Vous voulez bien me la réserver ? Je serai là dans une heure. Vous êtes à Clapham, n'est-ce pas ?

La femme acquiesça et dicta une adresse qu'il ne se donna pas la peine de noter. Il lui réaffirma son intérêt et raccrocha, pour appeler aussitôt un autre numéro au sujet d'une autre voiture à Hounslow. J'ôtai les écouteurs et retirai la fiche du casque pour nous permettre d'entendre la voix nasillarde de Styx dans les haut-parleurs.

— Et ça dure combien de temps ?

— D'après le rapport de OS-14, jusqu'à ce qu'il se lasse. Il peut y passer six heures, parfois huit. Et il n'est pas le seul à faire ça. Quiconque a jamais vendu une voiture a déjà eu affaire à quelqu'un comme Styx. Tenez, ça, c'est pour vous.

Il me remit une boîte de munitions avec les balles explosives conçues pour causer un maximum de dégâts internes.

— Vous le prenez pour un buffle ?

Mais Tamworth, ça ne l'avait pas fait rire.

— Nous sommes confrontés à quelque chose de *totalement* inédit là, Thursday. Priez l'ESU pour n'avoir jamais à les utiliser, mais si vous y êtes acculée, n'hésitez pas. Notre homme ne laisse pas de seconde chance.

Je sortis le chargeur de mon automatique et remplaçai les balles qu'il contenait ; je fis de même avec le chargeur de rechange, en conservant une balle traditionnelle sur le dessus, en cas d'un contrôle inopiné de la part de OS-1. Là-bas, dans son appartement, Styx avait composé un nouveau numéro à Ruislip.

— Allô ? répondit l'infortuné propriétaire de la voiture.

— Oui, j'ai vu votre annonce pour une Ford Granada dans la *Centrale* d'aujourd'hui. Elle est toujours à vendre ?

Il obtint l'adresse, promit d'être là dans une dizaine de minutes, raccrocha et se frotta joyeusement les mains en riant comme un gosse. Puis il barra l'annonce et passa à la suivante.

— Il n'a même pas le permis, lança Tamworth du fond de la pièce. Le reste du temps, il vole des stylos à bille, provoque des pannes d'électroménager *après* l'expiration de la garantie et raye des disques chez les disquaires.

— Un peu puéril, non ?

— Assurément. Il a une certaine dose de malveillance, mais rien à voir avec son frère.

— Et alors, quel rapport entre Styx et le manuscrit de *Chuzzlewit* ?

— Nous soupçonnons que c'est lui qui l'a. D'après le rapport de filature de OS-14, le soir du cambriolage, il est rentré chez lui avec un paquet. Je suis le premier à reconnaître que c'est un peu tiré par les cheveux, mais c'est la meilleure preuve de ses activités *à lui* ces trois dernières années. Il serait temps de faire sortir le loup du bois.

— A-t-il réclamé une rançon pour le manuscrit ? demandai-je.

— Non, mais il est encore tôt. Et la situation n'est peut-être pas aussi simple qu'on l'imagine. Notre homme a un QI de cent quatre-vingts, paraît-il ; une banale extorsion, ça risque d'être trop facile pour lui.

Snood entra, s'assit en tremblotant devant les jumelles,

mit le casque et rebrancha la fiche. Tamworth prit ses clés et me tendit un livre.

— J'ai rendez-vous avec mon homologue de OS-4. J'en ai environ pour une heure. S'il se passe quelque chose, vous n'avez qu'à me pager. Mon numéro est sur la touche bis. Et si vous vous ennuyez, vous pouvez toujours lire ceci.

Je regardai le bouquin qu'il m'avait donné. C'était *Jane Eyre* de Charlotte Brontë, relié d'épais cuir rouge.

— Qui vous a dit ? m'exclamai-je.

— Qui m'a dit quoi ? s'enquit Tamworth, interdit.

— C'est que... J'ai beaucoup lu ce livre. Quand j'étais plus jeune. Je le connais presque par cœur.

— Et vous aimez la fin ?

Je réfléchis un instant. Le dénouement bâclé du roman était source d'une grande amertume parmi les admirateurs de Brontë. Tout le monde s'accordait à dire que si Jane était retournée à Thornfield Hall et avait épousé Rochester, le livre y aurait considérablement gagné.

— Personne n'aime la fin, Tamworth. Mais même sans ça, il y a largement de quoi faire là-dedans.

— Alors une relecture s'impose, n'est-ce pas ?

On frappa à la porte. Tamworth alla ouvrir, et un homme sans cou mais tout en épaules fit son entrée.

— Pile à l'heure ! dit Tamworth avec un coup d'œil à sa montre. Thursday Next, je vous présente Buckett. Il est là temporairement, jusqu'à ce que je trouve un remplaçant.

Il nous gratifia d'un sourire et s'en fut.

Buckett et moi échangeâmes une poignée de main. Le nouvel arrivant sourit faiblement, comme si ce type de boulot ne l'enchantait pas outre mesure. Il se déclara ravi de me rencontrer et alla parler résultats du tiercé avec Snood.

Je tapotai du bout des doigts l'exemplaire de *Jane Eyre* que Tamworth m'avait remis et le rangeai dans ma poche de poitrine. Puis je ramassai les tasses à café et les emportai à côté, dans l'évier craquelé. Buckett parut sur le pas de la porte.

— Tamworth m'a dit que vous étiez une LittéraTec.

— C'est exact.

— Je voulais être LittéraTec.

— Ah oui ? répliquai-je, scrutant le contenu du frigo en quête de quelque chose dont la date de péremption ne fût pas dépassée d'un an.

— Ouais. Mais on m'a dit qu'il fallait lire un bouquin ou deux.

— Ça aide.

On frappa et, instinctivement, Buckett porta la main à son arme. Il était plus à cran que je ne l'aurais pensé.

— Du calme, Buckett. J'y vais.

Il me rejoignit à la porte d'entrée et ôta la sécurité de son pistolet. Je le regardai, et il me répondit d'un hochement de tête.

— Qui est là ? questionnai-je sans ouvrir.

— Bonsoir ! fit une voix. Mon nom est Edmund Capillary. Vous ne vous êtes jamais demandé si c'est *réellement* William Shakespeare qui a écrit toutes ces pièces magnifiques ?

Nous poussâmes tous deux un soupir de soulagement, et Buckett remit la sécurité sur son automatique en marmonnant dans sa barbe :

— Maudits Baconiens !

— Allons, dis-je, ce n'est pas illégal.

— Justement, c'est bien dommage.

— Chut.

J'entrouvris la porte retenue par une chaînette et aperçus un petit homme en costume de velours côtelé avachi. Il brandit une plaque d'identité écornée et souleva poliment son chapeau avec un sourire nerveux. Les Baconiens étaient complètement cinglés, mais, pour la plupart d'entre eux, inoffensifs. Le but de leur existence était de prouver que c'était Francis Bacon et non

William Shakespeare qui avait écrit les plus grandes pièces du théâtre anglais. Bacon, croyaient-ils, ne jouissait pas de la reconnaissance qui lui revenait de droit, et ils bataillaient inlassablement pour réparer cette injustice imaginaire.

— Bonsoir ! fit le Baconien d'un ton enjoué. Puis-je vous prendre quelques minutes de votre temps ?

Je répondis lentement :

— Si vous espérez me convaincre que *Le Songe d'une nuit d'été* a été écrit par un juriste, c'est que je dois être plus bête que je n'en ai l'air.

Le Baconien ne désarma pas. Visiblement, il aimait les joutes verbales ; dans la vraie vie, il était probablement avocat spécialisé dans les accidents de la route.

— Pas aussi bête que de supposer qu'un écolier du Warwickshire, presque sans instruction, était capable d'écrire des œuvres d'une portée universelle.

— Rien ne prouve qu'il n'a pas fait d'études, rétorquai-je posément.

Je commençais à m'amuser ; Buckett voulait que je me débarrasse du visiteur, mais j'ignorai ses gesticulations.

— Soit, opina le Baconien, mais je vous ferai remarquer que le Shakespeare de Stratford n'était *pas* le même homme que le Shakespeare de Londres.

C'était une approche intéressante. Je marquai une pause, et Edmund Capillary en profita pour attaquer. Il débita son discours bien rodé de façon quasi automatique :

— Le Shakespeare de Stratford était un prospère marchand de grain, propriétaire foncier, tandis que le Shakespeare de Londres était poursuivi par des collecteurs d'impôts pour des sommes ridicules. Les collecteurs ont réussi à retrouver une fois sa trace dans le Sussex en 1600 ; or pourquoi n'avoir rien entrepris contre lui à Stratford ?

— Vous allez me le dire.

Il était lancé.

— D'après les archives, personne à Stratford n'avait la moindre idée de ses succès littéraires. On ne l'avait jamais vu acheter un livre, écrire une lettre ou faire autre chose que de vendre des marchandises ensachées, du grain, du malt, et cetera.

Le petit homme triomphait.

— Et Bacon, que vient-il faire là-dedans ? lui demandai-je.

— Francis Bacon était un écrivain élisabéthain que sa famille avait contraint à se faire juriste et politicien. Etant donné que tout lien avec le théâtre était mal vu à l'époque, Bacon a dû engager un pauvre acteur appelé Shakespeare pour lui servir de prête-nom… l'histoire a confondu les deux Shakespeare pour donner du poids à une théorie qui par ailleurs ne repose pas sur grand-chose.

— Et la preuve ?

— Hall et Marston – les deux satiristes élisabéthains – étaient fermement convaincus que Bacon était le véritable auteur de *Vénus et Adonis* et du *Viol de Lucrèce*. J'ai là un pamphlet qui va encore plus loin. D'autres détails sont disponibles à nos réunions mensuelles ; nous avions l'habitude de nous retrouver à l'hôtel de ville, mais la section radicale des Nouveaux Marloviens nous a jeté des cocktails explosifs la semaine dernière. Je ne sais pas où aura lieu la prochaine réunion. Mais si je peux noter votre nom et votre numéro de téléphone, on vous tiendra au courant.

Il me dévisageait d'un air fervent et matois ; il croyait m'avoir eue. Je décidai de jouer mon va-tout.

— Et le testament ?

— Le testament ? répéta-t-il, un brin nerveusement.

Il espérait manifestement que je n'en parlerais pas.

— Oui, continuai-je. S'il y avait *véritablement* eu deux Shakespeare, pourquoi le Shakespeare de Stratford aurait-il cité les collègues acteurs du Shakespeare londonien, Condell, Heming et Burbage, dans son testament ?

Le Baconien se rembrunit.

— J'espérais que vous ne me poseriez pas la question. (Il soupira.) Je perds mon temps, n'est-ce pas ?

— J'en ai bien peur.

Il marmonna quelque chose et tourna les talons. En poussant le verrou, je l'entendis frapper à la porte d'à côté. Peut-être qu'il aurait plus de chance avec les voisins.

— A propos, qu'est-ce qu'une LittéraTec fait ici, Next ? demanda Buckett tandis que nous regagnions la cuisine.

— Je suis ici, répondis-je lentement, parce que je sais à quoi *il* ressemble ; je suis tout sauf une permanente. Sitôt que j'aurai pointé le doigt sur cet homme, Tamworth me renverra là d'où je viens.

Je vidai le lait coagulé dans l'évier et rinçai le récipient.

— Ça pourrait être une bénédiction.

— Je ne vois pas les choses de cette façon-là. Et vous-même ? Comment en êtes-vous arrivé à bosser pour Tamworth ?

— Normalement, je suis dans l'antiterrorisme. OS-9. Mais Tamworth a des problèmes de recrutement. Il s'est pris un coup de sabre pour me protéger. J'ai une dette envers lui.

Il baissa les yeux et se mit à tripoter sa cravate. Je jetai un coup d'œil dans le placard à la recherche d'un torchon et, découvrant quelque chose de fort peu ragoûtant, le refermai précipitamment.

Buckett sortit son portefeuille pour me montrer la photo d'un nourrisson baveux semblable à tous les nourrissons baveux de ma connaissance.

— Je suis marié maintenant ; Tamworth sait donc que je ne peux pas rester. On a tous besoin de changer d'air, hein ?

— Beau bébé.
— Merci.
Il rangea la photo.
— Et vous, vous êtes mariée ?
— Non, mais ce n'est pas faute d'avoir essayé, dis-je en remplissant la bouilloire.
Buckett hocha la tête et ouvrit un exemplaire du *Cheval Rapide*.
— Vous ne pariez jamais sur les dadas ? J'ai un super-tuyau sur Malabar.
— Non, désolée.
Buckett opina. Il avait épuisé ses ressources de conversation.

Quelques minutes plus tard, j'apportai le café. Snood et Buckett étaient en train de discuter de l'issue du handicap du Prix d'Or de Cheltenham.
— Alors comme ça, vous savez à quoi il ressemble, Miss Next ? me demanda l'ancêtre sans lever les yeux de ses jumelles.
— Je l'ai eu comme prof à la fac. Mais à vrai dire, il n'est pas facile à décrire.
— Carrure moyenne ?
— La dernière fois que je l'ai vu, oui.
— Taille ?
— Un mètre quatre-vingt-quinze minimum.
— Cheveux bruns coiffés en arrière et grisonnants aux tempes ?
Buckett et moi échangeâmes un regard.
— Oui... ?
— A mon avis, c'est lui, Thursday.
J'arrachai la fiche du casque.
— ... Achéron ! résonna la voix de Styx dans le haut-parleur. Mon cher frère, *quelle* agréable surprise !
Je regardai à travers les jumelles et vis Achéron dans l'appartement avec Styx. Il portait une ample veste d'intérieur grise et correspondait trait pour trait à l'image

que j'avais gardée de lui. Comme s'il n'avait pas vieilli d'un seul jour. Je frissonnai involontairement.

— Merde, lâchai-je.

Snood avait déjà composé le numéro du pager pour alerter Tamworth.

— Les moustiques ont piqué la chèvre bleue, marmonna-t-il dans le téléphone. Merci. Pouvez-vous répéter et transmettre le message deux fois ?

Les battements de mon cœur s'accélérèrent. Achéron n'allait peut-être pas s'éterniser, et mes chances de décrocher une promotion et de quitter les LittéraTecs étaient à leur apogée. Nul ne pourrait ignorer une prouesse telle que la capture d'Hadès.

— J'y vais, annonçai-je négligemment.

— *Quoi ?*

— Vous avez entendu. Restez là et appelez OS-14 pour demander des renforts armés, approche silencieuse. Dites-leur que nous sommes à l'intérieur et qu'ils encerclent le bâtiment. Le suspect sera armé et extrêmement dangereux. Vous avez compris ?

Snood eut le sourire que j'aimais tant chez son fils et décrocha le téléphone. Je me tournai vers Buckett.

— Vous venez avec moi ?

Buckett avait pâli légèrement.

— Je... euh... viens avec vous, répondit-il d'une voix mal assurée.

Je me ruai dehors et dégringolai l'escalier quatre à quatre.

— Next !...

C'était Buckett. Il s'était arrêté et tremblait de tous ses membres.

— Qu'y a-t-il ?

— Je... je... ne peux pas faire ça.

Il desserra sa cravate et se frotta la nuque.

— J'ai un gosse, moi ! Vous ne savez pas ce dont *il* est capable. Je suis un joueur, Next. *J'adore* les paris risqués. Mais si on essaie de le prendre, on mourra tous les deux. Je vous en supplie, attendons OS-14.

— Il sera peut-être parti depuis longtemps. Tout ce qu'il faut, c'est le *retenir*.

Buckett se mordit la lèvre. Il était terrifié. Il secoua la tête et battit précipitamment en retraite sans un mot de plus. C'était pour le moins déconcertant. J'allais le rappeler quand je repensai à la photo du gamin baveux. Je sortis mon automatique, poussai la porte de l'immeuble et traversai lentement la rue. Juste à ce moment-là, Tamworth arriva dans sa voiture. Il n'avait pas l'air très épanoui.

— Que diable faites-vous là ?

— Je poursuis le suspect.

— Certainement pas. Où est Buckett ?

— Il est rentré chez lui.

— Je ne lui en veux pas. OS-14 est en route ?

Je hochai la tête. Il fit une pause, contempla le bâtiment obscur, puis se tourna vers moi.

— Et *merde*. O.K., restez derrière moi et ouvrez l'œil. Tirez d'abord, posez des questions ensuite. Au-dessous de huit…

— … au-dessus des lois. Je m'en souviens.

— Bien.

Tamworth sortit son arme, et nous pénétrâmes avec précaution dans le hall de l'ancien entrepôt renconverti en immeuble d'habitation. L'appartement de Styx se trouvait au septième étage. Avec un peu de chance, l'effet de surprise allait jouer en notre faveur.

5

Cherchez le coupable, châtiez l'innocent

… C'était peut-être aussi bien qu'elle fût restée inconsciente pendant quatre semaines. Elle avait manqué le contrecoup, les rapports de OS-1, les récriminations, les obsèques de Tamworth et de Snood. Elle avait tout manqué… excepté le blâme. Il l'attendait à son réveil…

MILLON DE FLOSS
Thursday Next. Biographie

Je tentai de me concentrer sur le tube fluorescent au-dessus de ma tête. Je savais qu'il était arrivé *quelque chose*, mais le soir où Tamworth et moi nous étions attaqués à Achéron Hadès avait été, momentanément du moins, effacé de ma mémoire. Je fronçai les sourcils – seules des images fragmentées défilaient dans ma conscience. Je me revoyais tirant à trois reprises sur une petite vieille et dévalant l'escalier de secours. Je me souvenais vaguement d'avoir ouvert le feu sur ma propre voiture et d'avoir été blessée au bras. Je regardai mon bras ; effectivement, il était recouvert d'un bandage serré. Je me rappelai alors avoir reçu une autre balle – dans la poitrine. Je respirai deux ou trois fois ; ce fut un soulagement de n'entendre ni râle ni craquement. Il y avait une infirmière dans la pièce : elle dit quelques mots que je ne parvins pas à déchiffrer et sourit. Je trouvai ça bizarre et sombrai à nouveau dans un sommeil réparateur.

A mon réveil, le soir était tombé, et il faisait plus froid. J'étais toute seule dans une salle d'hôpital avec sept lits vides. Dehors, juste devant la porte, j'aperçus un policier armé en faction, tandis qu'à l'intérieur, un océan de fleurs et une multitude de cartes se disputaient l'espace. Pendant que j'étais couchée dans mon lit, les souvenirs de cette fameuse soirée affluèrent et débordèrent de mon subconscient. Je résistai aussi longtemps que je pus, mais autant vouloir contenir un raz de marée. Tout ce qui s'était passé ce soir-là revint en un clin d'œil. Et, en me souvenant, je fondis en larmes.

Au bout d'une semaine, j'étais suffisamment forte pour pouvoir me lever. Paige et Boswell étaient venus me rendre visite, et même ma mère s'était déplacée pour me voir. Elle me raconta qu'elle avait peint la chambre en mauve, au grand dam de papa – et c'était ma faute, puisque c'était moi qui le lui avais suggéré. Je ne me donnai pas la peine de lui expliquer. Toutes ces marques de sympathie me faisaient plaisir, bien sûr, mais mon esprit était ailleurs : il y avait eu un fiasco monumental, et quelqu'un allait devoir porter le chapeau ; en tant qu'unique survivante de ce désastre, j'étais la candidate désignée. L'hôpital mit un petit bureau à notre disposition, et j'y rencontrai l'ancien commissaire divisionnaire de Tamworth, un dénommé Flanker, un homme entièrement dépourvu de chaleur et d'humour. Il arriva avec un magnétophone à double cassette et plusieurs hauts gradés de OS-1 qui refusèrent de donner leur nom. Je fis ma déposition lentement et franchement, sans émotion et aussi précisément que possible. Les étranges pouvoirs d'Achéron avaient déjà été évoqués dans le passé, mais même Flanker avait de la peine à y croire.

— J'ai lu le rapport de Tamworth sur Hadès, et ça

m'a laissé perplexe, Miss Next. Tamworth était un électron libre. OS-5, c'était lui et lui seul. Chez lui, Hadès était davantage une obsession qu'un travail. A en juger par notre enquête préliminaire, il avait tendance à passer outre aux règles de base des OpSpecs. Contrairement à la croyance populaire, nous *sommes* responsables devant le Parlement, quoique à un titre très confidentiel.

Il s'interrompit un instant et consulta ses notes. Puis il me regarda et mit le magnétophone en marche. Il identifia l'enregistrement en citant la date, son nom et le mien, mais il se référa aux autres agents uniquement par des numéros. Cela fait, il rapprocha une chaise et s'assit.

— Alors, qu'est-ce qui s'est passé ?

Je leur racontai l'histoire de ma rencontre avec Tamworth, jusqu'au départ précipité de Buckett.

— Enfin quelqu'un qui avait du bon sens, marmonna l'un des OS-1.

Je l'ignorai.

— Tamworth et moi sommes entrés dans l'immeuble de Styx, poursuivis-je. Nous avons pris l'escalier et, au sixième étage, nous avons entendu le coup de feu. Nous nous sommes arrêtés pour écouter, mais tout était redevenu silencieux. Tamworth pensait qu'on avait été découverts.

— Vous *avez* été découverts, répondit Flanker. D'après la transcription de la bande, nous savons que Snood a prononcé le nom d'Hadès à voix haute. Hadès l'a perçu et il a mal réagi : il a accusé Styx de l'avoir trahi et, après avoir récupéré le paquet, il a abattu son frère. Votre attaque-surprise ne l'a pas surpris. Il s'attendait à vous voir.

Je bus une gorgée d'eau. Si nous avions su, aurions-nous tourné casaque ? J'en doutais.

— Qui était devant ?

— Tamworth. Nous avons progressé doucement dans l'escalier. Le palier du septième était vide, à l'exception d'une petite vieille qui fixait la porte de l'ascenseur en maugréant. La porte de l'appartement de Styx était ouverte. Nous y avons jeté un coup d'œil. Styx gisait par terre, et nous avons procédé à une fouille rapide de son logement.

— On vous a vus sur la vidéo, Next, dit l'un des agents sans nom. Vous avez fait du bon travail.

— Et Hadès, vous l'avez vu sur la bande ?

L'homme toussota. Ils avaient du mal à digérer le rapport de Tamworth, mais la vidéo était sans équivoque. La personne d'Hadès ne figurait pas sur l'enregistrement... uniquement sa voix.

— Non, dit-il enfin. Nous ne l'avons pas vu.

— Tamworth a juré et il est retourné à la porte, repris-je. C'est alors que j'ai entendu un autre coup de feu.

Je m'arrêtai, me remémorant l'événement avec soin, sans toutefois bien comprendre ce que j'avais vu et ressenti. Je me rappelai que mon cœur avait cessé de battre ; tout était soudain devenu limpide. Je n'avais éprouvé aucune panique, juste un désir irrépressible d'achever le travail. J'avais vu Tamworth mourir, mais sans en concevoir la moindre émotion ; cela viendrait plus tard.

— Miss Next ? fit Flanker, me tirant de ma rêverie.

— Quoi ? Excusez-moi. Tamworth a été touché. Je me suis approchée, mais il a été clair au premier regard qu'il ne survivrait pas à sa blessure. Présumant qu'Hadès devait être sur le palier, j'ai pris une profonde inspiration et j'ai regardé dehors.

— Qu'avez-vous vu ?

— J'ai vu la petite vieille devant l'ascenseur. Comme je n'avais entendu personne descendre, j'en ai conclu qu'Hadès était sur le toit. J'ai regardé à nouveau. La vieille dame a renoncé à attendre et est passée devant moi pour emprunter l'escalier, marchant dans une flaque d'eau au passage. Elle a fait *tss-tss* en apercevant le corps de Tamworth. J'ai reporté mon attention sur les marches qui menaient vers le toit. Pendant que je m'y dirigeais lentement, un doute s'est insinué dans mon esprit. Je me suis retournée sur la vieille dame qui était en train de descendre en pestant contre les horaires irréguliers des trams. Ce sont ses traces qui m'ont alertée. Malgré ses petits pieds, les traces humides étaient celles d'une chaussure d'homme. Je n'avais pas besoin d'autre preuve. Règle numéro Deux : Achéron peut mentir en pensée, en parole, en action et en *apparence*. Pour la première fois de ma vie, j'ai tiré sous le coup de la colère.

Tout le monde se taisait, et je continuai :

— Trois balles sur quatre à mon avis ont atteint la silhouette recroquevillée sur les marches. La vieille dame – ou, tout au moins, son image – a dégringolé l'escalier, et je me suis approchée prudemment de la rampe pour voir. Ses affaires étaient éparpillées sur les marches de béton, et son caddie avait atterri sur le palier du dessous. Ses emplettes s'en étaient échappées, et plusieurs boîtes de nourriture pour chat roulaient lentement dans l'escalier.

— Vous l'avez touchée ?

— Affirmatif.

Flanker tira un petit sachet de sa poche et me le montra. Il contenait trois de mes projectiles, aplatis comme s'ils avaient heurté un tank.

Lorsque Flanker rompit le silence, sa voix était teintée d'incrédulité.

— Vous dites qu'Achéron s'était déguisé en vieille dame ?

— Oui, monsieur, répondis-je en regardant droit devant moi.

— Et comment il a fait ?

— Je ne sais pas, monsieur.

— Comment un homme de plus d'un mètre quatre-vingt-quinze aurait-il pu rentrer dans les habits d'une femme de petite taille ?

— Je ne pense pas qu'il l'ait fait *physiquement* ; je

crois qu'il a simplement projeté ce qu'il voulait que je voie.

— Cela paraît insensé.

— Il y a beaucoup de choses que nous ignorons au sujet d'Hadès.

— *Ça*, je vous l'accorde. La vieille dame se nommait Mrs. Grimswold ; nous l'avons découverte coincée dans la cheminée de Styx. Il a fallu trois hommes pour la déloger.

Flanker réfléchit et céda la parole à l'un des OS-1 qui l'accompagnaient.

— Je voudrais bien savoir pourquoi vous étiez tous deux armés de projectiles explosifs, fit l'agent, regardant non pas moi, mais le mur.

C'était un petit brun avec un tic à l'œil gauche.

— Têtes creuses cannelées et charge ultrapuissante. C'était pour quoi faire ? Pour chasser le buffle ?

J'inspirai profondément.

— Hadès avait déjà essuyé des tirs en 1977, sans aucun résultat, monsieur. Tamworth nous avait équipés en balles explosives en vue d'un affrontement. Avec l'autorisation de OS-1, m'a-t-il dit.

— Sûrement pas. Si les journaux s'emparent de ça, on va le payer très cher. Les OpSpecs n'ont pas de bons rapports avec la presse, Miss Next. *La Taupe* ne cesse de réclamer l'accréditation pour un de ses journalistes. Les hommes politiques, quand on leur demande des comptes, se reposent de plus en plus sur nous. Des balles explosives ! Même les brigades spéciales de la cavalerie n'ont pas utilisé ça contre les Russes, merde.

— C'est ce que j'ai dit, arguai-je, mais vu leur état… (je secouai le sachet de balles aplaties)… je réalise que Tamworth a fait preuve d'une grande retenue. C'est de balles perforantes dont nous aurions eu besoin.

— Vous n'y pensez pas.

Nous fîmes une pause alors. Flanker et les autres se retirèrent dans la pièce voisine pour parlementer, tandis qu'une infirmière me changeait mon pansement. J'avais eu de la chance ; mon bras ne s'était pas infecté. J'étais en train de songer à Snood lorsqu'ils revinrent pour reprendre l'interrogatoire.

— En descendant l'escalier avec précaution, j'ai constaté qu'Achéron n'était plus armé. Car sur les marches, à côté d'une boîte de crème anglaise en poudre, j'ai trouvé un Beretta neuf millimètres. D'Achéron et de la vieille dame, il n'y avait aucun signe. Sur le palier, j'ai vu que la porte d'un des appartements avait été ouverte avec une telle force que les gonds et le verrou de sécurité avaient été arrachés. J'ai interrogé les deux occupants de l'appartement, mais ils étaient morts de rire ; apparemment, Achéron leur avait raconté une blague sur trois fourmiliers dans un pub, et ils étaient incapables de s'exprimer avec cohérence.

L'un des agents, une femme, secouait lentement la tête.

— *Quoi encore ?* demandai-je avec indignation.

— Aucune des deux personnes que vous citez ne se souvient de vous ni d'Hadès. Ils se rappellent seulement que la porte s'est ouverte à la volée, sans raison apparente. Comment vous expliquez ça ?

— Je ne l'explique pas. Sans doute est-il capable de contrôler les esprits fragiles. Nous n'avons encore qu'une notion très floue des pouvoirs de cet homme.

— Hmm, répliqua l'autre pensivement. A vrai dire, le couple a essayé de nous raconter la blague sur les fourmiliers. On s'est posé des questions à ce sujet.

— Ce n'était pas drôle, n'est-ce pas ?

— Absolument pas. Mais eux semblaient trouver ça hilarant.

Je sentis la moutarde me monter au nez ; je n'aimais pas leur façon de mener cet interrogatoire. Rassemblant mes idées, je poursuivis, désireuse d'en finir au plus vite :

— J'ai jeté un coup d'œil dans l'appartement et aperçu une fenêtre ouverte dans la chambre à coucher.

Elle donnait sur l'escalier de secours et, en me penchant, j'ai vu Achéron qui descendait en courant les marches rouillées quatre étages plus bas. Impossible de le rattraper… c'est alors que j'ai vu Snood. Il a surgi de derrière une voiture en stationnement et, se laissant tomber à terre, a pointé son revolver sur Hadès. Sur le coup, je n'ai pas compris ce qu'il faisait là.

— Mais maintenant vous savez ?

Mon cœur se serra.

— Il était venu m'aider.

Je ravalai mes larmes. Il était hors de question que je me mette à chialer comme une môme devant ces gens-là ; expertement, je déguisai mon reniflement en quinte de toux.

— Il était là parce qu'il s'était rendu compte de ce qu'il avait fait, dit Flanker. Il savait qu'en prononçant tout haut le nom d'Hadès, il vous avait compromis, vous et Tamworth. Nous pensons qu'il a cherché à se racheter. A quatre-vingt-neuf ans, il s'attaquait à un adversaire plus fort, plus déterminé et plus intelligent que lui. C'était courageux de sa part. Courageux et stupide. Avez-vous entendu ce qu'ils se sont dit ?

— Pas tout de suite. J'étais dans l'escalier de secours quand Snood a hurlé : « Police ! » et : « Couchez-vous ! » Le temps que j'arrive au deuxième étage, Hadès l'avait persuadé de lui remettre son arme et l'avait abattu. J'ai tiré à deux reprises ; Hadès a chancelé, mais il s'est vite remis et a foncé vers la voiture la plus proche. La mienne, en l'occurrence.

— Qu'est-il arrivé ensuite ?

— J'ai dévalé l'escalier et sauté à terre ; j'ai atterri sur un tas de détritus et me suis tordu la cheville. Achéron a cogné sur la vitre de ma voiture et a ouvert la portière. En quelques secondes, il a arraché l'antivol et mis le moteur en marche. La rue, je le savais, se terminait en cul-de-sac. Pour s'échapper, Achéron allait devoir me passer sur le corps. J'ai clopiné jusqu'au milieu de la chaussée et j'ai attendu. J'ai ouvert le feu sitôt qu'il a démarré. Toutes les balles ont atteint leur cible. Deux dans le pare-brise et une dans la grille du radiateur. La voiture a accéléré, et j'ai tiré à nouveau. J'ai explosé un rétroviseur latéral et un phare. Il allait me renverser, mais ça m'était égal. L'opération avait foiré. Achéron avait tué Tamworth et Snood. Et il allait en tuer des tas d'autres si je ne mettais pas toute la gomme. Ma dernière balle a touché le pneu avant droit, et il a fini par perdre le contrôle. La voiture a percuté une Studebaker qui était garée là ; elle a fait un tonneau, rebondi sur le toit et s'est enfin arrêtée à moins d'un mètre de moi. Elle a oscillé un moment, puis s'est immobilisée, l'eau du radiateur se mêlant à l'essence qui s'écoulait sur la chaussée.

J'ai bu une nouvelle gorgée d'eau et contemplé les visages en face de moi. Ils étaient tous suspendus à mes lèvres, mais le plus dur restait à venir.

— J'ai rechargé mon arme et ouvert la portière du conducteur. Je m'attendais à voir Hadès tomber comme une masse à mes pieds, mais une fois de plus ce soir-là, il a déjoué mon attente. La voiture était vide.

— L'avez-vous vu s'enfuir ?

— Non. J'étais justement en train de me gratter la tête quand une voix familière m'a interpellée par-derrière. C'était Buckett. Il était revenu.

— Où est-il ? avait hurlé Buckett.

— Je ne sais pas, avais-je bégayé, inspectant l'arrière de la voiture. Il était là…

— Ne bougez pas ! avait crié Buckett. Je vais voir devant !

J'étais contente de recevoir des ordres et de ne plus avoir à prendre l'initiative. Mais en tournant les talons, Buckett avait miroité légèrement, et j'avais compris qu'il y avait anguille sous roche. Sans hésiter, je lui tirai dans le dos à trois reprises. Il s'écroula…

— Vous avez tiré sur un autre agent ? s'enquit un OS-1, incrédule. Dans le *dos* ?

Je ne relevai pas.

… Sauf que ce n'était pas Buckett, évidemment. L'homme qui s'était redressé face à moi était Achéron. Il se frotta le dos là où je l'avais touché et sourit d'un air affable.

— Ce n'était pas très sport ! observa-t-il sans cesser de sourire.

— Je ne suis pas là pour le sport, lui assurai-je.

L'un des OS-1 me coupa la parole.

— C'est une manie chez vous, de tirer dans le dos des gens, Next. A bout portant, avec des balles explosives, et il a *survécu* ? Je regrette, c'est totalement impossible.

— C'est pourtant ce qui est arrivé.

— Elle ment ! déclara-t-il, indigné. Je commence à en avoir assez… !

Mais Flanker posa la main sur son bras pour le calmer.

— Continuez, Miss Next.

J'obtempérai.

— Salut, Thursday, avait dit Hadès.

— Achéron, avais-je répondu.

Il avait souri.

— Le sang de Tamworth est en train de refroidir là-haut, dans l'escalier, et tout ça par votre faute. Donnez-moi votre arme, qu'on en finisse – comme ça, chacun pourra rentrer chez lui.

Hadès tendit la main, et je fus fortement tentée de lui remettre mon pistolet. Mais je lui avais déjà résisté dans le passé, alors qu'il employait des méthodes plus persuasives – à une époque où j'étais étudiante, et lui, maître de conférences. Peut-être Tamworth savait-il que j'étais capable de lui tenir tête ; c'était peut-être l'une des raisons pour lesquelles il m'avait recrutée. Hadès s'en rendit compte et reprit sur un ton cordial :

— Ça fait un bon moment, hein ? Quinze ans, je crois.

— Eté 69, rétorquai-je d'un air sombre.

Je n'avais pas le temps de jouer à son petit jeu.

— Soixante-neuf ? répéta-t-il après un instant de réflexion. *Seize* ans, alors. On était plutôt copains tous les deux, si mes souvenirs sont bons.

— Vous étiez un brillant professeur, Achéron. Je n'ai pas rencontré d'intellect comparable au vôtre. Pourquoi tout ceci ?

— Je pourrais vous retourner la question, repartit-il. Vous étiez la seule parmi mes étudiants que j'aurais qualifiée de *brillante*, et pourtant vous voilà à peine mieux lotie qu'un flic – une LittéraTec, à la botte du Service. Qu'est-ce qui vous a menée à OS-5 ?

— Le destin.

Il y eut une pause. Achéron sourit.

— J'ai toujours eu un faible pour vous, Thursday. Vous m'avez repoussé, or comme chacun le sait, il n'y a rien de plus séducteur que la résistance. Je me suis souvent demandé ce que je ferais si par hasard nous nous revoyions. Mon élève vedette, ma protégée. Nous étions presque amants.

— Je n'ai *jamais* été votre protégée, Achéron.

Il sourit de plus belle.

— Ça ne vous arrive pas d'avoir envie d'une nouvelle voiture ? interrogea-t-il tout à trac.

Evidemment que ça m'arrivait, et je le lui dis.

— Et une grande maison ? *Deux* grandes maisons ? A la campagne. Avec un terrain. *Et* un Rembrandt.

Je le voyais venir.

— Si vous cherchez à m'acheter, Achéron, il va falloir choisir la bonne monnaie.

Sa figure s'allongea.

— Vous êtes forte, Thursday. La cupidité, ça marche avec la plupart des gens.

J'étais en colère à présent.

— Que comptez-vous faire du manuscrit de *Chuzzlewit*, Achéron ? Le vendre ?

— Voler et revendre ? Comme c'est *vulgaire*, ricana-t-il. Désolé pour vos deux amis. Les têtes creuses, ça fait beaucoup de dégâts, n'est-ce pas ?

Nous nous faisions face. OS-14 n'allait pas tarder à débarquer.

— Couchez-vous, ordonnai-je, ou je vous jure que je vais tirer.

Soudain, Hadès ne fut plus qu'un tourbillon de mouvement. Un claquement sec déchira l'air, et je sentis comme une traction sur mon avant-bras. J'éprouvai aussi une sensation de chaleur et réalisai, avec un intérêt détaché, que j'étais blessée.

— Bien joué, Thursday. Et si vous essayiez avec l'autre bras ?

Sans m'en rendre compte, j'avais fait feu dans sa direction. C'était là-dessus qu'il me congratulait. Il me restait trente secondes peut-être avant que l'hémorragie ne commence à m'engourdir. Je transférai l'automatique dans ma main gauche et entrepris de le lever à nouveau.

Achéron sourit, admiratif. Il aurait continué son jeu de massacre aussi longtemps que bon lui semblait, mais le hurlement lointain de sirènes de police l'incita à passer à l'action. Il me logea une balle dans la poitrine et me laissa pour morte.

Les fonctionnaires de OS-1 s'agitèrent légèrement lorsque j'eus terminé mon récit. Ils se regardaient entre eux, mais peu m'importait qu'ils me croient ou non. Hadès m'avait laissée pour morte, seulement mon heure n'avait pas encore sonné. L'exemplaire de *Jane Eyre* que Tamworth m'avait donné m'avait sauvé la vie. Je l'avais rangé dans ma poche de poitrine ; la balle d'Hadès l'avait transpercé jusqu'à la troisième de couverture, sans aller plus loin. Des côtes cassées, un collapsus pulmonaire et un hématome d'enfer – mais j'avais survécu. Question de chance, ou de destinée, appelez ça comme vous voudrez.

— C'est tout ? demanda Flanker.

Je hochai la tête.

— C'est tout.

Evidemment que ce n'était pas tout ; il y aurait encore beaucoup à dire, sauf que ça ne les concernait pas. Je n'allais pas leur raconter qu'Hadès s'était servi de la mort de Filbert Snood pour m'enfoncer moralement ; c'était ainsi d'ailleurs qu'il avait réussi à ouvrir le feu.

— C'est à peu près tout ce que nous voulions savoir, Miss Next. Dès que vous serez rétablie, vous pourrez réintégrer OS-27. Je vous rappelle que vous êtes liée par la clause de confidentialité que vous avez signée. Une parole malheureuse risquerait d'avoir de très fâcheuses conséquences. Avez-vous autre chose à ajouter ?

Je pris une grande inspiration.

— Je sais que tout ceci peut paraître insensé, mais c'est la vérité. Je suis le premier témoin à avoir vu ce dont Hadès est capable pour survivre. A l'avenir, quiconque s'attaque à lui doit être pleinement conscient de ses facultés.

Flanker se cala dans son siège. Il regarda l'homme avec le tic qui acquiesça d'un signe de tête.

— Tout cela reste purement théorique, Miss Next.

— Que voulez-vous dire ?

— Hadès est mort. Les OS-14 sont peut-être des affolés de la gâchette, mais ils ne sont pas complètement nuls. Ils l'ont pris en chasse sur la M4 jusqu'à ce qu'il crashe sa voiture à la hauteur de la sortie numéro 12. Le véhicule a pris feu après avoir dévalé le remblai. Nous tenions à entendre votre déposition avant de vous en parler.

La nouvelle me fit l'effet d'un coup de massue. Ces

quinze derniers jours, la vengeance avait été ma motivation première pour garder la tête hors de l'eau. Sans ce désir brûlant de voir Hadès châtié, je ne m'en serais peut-être pas sortie. Sa disparition rendait mon témoignage invérifiable. Je ne m'attendais pas à ce qu'ils me croient sur parole, mais j'espérais au moins être vengée quand d'autres auraient mis la main sur lui.

— Pardon ? fis-je soudain.

— J'ai dit que Hadès était mort.

— Non, il n'est pas mort, rétorquai-je sans réfléchir.

Flanker dut attribuer ma réaction au contrecoup du choc traumatique.

— C'est peut-être difficile à admettre, mais il a péri dans l'incendie de sa voiture. Sa dépouille était méconnaissable : nous ne l'avons identifié que grâce à sa dentition. Il avait toujours le pistolet de Snood sur lui.

— Et le manuscrit de *Chuzzlewit* ?

— Aucune trace… Il a certainement brûlé aussi.

Je baissai la tête. Toute l'opération n'avait été qu'un gigantesque fiasco.

— Miss Next, dit Flanker, se levant et posant la main sur mon épaule, vous serez contente de savoir que rien de tout ceci ne transpirera au-delà de OS-8. Vous pouvez retourner dans votre unité avec un casier totalement vierge. Il y a eu des erreurs, mais nous n'avons pas la moindre idée de ce qui se serait passé, si le contexte avait été différent. En ce qui nous concerne, c'est la dernière fois que vous nous voyez.

Il coupa le magnétophone, me souhaita un prompt rétablissement et quitta la pièce. Les autres agents lui emboîtèrent le pas, à l'exception de l'homme au tic. Il attendit que ses collègues fussent hors de portée de voix pour me glisser à l'oreille :

— Je pense que vous nous avez raconté des salades, Miss Next. Le Service ne peut se permettre de perdre des hommes tels que Fillip Tamworth.

— Merci.
— De quoi ?
— De m'avoir dit son prénom.
L'homme ouvrit la bouche pour répondre, se ravisa et sortit.

Je me levai de table dans la salle d'interrogatoire improvisée et me postai devant la fenêtre. Il faisait beau dehors ; les arbres vacillaient doucement dans la brise, et le monde n'avait pas vraiment l'air d'être fait pour des gens comme Hadès. Les souvenirs de ce soir-là revinrent me hanter. L'épisode dont je ne leur avais pas parlé concernait Snood. Désignant son corps usé et fatigué, Achéron m'avait dit :
— Filbert voulait vous demander pardon.
— C'est le père de Filbert ! rectifiai-je.
— Non, s'esclaffa-t-il. C'est bien Filbert.
Je regardai Snood. Il était couché sur le dos, les yeux ouverts – malgré soixante ans d'écart, la ressemblance était indéniable.
— Oh non, ce n'est pas vrai ! Filbert ? C'était lui ?
Achéron semblait trouver ça très divertissant.
— « Retenu de manière irrévocable » est l'euphémisme employé par les ChronoGardes pour désigner l'agrégation temporelle. C'est bizarre que vous ne sachiez pas ça, Thursday. Surpris hors de l'espace-temps. Il a pris soixante ans en moins d'une minute. Pas étonnant qu'il ait préféré se volatiliser.
Il n'y avait donc pas eu d'autre fille à Tewkesbury. J'avais déjà entendu parler de la dilatation du temps et des instabilités temporelles par mon père. Dans le monde de l'Evénement, du Cône et de l'Horizon, Filbert Snood avait été retenu de manière irrévocable. Le drame, c'était qu'il n'avait pas eu le courage de me le dire. Ce fut à ce moment-là, alors que j'avais le moral dans les chaussettes, qu'Achéron s'était retourné et avait tiré. Exactement comme il l'avait programmé.

Je regagnai lentement ma chambre et m'assis sur le lit, broyant du noir. Quand il n'y a personne alentour, j'ai tendance à avoir la larme facile. Je pleurai d'abondance pendant cinq bonnes minutes et, me sentant beaucoup mieux, me mouchai bruyamment et allumai la télé pour me changer les idées. Je zappai d'une chaîne à l'autre jusqu'à tomber sur Krapo News. Où il était question de Crimée, encore et toujours.

— Et, à propos de Crimée, annonça la présentatrice, la branche armement du groupe Goliath a mis au point une nouvelle arme dans la lutte contre l'agresseur russe. On espère que le fusil balistique à plasma-propulsion – nom de code « Stonk » – jouera un rôle décisif dans l'issue du conflit. Notre correspondant James Backbiter nous en parle plus en détail.

Lui succéda le gros plan d'un fusil d'allure exotique manipulé par un soldat en uniforme d'OpSpec de l'armée.

— Voici le nouveau fusil à plasma Stonk, présenté aujourd'hui par la branche armement de Goliath, commenta Backbiter qui se tenait à côté du soldat sur un champ de tir. Nous ne sommes pas en mesure de vous le décrire avec précision, pour des raisons évidentes, mais nous pouvons faire une démonstration de son efficacité en spécifiant qu'il utilise une décharge d'énergie concentrée pour détruire blindage et personnel dans un rayon de près de deux kilomètres.

Je regardai, horrifiée, le soldat procéder à la démonstration. D'invisibles décharges d'énergie frappèrent le tank cible avec la puissance d'une dizaine de nos obusiers. On aurait dit une pièce d'artillerie format poche. Le tir de barrage cessa, et Backbiter posa deux ou trois questions convenues au colonel, tandis que les troupes défilaient à l'arrière-plan, armées de nouveaux fusils.

— Quand pensez-vous que nos soldats au front seront équipés de Stonks ?

— Les premières armes sont déjà en route. Le reste

sera livré sitôt que nous aurons mis en place la chaîne de production nécessaire.

— Et, pour finir, l'effet sur les hostilités ?

L'expression du colonel changea imperceptiblement.

— Avec Stonk, d'ici un mois les Russes quémanderont la paix.

— Et *merde*, marmonnai-je.

Cette formule-là, je l'avais entendue un nombre incalculable de fois durant mon service militaire. Elle avait remplacé le traditionnel « ce sera terminé pour Noël » et présageait systématiquement un effroyable carnage.

Avant même le déploiement de la nouvelle arme, sa simple existence avait modifié l'équilibre des forces en présence. Désormais peu enclin à se retirer, le gouvernement anglais tentait de négocier la reddition de l'ennemi. Les Russes, eux, ne voulaient pas en entendre parler. L'ONU avait exigé le retour des belligérants à la table de négociations à Budapest, mais les pourparlers étaient au point mort ; l'armée impériale russe s'était retranchée en prévision de l'assaut annoncé. Plus tôt dans la journée, le porte-parole de Goliath Armement avait reçu l'ordre de comparaître devant le Parlement pour justifier le retard de livraison des nouvelles armes, retard qui remontait maintenant à un mois.

Un crissement de pneus me tira de mes réflexions. Je levai les yeux. Au milieu de la chambre d'hôpital, il y avait une rutilante voiture de sport. Je cillai deux fois, mais elle ne disparut pas. Elle n'avait strictement rien à faire ici, sans parler de la manière dont elle avait pénétré dans la pièce, la porte étant juste assez large pour laisser passer un lit ; pourtant elle était là. Je sentais l'odeur des gaz d'échappement et entendais le moteur tourner ; curieusement, je ne trouvai pas ça bizarre. Les occupants de la voiture avaient les yeux rivés sur moi. Agée de trente-cinq ans environ, la jeune femme au volant ne m'était pas totalement inconnue…

— Thursday ! s'écria-t-elle d'un ton pressant.

Je fronçai les sourcils. Tout cela paraissait bien réel, et j'étais sûre et certaine d'avoir déjà vu la conductrice quelque part. Le passager, un jeune homme en costume que je ne connaissais pas, m'adressa un joyeux signe de la main.

— Il n'est pas mort ! lança la femme, comme si elle avait très peu de temps devant elle. L'accident de voiture était un leurre. Des hommes de la trempe d'Achéron ne meurent pas aussi facilement. Accepte le poste de LittéraTec à Swindon !

— Swindon ? répétai-je.

Je croyais avoir quitté cette ville pour toujours – son nom réveillait en moi des souvenirs un peu trop douloureux.

J'ouvris la bouche pour parler, mais les pneus gémirent à nouveau, et la voiture repartit, se repliant sur elle-même plutôt que de s'évanouir ; il n'en restait plus rien, rien que l'écho des pneus et un vague relent de gaz d'échappement. Ceux-ci aussi finirent par se dissiper, sans laisser le moindre indice sur cette étrange apparition. Je me pris la tête entre les mains. La conductrice m'était *vraiment* très familière. Ç'avait été moi.

Le temps que la commission d'enquête publie ses conclusions, mon bras était presque guéri. Je ne fus pas autorisée à les lire, mais ça ne me dérangeait pas. Le rapport, si j'avais pu le consulter, n'aurait probablement fait qu'ajouter à ma frustration et à mon agacement. Boswell était revenu me voir pour me dire que je bénéficiais d'un congé maladie de six mois, ce qui me fut piètre consolation. Je n'avais nulle envie de retourner chez les LittéraTecs ; du moins, pas à Londres.

— Qu'est-ce que tu vas faire ? me demanda Paige.

Elle s'était pointée le jour de ma sortie d'hôpital pour m'aider à rassembler mes affaires.

— Six mois, ça risque d'être long quand on n'a ni hobbies, ni famille, ni petit ami, insista-t-elle.

Parfois, elle avait tendance à mettre les pieds dans le plat.

— J'ai des tas de hobbies.

— Par exemple ?

— La peinture.

— C'est vrai, ça ?

— Absolument. En ce moment, je travaille sur une marine.

— Depuis combien de temps ?

— Sept ans environ.

— Ça doit être un chef-d'œuvre.

— C'est une croûte innommable.

— Non, mais sérieusement, dit Turner.

En l'espace de quelques semaines, nous étions devenues plus proches que nous ne l'avions jamais été depuis que nous nous connaissions.

— Qu'est-ce que tu vas faire ?

Je lui tendis le bulletin officiel des OS-27, avec la liste des postes à pourvoir dans tout le pays. Paige regarda l'annonce que j'avais entourée de rouge.

— Swindon ?

— Pourquoi pas ? C'est chez moi.

— Peut-être bien, mais n'empêche que c'est bizarre.

Elle tapota le descriptif du boulot.

— C'est pour un simple agent… alors que tu travailles comme inspecteur depuis plus de trois ans déjà !

— Trois ans et demi. Aucune importance. Je vais le prendre.

Je ne pouvais lui révéler ma véritable motivation. Ç'aurait certes pu être une coïncidence, mais la conductrice de la voiture s'était montrée on ne peut plus claire : *Accepte le poste de LittéraTec à Swindon !* Peut-être que la vision avait été réelle, tout compte fait ; l'annonce avait paru *après* l'incursion de la voiture dans ma chambre. Et si l'histoire du job à Swindon était vraie, il y avait des chances que la nouvelle de la fausse mort d'Hadès le fût également. J'avais postulé sans trop réfléchir. Pas question de parler de la voiture à Paige ; amies ou pas, elle aurait forcément fait son rapport à Boswell. Lequel aurait prévenu Flanker, avec tous les désagréments qui s'ensuivraient. Je commençais à toucher ma bille en matière de dissimulation, et j'étais heureuse comme je ne l'avais plus été depuis des mois.

— Tu vas nous manquer, Thursday.

— Ça passera.

— Tu vas *me* manquer.

— Merci, Paige, je suis très touchée. Toi aussi, tu me manqueras.

Nous nous étreignîmes ; elle me dit de rester en contact et sortit de la pièce, accompagnée du bip-bip de son pager.

Je finis de ranger mes affaires et allai remercier les infirmières qui me remirent un paquet enveloppé de papier brun.

— Qu'est-ce que c'est ?

— Ça appartient à celui qui vous a sauvé la vie.

— Comment ça ?

— Un passant a pris soin de vous avant l'arrivée de l'ambulance ; il a obturé votre blessure au bras et vous a recouverte de son manteau pour vous éviter d'avoir froid. Sans son intervention, vous vous seriez vidée de votre sang.

Interloquée, j'ouvris le paquet. Tout d'abord, il y avait là un mouchoir qui, malgré plusieurs lavages, portait encore les traces de mon propre sang. Ainsi qu'un monogramme brodé dans un coin, EFR. Ensuite, il y avait une veste, une sorte de redingote qui avait dû être très en vogue au milieu du XIXe siècle. Je fouillai les poches et découvris une note de chapelier. Adressée à un certain Edward Fairfax Rochester, Esq., et datée de 1833. Je m'assis pesamment sur le lit et contemplai la veste, le mouchoir et la facture. Normalement, je n'aurais pas cru que Rochester se serait arraché aux pages de *Jane Eyre* pour venir à mon secours ; ceci est totalement inconcevable, bien sûr. J'aurais considéré la chose comme un canular grotesque et laborieux... si Edward Rochester et moi-même ne nous étions pas déjà rencontrés dans le passé.

6

Jane Eyre : une brève excursion dans le roman

> Dans cette rue devant chez Styx, ce n'était pas la première fois que je croisais Rochester, et ce ne serait pas la dernière. Nous nous étions déjà vus à Haworth dans le Yorkshire, à une époque où mon esprit était jeune et où la barrière entre réalité et simulacre ne s'était pas encore figée en carapace qui nous enveloppe dans notre vie d'adulte. La barrière était souple, malléable et, l'espace d'un instant, par la grâce d'une gentille étrangère et le pouvoir d'une voix expressive, j'ai fait le court voyage – et j'en suis revenue.
>
> THURSDAY NEXT
> *Ma vie chez les OpSpecs*

C'était en 1958. Mon oncle et ma tante – qui paraissaient déjà vieux, même en ce temps-là – m'avaient emmenée visiter le presbytère de Haworth, l'ancienne maison des Brontë. J'étudiais William Thackeray à l'école, et comme c'était un contemporain des Brontë, ils profitaient de l'occasion pour compléter mon éducation en la matière. Mon oncle Mycroft devait faire une conférence à l'université de Bradford sur ses remarquables travaux mathématiques relatifs à la théorie du jeu, dont l'aspect le plus pratique permettait de gagner au jeu de l'oie à tous les coups. Bradford se trouvant à côté de Haworth, une visite combinée semblait s'imposer d'elle-même.

Nous étions accompagnés d'un guide, une femme d'une soixantaine d'années, avec des lunettes cerclées d'acier et une allure de peluche dans son cardigan en angora ; elle conduisait les touristes d'une pièce à l'autre avec brusquerie, comme si elle pensait qu'aucun d'eux n'en saurait jamais autant qu'elle, mais qu'elle acceptât à contrecœur de les aider à sortir de l'abîme de leur ignorance. Vers la fin de la visite, alors que les pensées se tournaient vers les cartes postales et la crème glacée, le clou de l'exposition, sous la forme du manuscrit original de *Jane Eyre*, accueillit ses auditeurs fatigués.

Même si les pages avaient jauni et l'encre noire s'était décolorée jusqu'à devenir marron clair, un œil expert était capable de déchiffrer l'écriture fine et tremblée, courant à travers la feuille en un flot ininterrompu de prose inventive. Une page était tournée tous les deux jours, afin que les admirateurs les plus fervents et les plus assidus pussent lire le roman dans sa version d'origine.

Le jour où j'étais venue au musée, le manuscrit était ouvert à l'endroit de la première rencontre entre Jane et Rochester, une rencontre accidentelle devant un échalier.

— ... ce qui en fait l'une des œuvres les plus romantiques jamais écrites, poursuivait notre guide, hautaine malgré ses airs de peluche, débitant son laïus maintes fois répété sans se préoccuper des mains qui se levaient pour solliciter la parole.

« Le personnage de Jane Eyre, une jeune femme dure et résiliente, se démarquait des héroïnes traditionnelles de l'époque, et Rochester, un homme intimidant et cependant foncièrement bon, brisait également le moule avec ses défauts et son tempérament austère. *Jane Eyre* a été écrit par Charlotte Brontë en 1847 sous le pseudonyme de Currer Bell. Thackeray l'a qualifié de "chef-d'œuvre d'un grand génie". Nous allons terminer par la boutique où vous pourrez acheter des cartes postales, des plaques commémoratives, des petites figurines de Heathcliff en plastique et autres souvenirs de votre visite. Merci de…

L'un des membres de l'assistance levait la main, déterminé à poser sa question.

— Excusez-moi, commença le jeune homme avec un accent américain.

Un muscle facial de la guide tressaillit brièvement, tandis qu'elle se forçait à écouter l'opinion d'un autre.

— Oui ? fit-elle avec une politesse glaciale.

— Ben voilà, je suis nouveau dans tout ça, mais j'ai un problème avec la fin de *Jane Eyre*.

— Un problème ?

— Ouais. Genre quand Jane quitte Thornfield Hall et se maque avec ses cousins, les Rivers.

— Je sais qui sont ses cousins, jeune homme.

— Ouais, bon, elle accepte de partir avec ce couillon de Saint-John Rivers, mais sans l'épouser ; ils s'en vont en Inde, et voilà le travail. Alors ? Où est le happy end ? Que deviennent Rochester et sa cinglée de bonne femme ?

La guide se renfrogna.

— Et qu'auriez-vous préféré, hein ? Les forces du bien et du mal s'affrontant dans les couloirs de Thornfield Hall ?

— Ce n'est pas ce que j'ai voulu dire, répondit le jeune homme, légèrement agacé. Simplement, le livre appelle un dénouement clair, histoire de conclure le récit. D'après ce que j'ai lu, on a l'impression qu'elle en a eu marre et qu'elle l'a bâclé vite fait.

La femme le dévisagea un moment à travers ses lunettes à monture d'acier, déplorant que les visiteurs ne se conduisent pas davantage comme des moutons. Malheureusement, il n'avait pas tort ; elle-même s'était souvent interrogée sur cette fin en queue de poisson, regrettant avec des millions d'autres lecteurs que les circonstances n'eussent pas permis à Jane de se marier avec Rochester.

— Il y a des choses qu'on ne saura jamais, fit-elle d'un ton neutre. Charlotte n'est plus parmi nous, donc la question demeure abstraite. Contentons-nous d'étudier et d'apprécier ce qu'elle nous a laissé. La belle exubérance du style rachète aisément toutes ses petites imperfections.

L'Américain hocha la tête, et le groupe, dont mon oncle et ma tante, poursuivit son chemin. Je m'attardai jusqu'à ce que je fusse seule dans la pièce, à l'exception d'une touriste japonaise. J'essayai alors de jeter un œil sur le manuscrit en me hissant sur la pointe des pieds. Ce qui, vu ma taille d'enfant, n'était pas chose facile.

— Tu veux que je te le lise ? demanda une voix empreinte de bonté.

C'était la touriste japonaise. Elle me sourit, et je la remerciai pour son obligeance.

Après s'être bien assurée qu'il n'y avait personne d'autre dans la pièce, elle déplia ses lunettes de lecture et se mit à lire. Son anglais était excellent, et sa voix, très plaisante à l'oreille ; les mots se détachaient de la page pour pénétrer dans mon imagination au fur et à mesure qu'elle parlait.

... J'étais jeune alors et quantité d'images claires sombres habitaient mon esprit. Le souvenir des contes de nourrice s'y mêlait à d'autres sottises, mais quand ils revenaient à mon esprit, ma jeunesse qui arrivait à maturité leur donnait plus de vigueur et de vie que l'enfance n'avait pu le faire[1]...

1. Toutes les citations de *Jane Eyre* sont extraites de la traduction de Léon Brodovikoff et de Claire Robert (Presses de la Renaissance, 1968). *(N.d.T.)*

Je fermai les yeux, et l'atmosphère parut soudain se rafraîchir. La voix de la Japonaise sonnait maintenant comme si nous avions été en plein air, et, lorsque je rouvris les yeux, le musée avait disparu. A sa place, il y avait un chemin de campagne dans un lieu parfaitement inconnu. C'était une belle soirée d'hiver, et le soleil était en train de descendre sur l'horizon. L'air était totalement immobile ; les couleurs semblaient délavées. Hormis quelques oiseaux qui bruissaient çà et là dans la haie, rien ne bougeait dans ce paysage à la beauté désolée. Je grelottai en apercevant le nuage formé par mon haleine, remontai la fermeture Eclair de mon blouson et regrettai d'avoir laissé mon chapeau et mes moufles en bas sur une patère. En regardant autour de moi, je me rendis compte que je n'étais pas seule. Trois mètres plus loin, une jeune femme vêtue d'un manteau ample et d'un chapeau à brides était assise sur un échalier, contemplant la lune qui venait juste de se lever derrière nous. Lorsqu'elle tourna la tête, je distinguai un visage à première vue ordinaire, mais qui respirait la détermination et la force de caractère. Je la fixai, en proie à des sentiments mitigés. J'avais réalisé dernièrement que je n'étais pas jolie moi-même ; à l'âge de neuf ans, il m'apparaissait déjà clairement que des enfants plus beaux obtenaient ce qu'ils voulaient avec plus de facilité. Mais là, chez cette jeune femme, je sentis que la tendance pouvait être inversée. Je me redressai et serrai les mâchoires, imitant inconsciemment sa posture.

Alors que je pensais à lui demander où était passé le musée, un bruit dans le chemin nous fit nous retourner toutes les deux. C'était un cheval qui arrivait vers nous et, l'espace d'un instant, la jeune femme eut l'air déconcertée. Le chemin était étroit, et je m'écartai pour céder le passage au cavalier. Pendant que j'attendais, un gros chien noir et blanc surgit le long de la haie, la truffe au ras du sol. L'animal ignora la silhouette sur l'échalier, mais s'arrêta net en me voyant. Sa queue remua avec enthousiasme, et il bondit pour me renifler, intéressé ; son souffle chaud m'enveloppait ; ses moustaches me chatouillaient la joue. Je gloussai, et il remua la queue de plus belle. Voilà cent trente ans qu'il explorait cette haie à chaque lecture du roman, mais jamais encore il n'avait flairé quelque chose d'aussi… *réel*. Il me lécha plusieurs fois avec une grande affection. Je pouffai à nouveau et le repoussai ; du coup, il courut chercher un bâton.

Plus tard, en lisant le livre, j'allais me rendre compte que le chien Pilote n'avait jamais eu l'opportunité de rapporter un bâton, ses apparitions dans le roman étant bien trop rares, si bien qu'il décida de profiter pleinement de l'aubaine. Il devait savoir d'instinct que la petite fille surgie inopinément page 81 n'était pas soumise aux contraintes de la narration. Il savait qu'il pouvait repousser un peu les limites du récit, humer le sol de part et d'autre du chemin dans la mesure où ce n'était pas précisé ; mais si le texte spécifiait qu'il devait aboyer, gambader ou sauter en l'air, il était obligé d'obéir. C'était une existence longue et répétitive, et les rencontres fortuites telles que la nôtre n'en étaient que plus plaisantes.

Levant les yeux, je remarquai que le cheval et le cavalier venaient de dépasser la jeune femme. L'homme était grand, distingué ; la mine soucieuse, il semblait abîmé dans ses réflexions qui lui conféraient un air de détachement pensif. Il ne m'avait pas vue ; or le chemin le plus sûr passait par l'endroit où je me tenais : juste en face de moi, il y avait une plaque de verglas traîtresse. Le cheval arrivait droit sur moi, martelant le sol dur de ses sabots massifs, me soufflant l'haleine tiède de ses naseaux veloutés au visage. Brusquement, apercevant la petite fille devant lui, le cavalier lâcha : « Que diable… » et, pour m'éviter, fit faire un écart à sa monture. Le cheval glissa sur le verglas et s'effondra avec fracas. Je reculai, mortifiée d'être la cause de cet accident. Le cheval lutta pour reprendre pied, et le chien, alerté par le vacarme, accourut avec un bâton et se mit à aboyer, tout excité, devant le groupe affalé, sa voix grave se réverbérant dans le soir immobile. La jeune femme s'approcha, inquiète, du cavalier à terre. Désireuse de se rendre utile, elle parla pour la première fois.

— Etes-vous blessé, Monsieur ?

L'homme grommela une réponse inintelligible et lui tourna le dos.

— Puis-je faire quelque chose ? demanda-t-elle à nouveau.

— Vous devez rester sur le côté, rétorqua-t-il d'un ton bourru en se relevant péniblement.

La jeune femme s'écarta tandis qu'il aidait le cheval à se redresser avec force piétinements et claquements de sabots. Il cria au chien de se taire et se baissa pour tâter sa jambe ; visiblement, il s'était fait très mal. J'étais sûre qu'un homme d'allure aussi sévère devait être furieux contre moi ; cependant, lorsqu'il m'eut repérée, il sourit gentiment et me gratifia d'un clin d'œil, un doigt sur les lèvres pour m'intimer le silence. Je lui rendis son sourire, et il pivota vers la jeune femme, fronçant les sourcils d'un air ombrageux, histoire de coller à son personnage.

Là-haut, dans le ciel du soir, j'entendais une voix lointaine qui m'appelait. La voix se fit plus forte, et le ciel s'obscurcit. L'air froid tiédit sur mon visage ; le chemin s'évanouit ; le cheval, le cavalier, la jeune femme et le chien regagnèrent les pages du livre d'où ils avaient surgi. La salle du musée se matérialisa autour de moi. Les images, les odeurs se retransformèrent en paroles pendant que la lectrice terminait sa phrase.

… car il s'arrêta, et s'assit sur une des marches de l'escalier…

— Thursday ! s'écria ma tante Polly avec humeur. Tâche donc de ne pas traîner. Tu poseras des questions plus tard.

Elle me saisit par la main et m'entraîna avec elle. Je me retournai et adressai un geste de remerciement à la touriste japonaise qui me répondit d'un sourire chaleureux.

Depuis, j'avais eu d'autres occasions de visiter le musée, mais la magie n'opérait plus. Mon esprit s'était fermé beaucoup trop quand j'avais eu douze ans – j'étais déjà une jeune femme. J'en parlai juste à mon oncle qui hocha gravement la tête et me crut sans restriction. Je ne le dis à personne d'autre. Les adultes normaux n'aiment pas entendre des choses que leur propre grisaille leur rend inaccessibles.

En vieillissant, je me mis à douter de la fiabilité de ma mémoire. A dix-huit ans, je classai cet épisode dans les produits d'une imagination trop fertile. La réapparition de Rochester ce soir-là en bas de chez Styx ne faisait donc que créer la confusion. La réalité, décidément, commençait à gauchir.

7

Le Groupe Goliath

… Nul ne conteste que nous ayons une dette de reconnaissance vis-à-vis du Groupe Goliath. Il nous a aidés à reconstruire après la Seconde Guerre, et cela ne doit pas être oublié. Dernièrement, il semblerait toutefois que Goliath ne tienne pas ses promesses d'équité et d'altruisme. Aujourd'hui, nous nous trouvons dans une regrettable position où nous continuons à régler une dette qui a été payée depuis longtemps – avec des intérêts, par-dessus le marché…

Discours devant le Parlement d'un Goliathsceptique
SAMUEL PRING

J'étais au cimetière des OpSpecs à Highgate devant la pierre tombale de Snood. Sur la stèle, on lisait :

Filbert R. Snood
Agent dévoué qui a donné ses
années dans l'exercice de ses fonctions.
Le temps n'attend pas
SO-12 & SO-5
1953-1985

On dit que le boulot, ça fait vieillir… effectivement, ç'avait beaucoup fait vieillir Filbert. C'était peut-être aussi bien qu'il n'eût pas appelé après l'accident. Ça n'aurait pas marché, et la rupture, le moment venu – car il y aurait forcément eu rupture – aurait été par trop douloureuse. Je plaçai une petite pierre sur sa tombe et lui fis mes adieux.

— Vous avez eu de la chance.

Me retournant, j'aperçus un homme trapu, en costume élégant, assis sur le banc d'en face.

— Je vous demande pardon ? rétorquai-je, désarçonnée par cette intrusion dans mes pensées.

Le petit homme sourit et me regarda fixement.

— J'aimerais vous entretenir d'Achéron, Miss Next.

— C'est l'un des fleuves qui coulent aux Enfers, lui dis-je. Essayez la bibliothèque du coin, rayon mythologie grecque.

— Je veux parler de l'individu.

Je le scrutai alors, pour tenter de savoir qui il était. Un petit feutre était perché sur sa tête ronde et tondue à la façon d'une balle de tennis. Il avait des traits pointus, des lèvres minces et n'inspirait pas franchement la sympathie. Il arborait des bijoux en or massif et une épingle de cravate ornée d'un diamant qui scintillait comme une étoile. Ses chaussures en cuir verni étaient recouvertes de demi-guêtres blanches, et une chaîne de montre en or pendait de la poche de son gilet. Il n'était pas seul. Un jeune homme, lui aussi en costume sombre, avec une bosse à l'endroit où devrait se trouver une arme, se tenait à côté de lui. Absorbée dans mes pensées, je ne les avais pas entendus approcher. C'étaient probablement des OpSpecs, Affaires Internes ou autres ; à l'évidence, Flanker et Cie n'en avaient pas fini avec moi.

— Hadès est mort, répondis-je simplement, peu désireuse d'engager la polémique.

— Vous n'avez pas l'air d'y croire.

— Ma foi, on m'a donné six mois de congé pour surmenage au travail. Le psy pense que je souffre d'un syndrome de fausse mémoire et d'hallucinations. Je n'accorderais aucun crédit à mes dires, si j'étais vous… c'est aussi valable pour ce que je viens de vous raconter à l'instant.

Le petit homme sourit à nouveau, exhibant une grosse dent en or.

— Je doute fort que vous souffriez de surmenage, Miss Next. A mon avis, vous êtes aussi saine d'esprit que moi. Si quelqu'un qui a survécu à la Crimée, à la police et à huit ans de missions délicates chez les LittéraTecs venait me dire que Hadès est toujours en vie, j'aurais tendance à l'écouter.

— Et à qui ai-je l'honneur ?

Il me tendit une carte avec un liseré d'or et le logo bleu marine de Goliath gravé en relief par-dessus.

— Mon nom est Maird, dit-il. Jack Maird.

Je haussai les épaules. D'après la carte, il était chef du service de sécurité interne de Goliath, une organisation qui œuvrait dans l'ombre, en dehors du cadre étatique ; conformément à un décret constitutionnel, ils n'avaient de comptes à rendre à personne. Le Groupe Goliath avait des membres honoraires dans les deux Chambres et des conseillers au ministère des Finances. Le secteur judiciaire avait ses propres représentants de Goliath au sein du comité d'élection des juges de la Haute Cour, et la plupart des grandes universités avaient un superviseur de Goliath à demeure. Il était quasi impossible de mesurer l'emprise que le Groupe exerçait sur le pays, signe sans doute d'un remarquable savoir-faire. Néanmoins, malgré cette façade débonnaire que Goliath offrait au monde extérieur, des murmures de contestation s'élevaient contre son sempiternel statut privilégié. Ses fonctionnaires n'étaient désignés ni par le peuple ni par le gouvernement, et ses activités étaient sanctifiées par la loi. Courageux était l'homme politique qui osait exprimer ses inquiétudes de vive voix.

Je m'assis sur le banc à côté de lui. Il congédia son acolyte.

— Et pourquoi cet intérêt pour Hadès, Mr. Maird ?

— Je veux savoir s'il est mort ou vivant.

— Vous avez lu le rapport d'autopsie, non ?

— Il m'a appris seulement qu'un homme de sa taille, stature et dentition avait été incinéré dans une voiture. Hadès a déjà connu pire, et chaque fois il s'en est sorti. J'ai lu *votre* rapport, bien plus intéressant. Je ne comprends pas que ces bouffons de OS-1 n'en aient pas tenu compte. Maintenant que Tamworth est mort, vous êtes le seul agent à avoir des informations à son sujet. Je me moque de savoir qui a commis des erreurs ce soir-là. La question qui me préoccupe, c'est : Qu'avait-il l'intention de faire du manuscrit de *Martin Chuzzlewit* ?

— Réclamer une rançon, peut-être ? hasardai-je.

— C'est possible. Où est le manuscrit ?

— Il ne l'avait pas sur lui ?

— Non, répondit Maird posément. Dans votre déposition, vous dites qu'il le conservait dans une serviette en cuir. Il n'y en avait aucune trace dans la voiture calcinée. Si Achéron a survécu, alors le manuscrit doit être intact aussi.

Je le regardai d'un œil de merlan frit ; je ne voyais pas où il voulait en venir.

— Il aurait pu le remettre à un complice.

— Tout à fait. Ce manuscrit irait chercher dans les cinq millions sur le marché noir, Miss Next. Ça fait beaucoup d'argent, vous ne trouvez pas ?

— Qu'insinuez-vous par là ? ripostai-je sèchement, agacée.

— Rien du tout, sinon que votre déposition et le cadavre d'Achéron, ça ne colle pas vraiment, hein ? Vous dites avoir tiré sur lui après qu'il a abattu ce jeune agent.

— Il s'appelait Snood, précisai-je délibérément.

— Si vous voulez. Mais le cadavre brûlé ne portait aucune trace de blessure par balle, malgré toutes les fois où vous avez fait feu sur lui alors qu'il était déguisé en Buckett ou en vieille dame.

— Elle s'appelait Mrs. Grimswold.

Je le toisai. Maird continua :

— J'ai vu les balles aplaties. Le résultat aurait été le même si vous aviez tiré dans un mur.

— Vous ne voulez pas en venir au fait ?

Maird dévissa le couvercle d'une bouteille Thermos et me l'offrit. Je refusai ; il se versa à boire et reprit :

— A mon avis, vous en savez plus que vous ne le dites. Nous n'avons que votre parole concernant les événements de cette soirée. Selon vous, Miss Next, que comptait-il faire du manuscrit ?

— Je vous l'ai déjà dit : je n'en ai pas la moindre idée.

— Alors pourquoi avez-vous pris un poste de LittéraTec à Swindon ?

— C'est tout ce que j'ai trouvé.

— Ce n'est pas vrai. Votre travail a toujours été évalué comme étant au-dessus de la moyenne, et votre dossier indique que vous n'êtes pas retournée à Swindon depuis dix ans, bien que votre famille habite là-bas. Une note jointe au dossier mentionne des « déboires sentimentaux ». Vous avez eu des problèmes de cœur à Swindon ?

— Ça ne vous regarde pas.

— Dans mon métier, il y a très peu de choses qui ne me regardent pas. Une femme comme vous pourrait exercer ses talents dans quantité d'autres domaines, mais retourner à Swindon ? Quelque chose me dit qu'il y a une raison à cela.

— Tout ça, c'est dans mon dossier ?

— En effet.

— Quelle est la couleur de mes yeux ?

Ignorant ma question, Maird but une gorgée de café.

— Pur Colombie. C'est ce qu'il y a de mieux. Vous pensez que Hadès est en vie, Next. Je vous soupçonne d'avoir une idée de l'endroit où il se trouve. Je suis prêt à parier qu'il est à Swindon et que c'est pour ça que vous y allez. Je me trompe ?

Je plantai mon regard dans le sien.

— Oui. Je rentre chez moi pour remettre de l'ordre dans ma vie.

Jack Maird n'avait pas l'air convaincu.

— Je ne crois pas à des choses comme le surmenage, Next. Il y a des gens faibles et des gens forts. Seuls des gens forts survivent à un homme tel que Hadès. Vous êtes quelqu'un de fort.

Il marqua une pause.

— Appelez-moi, si vous changez d'avis. Mais soyez prévenue. Je vous ai à l'œil.

— Comme il vous plaira, Mr. Maird. J'ai une question pour vous.

— Oui ?

— En quoi Hadès vous intéresse-t-il, *vous* ?

Jack Maird sourit.

— Ça, c'est top secret, Miss Next. Je vous souhaite une bonne journée.

Il inclina son chapeau, se leva et partit. Une Ford noire aux vitres teintées s'arrêta à l'entrée du cimetière ; il s'y engouffra, et la Ford démarra rapidement.

Assise sur le banc, je réfléchissais. J'avais menti au psychiatre de la police en disant que j'étais apte au service, et j'avais menti à Jack Maird en disant que je ne l'étais pas. Si Goliath s'intéressait à Hadès et au manuscrit de *Chuzzlewit*, ce ne pouvait être que pour une question d'argent. Le Groupe Goliath était à l'altruisme ce que Gengis Khan était aux tissus d'ameublement. Il avait peut-être rebâti l'Angleterre après la Seconde Guerre ; il avait peut-être redressé l'économie. Mais tôt ou tard, le pays reconstruit allait devoir tenir tout seul, et Goliath était considéré aujourd'hui moins comme un oncle bienveillant que comme un beau-père tyrannique.

8

Voyage en dirigeable

… Il n'est guère utile de dépenser de l'argent pour développer un moteur susceptible de propulser un appareil sans hélices. Où est le problème avec les dirigeables ? Voilà plus de cent ans qu'ils transportent l'humanité dans des conditions relativement sûres, et je ne vois aucune raison de remettre en cause leur popularité…

Députée Kelly,
s'opposant au budget pour le développement
de nouvelles formes de propulsion
Août 1972

Pour me rendre à Swindon, je pris un petit dirigeable d'une vingtaine de places. Il n'était qu'à moitié plein, et un vif vent arrière nous permit de réaliser une bonne moyenne. Le train m'aurait coûté moins cher, mais comme bon nombre de gens, j'adorais voyager en ballon. Quand j'étais petite, mes parents m'avaient emmenée en Afrique dans un immense aérostat long-courrier. Nous avions survolé lentement la France, la tour Eiffel, Lyon, nous avions fait escale à Nice, puis traversé la Méditerranée aux flots miroitants, faisant des signes aux pêcheurs et aux passagers de paquebots qui nous rendaient notre salut. Nous nous étions posés au Caire après avoir contourné les Pyramides avec une grâce infinie : le commandant de bord manœuvrait expertement le monstre avec l'aide habile de douze hélices entièrement orientables. Trois jours plus tard, nous avions remonté le Nil jusqu'à Louxor, où nous avions pris un bateau de croisière pour regagner la côte. Là, nous nous embarquâmes sur le *Ruritania* pour rentrer en Angleterre via le détroit de Gibraltar et le golfe de Gascogne. Pas étonnant que je profite de la moindre occasion pour retrouver les doux souvenirs de mon enfance.

— Magazine, m'dame ? demanda un steward.

Je déclinai. Les magazines de bord étaient toujours ennuyeux, et la vue de la campagne anglaise défilant au-dessous de nous me suffisait amplement. C'était une belle journée ensoleillée ; le dirigeable filait entre les petits nuages cotonneux qui ponctuaient le ciel, tel un troupeau de moutons aériens. Les Chilterns se dressèrent devant nous, puis reculèrent tandis que nous dépassions Wallingford, Didcot et Wantage. Le Cheval Blanc d'Uffington[1] se profila en contrebas, éveillant des souvenirs de flirts et de pique-niques. On y était souvent allés, Landen et moi.

— Caporal Next ? s'enquit une voix familière.

Je me retournai. Un homme entre deux âges se tenait dans le passage, un demi-sourire aux lèvres. Je le reconnus instantanément, même si on ne s'était pas revus depuis douze ans.

— Major ! répondis-je, me raidissant légèrement en présence de mon ancien officier supérieur.

Il s'appelait Phelps, et j'avais été sous ses ordres le jour où la Brigade de Blindés Légers s'était exposée par

1. Colline crayeuse dans l'Oxfordshire avec une figure de cheval découpée à la surface. *(N.d.T.)*

erreur aux tirs russes en cherchant à repousser une attaque contre Balaklava. J'avais conduit un transport de troupes blindé ; ce n'était pas la période la plus heureuse de ma vie.

Le dirigeable amorça la lente descente sur Swindon.

— Alors, comment ça va depuis tout ce temps, Next ? demanda-t-il, notre relation passée dictant le ton de nos rapports présents.

— Bien, monsieur. Et vous-même ?

— Je ne peux pas me plaindre. (Il rit.) Enfin, je pourrais, mais ça ne servirait pas à grand-chose. Ces bougres d'imbéciles m'ont fait colonel, vous ne saviez pas ?

— Félicitations, dis-je, un peu gênée.

Le steward nous pria d'attacher nos ceintures. Phelps s'assit à côté de moi et rabattit la boucle. Baissant la voix, il poursuivit :

— Je suis inquiet au sujet de la Crimée.

— Qui ne l'est pas ?

Avait-il retourné sa veste depuis notre dernière rencontre ?

— Tout à fait. Ces gars de l'ONU, ils se mêlent de ce qui ne les regarde pas. Si on capitule maintenant, c'est comme si toutes ces vies avaient été sacrifiées pour rien.

Je soupirai. Ses opinions n'avaient pas changé, et je n'avais nulle envie de polémiquer. Cette guerre, j'en avais souhaité la fin pratiquement dès mon arrivée là-bas. Elle ne correspondait pas à l'idée que je me faisais d'une guerre *juste*. Buter les nazis hors de l'Europe, ça, ç'avait été *juste*. Se disputer la presqu'île de Crimée relevait d'un orgueil xénophobe et d'un patriotisme mal placé.

— Comment va votre main ? demandai-je.

Phelps me montra une main gauche plus vraie que nature. Il fit pivoter son poignet et remua les doigts. J'étais impressionnée.

— Extraordinaire, n'est-ce pas ? dit-il. Les impulsions proviennent d'un machin sensoriel fixé aux muscles brachiaux. Si mon bras avait été sectionné au-dessus du coude, j'aurais eu l'air malin, tiens.

Il se tut un instant, puis revint à son sujet de départ.

— J'ai peur que sous la pression de la rue le gouvernement ne retire ses billes avant l'offensive.

— L'offensive ?

Le colonel Phelps sourit.

— Bien sûr. J'ai des amis en haut lieu qui me disent que l'arrivée de la première cargaison de fusils à plasma n'est qu'une question de jours. Croyez-vous que les Russes seront capables de se défendre contre les Stonks ?

— Sincèrement, non ; à moins qu'ils ne possèdent leur propre version.

— Impossible. Goliath fabrique les armes les plus sophistiquées du monde. Ecoutez, j'espère comme tout un chacun que nous n'aurons pas à l'utiliser, mais Stonk est l'élément décisif qui jouera sur l'issue de ce conflit.

Il fourragea dans son porte-documents et en sortit un tract.

— Je fais une tournée de propagande pour la Crimée. Ce serait bien que vous vous joigniez à moi.

— Je ne pense pas..., commençai-je en prenant néanmoins le feuillet.

— Sottises ! rétorqua Phelps. En tant qu'ancienne combattante, qui plus est saine et sauve, de cette campagne, il est de votre devoir de parler au nom de ceux qui ont consenti le sacrifice suprême. Si nous rendons la presqu'île, toutes ces vies jusqu'à la dernière auront été perdues en vain.

— Ces vies, monsieur, ont été perdues de toute façon, et rien de ce que nous puissions faire n'y changera quoi que ce soit.

Il fit mine de n'avoir pas entendu, et je m'enfermai dans le silence. Le soutien acharné que le colonel Phelps apportait à la guerre était sa manière à lui d'assumer la débâcle. L'ordre avait été donné de charger face à ce qui était qualifié de « résistance symbolique », mais qui s'était avéré être un rassemblement massif d'artillerie de campagne russe. Phelps se trouvait à bord d'un transport de troupes, à découvert, lorsque les Russes ripostèrent avec tout ce qui leur tombait sous la main ; un obus lui emporta l'avant-bras et lui truffa le dos de shrapnel. Nous le ramassâmes, ainsi que tous les soldats que nous pouvions transporter, et regagnâmes les lignes anglaises, le véhicule chargé à ras d'humanité gémissante. J'étais retournée au milieu du carnage, bravant les ordres, et j'avais zigzagué parmi les blindés déchiquetés à la recherche de survivants. Sur soixante-seize tanks et blindés légers, deux seulement étaient revenus. Parmi 534 soldats impliqués dans la bataille, 51 avaient survécu, dont huit totalement indemnes. Au nombre des morts, il y avait Anton Next, mon frère. Le mot débâcle est *loin* de décrire ce qui s'était passé ce jour-là.

Par bonheur, le dirigeable se posa peu de temps après, et je m'arrangeai pour éviter le colonel Phelps dans l'aérogare. Je récupérai ma valise et me retranchai dans les toilettes pour dames jusqu'au moment où j'estimai qu'il était parti. Son tract, j'en fis de la charpie que je jetai aux toilettes. Quand j'émergeai, l'aérogare était vide. Elle était plus vaste que le trafic local ne le justifiait ; un luxe superflu qui reflétait les espoirs déçus des urbanistes de Swindon. Dehors, l'esplanade était tout aussi déserte, à l'exception de deux étudiants avec une banderole contre la guerre de Crimée. Ils avaient été prévenus de l'arrivée de Phelps et espéraient l'entraver dans sa campagne en faveur de la guerre. Je leur souhaitais bien du plaisir.

Ils me regardèrent et se détournèrent précipitamment. S'ils savaient qui était Phelps, il y avait des chances qu'ils sachent qui j'étais également. J'inspectai l'allée de dépose-minute. J'avais parlé au téléphone à Victor Analogy – chef des LittéraTecs de Swindon – et il avait proposé de m'envoyer une voiture. Elle n'était pas encore arrivée. Comme il faisait chaud, j'ôtai ma veste. Une annonce préenregistrée résonna dans les haut-parleurs, exhortant les automobilistes inexistants à ne pas se garer dans la zone bleue désertée. Un employé qui avait l'air de s'ennuyer à mourir vint ramener plusieurs chariots. Je m'assis tout au bout, à côté d'un Shakesparleur. La dernière fois que j'avais mis les pieds à Swindon, le parking n'était qu'un terrain vague avec un pylône rouillé. Bien d'autres choses avaient dû changer ici depuis.

J'attendis cinq minutes, puis me levai et arpentai impatiemment le bitume. Le Shakesparleur – officiellement connu comme distributeur automatique de monologues de Shakespeare – était celui de *Richard III*. C'était une simple boîte à moitié vitrée avec un mannequin d'aspect réaliste, visible à partir de la taille et affublé d'un costume approprié. Pour dix pence, l'appareil débitait un court extrait de Shakespeare. On n'en fabriquait plus depuis les années trente, et ils commençaient à se faire rares ; le vandalisme des Baconiens et le manque d'entretien qualifié contribuaient à précipiter leur déclin.

J'exhumai une pièce de dix pence et l'insérai dans la fente. L'appareil cliqueta et ronronna doucement en se mettant en marche. Il y en avait eu un avec *Hamlet* au coin de Commercial Road, quand j'étais petite. Mon frère et moi harcelions notre mère pour avoir de la monnaie et écoutions l'automate discourir de choses dont le sens nous échappait. Il nous parlait de « pays inconnu ». Mon frère, dans sa naïveté enfantine, avait déclaré vouloir y aller, et il y était allé en effet, dix-sept ans plus tard, d'un bond insensé de deux mille six cents kilomètres, avec pour seul accompagnement sonore le rugissement des moteurs et le *rat-tat-tat* des tirs russes.

A-t-on jamais courtisé une femme de cette façon[1] *?* demanda l'automate, roulant follement les yeux tandis qu'il levait un doigt en l'air et oscillait de gauche à droite. *A-t-on jamais gagné une femme de cette façon ?*

Il marqua une pause pour ménager son effet.

Je l'aurai, mais je ne la garderai pas longtemps…

— Excusez-moi.

Je levai les yeux. L'un des étudiants s'était approché et me touchait le bras. Il portait un insigne de la paix à la boutonnière et un pince-nez perché en équilibre instable sur son gros nez.

— Vous êtes Next, n'est-ce pas ? Caporal Next, de la Brigade de Blindés Légers.

Je me frottai le front.

— Je ne suis pas avec le colonel. C'était une coïncidence.

— Je ne crois pas aux coïncidences.

— Moi non plus. Ça, c'est une coïncidence, non ?

L'étudiant me regarda bizarrement. Sa copine nous rejoignit, et il lui dit qui j'étais.

— C'est vous qui êtes retournée sur le champ de bataille, s'extasia-t-elle, comme si j'étais une perruche empaillée appartenant à une espèce rare. C'était enfreindre un ordre direct. Vous risquiez la cour martiale.

— Eh bien, je suis passée au travers.

— Oui, quand *La Chouette du Dimanche* s'est emparée de votre histoire. J'ai lu votre déposition pendant l'enquête. Vous êtes contre la guerre.

Les deux étudiants se dévisagèrent : ils n'en revenaient pas, de l'aubaine qui s'offrait à eux.

— Nous avons besoin de quelqu'un qui puisse intervenir au rassemblement du colonel Phelps, dit le jeune homme au gros nez. Quelqu'un qui fasse partie de

1. Toutes les citations de Shakespeare sont extraites des traductions de François-Victor Hugo. *(N.d.T.)*

l'autre camp. Quelqu'un qui a été là-bas. Quelqu'un qui a du pep. Vous voulez bien faire ça pour nous ?

— Non.

— Pourquoi ?

Je me retournai pour voir si, par miracle, mon chauffeur n'était pas arrivé. Non, toujours pas.

... *Qu'il y a trois mois*, poursuivait l'automate, *j'ai, dans une boutade furieuse, poignardé à Tewkesbury* ?

— Ecoutez, les enfants, j'aurais aimé vous aider, mais je ne peux pas. J'ai passé douze ans à essayer d'oublier. Contactez un autre vétéran. Il y en a plein.

— Mais pas des comme vous, Miss Next. Vous, vous avez survécu à la charge. Vous êtes repartie chercher vos camarades blessés. Une des cinquante et un. C'est votre *devoir* de parler au nom de ceux qui y sont restés.

— Foutaises. Mon devoir est vis-à-vis de moi-même. J'ai survécu à la charge et, depuis, je vis tous les jours avec ça. Toutes les nuits je me demande : Pourquoi moi ? Pourquoi suis-je en vie alors que d'autres, mon frère y compris, sont morts, eux ? C'est une question sans réponse, et là, les joyeusetés ne font que commencer. Je ne peux pas vous aider.

— Vous n'avez pas besoin de parler, persista la fille. Mais mieux vaut rouvrir une seule vieille blessure que d'en causer mille autres, hein ?

— Epargne-moi tes leçons de morale, espèce de petite conne, répliquai-je en haussant la voix.

Cela produisit l'effet escompté. Elle me tendit un tract, prit son copain par le bras et s'éloigna.

Je fermai les yeux. Mon cœur battait comme le *rat-tat-tat* de l'artillerie de campagne russe. Je n'entendis pas la voiture de police s'arrêter à côté de moi.

— Agent Next ? s'enquit une voix joviale.

Je me tournai, hochai la tête avec gratitude, pris ma valise et m'approchai. L'homme dans la voiture me sourit. Il portait de longues dreadlocks et une paire de lunettes de soleil démesurées. Le col de son uniforme était ouvert au mépris du protocole, et il arborait quantité de bijoux, ce qui était tout aussi contraire aux directives du Service.

— Bienvenue à Swindon ! Une ville où tout peut arriver et où tout arrive à coup sûr !

Avec un large sourire, il pointa le pouce vers l'arrière de la voiture.

— Le coffre est ouvert.

Celui-ci contenait un assortiment de pieux en fer, plusieurs maillets, un grand crucifix, une pioche et une pelle. Il s'en dégageait une odeur de renfermé, une odeur de moisi et de mort – je m'empressai d'y enfourner ma valise et de le refermer d'un coup sec. Puis j'allai ouvrir la portière côté passager et montai.

— *Merde !* m'exclamai-je, apercevant soudain un gros loup de Sibérie qui arpentait la banquette arrière, derrière un solide grillage.

Le conducteur éclata de rire.

— Faites pas attention au clebs, ma p'tite dame ! Agent Next, je vous présente Mr. Meakle. Mr. Meakle, agent Next.

Il parlait du loup. Je contemplai l'animal et il me rendit mon regard avec une intensité qui me déconcerta. L'OpSpec au volant rit comme une hyène et démarra sur les chapeaux de roues. J'avais oublié à quel point Swindon pouvait être loufoque.

Au moment où nous partions, le Shakesparleur acheva son monologue, tout seul dans son coin :

... En attendant que j'achète un miroir, resplendis, beau soleil, que je puisse voir mon ombre en marchant.

Il y eut un cliquetis, un bourdonnement, et l'automate s'arrêta abruptement, à nouveau inerte jusqu'à la prochaine pièce de monnaie.

— Belle journée, commentai-je une fois en route.

— Chaque journée est belle, Miss Next. Moi, c'est Stoker...

Il s'engagea sur la rocade de Stratton.

— ... OpSpec 17 : Elimination de Vampires et de Loups-Garous. Suceurs et mordeurs, qu'on dit par ici. Mes amis m'appellent Spike. Vous, ajouta-t-il avec un grand sourire, vous pouvez m'appeler Spike.

En guise d'explication, il tapota le maillet et le pieu fixés au grillage qui nous séparait de la banquette arrière.

— Et vous, c'est quoi votre petit nom, Miss Next ?

— Thursday.

— Ravi de vous connaître, Thursday.

Il tendit une grosse paluche que je serrai, reconnaissante. D'emblée, je l'avais trouvé sympathique. S'appuyant au montant de la portière pour profiter au mieux de la brise rafraîchissante, il tambourina un tempo sur le volant. Il avait une égratignure au cou, qui laissait échapper un filet de sang.

— Vous saignez, observai-je.

Spike s'essuya le cou avec la main.

— C'est rien. Il m'a donné un peu de fil à retordre...

Je me retournai à nouveau. Assis sur la banquette, le loup se grattait l'oreille avec sa patte arrière.

— ... mais je suis immunisé contre la lycanthropie. C'est juste que Mr. Meakle ne veut pas prendre ses médicaments. Hein, Mr. Meakle ?

Le loup dressa les oreilles ; l'ultime vestige de l'humanité en lui devait se souvenir de son nom. Il se mit à panteler dans la chaleur.

— Ses voisins ont téléphoné. Tous les chats du voisinage avaient disparu ; je l'ai trouvé en train de faire les poubelles derrière le SmileyBurger. Il va être traité, se retransformera et sera de retour en ville d'ici vendredi. Il a des droits, paraît-il. C'est quoi, votre affectation ?

— Je suis... euh... OS-27.

Spike se remit à rire bruyamment.

— Une LittéraTec ? Ça fait toujours plaisir de rencontrer quelqu'un d'aussi démuni que soi-même. Il y a des gens bien dans votre service. Votre chef, c'est Victor Analogy. Ne vous fiez pas à ses cheveux gris – c'est un superpro. Les autres sont tous des OpSpecs de choc. Un peu m'as-tu-vu et un peu trop intellos pour moi, mais bon. Où c'est que je vous dépose ?

— A l'hôtel Finis.

— C'est votre premier séjour à Swindon ?

— Hélas, non, répondis-je. Je suis née ici. J'ai aussi travaillé dans la police locale jusqu'en 1975. Et vous ?

— Dix ans dans les gardes à la frontière galloise. Je me suis frotté aux ténèbres à Oswestry en 79 ; c'est là que je me suis découvert un talent pour ce genre de conneries. Avant, j'étais à Oxford ; j'ai été muté après que les deux services avaient fusionné. Vous avez devant vous le seul Tueur de Vampires au sud de Leeds. Je dirige mon propre bureau, mais c'est un boulot drôlement solitaire. Si jamais vous connaissez quelqu'un qui sache manier le maillet…

— J'ai bien peur que non.

Je ne comprenais pas qu'on pût vouloir combattre les forces du mal pour le salaire de base d'un OpSpec.

— Mais si j'en rencontre un, ajoutai-je, je vous tiendrai au courant. Qu'est-il arrivé à Chesney ? A mon époque, c'est lui qui s'occupait de ça.

Une ombre traversa le visage d'ordinaire rayonnant de Spike, et il poussa un profond soupir.

— C'était un bon copain, mais il a basculé du côté des ténèbres. Il s'est mis au service du mal. J'ai dû le traquer moi-même. Le pieu et la décollation, ça n'a pas été difficile. Le plus délicat, ç'a été d'annoncer la nouvelle à sa femme – elle n'a pas été franchement ravie.

— Moi aussi, ça m'aurait mise en pétard.

— En tout cas, reprit Spike, ragaillardi, vous n'avez pas besoin de me raconter des craques, mais que va faire une jolie OpSpec chez les LittéraTecs de Swindon ?

— J'ai eu quelques petits ennuis à Londres.

— Ah, fit-il d'un air entendu.

— Et puis, je cherche quelqu'un.

— Qui ça ?

Je le regardai et pris ma décision en une fraction de seconde. S'il y avait un être humain à qui je pouvais faire confiance, c'était bien Spike.

— Hadès.

— Achéron ? Macache bono, frangine. Le bonhomme est cuit. Il a cramé dans sa bagnole sur la Quatre.

— C'est ce qu'on nous fait croire. Si vous entendez parler de quelque chose…

— Pas de problème, Thursday.

— Et que ça reste entre nous, hein ?

Il sourit.

— Après les vampires, les secrets, c'est ce qui me réussit le mieux.

— Un instant…

Je venais d'entrevoir une voiture de sport bariolée sur le parking d'un garage de l'autre côté de la rue. Spike ralentit.

— Qu'est-ce qui se passe ?

— Je… euh… j'ai besoin d'une voiture. Pouvez-vous me déposer là-bas, en face ?

Il effectua un demi-tour malgré le panneau d'interdiction ; la voiture qui nous suivait freina brutalement et fit une embardée. Le conducteur se répandit en imprécations jusqu'au moment où il reconnut le damier des OpSpecs ; il ravala alors ses insultes et poursuivit sagement sa route. Je récupérai ma valise.

— Merci d'être venu me chercher. Je vous verrai un de ces jours.

— Sauf si je vous vois d'abord. Je tâcherai de me renseigner sur votre ami disparu.

— Ce serait gentil. Merci.

— Au revoir.

— A bientôt.

— Salut, fit une voix timide à l'arrière de la voiture.

Nous nous retournâmes tous les deux. Mr. Meakle

s'était retransformé. Un homme chétif, d'allure assez pathétique, était assis sur la banquette, nu comme un ver et couvert de boue. Ses mains reposaient modestement sur ses parties intimes.

— Mr. Meakle ! Bienvenue parmi nous ! lança Spike avec un sourire éclatant.

Puis, sur un ton de reproche :

— Vous n'avez pas pris vos cachets, n'est-ce pas ?

Mr. Meakle secoua piteusement la tête.

Je remerciai à nouveau Spike. Quand il redémarra, je vis Mr. Meakle me saluer un peu bêtement de la main par la lunette arrière. Spike refit demi-tour, obligeant un autre automobiliste à piler sur place, et disparut.

Je contemplai la voiture de sport garée au premier rang sur le parking sous le panneau OCCASIONS. Il n'y avait pas d'erreur. C'était bien la voiture qui avait surgi sous mes yeux dans ma chambre d'hôpital. *Avec moi au volant*. C'était moi qui m'avais dit d'aller à Swindon. Moi qui m'avais dit qu'Achéron n'était pas mort. Si je n'étais pas venue à Swindon, je n'aurais pas vu la voiture et n'aurais donc pas pu l'acheter. Tout cela n'avait pas grand sens, mais une chose était sûre : il me fallait cette auto.

— Je peux vous aider, madame ? demanda un vendeur onctueux, sorti de nulle part.

Il se frottait nerveusement les mains et transpirait avec abondance sous le soleil.

— Cette voiture. Vous l'avez depuis combien de temps ?

— La Speedster 356 ? Six mois à peu près.

— Elle n'est pas allée à Londres entre-temps ?

— Londres ? répéta-t-il, perplexe. Pas du tout. Pourquoi ?

— Comme ça. Je la prends.

Le vendeur parut légèrement choqué.

— Vous en êtes sûre ? Vous ne voulez pas quelque

chose d'un peu plus fonctionnel ? J'ai un bon choix de Buick qui viennent juste d'arriver. Des ex-Goliath, mais avec un faible kilométrage, vous savez…

— Celle-ci, déclarai-je fermement.

Il eut un sourire embarrassé. La voiture avait dû être mise en vente à un prix dérisoire, et ils ne comptaient pas en tirer le moindre bénéfice. Marmonnant dans sa barbe, il s'empressa d'aller chercher les clés.

Je m'installai à l'intérieur. L'habitacle était spartiate à l'extrême. D'ordinaire, je n'avais pas l'impression de m'intéresser aux voitures, mais celle-là était différente. Elle était outrageusement tape-à-l'œil avec sa drôle de carrosserie rouge, bleu et vert, mais elle me plut immédiatement. Le vendeur revint avec les clés, et elle démarra du deuxième coup. Il remplit tous les papiers nécessaires et, une demi-heure plus tard, je quittais le parking et m'engageais sur la chaussée. L'auto accéléra rapidement, avec un bruit grinçant du côté du pot d'échappement. Deux cents mètres plus loin, nous étions devenues inséparables.

9

La famille Next

> … Je suis née un jeudi, d'où mon prénom. Mon frère est né un lundi, et on l'a appelé Anton – allez savoir pourquoi. Ma mère s'appelle Wednesday[1], bien qu'elle soit née un dimanche – ne me demandez pas pourquoi –, et mon père n'a pas de nom du tout ; son identité et son existence ont été oblitérées par les ChronoGardes après sa rébellion. C'est comme s'il n'avait jamais existé. Mais peu importe. Pour moi, il a toujours été mon papa…
>
> THURSDAY NEXT
> *Ma vie chez les OpSpecs*

J'emmenai ma nouvelle auto faire un tour à la campagne avec le toit baissé ; l'air qui me cinglait le visage offrait un répit bienfaisant à la chaleur estivale. Le paysage familier n'avait pratiquement pas changé ; il restait aussi beau que dans mon souvenir. Swindon, en revanche, était méconnaissable. La ville s'était étendue en largeur et en hauteur. L'industrie légère s'était expatriée à la périphérie ; les tours en verre du centre des affaires avaient poussé vers le ciel. La zone résidentielle

1. Mercredi. *(N.d.T.)*

s'était élargie en conséquence ; la campagne s'en trouvait donc d'autant plus éloignée du centre-ville.

Le soir était tombé lorsque je m'arrêtai devant une maison mitoyenne, dans une rue qui en comptait quarante ou cinquante de semblables. Je remontai le toit et verrouillai la voiture. C'était là que j'avais grandi ; la fenêtre de ma chambre était juste au-dessus de la porte d'entrée. La maison avait vieilli. La peinture des châssis de fenêtres avait passé, et le crépi granité semblait se détacher par endroits du mur. Je poussai le portail, non sans difficulté vu la résistance qu'il m'opposait, puis le refermai avec autant d'effort et de sueur – tâche rendue d'autant plus laborieuse par une troupe de dodos accourus voir qui c'était ; face à cette présence vaguement familière, ils échangèrent des *plocks* excités.

— Salut, Mordacai ! dis-je au plus âgé d'entre eux, qui oscillait et s'inclinait en guise de révérence.

Là-dessus, chacun réclama sa part d'attention, et je restai un moment à les chatouiller sous le menton pendant qu'ils inspectaient mes poches à la recherche de marshmallows, friandise dont les dodos raffolent tout particulièrement.

Ma mère ouvrit la porte pour voir la cause de cet attroupement et courut à ma rencontre. Les dodos s'égaillèrent, prudents, car, au-delà d'une marche rapide, ma mère peut représenter un véritable danger. Elle me serra longuement dans ses bras.

— Thursday ! fit-elle, les yeux humides. Pourquoi ne pas nous avoir prévenus de ton arrivée ?

— C'était une surprise, maman. J'ai été nommée à Swindon.

Elle était venue me voir plusieurs fois à l'hôpital et m'avait régalée avec tous les détails irrésistibles de l'hystérectomie de Margot Vishler et les derniers potins de la Fédération des Femmes.

— Comment va ton bras ?

— Un peu raide par moments, et quand je dors

dessus, il s'ankylose complètement. Le jardin a l'air en forme. Je peux entrer ?

Ma mère s'excusa et m'escorta à l'intérieur, me prenant mon blouson pour l'accrocher dans la penderie. Elle jeta un coup d'œil gêné sur l'automatique fixé à mon épaule dans son étui ; du coup, je le fourrai dans ma valise. La maison, remarquai-je bientôt, était *exactement* la même : même désordre, mêmes meubles, même odeur. Je pris le temps de regarder autour de moi, de m'imprégner de tout cela, de savourer le bien-être des souvenirs heureux. La dernière fois que j'avais connu le bonheur, le vrai, c'était ici, à Swindon, et cette maison avait été la pierre angulaire de ma vie pendant vingt ans. Un doute insidieux s'empara de mon esprit quant à la sagesse d'avoir quitté la ville en premier lieu.

Nous entrâmes dans le séjour, toujours décoré dans les verts et les bruns ternes, et qui ressemblait à un musée de velours. La photo de mon défilé de promotion à l'école de police trônait sur le manteau de cheminée, avec celle d'Anton et de moi-même en treillis, souriant sous le soleil brûlant de Crimée. Sur le canapé, un couple âgé était en train de regarder la télé.

— Polly ! Mycroft ! Regardez qui est là !

Ma tante réagit favorablement en se levant pour m'accueillir, mais Mycroft, lui, semblait davantage intéressé par *Kézako Quiz*. Il ricana bêtement, en reniflant, à une plaisanterie de potache et me fit un petit signe de la main sans tourner la tête.

— Bonsoir, Thursday, *chérie*, dit ma tante. Attention, je suis toute maquillée.

Nous rapprochâmes nos joues, l'une puis l'autre, en faisant *mmmouah*. Ma tante sentait fort la lavande et était tellement peinturlurée que même cette bonne vieille Elisabeth Ire en aurait été outrée.

— Tu vas bien, tata ?

— On ne peut mieux.

Elle asséna un violent coup de pied dans la cheville de son époux.

— Mycroft, c'est ta nièce.

— Bonjour, mon lapin, fit-il, sans lever les yeux et en se frottant la cheville.

Polly baissa la voix.

— C'est une vraie plaie. Il ne fait que regarder la télé et bricoler dans son atelier. Parfois, je me demande s'il a toute sa tête.

Elle lui lança un œil noir avant de se tourner vers moi.

— Tu restes longtemps ?

— Elle a été nommée ici, glissa ma mère.

— Tu as maigri ?

— Je fais de la muscu.

— Tu as un copain ?

— Non, répliquai-je.

A tous les coups, elles allaient me parler de Landen.

— Tu as appelé Landen ?

— Non. Et vous n'avez pas besoin de le faire non plus.

— Un *si* gentil garçon. *Krapo* a encensé son dernier livre : *Quand nous étions garnements*. Tu l'as lu ?

Je ne répondis pas.

— Des nouvelles de papa ? demandai-je.

— Il n'a pas aimé la peinture mauve dans la chambre, dit ma mère. Je ne vois vraiment pas pourquoi tu m'as suggéré ça !

Tante Polly me fit signe d'approcher et, fort peu discrètement, d'une voix retentissante, me siffla à l'oreille :

— Il ne faut pas en vouloir à ta mère ; elle croit que ton père fréquente *une autre femme* !

Maman s'excusa sous un prétexte vaseux et quitta précipitamment la pièce.

Je fronçai les sourcils.

— Quel genre de femme ?

— Quelqu'un qu'il a rencontré au travail… lady Emma Machin-Chose.

Je me rappelai ma dernière conversation avec papa, l'histoire de Nelson et des révisionnistes français.

— Emma *Hamilton* ?

Ma mère passa la tête par la porte.

— Tu la connais ? fit-elle d'un ton chagrin.

— Pas personnellement, non. A mon avis, elle est morte au milieu du XIXe siècle.

Les yeux de maman s'étrécirent.

— La ruse classique.

Elle se reprit et esquissa un sourire éclatant.

— Tu restes dîner ?

J'acquiesçai, et elle partit chercher un poulet à faire cuire jusqu'à lui ôter tout semblant de goût, oubliant momentanément sa colère contre papa. Mycroft, son émission terminée, s'en fut d'un pas traînant dans la cuisine ; il portait un cardigan gris dont il avait remonté la fermeture Eclair, et tenait à la main un exemplaire de *Bout à bout*.

— Qu'est-ce qu'on mange ? demanda-t-il, bouchant le passage.

Tante Polly le regarda comme on regarde un enfant gâté.

— Mycroft, au lieu de traîner et de perdre ton temps, tu n'as qu'à perdre celui de Thursday… montre-lui ce que tu fabriques dans ton atelier.

Mon oncle nous contempla toutes les deux d'un air absent. Haussant les épaules, il me fit signe de le suivre. A la porte du jardin, il troqua ses pantoufles contre une paire de caoutchoucs, et son cardigan contre une innommable veste à carreaux.

— Allez, viens, ma fille, marmonna-t-il, chassant les dodos massés autour de la porte dans l'attente d'un casse-croûte, et se dirigeant vers son atelier.

— Tu devrais réparer le portail, tonton – c'est une catastrophe !

— Pas du tout, rétorqua-t-il avec un clin d'œil. Chaque fois que quelqu'un entre ou sort, il génère suffisamment d'énergie pour faire marcher la télé pendant une heure. Ça fait un moment qu'on ne t'a pas vue dans les parages. Tu étais partie ?

— On peut le dire, oui – dix ans.

Il me considéra par-dessus ses lunettes avec une certaine surprise.

— C'est vrai ?

— Oui. Owens est toujours avec toi ?

Owens était l'assistant de Mycroft. Un vieux garçon qui avait travaillé avec Rutherford à l'époque où celui-ci avait fissionné l'atome ; Mycroft et lui étaient allés à l'école ensemble.

— Une tragédie, Thursday. Nous mettions au point une machine qui synthétisait du méthanol à partir de blanc d'œuf, de chaleur et de sucre, quand une saute de courant a provoqué une implosion. Owens a été meringué. Le temps de le décortiquer, le malheureux avait rendu l'âme. C'est Polly qui m'aide maintenant.

Nous étions arrivés à l'atelier. La porte était fermée à l'aide d'une bûche dans laquelle on avait fiché une hache. Mycroft tâtonna à la recherche de l'interrupteur, et les néons s'allumèrent, inondant la pièce d'une lumière crue et phosphorescente. Le laboratoire était tel que je l'avais connu naguère, en termes de désordre et de bric-à-brac, mais les appareils étaient différents. J'avais su par les nombreuses lettres de ma mère que Mycroft avait inventé une méthode pour expédier les pizzas par fax et un crayon 2B avec un correcteur d'orthographe intégré, mais j'ignorais totalement sur quoi il travaillait maintenant.

— Au fait, ç'a marché, tonton, la machine à gommer les souvenirs ?

— La quoi ?

— La machine à gommer les souvenirs. Tu étais en train de la tester la dernière fois qu'on s'est vus.

— Je ne sais pas de quoi tu parles, ma petite fille. Tiens, que penses-tu de ça ?

Une grosse Rolls-Royce blanche trônait au centre de la pièce. Je m'en approchai pendant que Mycroft tapotait un néon pour l'empêcher de clignoter.

— Une nouvelle voiture, tonton ?

— Non, non, dit-il précipitamment. Je ne conduis pas. Un ami à moi, qui loue ce genre de véhicule, se plaignait que ça lui revenait trop cher d'en garder deux : une blanche pour les mariages et une noire pour les enterrements. Du coup, j'ai trouvé ceci.

Se penchant, il tourna un gros bouton sur le tableau de bord. Nous entendîmes un sourd bourdonnement, et la voiture prit lentement une teinte blanc cassé, puis grise, gris foncé et, pour finir, noire.

— Très impressionnant, tonton.

— Tu crois ? Tout ça grâce à la technologie des cristaux liquides. Mais j'ai été plus loin encore. Regarde.

Il tourna le cadran de quelques degrés supplémentaires, et la voiture vira au bleu, puis au mauve, et enfin au vert à pois jaunes.

— Les voitures monochromes appartiennent au passé ! Mais ce n'est pas tout. Si j'allume le Pigmentiseur, là, comme ça, elle devrait... oui, oui, regarde-moi ça !

Sous mes yeux ébahis, la voiture commença à s'évanouir ; le revêtement à base de cristaux liquides adopta les tons gris et bruns de l'atelier de Mycroft. En l'espace de quelques secondes, elle s'était entièrement fondue dans le décor. Je songeai aux parties de rigolade possibles avec les flics chargés de régler la circulation.

— Je l'appelle la Caméléauto ; c'est drôle, hein, tu ne trouves pas ?

— Très drôle.

Je tendis la main pour toucher la surface tiède de la Rolls camouflée. J'allais demander à Mycroft s'il y avait moyen d'adapter son système à ma Speedster, mais il était trop tard ; éperonné par mon intérêt, il s'était hâté vers un grand bureau à cylindre et me faisait signe avec animation.

— Papier carbone traducteur, annonça-t-il, hors d'haleine, indiquant plusieurs piles de pellicule métallique colorée. J'appelle ça du papier Rosette. Je vais te faire une démonstration. On prend une feuille de papier, on pose le carbone espagnol par-dessus, puis une autre feuille de papier – dans le bon sens, s'il te plaît ! –, le carbone polonais, encore un papier, l'allemand, une autre feuille, le français, et la dernière... voilà, ça y est.

Il rajusta le tas de papier et le plaça sur le bureau. Je rapprochai une chaise.

— Ecris quelque chose sur la première feuille. Ce que tu veux.

— N'importe quoi ?

Mycroft hocha la tête, et j'écrivis : *Avez-vous vu mon dodo ?*

— Et maintenant ?

Il prit un air triomphant.

— Regarde bien, ma petite fille.

Je soulevai le premier carbone ; dessous, de ma propre main, il était écrit : *¿ Ha visto mi dodo ?*

— Incroyable !

— Merci, dit mon oncle. Allez, continue !

J'obtempérai. Sous le carbone polonais, il y avait : *Gdzie jest moje dodo ?*

— Je suis en train de travailler sur les hiéroglyphes et le démotique, expliqua Mycroft tandis que je lisais en allemand : *Haben Sie mein Dodo gesehen ?* Le codex maya m'a posé plus de problèmes ; quant à l'espéranto, je n'arrive à rien du tout. Je ne comprends vraiment pas pourquoi.

— Mais ça va avoir des dizaines d'applications ! m'exclamai-je.

Et, retirant la dernière feuille, je lus, quelque peu désappointée : *Mon aardvark n'a pas de nez*[1].

1. En français dans le texte. *(N.d.T.)*

— Attends une minute, tonton. *Mon aardvark n'a pas de nez ?*

Jetant un coup d'œil par-dessus mon épaule, Mycroft grommela :

— Tu n'as pas dû appuyer assez fort. Tu es dans la police, n'est-ce pas ?

— Dans les OpSpecs, plus exactement.

— Eh bien, voilà qui pourrait t'intéresser.

Il m'entraîna avec lui. Au passage, j'aperçus tout un tas d'autres gadgets dont l'usage m'était totalement inconnu.

— Mercredi, je dois présenter cet appareil-ci à la commission technique de la police.

Il s'arrêta devant une machine équipée d'un immense pavillon à la manière d'un vieux gramophone et s'éclaircit la voix.

— Ceci est mon Olfactographe. Son principe est très simple. Puisque n'importe quel limier digne de ce nom vous dira que l'odeur de chaque individu est unique comme l'empreinte de son pouce, il en résulte qu'un appareil capable de reconnaître l'odeur d'un criminel pourrait se révéler utile là où les autres formes d'identification ont échoué. Un voleur peut porter un masque et des gants, mais il ne peut cacher son odeur.

Il désigna le pavillon.

— Les odeurs sont aspirées là-dedans et dissociées à l'aide d'un Olfactroscope inventé par mes soins. Leurs composants sont ensuite analysés pour obtenir la « puempreinte » du criminel. Il peut capter les odeurs de dix personnes différentes dans une même pièce et isoler la plus récente ou la plus ancienne. Il peut détecter un toast brûlé six mois après les faits et faire la différence entre trente marques de cigares.

— Ça pourrait servir, dis-je, un peu dubitative. Et ça, c'est quoi ?

Je pointais le doigt sur une espèce de chapeau mou en cuivre couvert de fils électriques et de voyants lumineux.

— Ah oui, fit mon oncle. Je pense que ça va te plaire.

Il posa le chapeau sur ma tête et appuya sur un gros interrupteur. Il y eut un bourdonnement.

— Il doit se passer quelque chose ? m'enquis-je.

— Ferme les yeux et respire profondément. Essaie de faire le vide dans ton esprit.

Je fermai les yeux et attendis patiemment.

— Ça marche ? demanda Mycroft.

— Non, répondis-je.

Puis :

— Minute !

Une épinoche venait de surgir devant moi.

— Je vois un poisson. Là, juste en face. Attends, en voilà un autre !

Bientôt, il y eut un banc entier de poissons multicolores nageant devant mes yeux clos. Toutes les cinq secondes environ, ils revenaient à leur point de départ et répétaient l'opération.

— Extraordinaire !

— Détends-toi ou ça va disparaître, dit Mycroft d'une voix apaisante. Essaie celui-là.

La vision se brouilla pour céder la place à un ciel d'encre parsemé d'étoiles ; j'eus l'impression de voyager à travers l'espace.

— Et ça ? fit Mycroft, changeant le décor pour m'offrir un défilé de grille-pain volants.

Je rouvris les yeux, et l'image se dissipa. Mon oncle me dévisageait, guettant ma réaction.

— Pas mal, hein ?

Je hochai la tête.

— J'appelle ça un écran de veille rétinien. Très utile pour des tâches fastidieuses ; au lieu de regarder distraitement par la fenêtre, tu peux transformer ton environnement en un nombre illimité d'images apaisantes. Et dès que le téléphone sonne ou que ton patron entre, tu clignes des yeux et *vlan !*... te voilà de retour dans le monde réel.

Je lui rendis le chapeau.

— Ça devrait faire un tabac chez SmileyBurger. Quand penses-tu le commercialiser ?

— Ce n'est pas encore tout à fait prêt ; il me reste un ou deux petits réglages à effectuer.

— Tels que ? demandai-je, suspicieuse.

— Ferme les yeux et tu verras.

Je m'exécutai, et un poisson passa en ondulant devant moi. Je cillai et vis un grille-pain. A l'évidence, il y avait du boulot en perspective.

— Ne t'inquiète pas, me rassura-t-il. Ça va partir d'ici quelques heures.

— Je préfère l'Olfactroscope.

— Tu n'as encore rien vu !

Mycroft bondit lestement vers un grand établi jonché d'outils et de pièces détachées.

— Ceci est probablement la plus remarquable de toutes mes découvertes. Elle couronne trente ans de recherches ; c'est de la biotechnologie à la pointe du progrès scientifique. Quand tu verras ce que c'est, je te promets, tu vas en rester baba.

Avec panache, il ôta un torchon d'un bocal à poissons rouges et me montra ce qui ressemblait à un amas de larves de drosophile.

— Des asticots ?

Mycroft sourit.

— Pas des asticots, Thursday, des *vers correcteurs* !

Il prononça ces mots avec une emphase et une fierté telles que j'eus l'impression d'avoir loupé une marche.

— Et c'est bien ?

— C'est *très* bien, Thursday. Ces vers-là ressemblent peut-être à un plat de choix pour Madame la Truite, mais chacun de ces petits bonshommes possède une séquence génétique à côté de laquelle le code implanté chez ton dodo a l'air d'une facture de laitier !

— Attends une minute, tonton ! On ne t'a pas retiré ton permis d'abouter après l'histoire des crevettes ?

— Un simple malentendu, déclara-t-il, balayant mes objections d'un geste de la main. Ces abrutis à OS-13 n'ont pas la moindre idée de la valeur de mon travail.

— Qui est… ? demandai-je, curieuse comme toujours.

— Un moyen plus miniaturisé encore de stocker l'information. J'ai réuni les meilleurs dictionnaires, glossaires et lexiques, ainsi que des études grammaticales, morphologiques et étymologiques de la langue anglaise, et j'ai encodé le tout dans l'ADN de ce ver minuscule. Je les appelle des Vers Hypercorrecteurs. Reconnais tout de même que c'est une réalisation extraordinaire.

— Je le reconnais. Mais comment accède-t-on à cette information ?

La mine de Mycroft s'allongea.

— Comme je l'ai déjà dit, une réalisation extraordinaire avec un petit inconvénient. Cependant, les événements se sont précipités ; quelques-uns de mes vers se sont échappés et se sont accouplés à d'autres qui comprenaient l'encodage d'ouvrages de référence historiques, biographiques et encyclopédiques ; ç'a débouché sur une nouvelle race que j'ai baptisée Ver HypercorrecteurExcellenceDoublePlus. Ce sont eux, les vraies vedettes du spectacle.

Il prit une feuille de papier dans un tiroir, en arracha un bout et griffonna le mot « extraordinaire » sur le morceau.

— C'est pour te donner un avant-goût de ce dont ils sont capables.

Ce disant, il fit tomber le bout de papier dans le bocal à poissons. Les vers ne perdirent pas de temps et se massèrent tout autour. Mais au lieu de manger le papier, ils se tortillèrent, excités, et explorèrent l'intrus avec, apparemment, un grand intérêt.

— J'ai eu un élevage de vers à Londres, tonton, et eux non plus n'aimaient pas le papier…

— Chut ! murmura mon oncle, me faisant signe de me rapprocher.

Stupéfiant !

— Quoi donc ? dis-je, un peu perplexe.

Mais en voyant le visage souriant de Mycroft, je compris aussitôt que ce n'était pas lui qui avait parlé.

Etonnant ! reprit le chuchotis. *Incroyable ! Déconcertant ! Ahurissant !*

Fronçant les sourcils, je regardai les vers qui, agglutinés en boule autour du morceau de papier, semblaient vibrer doucement.

Merveilleux ! marmonnaient-ils. *Remarquable ! Fantastique !*

— Alors, dit mon oncle, qu'en penses-tu ?

— Des asticots synonymiques… tonton, tu m'épateras toujours.

Mais Mycroft était soudain redevenu sérieux.

— C'est plus qu'un simple biodictionnaire, Thursday. Ces gaillards-là sont capables de faire des choses qui dépassent l'entendement.

Il ouvrit un placard et sortit un gros livre relié de cuir, avec les lettres PP gravées en or au dos. La couverture richement ornée était munie de lourds fermoirs en laiton massif. On y trouvait aussi quantité de cadrans, boutons, valves et interrupteurs. C'était impressionnant à voir, certes, mais toutes les inventions de Mycroft n'avaient pas une utilité à la mesure de leur apparence. Au début des années soixante-dix, il avait fabriqué une machine extraordinairement belle qui ne faisait que prédire avec une exactitude renversante le nombre de pépins dans une orange non décortiquée.

— Qu'est-ce que c'est ?

— Ceci, commença Mycroft, souriant et bombant fièrement le torse, est un…

Il ne termina jamais sa phrase. A ce moment précis, Polly cria : « A table ! » du pas de la porte, et il partit au trot, marmonnant dans sa barbe qu'il espérait qu'il y aurait des saucisses et me disant d'éteindre derrière moi. Je restai seule dans son atelier désert. Véritablement, Mycroft s'était surpassé.

Eblouissant ! acquiescèrent les vers correcteurs.

Le dîner se déroula dans une ambiance chaleureuse et détendue. Nous avions tous beaucoup de temps à rattraper, et ma mère avait des tas de choses à me raconter concernant la Fédération des Femmes.

— On a recueilli presque sept mille livres l'an passé pour les orphelins de la ChronoGarde, annonça-t-elle.

— C'est très bien, répondis-je. Les contributions sont toujours les bienvenues, même si, pour être honnête, il y a des sections plus mal loties que la ChronoGarde.

— Oui, d'accord, mais tout ça est *tellement* secret. Que font les autres OpSpecs ?

— Crois-moi, je n'en sais pas plus que toi. Tu peux me passer le poisson ?

— Il n'y a pas de poisson, observa ma tante. Tu n'as pas utilisé ta nièce comme cobaye, hein, Crofty ?

Mon oncle fit mine de n'avoir pas entendu ; je cillai, et le poisson disparut.

— La seule autre section que je connaisse au-dessous de OS-20, c'est OS-6, ajouta Polly. C'est la Sûreté Nationale. Et ça, nous le savons uniquement parce qu'ils ont si bien veillé sur Mycroft.

Elle le poussa du coude, mais il ne se rendit compte de rien ; il était occupé à noter une recette d'œufs débrouillés sur une serviette.

— Il ne se passait pratiquement pas une semaine dans les années soixante sans qu'il se fasse enlever par une puissance étrangère, soupira-t-elle, mélancolique, songeant au bon vieux temps avec une pointe de nostalgie.

— Certaines choses doivent rester secrètes pour des raisons opérationnelles, récitai-je à la manière d'un perroquet. Le secret est notre arme principale.

— J'ai lu dans *La Taupe* que les OpSpecs sont infestés de sociétés secrètes, murmura Mycroft, rangeant son équation achevée dans la poche de son gilet. C'est vrai, ça ?

Je haussai les épaules.

— Pas plus que les autres secteurs de la vie. Moi, je n'ai rien remarqué de tel, quoique en tant que femme, je ne risque pas d'être approchée par les Wombats.

— Je trouve ça injuste, déclara Polly sur un ton de reproche. Moi, je suis entièrement pour les sociétés secrètes – plus il y en a, mieux c'est –, mais je pense qu'elles devraient être ouvertes à tout le monde, hommes et femmes sans distinction.

— Déjà, elles acceptent les hommes, rétorquai-je. Autrement dit, la moitié de la population au moins n'a pas besoin de se couvrir de ridicule. Ça m'étonne qu'on n'ait pas cherché à te recruter, tonton.

Mycroft grogna.

— J'en ai fait partie quand j'étais à Oxford, il y a des années de cela. C'est une perte de temps. Plus toutes leurs bêtises : la poche ventrale m'irritait la peau, quelque chose d'affreux, et le fait de ronger n'a pas arrangé ma prognathie.

Il y eut une pause.

— Le major Phelps est en ville, fis-je, changeant de sujet. Je suis tombée sur lui dans le dirigeable. Il est colonel maintenant, mais il chante toujours le même refrain.

Par un accord tacite, personne ne parlait de Crimée ou d'Anton à la maison. Un silence glacé s'abattit sur la tablée.

— Ah oui ? dit ma mère, sans aucune émotion apparente.

— Joffy a obtenu une paroisse à Wanborough, annonça Polly dans l'espoir de détendre l'atmosphère. Il a ouvert la première église de l'ESU dans le Wessex. Je l'ai eu la semaine dernière ; il dit que ça marche plutôt bien.

Joffy était mon autre frère. Il avait embrassé la foi dès son jeune âge et essayé toutes sortes de religions avant d'adhérer à l'ESU.

— L'ESU ? souffla Mycroft. Grands dieux, qu'est-ce que c'est que ça ?

— L'Etre Suprême Universel, répondit Polly. C'est un mélange de tous les cultes existants. Voilà qui devrait mettre fin aux guerres de religion.

Mycroft grogna à nouveau.

— La religion n'est pas la cause des guerres, c'est un prétexte. Quel est le point de fusion du béryllium ?

— 180,57 degrés centigrades, murmura Polly sans même prendre le temps de réfléchir. Je trouve que Joffy fait du bon travail. Tu devrais l'appeler, Thursday.

— Peut-être.

Nous n'avions jamais été proches, Joffy et moi. Il m'avait surnommée Nounouille et m'avait tapé sur la tête tous les jours quinze années durant. J'avais dû lui casser le nez pour qu'il arrête.

— Tant qu'à appeler les gens, pourquoi n'appellerais-tu pas…

— Maman !

— Il paraît qu'il a beaucoup de succès aujourd'hui, Thursday. Ça te ferait peut-être du bien de le revoir.

— Landen et moi, c'est fini. D'ailleurs, j'ai quelqu'un en ce moment.

Ça, pour ma mère, c'était une *très* bonne nouvelle. Elle s'inquiétait énormément de ce que je ne passe pas ma vie à avoir des chevilles enflées, des hémorroïdes et des douleurs lombaires, pondant des petits-enfants qu'on prénommerait d'après d'obscurs membres de la famille. Comme Joffy n'était pas franchement du genre à procréer, il ne lui restait plus que moi, en somme. En toute honnêteté, je n'étais pas contre le fait d'avoir des gosses ; simplement, je ne me voyais pas les faire toute seule. Or Landen avait été le dernier homme à envisager tant soit peu de partager ma vie.

— Tu as un ami ? Comment se nomme-t-il ?

Je dis le premier nom qui me venait à l'esprit.

— Snood. Filbert Snood.

— Joli nom.

Maman sourit.

— Un nom stupide, grommela Mycroft. Comme Landen Parke-Laine, quand on y pense. Je peux me lever ? C'est l'heure de *Ça se dispute*.

Polly et Mycroft quittèrent tous les deux la table. Le nom de Landen ne revint plus dans la conversation, ni celui d'Anton. Maman offrit de me donner mon ancienne chambre, mais je m'empressai de refuser. On n'avait cessé de se quereller à l'époque où j'avais habité ici. Et puis, j'avais presque trente-six ans. Je terminai mon café, et ma mère me raccompagna à la porte d'entrée.

— Préviens-moi si tu changes d'avis, chérie, dit-elle. Ta chambre est exactement telle que tu l'as laissée.

Ce qui voulait dire que les posters ringards des idoles de mon adolescence étaient toujours accrochés aux murs. Et cette idée seule me donnait la nausée.

10

Hôtel Finis, Swindon

Les Milton étaient, dans l'ensemble, les plus fervents admirateurs qu'un poète ait jamais eus. En feuilletant l'annuaire téléphonique de Londres, on rencontrait près de quatre mille John Milton, deux mille William Blake, un millier de Samuel Coleridge, cinq cents Percy Shelley, autant de Wordsworth et de Keats et une poignée de Dryden. Ces changements de nom en série n'allaient pas sans poser quelques problèmes aux représentants de l'ordre public. A la suite d'un incident dans un pub où l'agresseur, la victime, le témoin, le propriétaire, l'agent de police qui avait procédé à l'arrestation et le juge s'appelaient tous Alfred Tennyson, une loi a été votée, obligeant chacun des homonymes à se faire tatouer un numéro d'immatriculation derrière l'oreille. Cette mesure a reçu un accueil mitigé… comme toutes les mesures légales d'une portée véritablement pratique.

MILLON DE FLOSS
Brève Histoire du Service des Opérations Spéciales

Je me garai devant un grand bâtiment tout illuminé et verrouillai la voiture. L'hôtel avait l'air d'être assez plein ; en entrant, je compris aussitôt pourquoi. Une bonne vingtaine d'hommes et de femmes se pressaient dans le hall, vêtus d'amples chemises blanches et de hauts-de-chausses. Mon cœur se serra. Une affiche près de la réception souhaitait la bienvenue à tous les participants du 112ᵉ Congrès Annuel consacré à John Milton. J'inspirai profondément et me frayai un passage jusqu'à la réceptionniste, une femme d'âge moyen avec d'énormes boucles d'oreilles, qui m'accueillit de son plus beau sourire.

— Bonsoir, madame, bienvenue au Finis, le nec plus ultra en matière de confort et de goût. Nous sommes un hôtel quatre étoiles avec tous les services et commodités modernes. Notre vœu le plus cher est de rendre votre séjour le plus agréable possible !

Elle récita tout cela à la façon d'un mantra. Je la voyais très bien à la caisse d'un SmileyBurger.

— Mon nom est Next. J'ai réservé une chambre.

Hochant la tête, la réceptionniste consulta ses fiches.

— Voyons. Milton, Milton, Milton, Milton, Milton, Next, Milton, Milton, Milton, Milton, Milton. Je regrette, il ne semble pas y avoir de réservation à votre nom.

— Vous pouvez vérifier encore une fois ?

Elle regarda à nouveau et finit par trouver.

— La voilà. Quelqu'un l'avait rangée par erreur parmi les Milton. Il me faudra l'empreinte de votre carte de crédit. Nous acceptons les cartes Babbage, Goliath, Newton, Pascal, Breakfast Club et Génoise Fourrée.

— Génoise Fourrée ?

— Pardon, dit-elle, l'air penaud. Je me suis trompée de liste. Ça, c'est le choix de desserts pour ce soir.

Elle sourit, et je lui tendis ma carte de paiement Babbage.

— Vous avez la chambre 8128.

Elle me remit ma clé, accrochée à un anneau tellement gros que j'eus du mal à le soulever.

— Toutes nos chambres sont entièrement climatisées et équipées d'un minibar et d'un plateau thé. Avez-vous garé votre voiture dans notre vaste parking autonettoyant de trois cents places ?

Je réprimai un sourire.

— Oui, merci. Avez-vous quelque chose pour accueillir des animaux ?

— Bien sûr. Tous les hôtels Finis ont un chenil à disposition. De quel animal s'agit-il ?

— Un dodo.

— Oh, que c'est mignon ! Mon cousin Arnold a eu un grand pingouin nommé Beany… version 1.4, il n'a pas vécu très longtemps. Ça s'est beaucoup amélioré, paraît-il. Je vais réserver une place à votre petit compagnon. Je vous souhaite un très bon séjour. J'espère que vous vous intéressez à la poésie lyrique du XVIIe siècle.

— A titre professionnel seulement.

— Vous êtes enseignante ?

— LittéraTec.

— Ah.

Se penchant plus près, la réceptionniste baissa la voix.

— Pour ne rien vous cacher, Miss Next, je *hais* Milton. Ses débuts, passe encore, mais après que Charlie a perdu la tête [1], il a pété un câble lui aussi. Voilà ce que ça fait, de jouer les républicains à outrance.

— Tout à fait.

— J'ai failli oublier. Tenez, c'est pour vous.

Comme par magie, elle sortit un bouquet de fleurs de sous le comptoir.

— De la part de Mr. Landen Parke-Laine…

Enfer. Malédiction.

— … et il y a deux messieurs qui vous attendent au Chat du Cheshire.

— Au Chat du Cheshire ?

1. Charles Ier, exécuté par les partisans de Cromwell en 1649. *(N.d.T.)*

— Notre bar bien approvisionné et animé. Tenu par un personnel efficace et accueillant, c'est un lieu privilégié de détente.

— Qui sont-ils ?

— Le personnel ?

— Non, les deux messieurs.

— Ils n'ont pas donné de noms.

— Merci, Miss… ?

— Barrett-Browning, dit la réceptionniste. Liz Barrett-Browning[1].

— O.K., Liz, gardez les fleurs. Histoire de rendre votre fiancé jaloux. Et si jamais Mr. Parke-Laine se manifeste à nouveau, dites-lui que je suis morte d'une fièvre hémorragique.

Je me faufilai à travers la foule des Milton en direction du Chat du Cheshire. C'était facile à trouver. Au-dessus de la porte, il y avait un gros chat rouge fluo sur un arbre vert fluo. Toutes les deux minutes, le néon rouge clignotait et s'éteignait, laissant le sourire du chat tout seul dans l'arbre. Alors que je traversais le hall, le son d'un orchestre de jazz parvint à mes oreilles, et je souris brièvement, reconnaissant le piano de Holroyd Wilson. C'était un enfant de Swindon. Un simple coup de fil, et il aurait pu jouer dans n'importe quel bar d'Europe, seulement il avait choisi de rester ici. Il y avait du monde, mais pas trop ; la clientèle se composait essentiellement de Milton, lesquels buvaient, plaisantaient, déploraient la Restauration et s'appelaient tous John.

Je m'approchai du bar. C'était le « happy hour », et toutes les boissons étaient à 52,5 pence.

1. Elizabeth Barrett (1806-1861), épouse du poète Robert Browning et poète elle-même. *(N.d.T.)*

— Bonsoir, fit le barman. Quel est le point commun entre un corbeau et un bureau ?

— Poe a écrit sur les deux ?

— Excellent, rit-il. Qu'est-ce que je vous sers ?

— Un demi-Vorpal[1], s'il vous plaît. Mon nom est Next. Il n'y a pas quelqu'un qui m'attend ?

Le barman, qui était habillé en chapelier, désigna un box à l'autre bout de la salle, où deux hommes étaient assis à moitié dans l'ombre. Je pris mon verre et me dirigeai vers eux. Le bar était trop fréquenté pour qu'il y eût risque de grabuge. En me rapprochant, je réussis à les distinguer plus clairement.

Le plus âgé des deux était un monsieur aux cheveux gris qui devait avoir dans les soixante-quinze ans. Il portait de grosses rouflaquettes et un costume en tweed soigné avec un nœud pap en soie. Ses mains reposaient sur une canne coiffée d'une paire de gants en cuir brun , à côté de lui, j'aperçus une casquette à la Sherlock Holmes. Son visage était d'une complexion sanguine ; à mon approche, il renversa la tête et rit comme une baleine à une remarque de son interlocuteur.

Celui-ci, un homme d'une trentaine d'années, était perché un peu nerveusement sur le bord de son siège. Il sirotait un tonic ; son complet rayé était de bonne qualité mais avait visiblement connu des jours meilleurs. Je l'avais déjà vu quelque part, mais je ne me rappelais plus où.

— Vous me cherchiez, messieurs ?

Ils se levèrent comme un seul homme. Le plus âgé parla le premier.

— Miss Next ? Enchanté de faire votre connaissance. Je suis Victor Analogy, chef des LittéraTecs de Swindon. Nous nous sommes entretenus par téléphone.

1. Mot inventé par Lewis Carroll pour son poème *Jabberwocky* et qui signifie *vif, perçant. (N.d.T.)*

Il me tendit la main.
— Ravie de vous rencontrer, monsieur.
— Et voici l'agent Bowden Cable. Vous allez faire équipe avec lui.
— C'est un grand plaisir de vous connaître, madame, dit Bowden avec emphase, une certaine gaucherie et une extrême raideur.
— On ne s'est pas déjà vus ? demandai-je en lui serrant la main.
— Non, répondit-il, catégorique. Je m'en serais souvenu.
Victor m'offrit un siège à côté de Bowden qui s'écarta en marmonnant des mots polis. Je bus une gorgée de mon cocktail. Ç'avait le goût de vieilles couvertures de cheval trempées dans de l'urine. Une explosive quinte de toux me secoua. Bowden me proposa son mouchoir.
— Vorpal ? fit Victor, haussant un sourcil. Vous n'avez peur de rien.
— M-merci.
— Bienvenue à Swindon, poursuivit-il. Avant tout, permettez-moi de vous assurer de toute notre sympathie, suite à ce que vous avez vécu. A l'évidence, Hadès était un monstre. Je ne vais pas pleurer sa mort. J'espère que vous vous êtes bien remise ?
— Moi oui, mais d'autres n'ont pas eu cette chance.
— Navré de l'apprendre, cependant nous sommes très heureux de vous avoir ici. C'est la première fois que quelqu'un de votre calibre nous rejoint dans notre province.
Je le regardai, perplexe.
— Je ne vois pas très bien de quoi vous parlez.
— J'entends par là – finasseries mises à part – que nous sommes tous des universitaires plutôt que des OpSpecs types. Votre poste était occupé par Jim Crometty. Il a été abattu dans la vieille ville au cours de la vente d'un livre qui a mal tourné. C'était le coéquipier de Bowden. Jim était un ami très cher ; il avait une

femme, trois gosses. Je veux… non, je tiens absolument à mettre la main sur celui qui nous a enlevé Crometty.

Je contemplai leurs visages sincères avec un certain désarroi, jusqu'au moment où j'eus le déclic. Ils me prenaient pour une OS-5 pur jus détachée à Swindon pour cause de repos et de récupération. C'était assez courant dans le métier. Chez nous, à OS-27, on héritait en permanence de personnages décrépits venant de OS-7 et OS-9. Tous, sans exception, étaient fous à lier.

— Vous avez lu mon dossier ? demandai-je lentement.

— On ne nous a pas laissés y accéder. Ce n'est pas souvent que nous accueillons un agent descendu des sommets vertigineux de OS-5. Nous avions besoin d'un remplaçant avec une bonne expérience de terrain, et aussi quelqu'un qui puisse… comment formuler ça ?…

Analogy s'interrompit, cherchant visiblement ses mots. Bowden répondit à sa place :

— Quelqu'un qui n'a pas peur d'utiliser des *méthodes extrêmes* en cas de nécessité.

Je les considérai tous les deux, me demandant si je ne ferais pas mieux d'avouer ; après tout, je n'avais tiré dernièrement que sur ma propre voiture et sur un bandit de haut vol, apparemment imperméable aux balles. Officiellement, j'étais une OS-27, pas une OS-5. Mais avec Achéron peut-être encore dans les parages et le désir de vengeance qui me consumait, il serait sans doute préférable de jouer le jeu.

Analogy se trémoussa sur son siège.

— C'est la Criminelle, bien sûr, qui enquête sur le meurtre de Crometty. Théoriquement, nous ne pouvons pas faire grand-chose, mais les OpSpecs se sont toujours targués d'une certaine *indépendance*. Si nous découvrons des indices au cours de nos propres investigations, on ne nous en tiendra pas rigueur. Vous comprenez ?

— Tout à fait. Qui a tué Crometty, vous avez une idée ?

— Quelqu'un lui a dit qu'il avait un livre à lui montrer, à vendre. Un manuscrit rare de Dickens. Il est allé voir et... bref, il n'était pas armé, quoi.

— La plupart des LittéraTecs de Swindon ne savent même pas se servir d'une arme à feu, ajouta Bowden. Quant à apprendre, c'est hors de question. La littérature et les armes à feu ne font pas bon ménage ; la plume est plus forte que l'épée, et cetera.

— Les mots, c'est important, répondis-je négligemment. (Cette histoire de mystérieuse femme agent OS-5 commençait à m'amuser.) Mais rien ne vaut un neuf millimètres pour aller au cœur du problème.

Ils me dévisagèrent en silence pendant une seconde ou deux. Victor sortit une photo d'une enveloppe à bulles et la posa sur la table devant moi.

— Nous aimerions avoir votre avis là-dessus. Ç'a été pris hier.

Je regardai la photo. Ce visage, je n'eus aucun mal à le reconnaître.

— Jack Maird.

— Et que savez-vous à son sujet ?

— Pas grand-chose. Il dirige le service de sécurité interne de Goliath. Il voulait savoir ce que Hadès entendait faire du manuscrit de *Chuzzlewit*.

— Je vais vous confier un secret. Maird travaille pour Goliath, c'est vrai, mais pas dans la sécurité.

— Dans quoi, alors ?

— Secteur armement. Budget annuel : huit milliards, et tout ça passe par lui.

— Huit milliards ?

— *Et* des poussières. Il paraît que ce budget-là a même été dépassé pour la mise au point du fusil à plasma. C'est un homme intelligent, ambitieux et totalement inflexible. Il est arrivé il y a deux semaines. Or, il n'aurait pas mis les pieds à Swindon si Goliath n'y trouvait pas un quelconque intérêt ; nous pensons que

Crometty est allé voir le manuscrit original de *Chuzzlewit*, et si c'est le cas…

— Maird est ici à cause de moi, annonçai-je tout à trac. Ça lui a paru suspect que j'accepte un poste de OS-27 à Swindon… sans vouloir vous offenser.

— Je l'entends bien, répliqua Analogy. Mais la présence de Maird porte à croire que Hadès est toujours de ce monde… du moins, c'est ce que pense Goliath.

— Je sais, acquiesçai-je. C'est inquiétant, hein ?

Analogy et Cable se regardèrent. Ils m'avaient fait passer le message : j'étais la bienvenue ici ; ils brûlaient de venger la mort de Crometty et ils n'aimaient pas Jack Maird. Ils me souhaitèrent une bonne soirée, Victor ramassa sa canne et sa casquette, et ils partirent.

Le concert de jazz tirait à sa fin. Je me joignis aux applaudissements tandis que Holroyd se levait avec effort et saluait l'assistance d'un petit signe de la main avant de prendre congé. Une fois la musique terminée, la salle se vida rapidement, et je me retrouvai pratiquement seule. Je jetai un regard à ma droite, où deux Milton étaient occupés à se faire des yeux doux, puis vers le bar, où plusieurs VRP en costume-cravate éclusaient tout ce qu'ils pouvaient s'offrir avec leurs indemnités journalières. Je m'approchai du piano et m'assis. Je plaquai quelques accords, histoire de tester mon bras, et m'enhardis suffisamment pour jouer la partie basse d'un duo qui m'était resté en mémoire. Je me tournai vers le barman afin de commander une autre boisson, mais il était en train d'essuyer un verre. Alors que l'intro de la partie haute revenait pour la troisième fois, une main d'homme surgit à côté de moi et prit la première note de cette partie-là pile au bon moment. Je fermai les yeux. J'avais su instantanément qui c'était, mais je me refusais à regarder. Je sentis l'odeur de son after-shave et remarquai la cicatrice sur sa main gauche. Mes cheveux se hérissèrent légèrement dans ma nuque ; une bouffée de chaleur m'envahit. Je me poussai instinctivement pour lui faire de la place. Ses doigts couraient sur le clavier avec les miens ; notre jeu était quasi impeccable. Le barman nous couvait d'un œil approbateur, et même les costumes-cravates se turent et se retournèrent pour voir qui jouait. Je gardais les yeux obstinément baissés. Mes mains se réaccoutumèrent à cette mélodie d'autrefois et, reprenant confiance en moi, je me mis à jouer plus vite. Mon partenaire invisible en fit autant pour ne pas perdre le tempo.

Cela dura peut-être une dizaine de minutes. Je ne me décidais pas à le regarder. Car si je le regardais, je ne pourrais m'empêcher de sourire, et ça, c'était hors de question. Je voulais qu'il sache que j'étais toujours en colère. Là seulement, il pourrait me refaire du charme. Lorsque le morceau s'acheva enfin, je continuai à fixer le mur d'en face. L'homme à côté de moi ne bronchait pas.

— Salut, Landen, dis-je finalement.

— Salut, Thursday.

Je pris distraitement deux ou trois notes, sans tourner la tête.

— Ça fait un bail, dis-je.

— Beaucoup d'eau sous les ponts, répondit-il. L'équivalent de dix ans.

Sa voix n'avait pas changé. Elle était aussi vibrante et chaleureuse que dans mon souvenir. Nos regards se croisèrent, et je me détournai à la hâte. Mes yeux s'étaient embués. Gênée, je me grattai nerveusement le nez. Ses cheveux grisonnaient maintenant, mais il les coiffait toujours de la même façon. Il y avait des rides au coin de ses yeux ; à force d'avoir trop ri peut-être, et pas nécessairement à cause de l'âge. Il avait trente ans quand j'avais rompu ; moi j'en avais vingt-six. Avais-je aussi bien vieilli que lui ? Depuis tout ce temps, devais-je encore lui en vouloir ? Après tout, le fait d'être en pétard contre Landen n'allait pas ressusciter Anton.

J'eus subitement envie de lui demander s'il était trop tard pour recommencer ; mais au moment où j'ouvrais la bouche, le monde s'immobilisa dans un soubresaut. Le ré dièse que je venais de taper continua à sonner, et Landen me dévisagea, figé en plein cillement. Papa ne pouvait tomber plus mal.

— Salut, Pupuce, fit-il en sortant de l'ombre. Je te dérange, là ?

— Et comment !

— Bon, alors je ne serai pas long. Que penses-tu de ça ?

Il me tendit un truc jaune et incurvé, de la taille d'une grosse carotte.

— Qu'est-ce que c'est ? m'enquis-je, le reniflant prudemment.

— C'est le fruit d'une nouvelle plante conçue d'ici soixante-dix ans. Regarde…

Il le pela et me le fit goûter.

— C'est bon, hein ? On peut les cueillir bien avant leur maturité, les transporter sur des milliers de kilomètres, et ils restent frais dans leur propre emballage hermétiquement clos et biodégradable. C'est savoureux et nutritif aussi. Ç'a été séquencé par un brillant ingénieur du nom d'Anna Bannon. Mais on ne sait pas trop comment l'appeler. Tu n'aurais pas une idée ?

— Je suis sûre que tu vas trouver tout seul. Et que comptes-tu en faire ?

— Je pensais l'introduire quelque dix mille ans avant notre ère et voir ce que ça donne – histoire de nourrir l'humanité et tout ça. Enfin, le temps n'attend pas, comme on dit. Je te laisse avec Landen.

Le monde vacilla et repartit. Landen ouvrit les yeux et me regarda.

— Banane, dis-je, réalisant soudain ce que mon père m'avait montré.

— Pardon ?

— Banane. Elle a été nommée d'après sa conceptrice.
— Thursday, tu dérailles, dit Landen avec un sourire perplexe.
— Mon papa vient de passer.
— Ah. Il est toujours de tous les temps ?
— Toujours. Tu sais, je regrette ce qui est arrivé.
— Moi aussi.
Il se tut. J'avais envie de toucher son visage ; au lieu de quoi, j'ajoutai :
— Tu m'as manqué.
Ce n'était pas la chose à dire, et je me mordis la langue : trop direct, trop tôt. Landen s'agita, mal à l'aise.
— J'aurais dû viser plus soigneusement. Toi aussi, tu m'as beaucoup manqué. Surtout la première année, ç'a été la pire.
Il fit une pause, joua quelques notes sur le piano, puis reprit :
— J'ai ma vie et j'en suis content. Parfois, je me dis que Thursday Next est juste un personnage d'un de mes romans, quelqu'un que j'ai inventé à l'image de la femme que je voulais aimer. Aujourd'hui… enfin, bref, c'est fini.
Ce n'était pas vraiment ce que j'espérais entendre, mais après tout ce qui s'était passé, je pouvais le comprendre.
— Mais tu es venu me retrouver.
Landen sourit.
— Tu es chez moi, Thurs. Quand un ami revient en ville, ça se fait d'aller le voir, non ?
— Et de lui offrir des fleurs ? Le colonel Phelps a droit à des roses aussi ?
— Non, lui, c'est les pissenlits. Les vieilles habitudes ont la vie dure.
— Je vois. Toi-même tu as bien réussi.
— Merci, fit-il. Tu n'as jamais répondu à mes lettres.
— Je n'ai jamais *lu* tes lettres.

— Tu es mariée ?
— Ça te regarde ?
— Je suppose que ça veut dire non.
La conversation prenait un tour indésirable. Il était temps de lever le camp.
— Ecoute, Landen, je suis claquée. Et j'ai une grosse journée qui m'attend.
Je me levai. Landen m'emboîta le pas en clopinant. Il avait perdu une jambe en Crimée, mais il s'y était bien habitué. Il me rattrapa au bar.
— On dîne ensemble, un soir ?
Je pivotai vers lui.
— Sûr.
— Mardi ?
— Pourquoi pas ?
— Parfait, dit-il en se frottant les mains. On pourrait réunir tous les anciens…
Ce n'était pas ce à quoi j'avais pensé.
— Attends une minute. Tout compte fait, mardi, ça ne m'arrange pas trop.
— Pourquoi ? Il y a trois secondes, ça t'allait très bien. Ton père s'est encore manifesté ou quoi ?
— Non. Mais j'ai quantité de choses à faire ; il faut que je trouve un chenil pour Pickwick et que j'aille le chercher à la gare, vu qu'il n'aime pas voyager par les airs. Tu te rappelles la fois où on l'a emmené à Mull et qu'il a gerbé sur le steward ?
Je m'interrompis. Voilà que je me mettais à bafouiller comme une idiote.
— Et ne me dis pas, ajouta Landen, que tu dois te laver les cheveux.
— Très drôle.
— Qu'est-ce que tu vas faire comme boulot, à Swindon ?
— Plongeuse chez SmileyBurger.
— C'est cela, oui. OpSpec ?
Je hochai la tête.

— J'ai accepté un poste chez les LittéraTecs de Swindon.

— Un poste permanent ? Je veux dire, tu es revenue ici pour de bon ?

— Je ne sais pas.

Je posai ma main sur la sienne. J'avais envie de le serrer dans mes bras, de fondre en larmes, de lui déclarer que je l'aimais et l'aimerais *toujours*, comme une grosse nunuche désespérément fleur bleue, mais le temps était mal choisi, ainsi que le dirait mon père. Je préférai donc passer à l'offensive.

— Et toi, tu es marié ?

— Non.

— Tu n'y as jamais songé ?

— J'y ai beaucoup songé.

Nous nous tûmes tous les deux. Il y avait tant de choses à dire que ni l'un ni l'autre, nous ne savions par où commencer. Landen ouvrit un second front :

— Tu n'aimerais pas aller voir *Richard III* ?

— Ça se joue toujours ?

— Évidemment.

— C'est tentant, mais il reste que je ne sais pas quand j'arriverai à me libérer. La situation est un peu… imprévisible en ce moment.

Il était clair que Landen ne me croyait pas. Or je me voyais mal lui expliquer que j'étais sur la piste d'un grand criminel capable de voler des pensées et de projeter des images à volonté ; qui était invisible sur pellicule et pouvait rire et tuer en même temps. Landen soupira, sortit une carte de visite et la plaça sur le comptoir.

— Appelle-moi. Dès que tu seras libre. Promis ?

— Promis.

Il m'embrassa sur la joue, termina son verre, me regarda une dernière fois et quitta le bar en boitillant. Je contemplai sa carte, mais ne la ramassai pas. Ce n'était pas la peine. Son numéro n'avait pas changé, et je le connaissais par cœur.

Ma chambre était en tout point semblable aux autres chambres de l'hôtel. Les tableaux étaient vissés aux murs, et les bouteilles dans le minibar avaient été ouvertes, bues, puis remplies d'eau ou de thé froid par des VRP trop mesquins pour les payer. Elle était orientée au nord ; par la fenêtre, on apercevait le terrain de l'aéroport. Un gros aérostat de quarante places était amarré au mât ; ses flancs argentés brillaient, illuminés, dans la nuit noire. Le petit dirigeable que j'avais pris pour venir avait continué sur Salisbury. J'envisageai brièvement de le reprendre lorsqu'il repasserait dans l'autre sens. J'allumai la télévision juste à temps pour tomber sur *Aujourd'hui au Parlement*. Le débat sur la Crimée avait fait rage toute la journée, et ce n'était toujours pas fini. Je débarrassai mes poches de la menue monnaie qu'elles contenaient, sortis mon automatique de son étui et ouvris le tiroir de la table de chevet. Il était plein à craquer. Outre la Bible de Gideon, il y avait là les enseignements de Bouddha et une version anglaise du Coran. Plus un recueil de prières à l'ESU, un pamphlet de John Wesley, deux amulettes de la Société de l'Eveil Chrétien, les pensées de saint Zvlkx et les désormais incontournables *Œuvres Complètes de William Shakespeare*. Je retirai tous les livres, les fourrai dans le placard et plaçai mon automatique dans le tiroir. Puis je débouclai ma valise et entrepris d'organiser ma chambre. Ne sachant si j'allais rester ou non, je n'avais pas loué mon appartement londonien. Curieusement, je commençais à me sentir chez moi ici, et je n'étais pas sûre que ce fût une bonne chose. J'étalai toutes mes affaires sur le lit et les rangeai soigneusement. Je posai quelques livres sur le bureau et le *Jane Eyre* salvateur sur la table de nuit. Je pris la photo de Landen, m'approchai du bureau et, après un instant de réflexion, la cachai à l'envers dans mon tiroir à petites culottes. Avec l'original à portée de main, je n'avais pas besoin d'une image. La télé continuait à débiter d'une voix monocorde :

— … malgré l'intervention des Français et la promesse russe de garantir la sécurité des colons britanniques, il ne semble pas que le gouvernement anglais veuille retourner à la table de négociations à Budapest. L'Angleterre étant résolue à lancer l'offensive impliquant l'usage de nouveaux fusils à plasma Stonk, la paix n'est pas près de revenir sur la presqu'île de la mer Noire…

Le présentateur feuilleta ses notes.

— L'actualité nationale maintenant : nouvelle flambée de violence à Chichester où un groupe de néosurréalistes s'est réuni pour fêter le quatrième anniversaire de la légalisation du surréalisme. Sur place, pour Krapo News, Henry Grubb. Henry, comment ça se passe là-bas ?

Une image tremblotante apparut à l'écran, et je m'interrompis pour regarder. Derrière Grubb, une voiture renversée était en train de brûler, et plusieurs policiers portaient des tenues antiémeute. Henry Grubb, qui briguait un poste de correspondant en Crimée et espérait secrètement que la guerre ne finirait pas sans lui offrir l'occasion de mettre les pieds là-bas, arborait un gilet pare-balles bleu marine et s'exprimait à la manière haletante des reporters en zone de combats.

— Ça chauffe pas mal, Brian. Là où je me trouve, à cent mètres du lieu de l'affrontement, on peut voir plusieurs voitures en feu. Toute la journée, la police a tenté de séparer les deux factions, mais elle a été dépassée par le nombre. Ce soir, plusieurs centaines de Raphaélites ont encerclé le café *N'est pas une pipe*[1] où s'étaient retranchés près de cent néosurréalistes. Les manifestants ont scandé des slogans de la Renaissance italienne, avant de lancer des pavés et des projectiles. Les néosurréalistes

1 En français dans le texte. *(N.d.T.)*

ont riposté en chargeant leurs rangs, abrités derrière de grosses montres molles, et ils ont semblé avoir le dessus jusqu'à l'arrivée de la police. Attendez, je vois un homme en train de se faire interpeller. Je vais tâcher d'obtenir une interview.

Je secouai tristement la tête et déposai plusieurs paires de chaussures sur le sol de la penderie. Violence il y avait eu à l'époque où le surréalisme était interdit, et violence il y avait maintenant que l'interdiction était levée. Grubb poursuivit la retransmission : il avait intercepté un policier qui escortait un jeune homme en costume du XVIe siècle, le visage tatoué d'une fidèle reproduction de la « Main de Dieu » de la chapelle Sixtine.

— Pardon, monsieur, comment répondrez-vous aux critiques qui vous accusent d'intolérance et de manque de respect vis-à-vis de toute forme de changement et d'expérimentation dans le domaine de l'art ?

L'homme de la Renaissance jeta un regard noir vers la caméra.

— On nous reproche de semer la zizanie, mais moi, ce soir, j'ai vu des Baroqueux, des Raphaélites, des Romantiques et des Maniéristes. L'art classique se mobilise en masse contre ces minables freluquets qui se planquent derrière la notion de « progrès ». Ce n'est pas seulement…

L'agent de police intervint et l'éloigna de force. Baissant la tête pour éviter une brique lancée à toute volée, Grubb rendit l'antenne :

— Ici Henry Grubb, pour Krapo News, en direct de Chichester.

J'éteignis la télévision à l'aide de la télécommande fixée par une chaîne à la table de nuit. M'asseyant sur le lit, je dénouai mes cheveux et me frottai le crâne. Je reniflai, dubitative, une de mes mèches et décidai de me passer de douche. J'avais été trop dure avec Landen. Malgré nos différences, nous avions encore suffisamment de choses en commun pour rester de bons amis.

11

Polly vient illuminer l'œil intérieur

Wordsworth, je crois, a été aussi surpris que moi de notre rencontre. Ce n'est pas très courant de se retirer dans son meilleur souvenir pour y découvrir quelqu'un d'autre, en train d'admirer la vue.

POLLY NEXT
Interview exclusive pour La Chouette du Dimanche

Pendant que je ramais pour renouer avec Landen, mon oncle et ma tante s'affairaient tous deux dans l'atelier de Mycroft. Comme je devais l'apprendre par la suite, les choses se présentaient plutôt bien. Au début, tout au moins.

Mycroft était occupé à nourrir ses vers correcteurs lorsque Polly entra ; elle venait de terminer un calcul mathématique d'une complexité quasi incompréhensible pour lui.

— J'ai la réponse que tu voulais, Crofty, mon amour, dit-elle, suçotant l'extrémité d'un crayon usé.

— Et c'est ? demanda Mycroft, déversant un flot de prépositions sur les vers qui se jetaient goulûment sur cette nourriture abstraite.

— Neuf.

Mycroft marmonna quelque chose et nota le chiffre

sur un calepin. Puis il ouvrit le grand livre aux fermoirs en laiton que je n'avais pas eu l'occasion d'examiner la veille au soir pour dévoiler une cavité dans laquelle il plaça, imprimé en gros caractères, le poème de Wordsworth, « J'allais solitaire ainsi qu'un nuage[1] ». A cela, il ajouta des vers correcteurs qui se mirent aussitôt au travail. Ils se tortillèrent au-dessus du texte, leurs petits corps et leur insondable conscience collective scrutant instinctivement chaque phrase, mot, syllabe et voyelle. Ils fouillèrent en profondeur les allusions historiques, biographiques et géographiques, explorèrent le sens caché à l'intérieur des rimes et de la prosodie et jonglèrent ingénieusement avec le contenu sous-jacent et la flexion. Après quoi, ils composèrent quelques versets de leur cru et convertirent le résultat en code binaire.

Lacs ! Jonquilles ! Solitude ! Souvenir ! chuchotaient les vers avec excitation tandis que Mycroft refermait soigneusement le livre. Il brancha la lourde prise électrique sur le secteur, mit l'interrupteur sur *Marche* et entreprit de tourner les innombrables cadrans et boutons qui truffaient la couverture du massif ouvrage. Bien que le Portail de la Prose fût essentiellement un biomécanisme, il y avait encore quantité de réglages minutieux à effectuer pour le faire fonctionner, et comme l'opération se révélait indiciblement compliquée, Mycroft était obligé de consigner les détails de la procédure sur un cahier d'écolier dont – toujours méfiant vis-à-vis des espions étrangers – il ne gardait qu'un seul exemplaire. Il étudia donc son cahier pendant un moment avant de tourner des cadrans, appuyer sur des interrupteurs et augmenter progressivement la puissance ; ce faisant, il marmonnait pour lui-même et Polly :

— Binamétrique, sphérique, numérique. Ça…

— Y est ?

1. Voir le texte complet et sa traduction, pages 409 et 410.

— Non, ça n'y est pas, répondit Mycroft, abattu. Attends un peu… *C'est bon !*

Il sourit, enchanté, tandis que s'éteignait le dernier voyant lumineux. Saisissant la main de sa femme, il la pressa affectueusement.

— A toi l'honneur ! déclara-t-il. Le premier être humain à pénétrer dans un poème de Wordsworth… tu veux bien ?

Polly le regarda, soucieuse.

— Tu es sûr qu'il n'y a aucun risque ?

— Aucun, assura-t-il. Moi-même, je suis allé dans *Le Naufrage de l'Hesperus* il y a une heure.

— Ah oui ? C'était comment ?

— Mouillé. Et je crois y avoir oublié ma veste.

— Celle que je t'ai offerte pour Noël ?

— Non, l'autre. La bleue à gros carreaux.

— C'est *justement* celle que je t'ai offerte pour Noël, le tança-t-elle. Tu devrais faire plus attention. Que veux-tu que je fasse, déjà ?

— Mets-toi là. Si tout se passe bien, dès que j'aurai appuyé sur ce gros bouton vert, les vers ouvriront une porte sur les jonquilles que William Wordsworth aimait tant.

— Et si tout ne se passe pas bien ? s'enquit Polly avec appréhension.

La fin tragique d'Owens à l'intérieur d'une meringue géante lui revenait à l'esprit chaque fois qu'elle jouait les cobayes pour son mari, mais jusque-là, hormis quelques légères brûlures au cours des essais d'un cheval à bascule équipé d'un moteur au gaz butane, aucun appareil de Mycroft ne lui avait causé le moindre mal.

— Hmm, fit Mycroft, pensif. Il est *possible* quoique fort peu probable que je déclenche une réaction en chaîne susceptible de fondre la matière et d'anéantir l'univers connu.

— C'est vrai ?

— Non, ce n'est pas vrai du tout. Je plaisante. Tu es prête ?

Polly sourit.

— Je suis prête.

Mycroft pressa le gros bouton vert, et le livre se mit à bourdonner tout bas. Dehors, les réverbères clignotèrent et leur clarté baissa : la machine pompa une quantité énorme d'électricité pour convertir l'information binamétrique des vers correcteurs. Sous leurs yeux, un fin puits de lumière apparut dans l'atelier, comme si une porte s'était ouverte dans une journée d'hiver sur l'été. La poussière scintillait dans ce rayon lumineux, qui grandit peu à peu jusqu'à ce qu'on pût entrer dedans.

— Vas-y ! cria Mycroft pour couvrir le bruit de la machine. L'ouverture de la porte exige beaucoup d'énergie ; il faut que tu te dépêches !

L'air était saturé de volts ; les objets métalliques environnants commençaient à bouger et à grésiller.

Polly fit un pas vers la porte et sourit nerveusement à son mari. Le rectangle miroitant de lumière blanche frémit lorsqu'elle tendit la main pour le toucher. Elle inspira profondément et franchit le portail. Il y eut un éclair aveuglant suivi d'une violente décharge électrique ; deux boules de plasma gazeux fortement chargé se formèrent spontanément à proximité de l'appareil et jaillirent dans deux directions ; Mycroft dut se baisser précipitamment quand l'une d'elles passa devant lui et heurta la Rolls-Royce sans causer de dégâts ; l'autre explosa sur l'Olfactographe, provoquant un début d'incendie. La lumière et le bruit s'évanouirent tout aussi rapidement ; la porte se referma, et les réverbères dans la rue recouvrèrent leur luminosité d'origine.

Nuages ! Enjouement ! Folle danse ! Les vers jacassaient, contents, tandis que les aiguilles oscillaient sur la couverture du livre : le compte à rebours de deux minutes pour la réouverture du portail avait déjà commencé. Mycroft sourit avec satisfaction et tâta ses poches à la recherche de sa pipe ; soudain, il se rappela, consterné, qu'elle aussi était restée dans l'*Hesperus* ; il s'assit donc sur le prototype d'un avertisseur de sarcasmes et attendit. Jusqu'ici, tout marchait comme sur des roulettes.

De l'autre côté du Portail de la Prose, Polly se tenait sur la rive herbeuse d'un grand lac, écoutant le doux clapotis de l'eau. Le soleil brillait, et de petits nuages floconneux voguaient paresseusement dans l'azur du ciel. Le long de la baie, on apercevait des myriades de jonquilles jaune vif qui poussaient dans l'ombre ajourée d'une boulaie. Les fleurs frissonnaient et dansaient dans la brise dont le souffle embaumait la fraîche odeur de printemps. Tout était calme et paisible. Le monde dans lequel elle se trouvait à présent n'était pas terni par la méchanceté des hommes. C'était le paradis.

— C'est beau ! dit-elle enfin, exprimant ses pensées à voix haute. Les fleurs, les couleurs, les senteurs... comme si on respirait du champagne.

— Cela vous plaît, madame ?

Un homme âgé de quatre-vingts ans au moins lui faisait face. Il était vêtu d'une cape noire ; un demi-sourire éclairait son visage raviné. Il contempla les fleurs.

— Je viens souvent ici. Chaque fois que le marasme de la dépression prend possession de mon être.

— Vous avez de la chance, répondit Polly. Nous, on doit se contenter de *Kézako Quiz*.

— *Kézako Quiz ?*

— C'est un jeu de questions-réponses. A la télé.

— La télé ?

— Oui, c'est comme le cinéma, mais sans les pubs.

Il fronça les sourcils sans comprendre et se tourna à nouveau vers le lac.

— Je viens souvent ici. Chaque fois que le marasme de la dépression prend possession de mon être.

— Vous l'avez déjà dit, ça.

Le vieil homme la regarda comme s'il s'éveillait d'un profond sommeil.

— Que faites-vous là ?

— C'est mon mari qui m'a envoyée. Je m'appelle Polly Next.

— Je viens ici quand je me sens d'humeur absente ou songeuse.

Il agita la main en direction du lac.

— Les jonquilles, vous savez.

Polly jeta un coup d'œil sur les fleurs d'un jaune éclatant qui bruissaient dans la brise tiède.

— J'aurais bien voulu avoir une aussi bonne mémoire, murmura-t-elle.

L'homme en noir lui sourit.

— L'œil intérieur, c'est tout ce qui me reste, fit-il, mélancolique.

Le sourire déserta sa figure austère.

— Tout ce que j'étais autrefois se trouve maintenant ici ; ma vie est contenue dans mes œuvres. Une vie en volumes de mots ; voilà qui est poétique.

Il poussa un profond soupir et ajouta :

— Mais la solitude ne rime pas toujours avec bonheur, vous savez.

Son regard se perdit au loin. Le soleil jouait sur l'eau du lac.

— Ça fait combien de temps que je suis mort ? demanda-t-il à brûle-pourpoint.

— Plus de cent cinquante ans.

— Vraiment ? Au fait, ç'a donné quoi, la révolution en France ?

— Il est encore trop tôt pour le dire.

Le soleil disparut, et Wordsworth fronça les sourcils.

— Tiens, marmonna-t-il. Je ne me rappelle pas avoir écrit cela…

Polly leva les yeux. Un gros nuage noir chargé de pluie obscurcissait le soleil.

— Qu'est-ce que… ? commença-t-elle.

Mais Wordsworth n'était plus là. Le ciel s'assombrit, et le tonnerre gronda, menaçant, à distance. Un vent fort se leva ; le lac parut se figer et perdre toute profondeur ; les jonquilles ne bougeaient plus, formant une masse compacte jaune et vert. Un cri de frayeur lui échappa lorsque le ciel et le lac se rejoignirent ; jonquilles, nuages et arbres reprirent leur place dans le poème – mots, sons, gribouillis sur papier sans autre signification que celle dont les pare notre imagination. Polly poussa un dernier hurlement de terreur : les ténèbres l'envelop-pèrent et le poème se referma sur elle.

12

OpSpecs 27 : les détectives littéraires

... Ce matin, Thursday Next a pris ses fonctions chez les LittéraTecs en remplacement de Crometty. Je ne peux m'empêcher de penser qu'elle est totalement inadaptée à ce type de travail, et je me demande si elle est aussi normale qu'elle a l'air de le croire. Elle a beaucoup de démons, anciens et nouveaux, et je doute que Swindon soit le bon endroit pour chercher à les exorciser...

Extrait du journal intime de Bowden Cable

Les OpSpecs de Swindon partageaient leurs bureaux avec la police locale ; leur QG se trouvait dans un bâtiment carré et fonctionnel – typiquement germanique –, construit pendant l'Occupation pour servir de tribunal. Il était vaste également, ce qui n'était pas plus mal. L'entrée de l'édifice était protégée par des détecteurs de métal ; je montrai ma plaque et pénétrai dans le grand hall. Agents en uniforme et policiers en civil, tous avec un badge, allaient et venaient d'un air affairé parmi le brouhaha ambiant. Je fus bousculée une fois ou deux dans la cohue et, après avoir salué quelques visages connus, je me frayai le passage vers le bureau d'accueil. Là, un individu en hauts-de-chausses et ample chemise blanche était en train de haranguer le brigadier qui le dévisageait sans mot dire. Tout cela, il l'avait déjà entendu mille fois.

— Votre nom ? s'enquit-il d'un ton las.

— John Milton.

— *Lequel ?*

John Milton soupira.

— Quatre cent quatre-vingt-seize.

Le brigadier nota le numéro sur son registre.

— Combien vous a-t-on pris ?

— Deux cents en liquide et toutes mes cartes de crédit.

— Vous avez prévenu votre banque ?

— Bien sûr.

— Et d'après vous, votre agresseur était un Percy Shelley ?

— Oui, répondit le Milton. Il m'a tendu ce pamphlet contre tous les dogmes religieux actuels avant de prendre la fuite.

— Salut, Ross, lançai-je.

Le brigadier leva les yeux, me regarda un moment, puis se fendit d'un large sourire.

— Thursday ! On m'a dit que tu étais revenue ! Et que tu avais gravi les échelons jusqu'à OS-5.

Je lui rendis son sourire. Ross était déjà à l'accueil quand j'étais entrée dans la police de Swindon.

— Qu'est-ce que tu fais ici ? demanda-t-il. Tu comptes ouvrir un bureau régional ? OS-9 ou autre ? Histoire de pimenter un peu notre routine ?

— Pas tout à fait. J'ai été mutée chez les LittéraTecs.

Une expression dubitative se peignit sur le visage de Ross, mais il s'empressa de la masquer.

— Formidable ! s'exclama-t-il, quelque peu gêné. On prendra un verre tout à l'heure ?

J'acceptai avec plaisir et, après m'être fait expliquer comment me rendre au bureau des LittéraTecs, je laissai Ross aux prises avec Milton 496.

Je montai l'escalier à vis jusqu'au dernier étage et suivis les flèches vers l'autre bout du bâtiment. Toute l'aile ouest était occupée par les OpSpecs ou leurs antennes régionales. La section Environnement avait son bureau ici, ainsi que le Vol d'Objets d'Art et la ChronoGarde. Même Spike disposait d'un bureau, bien qu'on l'y vît rarement ; il préférait un box sombre et passablement fétide au parking du sous-sol. Le couloir était tapissé de meubles de rangement et de rayonnages ; au milieu, la vieille moquette était usée jusqu'à la transparence. On était bien loin du siège londonien, où nous disposions d'un système ultramoderne de stockage d'informations. Finalement, j'arrivai à la bonne porte et frappai. N'obtenant pas de réponse, j'entrai directement.

On se serait cru dans la bibliothèque d'une maison de campagne. Sur deux niveaux, les étagères étaient pleines à craquer de livres qui recouvraient chaque centimètre carré du mur. Un escalier en colimaçon menait vers la galerie qui faisait le tour de la pièce, permettant d'accéder aux étagères du haut. Au centre de la pièce, il y avait des tables disposées comme dans la salle de lecture d'une bibliothèque publique. La moindre surface et tout le plancher disparaissaient sous des piles de livres et de papiers ; c'en était même surprenant qu'ils arrivent à travailler là-dedans. Les cinq agents qui se trouvaient là ne firent pas attention à moi. Un téléphone sonna, et un jeune homme décrocha.

— Bureau des LittéraTecs, fit-il poliment.

Il grimaça en entendant la tirade qu'on lui débitait à l'autre bout du fil.

— Je regrette que vous n'ayez pas aimé *Titus Andronicus*, madame, dit-il enfin, mais malheureusement, ceci n'a rien à voir avec nous… à l'avenir, vous devriez peut-être vous en tenir aux comédies.

J'aperçus Victor Analogy, en train de consulter un dossier avec un autre agent. Je m'approchai afin qu'il pût me voir et attendis qu'il eût terminé.

— Ah, Next ! Soyez la bienvenue. Je suis à vous dans deux minutes.

Je hochai la tête, et Victor poursuivit :

— ... à mon avis, Keats aurait employé une prose beaucoup moins fleurie, et la troisième strophe est un peu bancale dans sa construction. Moi, je dirais que c'est un faux, mais passez-le quand même à l'Analyseur Métrique.

Une fois l'agent parti, Victor sourit et me serra la main.

— C'est Finisterre. Il s'occupe de la contrefaçon des poètes du XIXe siècle. Venez, que je vous fasse visiter.

Il esquissa un geste en direction des étagères.

— Les mots sont comme des feuilles, Thursday. Et comme les gens, du reste, ils préfèrent rester entre eux.

Il eut un sourire.

— Nous avons plus d'un milliard de mots ici. Des ouvrages de référence, pour l'essentiel. Une belle collection d'œuvres majeures, et quelques mineures que vous ne trouverez même pas à la Bibliothèque Bodléienne d'Oxford. On a une réserve au sous-sol. Tout aussi pleine. Il faudrait qu'on puisse s'agrandir, mais les LittéraTecs ont un budget serré, pour ne pas dire plus.

Il contourna l'une des tables et me conduisit vers Bowden assis raide comme un piquet, le veston soigneusement accroché au dossier de sa chaise et le bureau tellement bien rangé que c'en était indécent.

— Bowden, vous le connaissez déjà. C'est un type bien. Ça fait douze ans qu'il est chez nous ; sa spécialité, c'est la prose du dix-neuvième. Il va vous montrer les ficelles. Votre bureau est là-bas.

Il marqua une pause, les yeux rivés sur le bureau vide. Un bureau qui n'était pas surnuméraire. Ils avaient récemment perdu l'un des leurs, et j'étais là pour le remplacer. Pour m'asseoir à la place du mort. Installé un peu plus loin, un autre agent me regardait avec curiosité.

— Lui, c'est Fisher. Il vous aidera pour tout ce qui

concerne la législation en matière des droits d'auteur et le roman contemporain.

Fisher, un type râblé avec une coquetterie dans l'œil, visiblement plus gros que grand, me sourit, révélant un fragment de petit déjeuner coincé entre ses dents.

Victor s'approcha du bureau suivant.

— La littérature du dix-septième et du dix-huitième est entre les mains de Helmut Bight, gentiment prêté par nos confrères d'outre-Rhin. Il est arrivé là pour régler l'histoire d'une mauvaise traduction de Goethe et il s'est retrouvé confronté à un mouvement néonazi qui cherche à ériger Friedrich Nietzsche au rang d'un saint fasciste.

Agé d'une cinquantaine d'années, Herr Bight me considérait d'un œil soupçonneux. Il portait un costume, mais avait retiré sa cravate à cause de la chaleur.

— OS-5, hein ? lâcha-t-il, comme si c'était une forme de maladie vénérienne.

— Je suis OS-27, au même titre que vous, répondis-je en toute honnêteté. Huit ans à Londres sous les ordres de Boswell.

Bight s'empara d'un ouvrage visiblement ancien, relié de cuir de porc fané, et me le passa.

— Que pensez-vous de ça ?

Je pris le poussiéreux volume dans la main et examinai son dos.

— *La Vanité des désirs humains*, lus-je. Ecrit par Samuel Johnson et publié en 1749, le premier ouvrage à paraître sous son propre nom.

J'ouvris le livre et feuilletai les pages jaunies.

— Première édition. Qui serait d'une grande valeur, si…

— Si ? répéta Bight.

Je reniflai le papier, frottai la page et léchai mon doigt. J'inspectai le dos, tapotai la couverture et, pour finir, laissai tomber le lourd volume sur le bureau avec un bruit mat.

— … si elle avait été authentique.

— Vous m'impressionnez, Miss Next, admit Herr Bight. Il faudrait qu'on parle de Johnson, vous et moi, un de ces quatre.

— Ce n'était pas très difficile. A Londres, on a récupéré deux palettes de fausses œuvres de Johnson semblables à celle-ci, d'une valeur marchande de plus de trois cent mille livres.

— A Londres aussi ? s'exclama Bight, surpris. Ça fait six mois qu'on traque cette bande-là ; on croyait qu'ils opéraient dans la région.

— Appelez Boswell de ma part : il fera tout ce qui est en son pouvoir pour vous aider.

Herr Bight décrocha son téléphone et demanda un numéro à l'opératrice. Victor m'escorta vers l'une des nombreuses portes vitrées qui donnaient sur des bureaux annexes. Il l'entrouvrit, et je vis deux agents en bras de chemise en train d'interroger un homme vêtu d'un collant et d'un pourpoint brodé.

— Malin et Sole sont chargés de tous les crimes liés à Shakespeare.

Il referma le battant.

— Ils surveillent la contrefaçon, le marché noir et les libertés que certains comédiens prennent vis-à-vis du texte. L'acteur qui est là se nomme Graham Huxtable. Il a monté une version délictueuse – façon one-man show – de *La Nuit des Rois*. C'est un multirécidiviste. Il va écoper d'une amende et d'une mise à l'épreuve. Son Malvolio est *franchement* atroce.

Il poussa la porte d'un autre bureau. Deux hommes, deux vrais jumeaux, faisaient fonctionner une grosse machine informatique. La pièce était une vraie étuve à cause de milliers de soupapes, et le cliquetis des relais était quasi assourdissant. C'était la première manifestation de la technologie moderne que je rencontrais dans ces locaux.

— Et voici les frères Forty, Jeff et Geoff. Les Forty

gèrent l'Analyseur Métrique qui décompose n'importe quelle prose ou poésie – en mots, ponctuation, grammaire, et cetera – et compare la signature littéraire à un échantillon de l'auteur cible stocké dans sa mémoire. Quatre-vingt-neuf pour cent de réussite. Très utile pour déceler la contrefaçon. On a eu soi-disant une page d'un premier brouillon d'*Antoine et Cléopâtre*. Elle a été rejetée en raison d'un trop grand nombre de verbes par paragraphe unitaire.

Il ferma la porte.

— Voilà toute l'équipe. Notre chef, responsable de tous les OpSpecs de Swindon, est le commissaire Braxton Hicks. Lui-même est placé sous les ordres du commissaire divisionnaire basé à Salisbury. La plupart du temps, il nous fiche la paix, et ça nous convient bien. Mais il aime rencontrer les nouvelles recrues le jour même de leur arrivée ; je vous suggère donc d'aller faire un tour chez lui. Pièce vingt-huit au fond du couloir.

Nous regagnâmes mon bureau. Victor me souhaita de nouveau bonne chance et s'en fut consulter Helmut au sujet d'exemplaires pirates de *Faust* parus sur le marché et réécrits de sorte que l'histoire finît bien.

Je pris place sur ma chaise et ouvris le tiroir. Il ne contenait rien, même pas une agrafe. Bowden m'observait.

— Victor l'a vidé le lendemain de la mort de Crometty.

— James Crometty, murmurai-je. Et si vous me parliez un peu de lui ?

Bowden ramassa un crayon et essaya de le poser en équilibre sur la mine.

— Crometty s'occupait principalement de la littérature du XIXe siècle. C'était un excellent agent, mais il ne tenait pas en place. La procédure, très peu pour lui. Il a disparu un soir, après avoir annoncé qu'il avait un tuyau concernant un manuscrit rare. On l'a retrouvé une semaine plus tard, dans un café du Corbeau désaffecté sur Morgue Road. Il s'était pris six balles en pleine figure.

— Je suis désolée.

— J'ai déjà perdu des amis auparavant, poursuivit Bowden sur le même ton égal, mais Jim était un collègue et un ami proche, et j'aurais volontiers pris sa place.

Il se frotta le nez ; ce fut le seul signe d'émotion qu'il manifesta.

— Je me considère comme quelqu'un de spirituel, Miss Next, bien que n'étant pas religieux. Par spirituel, j'entends simplement que mon âme aspire au bien et que je suis enclin à suivre la bonne voie dans des circonstances données. Vous me comprenez ?

Je hochai la tête.

— Cela étant dit, j'ai quand même très envie de mettre un terme à la vie de l'individu qui a commis ce crime odieux. Je me suis entraîné sur un champ de tir, et je ne me sépare plus de mon pistolet. Regardez…

— Vous me le montrerez plus tard, Mr. Cable. Vous avez des pistes ?

— Aucune. Rien du tout. Nous ne savons pas qui il devait voir, ni pourquoi. J'ai des contacts à la Criminelle ; ils n'ont rien non plus.

— Six balles en plein visage, c'est la marque de quelqu'un qui prend son boulot très à cœur. Même si Crometty avait été armé, à mon avis ça n'aurait pas changé grand-chose.

— Vous avez certainement raison, soupira Bowden. Je ne me souviens pas d'une seule fois où il a fallu dégainer une arme au cours d'une de nos enquêtes.

J'acquiesçai ; dix ans plus tôt, ç'avait été pareil à Londres. Mais le chiffre d'affaires et les sommes d'argent liquide que brassait la distribution d'œuvres littéraires avaient éveillé l'intérêt du grand banditisme. Je connaissais au moins quatre LittéraTecs londoniens tombés dans l'exercice de leurs fonctions.

— Ça commence à chauffer ici aussi. Et ce n'est pas du cinéma. Vous avez entendu parler d'émeutes surréalistes à Chichester ?

— Absolument, répondit-il. D'ailleurs, Swindon ne restera pas longtemps à l'écart de ce genre de débordements. L'an passé, l'école des Beaux-Arts a failli se soulever quand la direction a limogé un enseignant qui encourageait secrètement les étudiants à embrasser l'expressionnisme abstrait. Ils voulaient le faire inculper dans le cadre de la loi sur l'interprétation des arts plastiques. Il s'est enfui en Russie, je crois.

Je consultai ma montre.

— Il faut que j'aille voir le commissaire.

Un rare sourire éclaira le visage sérieux de Bowden.

— Je vous souhaite bonne chance. Si je puis me permettre un conseil, rangez votre automatique. Malgré la mort prématurée de James, le commissaire Hicks ne veut pas que les LittéraTecs soient armés en permanence. Il est persuadé que notre place est derrière un bureau.

Je le remerciai, laissai mon automatique dans le tiroir et empruntai le couloir. Je frappai à deux reprises, et un jeune gratte-papier m'invita à entrer dans l'antichambre. Je déclinai mon identité, et il me pria d'attendre.

— Le commissaire n'en a pas pour longtemps. Une tasse de café ?

— Non, merci.

Le jeune homme me considéra avec curiosité.

— On dit que vous êtes venue de Londres pour venger la mort de Jim Crometty. On dit que vous avez tué deux hommes. On dit que votre père a une tête à arrêter les pendules. C'est vrai, ça ?

— Tout dépend du point de vue. Les bruits de couloir, ça va vite, hein ?

Braxton Hicks ouvrit la porte de son bureau et me fit signe d'entrer. C'était un homme grand et maigre, avec une grosse moustache et un teint gris. A en juger par les valises sous ses yeux, il ne devait pas dormir beaucoup.

L'intérieur de la pièce était très austère, même pour un commissaire des OpSpecs. Plusieurs sacs de golf étaient alignés contre le mur, et je remarquai un putter qu'on avait précipitamment poussé sur le côté.

Souriant cordialement, Hicks m'offrit un siège avant de s'asseoir à son tour.

— Cigarette ?

— Je ne fume pas, merci.

— Moi non plus.

Il me scruta pendant un moment, tambourinant avec ses longs doigts sur un bureau impeccablement rangé. Puis il ouvrit un classeur et s'absorba dans la lecture sans mot dire. C'était mon dossier OS-5 ; à croire que lui et Analogy ne s'entendaient pas suffisamment pour faire circuler l'information entre les services.

— Agent Thursday Next, eh ?

Son regard balaya les étapes marquantes de ma carrière.

— Quel parcours. Police, Crimée, retour dans la police, puis Londres en 1975. Pourquoi ça ?

— Une promotion, monsieur.

Braxton Hicks grogna et continua à lire.

— Huit ans chez les OpSpecs, deux récompenses. Récemment détachée à OS-5. Votre passage chez eux a été massivement censuré ; il est spécifié néanmoins que vous avez été blessée au combat.

Il me dévisagea par-dessus ses lunettes.

— Vous avez riposté ?

— Non.

— Bien.

— J'ai tiré la première.

— Ça, c'est moins bien.

Braxton caressa pensivement sa moustache.

— Vous étiez échelon un à Londres, travaillant sur Shakespeare, pas moins. Un poste prestigieux. Que vous avez pourtant troqué contre un échelon trois dans ce trou à rats. Pourquoi ?

— Les temps changent, et nous changeons avec eux, monsieur.

Avec un nouveau grognement, il referma le dossier.

— Ici, j'ai sous ma responsabilité non seulement les LittéraTecs, mais aussi Vol d'Objets d'Art, Vampirisme et Lycanthropie, ChronoGarde, Antiterrorisme, Ordre Public et fourrière pour chiens. Vous jouez au golf ?

— Non, monsieur.

— Dommage, dommage. Où en étais-je ? Ah oui. De tous ces services, savez-vous lequel je redoute le plus ?

— Je n'en ai pas la moindre idée, monsieur.

— Je vais vous le dire. Aucun. Ce que je crains le plus, ce sont les réunions budgétaires. Vous savez ce que cela signifie, Next ?

— Non, monsieur.

— Cela signifie que chaque fois que l'un de vous réclame des heures supplémentaires ou formule une quelconque requête, je dépasse le budget, et ça me fait mal *là*.

Il pointa le doigt sur sa tempe gauche.

— Et je n'aime pas ça. Vous comprenez ?

— Oui, monsieur.

Il reprit mon dossier et l'agita sous mon nez.

— Il paraît que vous avez eu quelques petits ennuis dans la métropole. D'autres agents qui se seraient fait descendre. Ici, c'est une tout autre paire de manches, vous savez. Notre job, c'est de traiter des données. Si vous voulez procéder à une arrestation, adressez-vous à la police. Pas question de courir après les malfrats, de faire des heures sup, et surtout pas de filatures vingt-quatre heures sur vingt-quatre. Est-ce clair ?

— Oui, monsieur.

— Maintenant, à propos de Hadès.

Mon cœur fit un bond ; j'aurais cru que s'il y avait une chose à censurer, c'était bien celle-là.

— Selon vous, semble-t-il, il serait toujours en vie.

Je réfléchis un instant. Lorgnai le dossier entre les mains de Hicks. Il devina mes pensées.

— Oh non, ce n'est pas là-dedans, ma grande. Je suis peut-être un péquenaud, mais j'ai mes sources. Vous croyez qu'il est toujours en vie ?

Je savais que je pouvais faire confiance à Victor et à Bowden, mais Hicks, c'était déjà moins sûr. Mieux valait ne pas prendre de risque.

— Un symptôme de stress, monsieur. Hadès est mort.

Il jeta mon dossier dans la corbeille des départs, se cala dans son siège et caressa sa moustache, ce qui visiblement était un de ses tics préférés.

— Vous n'êtes donc pas ici pour tenter de le retrouver ?

— Si Hadès était en vie, que ferait-il à Swindon, monsieur ?

Braxton eut l'air gêné.

— Tout à fait.

Il sourit et se leva pour signifier que l'entretien était terminé.

— Bon, très bien, alors sauvez-vous. Un conseil : apprenez à jouer au golf. Vous verrez, c'est un sport très gratifiant et qui détend énormément. Voici le rapport du budget de votre service, et ceci est la liste de tous les terrains de golf de la région. Etudiez-les attentivement. Bonne chance.

Je sortis et refermai la porte derrière moi.

Le secrétaire leva les yeux.

— Il a parlé du budget ?

— Je ne crois pas qu'il ait parlé d'autre chose. Vous avez une poubelle ?

Il sourit et la poussa du pied. Sans cérémonie, j'y balançai le lourd document.

— Bravo, fit-il.

J'allais partir quand un petit homme en costume bleu entra en trombe sans regarder autour de lui. Occupé à lire un fax, il se cogna à moi et s'engouffra dans le bureau de Braxton sans dire un mot. Le secrétaire guettait ma réaction.

— Tiens, tiens, murmurai-je. Jack Maird.

— Vous le connaissez ?

— De très loin.

— Aussi aimable qu'une porte de prison, dit le jeune homme qui semblait s'être pris d'amitié pour moi depuis que j'avais bazardé le budget. Evitez-le. Goliath, vous savez.

Je jetai un coup d'œil sur la porte close de Braxton.

— Qu'est-ce qu'il vient faire ici ?

Le secrétaire haussa les épaules et, avec un clin d'œil complice, dit très lentement, articulant avec soin :

— Je vais vous chercher le café… avec *deux* sucres, n'est-ce pas ?

— Non, merci, pas pour moi.

— Non, non, répondit-il. *Deux* sucres, *DEUX* sucres.

Il désignait l'interphone sur son bureau.

— Dieu du ciel ! explosa-t-il. Faut-il que je vous fasse un dessin ?

Je finis par percuter. Le secrétaire sourit faiblement et s'éclipsa. Je me hâtai de m'asseoir, je relevai la manette marquée du chiffre 2 et me penchai pour écouter.

— Je n'aime pas quand vous entrez sans frapper, Mr. Maird.

— Je suis anéanti, Braxton. Est-ce qu'elle sait quelque chose sur Hadès ?

— Elle dit que non.

— Elle ment. Elle n'est pas ici par hasard. Si je trouve Hadès le premier, nous pourrons nous débarrasser d'elle.

— Doucement avec le « nous », Jack, rétorqua Braxton, agacé. Rappelez-vous que je me suis engagé à coopérer pleinement avec Goliath, mais vous travaillez dans ma juridiction et vos pouvoirs, c'est moi qui vous les octroie. Ces pouvoirs, je peux les révoquer du jour au lendemain. On fait comme j'ai dit ou on ne fait pas du tout. Vous avez compris ?

Nullement impressionné, Maird lâcha sur un ton condescendant :

— Mais bien sûr, Braxton, du moment que vous êtes conscient d'une chose : si cette affaire vous pète à la figure, c'est vous personnellement que le Groupe Goliath tiendra pour responsable.

J'étais revenue m'asseoir à mon bureau vide. Décidément, il s'en passait, des choses, derrière mon dos. Bowden posa la main sur mon épaule, me faisant sursauter.

— Excusez-moi, je ne voulais pas vous faire peur. Vous avez eu droit au speech sur le budget ?

— Mieux que ça. Jack Maird a débarqué chez le commissaire comme s'il était chez lui.

Bowden haussa les épaules.

— Dans la mesure où il travaille pour Goliath, il y a des chances pour que ce soit vrai.

Il prit son veston sur le dossier de sa chaise et le drapa soigneusement sur son bras.

— Où allons-nous ? demandai-je.

— Déjeuner, puis une piste dans le vol de *Chuzzlewit*. Je vous expliquerai en chemin. Vous avez une voiture ?

La vue de la Porsche bariolée ne parut pas le perturber outre mesure.

— On ne peut pas dire que ce soit là un modèle de discrétion.

— Au contraire, répliquai-je, qui irait s'imaginer qu'un LittéraTec roulerait avec une voiture pareille ? Par ailleurs, je suis *obligée* de rouler avec ça.

Il s'installa sur le siège du passager et inspecta d'un air légèrement dédaigneux l'intérieur spartiate de l'habitacle.

— Il y a un problème, Miss Next ? Pourquoi me regardez-vous comme ça ?

Maintenant que Bowden était assis à côté de moi, je venais de comprendre où je l'avais vu. C'était lui, le passager, quand la voiture avait surgi devant moi à l'hôpital. Les pièces commençaient bel et bien à se mettre en place.

14

Déjeuner avec Bowden

> Bowden Cable est le type même de l'agent honnête et fiable qui représente la cheville ouvrière des OpSpecs. Ces gens-là n'obtiennent jamais de récompenses ni de médailles, et le public ignore jusqu'à leur existence. Chacun d'eux en vaut dix comme moi.
>
> THURSDAY NEXT
> *Ma vie chez les OpSpecs*

Bowden m'emmena dans un routier situé sur la vieille route d'Oxford. Je trouvai que c'était un drôle d'endroit pour déjeuner ; les sièges durs étaient en plastique orange et les tables jaunies étaient recouvertes de Formica qui commençait à rebiquer aux coins. Les vitres étaient quasi opaques de crasse ; les voilages de nylon, surchargés de dépôts de graisse. Plusieurs rubans de papier tue-mouches pendaient du plafond ; ils avaient depuis longtemps perdu leur efficacité, et les mouches qui les constellaient avaient été réduites en poussière. Histoire d'égayer le décor, quelqu'un avait accroché des images découpées à la hâte dans de vieux calendriers ; une photo dédicacée de l'équipe anglaise de football américain de 1978 trônait au-dessus de la cheminée qui avait été murée, puis ornée d'un vase avec des fleurs en plastique.

— Vous êtes sûr ? demandai-je, m'asseyant prudemment à une table près de la fenêtre.

— La cuisine est bonne, répondit Bowden, comme si c'était la seule chose qui comptait.

Une serveuse qui mâchait du chewing-gum vint placer des couverts tordus sur la table. Elle devait avoir dans les cinquante ans et portait un uniforme qui aurait pu appartenir à sa mère.

— B'jour, Mr. Cable, dit-elle d'une voix blanche, avec à peine une lueur d'intérêt. Ça va bien ?

— Très bien, merci, Lottie. Je vous présente ma nouvelle coéquipière, Thursday Next.

Lottie me regarda bizarrement.

— Vous seriez pas une parente au capitaine Next ?

— C'était mon frère, déclarai-je bien fort, pour lui faire comprendre que je n'avais pas honte de ce lien de parenté, et il n'a pas fait ce dont on l'a accusé.

La serveuse me dévisagea un moment, comme si elle aurait voulu dire quelque chose, mais qu'elle n'osait pas.

— Alors, qu'est-ce que je vous sers ? s'enquit-elle avec une gaieté forcée.

Elle avait perdu quelqu'un dans cette offensive ; ça se sentait.

— Quel est le menu du jour ? demanda Bowden.

— *Soupe d'Auvergne au fromage*[1], dit Lottie, suivie de *rojoes cominho*.

— Qu'est-ce que c'est ? fis-je.

— Du porc braisé au cumin, coriandre et citron, expliqua Bowden.

— Ça m'a l'air super.

— Deux menus, s'il vous plaît, et une carafe d'eau minérale.

1. En français dans le texte. *(N.d.T.)*

Elle hocha la tête, griffonna la commande et me gratifia d'un sourire triste avant de nous laisser.

Bowden me considéra avec intérêt. Il aurait fini par deviner que j'avais fait l'armée. J'en portais encore les stigmates.

— Une ancienne de la Crimée, hein ? Vous savez que le colonel Phelps est en ville ?

— Je suis tombée sur lui hier dans le dirigeable. Il voulait que je participe à l'un de ses rassemblements.

— Vous allez le faire ?

— Vous plaisantez, j'espère. Pour lui, le meilleur moyen de mettre un terme à ce conflit est de se battre jusqu'à ce qu'il ne reste plus un seul survivant, que la presqu'île soit entièrement empoisonnée, truffée de mines et impropre à toute forme de vie. Je compte vraiment sur l'ONU pour ramener les deux gouvernements à la raison.

— J'ai été appelé en 78, dit Bowden. J'ai même fait mes classes, mais par chance, le tsar est mort cette année-là, et le prince héritier a pris sa place. Comme il était très sollicité par ailleurs, les Russes ont battu en retraite. Et on n'a plus jamais eu besoin de moi.

— J'ai lu quelque part que depuis le début de la guerre, sept ans seulement sur les cent trente et un se sont passés en combats.

— Mais qu'est-ce qu'ils se sont rattrapés pendant ces sept ans !

Je le regardai. Il but une gorgée d'eau non sans m'avoir offert la carafe d'abord.

— Marié ? Des enfants ?

— Non, répliqua-t-il. Je n'ai pas encore eu le temps de me chercher une femme, même si, en principe, je ne suis pas contre. Les OpSpecs, ce n'est pas l'endroit idéal pour faire des rencontres et, je l'avoue, je ne sors pas beaucoup. J'ai été sélectionné pour un poste dans l'équivalent d'un bureau de LittéraTecs qui va s'ouvrir prochainement dans l'Ohio ; à mon sens, c'est l'occasion rêvée pour prendre épouse.

— Ils paient bien, et les conditions de travail sont excellentes. Moi-même, je serais assez tentée, si on me le proposait.

— C'est vrai ? Vous êtes sérieuse ? demanda Bowden, dans un accès d'enthousiasme qui démentait ses manières un peu froides.

— Absolument. Ça fait du bien de changer d'air, bredouillai-je, pressée de détourner la conversation afin d'éviter tout malentendu. Vous êtes… euh… LittéraTec depuis combien de temps ?

Bowden réfléchit.

— Dix ans. Je suis sorti de Cambridge avec un diplôme de littérature du dix-neuvième et j'ai atterri directement ici. C'est Jim Crometty qui m'a formé.

Il jeta un regard mélancolique par la fenêtre.

— Peut-être que si j'avais été là…

— … vous seriez morts tous les deux, à l'heure qu'il est. Quelqu'un qui vous tire six fois en pleine figure est tout sauf un enfant de chœur. Il vous aurait descendu sans sourciller. Les regrets, ça ne sert à rien ; je suis bien placée pour le savoir. J'ai perdu deux camarades dans une altercation avec Hadès. Mais j'ai eu beau tourner et retourner ça dans ma tête, si c'était à refaire, je pense que le résultat serait exactement le même.

Lottie posa la soupe devant nous, avec une corbeille de pain frais.

— Bon appétit, dit-elle. C'est la maison qui régale.

— Mais… ! commençai-je.

Elle me fit taire.

— Economisez votre salive, lâcha-t-elle, impassible. Après la charge. Après que ça s'est gâté. Après la première vague de morts… vous êtes retournée là-bas pour voir ce que vous pouviez faire. *Vous y êtes retournée*. Et ça, ça me touche.

Sur ce, elle tourna les talons.

La soupe était bonne ; les *rojoes cominho*, encore meilleurs.

— Victor m'a dit que vous travailliez sur Shakespeare, à Londres, fit Bowden.

C'était le secteur le plus prestigieux pour un LittéraTec. Venaient ensuite les poètes lakistes, suivis de comédies de la Restauration. Même dans le plus démocratique des services, la hiérarchie des valeurs finissait par prendre le dessus.

— Etant donné que les promotions étaient rares, au bout de deux ans on m'a confié le domaine shakespearien, répondis-je, émiettant un morceau de pain. Les Baconiens nous créent pas mal d'ennuis à Londres.

Bowden leva les yeux.

— Et que pensez-vous de leur théorie ?

— Pas grand-chose. Comme beaucoup de gens, je suis convaincue que, dans le cas de Shakespeare, l'arbre cache la forêt. Mais que sir Francis Bacon se soit planqué derrière un acteur peu connu ? Non, ça, je n'achète pas.

— C'était un homme de loi, objecta Bowden. Or, bon nombre de pièces emploient le jargon juridique.

— Ça ne veut rien dire. Greene, Nashe et surtout Ben Jonson ont recours à la même terminologie ; pourtant, ils n'ont pas fait d'études de droit. Et ne me parlez pas de soi-disant codes.

— Ne vous inquiétez pas pour ça. Je n'en avais pas l'intention. Je ne suis pas baconien. Ces pièces, ce n'est pas lui qui les a écrites.

— Et qu'est-ce qui vous fait dire ça ?

— Si vous lisez son *De Augmentis Scientarium*, vous verrez que Bacon y critique le théâtre populaire. Qui plus est, quand la troupe dont Shakespeare faisait partie s'est adressée au roi pour former un théâtre, on les a renvoyés devant le préfet de police. Et devinez qui, parmi les notables chargés de statuer sur leur sort, s'est opposé le plus farouchement au projet ?

— Francis Bacon ?

— Parfaitement. L'auteur de ces pièces, quel qu'il soit, n'est pas Bacon. J'ai moi-même émis plusieurs hypothèses au fil des années. Avez-vous entendu parler d'Edward de Vere, le dix-septième comte d'Oxford ?

— Vaguement.

— Il existe des preuves comme quoi, contrairement à Bacon, il savait écrire, et plutôt bien… un instant, je vous prie.

Lottie nous avait apporté un téléphone. C'était pour Bowden. Il s'essuya la bouche avec une serviette.

— Oui ?

Son regard se posa sur moi.

— Oui, elle est là. On arrive tout de suite. Merci.

— Un problème ?

— C'est votre oncle et votre tante. Comment vous dire ça… ils ont été kidnappés !

Plusieurs voitures de police et des OpSpecs étaient déjà garées à l'entrée de la maison. Une petite foule s'était massée et essayait de regarder par-dessus la clôture. Les dodos, parqués de l'autre côté, fixaient tout ce monde, s'interrogeant sur la cause du tohu-bohu. Je montrai mon badge au policier en faction.

— LittéraTec ? fit-il, méprisant. Vous ne pouvez pas entrer, m'dame. Police et OpSpecs-9 seulement.

— Il s'agit de mon oncle ! m'emportai-je.

Le policier s'écarta à contrecœur. Ici, c'était pareil qu'à Londres : un badge de LittéraTec vous conférait à peu près autant d'autorité qu'une carte des transports. Je trouvai ma mère dans le séjour, entourée de Kleenex humides. M'asseyant à côté d'elle, je lui demandai ce qui s'était passé.

Elle se moucha bruyamment.

— Je les ai appelés à table vers une heure. Il y avait des saucisses, le plat préféré de Mycroft. Comme ça ne répondait pas, je suis descendue à l'atelier. Les portes étaient grandes ouvertes, et ils avaient disparu tous les deux. Mycroft ne serait pas sorti sans me prévenir.

Elle avait raison. Mycroft ne quittait jamais la maison, sauf en cas d'absolue nécessité. Depuis qu'Owens avait été meringué, c'était Polly qui lui faisait toutes ses commissions.

— On a volé quelque chose ? demandai-je à un OS-9 qui me toisa avec froideur.

Il n'appréciait guère de se faire interroger par une LittéraTec.

— Allez savoir, répliqua-t-il sans manifester la moindre émotion. Vous avez été récemment dans son atelier, je crois ?

— Hier soir, oui.

— Alors vous pouvez peut-être y jeter un œil et nous dire, *à nous*, s'il manque quelque chose ?

Je fus escortée à l'atelier de Mycroft. Les portes de derrière avaient été forcées ; je regardai attentivement autour de moi. La table sur laquelle Mycroft gardait ses vers correcteurs avait été vidée ; je ne vis qu'une massive prise électrique à deux broches qui devait se brancher sur le Portail de la Prose.

— Il y avait des choses là-dessus. Plusieurs bocaux à poissons rouges remplis de petits vers et un gros livre qui ressemblait un peu à une Bible médiévale…

— Pouvez-vous le dessiner ? demanda une voix familière.

Je me retournai. Debout dans l'ombre, Jack Maird, une cigarette au bec, surveillait un technicien de chez Goliath en train de passer le sol au détecteur.

— Ça alors ! Jack Maird en personne. Et pourquoi Goliath s'intéresse-t-il tout à coup à mon oncle ?

— Pouvez-vous le dessiner ? répéta-t-il.

Je hochai la tête ; l'un des hommes de Goliath me remit un papier et un crayon. Je croquai ce que j'avais vu, le complexe assemblage de cadrans et boutons sur la couverture, et les lourds fermoirs en laiton. Jack Maird prit le dessin et l'examina avec beaucoup d'intérêt. A cet instant, un autre technicien de chez Goliath entra dans la pièce.

— Alors ? fit Maird.

L'homme salua prestement et lui montra une paire de gros serre-fils légèrement fondus.

— Le Pr Next s'était arrangé pour connecter ses propres câbles à la sous-station voisine. Je viens de parler au personnel. Ils disent qu'ils ont eu trois fuites d'énergie inexplicables, d'environ 1,8 mégawatt chacune, hier soir tard.

Jack Maird se tourna vers moi.

— Ne vous mêlez pas de ça, Next. Le vol et le kidnapping ne relèvent pas du ressort des LittéraTecs.

— Qui a fait ça ?

Mais Maird n'était pas homme à s'en laisser conter, et surtout pas par moi. Il me menaça du doigt.

— Cette investigation n'a rien à voir avec vous. Nous vous tiendrons au courant. Ou pas. Ce sera à moi de décider.

Et il s'éloigna.

— C'est Achéron, n'est-ce pas ? questionnai-je avec une lenteur délibérée.

Maird s'arrêta net et fit volte-face.

— Achéron est mort, Next. Brûlé vif à la sortie numéro douze. N'allez pas raconter vos histoires à droite et à gauche, ma petite. Ou on vous prendra pour plus déséquilibrée que vous ne l'êtes déjà.

Il sourit sans la moindre trace de chaleur et quitta l'atelier pour gagner la voiture qui l'attendait.

15

Bonjour et au revoir, Mr. Quaverley

Peu de gens se souviennent aujourd'hui de Mr. Quaverley. Si vous avez lu *Martin Chuzzlewit* avant 1985, vous avez dû tomber sur un personnage secondaire qui habitait la pension de Mrs. Todger. Il discourait longuement avec les Pecksniff sur les papillons, sujet dont il ne savait presque rien. Malheureusement, il n'est plus. Son chapeau est toujours suspendu à la patère page 235, mais c'est tout ce qui en reste…

MILLON DE FLOSS
Dossier Thursday Next, volume 6

— Stupéfiant ! fit Achéron tout bas en observant le Portail de la Prose. Véritablement stupéfiant !

Mycroft ne dit rien. Il était trop préoccupé par le sort de Polly : était-elle toujours vivante et bien portante depuis que le poème s'était refermé sur elle ? Malgré ses protestations, ils avaient débranché la prise avant la réouverture du portail ; il ignorait si un être humain pouvait survivre dans un environnement pareil. On lui avait bandé les yeux durant le trajet ; à présent, il se tenait dans le fumoir de ce qui avait été autrefois un hôtel de luxe. Le décor, bien que grandiose, était vétuste et délabré. Le piano à queue incrusté de nacre n'avait pas été accordé depuis des années, et le bar dont le mur du fond n'était qu'un immense miroir ne contenait pas l'ombre d'une boisson. Mycroft regarda par la fenêtre pour essayer de comprendre où il avait atterri. Ce n'était pas difficile. Le grand nombre de voitures de la marque Griffin aux couleurs ternes et l'absence de panneaux publicitaires lui apprirent ce qu'il voulait savoir : il se trouvait en République Populaire du Pays de Galles, là où les représentants classiques des forces de l'ordre n'avaient aucun moyen d'accès. Ses chances d'évasion étaient minces, et même s'il parvenait à s'enfuir, même s'il arrivait à franchir la frontière dans l'autre sens, jamais il ne repartirait sans Polly, toujours prisonnière du poème – quelques mots imprimés sur une feuille de papier que Hadès avait rangée dans sa poche de poitrine. Il serait impossible de la récupérer sans lutte, et puis, en l'absence des vers correcteurs et du Portail de la Prose, Polly resterait dans sa prison wordsworthienne jusqu'à la fin des temps. Se mordant nerveusement la lèvre, Mycroft reporta son attention sur les autres gens présents dans la salle. Outre Hadès et lui-même, il y avait quatre hommes – dont deux armés.

— Je vous souhaite la bienvenue, professeur Next, dit Hadès en souriant de toutes ses dents. De génie à génie !

Il contempla la machine avec affection. Caressa du doigt le bord d'un des bocaux. Les vers étaient occupés à lire *Mansfield Park*[1] et à se demander d'où sir Thomas tirait ses revenus.

— Je ne peux pas y arriver tout seul, dit Hadès sans lever les yeux.

L'un des hommes changea de position pour se caler plus confortablement dans le fauteuil en tissu, l'un des rares à faire partie du mobilier d'origine.

1. Roman de Jane Austen. *(N.d.T.)*

— Mon étape suivante est de m'assurer votre total soutien.

Il contempla Mycroft d'un air grave.

— Vous allez m'aider, n'est-ce pas ?

— Plutôt mourir ! riposta Mycroft froidement.

Achéron le regarda, et son visage s'épanouit dans un large sourire.

— Je n'en doute pas un instant, mais… Dieu que je suis malpoli. Je vous ai enlevé, j'ai volé l'œuvre de votre vie, et je ne me suis même pas présenté !

Il s'approcha de Mycroft et lui serra chaleureusement la main. Mycroft ne réagit pas.

— Mon nom est Hadès, Achéron Hadès. Vous avez peut-être entendu parler de moi ?

— Achéron l'escroc ? dit Mycroft lentement. Achéron le ravisseur et le maître chanteur ?

Le sourire d'Achéron ne vacilla pas.

— Oui, trois fois *oui*. Mais vous oubliez le meurtrier. Quarante-deux meurtres, mon ami. Le plus dur, c'est le premier. Après, ça ne compte plus ; on ne vous pendra qu'une seule fois. C'est un peu comme quand on entame un paquet de sablés au beurre ; impossible de s'arrêter au premier.

Il rit à nouveau.

— Je me suis fritté avec votre nièce, figurez-vous. Elle a survécu, ajouta-t-il, pour que Mycroft ne s'imagine pas qu'il restait une once de bonté dans son âme noire. Contrairement à toutes mes prévisions.

— Pourquoi vous faites ça ? demanda Mycroft.

— Pourquoi ? répéta Achéron. Pourquoi ? Mais pour la *gloire*, pardi ! tonna-t-il. Comprenez-vous, messieurs ?

Les autres acquiescèrent docilement.

— La gloire ! Une gloire que je vous invite à partager.

Il escorta Mycroft vers son bureau et exhuma un classeur avec des coupures de presse.

— Regardez ce qu'on dit de moi dans les journaux !

Il brandit fièrement un papier.

HADÈS 74 SEMAINES EN TÊTE DE LISTE
DES HOMMES LES PLUS RECHERCHÉS

— Impressionnant, non ? Et celle-ci ?

HADÈS ÉLU « L'HOMME LE MOINS AIMÉ »
PAR LES LECTEURS DE KRAPO

— *La Chouette* estime que la peine capitale n'est pas suffisante dans mon cas, et *La Taupe* demande au Parlement de réintroduire le supplice de la roue.

Il montra l'extrait à Mycroft.

— Qu'en pensez-vous ?

— Je pense que vous auriez pu mettre à profit votre immense intellect pour servir l'humanité, plutôt que de lui nuire.

Achéron eut l'air blessé.

— Et quel est l'intérêt ? La bonté est faiblesse, l'amabilité est délétère, la sérénité est médiocrité et la gentillesse, c'est pour les perdants. Il n'y a point de meilleure raison pour commettre des actes odieux et détestables – et, soyons francs, je me targue d'être un expert en la matière – que la simple beauté du geste. L'appât du gain, c'est très bien, mais ça rabaisse la malveillance à un niveau accessible à quiconque souffre d'une cupidité hypertrophiée. Le mal véritable et gratuit est aussi rare que le bien à l'état pur…

— J'aimerais rentrer chez moi.

— Certainement ! dit Achéron en souriant. Hobbes, ouvrez la porte.

L'homme à côté de la porte l'ouvrit et s'effaça. La grande porte donnait sur le hall de l'ancien hôtel.

— Je ne parle pas le gallois, murmura Mycroft.

Hobbes ferma et verrouilla la porte.

— C'est un handicap à Merthyr, fit Achéron. Sans la langue, mon vieux, vous n'irez pas bien loin.

Mycroft le regarda, mal à l'aise.
— Mais Polly… !
— Ah oui ! Votre charmante épouse.
Il sortit l'exemplaire de « J'allais solitaire ainsi qu'un nuage » et un briquet en or massif, qu'il alluma avec panache.
— Non ! cria Mycroft, avançant de plusieurs pas.
Achéron haussa un sourcil. La flamme frôlait presque le papier.
— Je resterai pour vous aider, dit Mycroft avec lassitude.
Un grand sourire illumina les traits d'Achéron. Il remit le poème dans sa poche.
— Brave garçon ! Vous ne le regretterez pas.
Il réfléchit une seconde.
— Tout compte fait, je pense que si.
Mycroft s'assit, flageolant, sur la chaise la plus proche.
— A propos, poursuivit Hadès, vous ai-je présenté tous mes compagnons d'ignominie ?
Mycroft secoua tristement la tête.
— Non ? Quelle déplorable négligence. L'homme avec le pistolet, là-bas, est Mr. Delamare. Son obéissance n'a d'égale que sa stupidité. Il fait tout ce que je dis et il serait prêt à mourir pour moi. Un épagneul humain, si vous préférez. Il possède un QI inférieur à celui de l'homme de Neandertal et ne croit que ce qu'il lit dans *Le Taon*. Mr. Delamare, mon ami, avez-vous commis votre mauvaise action aujourd'hui ?
— Oui, Mr. Hadès. J'ai roulé à cent vingt à l'heure.
Hadès fronça les sourcils.
— Ça ne m'a pas l'air bien méchant.
Delamare ricana.
— Dans une rue piétonne ?
Hadès leva le pouce et sourit avec malice.
— Très bien.
— Merci, Mr. Hadès.

— Là-bas, c'est Mr. Hobbes. Un comédien distingué dont l'English Shakespeare Company a choisi bêtement de bouder le talent. Mais nous allons essayer de rectifier le tir, n'est-ce pas, Mr. Hobbes ?

— Si fait, sire, répondit Mr. Hobbes avec une courbette fleurie.

Il portait un collant, un justaucorps en cuir et une braguette. Depuis dix ans, tous les grands rôles au sein de l'ESC lui passaient sous le nez. Réduit à jouer les doublures et les utilités, il avait atteint un degré de déséquilibre tel que même les autres acteurs s'en étaient rendu compte. Il avait rejoint Achéron peu après son évasion de prison où il purgeait une longue peine : à force de prendre son métier trop à cœur, il avait fini par tuer Laerte pour de bon au cours d'une représentation d'*Hamlet*.

— Le troisième homme, là-bas, c'est le Dr Müller ; nous sommes devenus amis après qu'il a été radié. Les détails sont un peu sordides. On en reparlera un jour au déjeuner, du moment qu'on ne mange pas de steak tartare. Le quatrième, c'est Felix7, un de mes plus fidèles compagnons. Ses souvenirs ne vont pas au-delà d'une semaine dans le passé, et il n'a pas d'aspirations pour le futur. Il ne pense qu'au travail qu'on lui a confié. Il n'a ni conscience, ni merci, ni pitié. Un type bien, quoi. Il nous en faudrait davantage, des comme lui.

Hadès tapa dans ses mains, ravi.

— Et si on se mettait au boulot ? Ça fait presque une heure que je n'ai pas commis d'acte tant soit peu dépravé.

A contrecœur, Mycroft s'approcha du Portail de la Prose et entreprit de le préparer. Les vers correcteurs furent nourris, abreuvés et nettoyés ; l'alimentation électrique fut branchée, et le protocole consigné dans le cahier d'écolier, suivi à la lettre. Pendant que Mycroft s'affairait, Achéron s'assit et feuilleta un vieux manuscrit couvert de pattes de mouches, chargé de corrections et retenu par un ruban rouge délavé. Il sauta des chapitres entiers jusqu'à ce qu'il trouvât ce qu'il cherchait.

— Parfait ! s'esclaffa-t-il.

Mycroft termina la procédure de contrôle et recula d'un pas.

— C'est prêt, fit-il dans un soupir.

— Excellent !

Radieux, Achéron lui tendit le manuscrit.

— Ouvrez le portail ici, à cet endroit.

Il tapota la page et sourit. Lentement, Mycroft prit le manuscrit et jeta un œil sur le titre.

— *Martin Chuzzlewit !* Scélérat !

— Allons, vous me flattez, cher professeur.

— Mais... si vous changez quoi que ce soit dans l'original...

— Justement, c'est le but, n'est-ce pas, mon cher Mycroft.

Lui pinçant la joue entre le pouce et l'index, Hadès le secoua doucement.

— C'est... le... but. A quoi bon exiger une rançon, si on est incapable de prouver l'ampleur des dommages qu'on pourrait causer ? Et quel est l'intérêt de commettre un hold-up ? Pan, pan, donnez-moi l'argent ? D'ailleurs, tuer des civils n'est jamais très drôle. C'est comme tirer sur des lapins cloués au sol. Non, moi, ce que je veux, c'est un commando des forces spéciales !

— Mais... les dégâts ! Vous êtes fou ? s'exclama Mycroft.

Les yeux d'Achéron lancèrent des éclairs, et il l'empoigna à la gorge.

— Quoi ? Qu'avez-vous dit ? Vous avez dit *fou* ? Hmm ? Hein ? Quoi ?

Il resserra son emprise ; suffoquant, le professeur se couvrit de sueur froide née de la panique. Achéron attendait la réponse qu'il n'était pas en état d'articuler.

— Quoi ? Qu'avez-vous dit ?

Les pupilles d'Achéron commençaient à se dilater. Mycroft sentit un voile noir descendre sur son esprit.

— Vous croyez que c'est *drôle* d'avoir reçu un nom de baptême comme le mien ? De devoir se maintenir à la hauteur de sa réputation ? D'être venu au monde avec un intellect tellement colossal que les autres hommes passent pour des crétins à côté de vous ?

Mycroft réussit à émettre un râle, et Achéron relâcha la pression. Le professeur, pantelant, s'effondra sur le sol. Planté au-dessus de lui, Achéron pointa un doigt accusateur.

— Ne me traitez *jamais* de fou, Mycroft. Je ne suis pas fou, j'ai juste... une morale qui est *différente*, c'est tout.

Il lui repassa *Chuzzlewit*, et cette fois Mycroft ne se fit pas prier. Il plaça les vers avec le manuscrit à l'intérieur du gros volume ; au bout d'une demi-heure d'une activité fébrile, la machine était prête à l'emploi.

— Ça y est, annonça Mycroft, accablé. Je n'ai plus qu'à presser ce bouton, et la porte s'ouvrira. Elle restera ouverte une dizaine de secondes dans le meilleur des cas.

Il soupira profondément et secoua la tête.

— Que Dieu me pardonne !

— Moi, je vous pardonne, rétorqua Achéron. C'est le mieux que vous puissiez trouver !

Il s'approcha de Hobbes, affublé à présent d'une tenue de combat noire et sanglé dans un harnais auquel étaient fixés toutes sortes d'instruments utiles en cas de cambriolage impromptu : une grosse torche, des coupe-boulons, une corde, une paire de menottes et un pistolet automatique.

— Vous savez qui vous devez ramener ?

— Mr. Quaverley, monsieur.

— Magnifique. Je sens qu'il me vient un discours.

Hadès grimpa sur une table en chêne sculpté.

— Mes amis ! proclama-t-il. Ceci est un grand jour

pour la science, et un très mauvais jour pour la littérature dickensienne.

Il marqua une pause pour ménager son effet.

— Camarades, nous sommes à deux doigts de commettre un acte de barbarie artistique tellement monstrueux que j'en ai presque honte moi-même. Vous avez tous été mes fidèles serviteurs pendant des années, et bien qu'aucun d'entre vous ne possède une âme aussi ignoble que la mienne, et que les visages que je vois en face de moi soient à la fois stupides et peu attrayants, je nourris une affection, et non des moindres, à votre égard.

Ses quatre compagnons marmonnèrent des remerciements.

— Silence ! Je considère qu'il est juste de dire que je suis l'individu le plus vil de la planète et le cerveau criminel le plus brillant de ce siècle. Le plan que nous nous apprêtons à réaliser est de loin le plus diabolique jamais conçu par l'esprit humain ; non seulement il vous propulsera en tête de liste des hommes les plus recherchés, mais il vous rendra fortunés au-delà de vos attentes les plus démesurées.

Il frappa dans ses mains.

— Alors, que l'aventure commence ! Au succès de notre plus belle entreprise !

— Monsieur ?

— Oui, docteur Müller ?

— Tout cet argent. Je me demande. Je crois que je choisirai un Gainsborough. Vous savez… le gamin en costume bleu.

Achéron le contempla quelques instants, et un lent sourire se dessina sur ses lèvres.

— Pourquoi pas ? Infâme et amateur d'art ! Quelle délicieuse dichotomie. Vous l'aurez, votre Gainsborough. Et maintenant, allons… Oui, Hobbes ?

— Vous n'oublierez pas d'obliger l'ESC à monter ma version améliorée de la pièce écossaise – *Macbeth : fini, le gentil garçon* ?

— Bien sûr que non.
— Huit semaines de représentations ?
— Oui, oui, ainsi que *Le Songe d'une nuit d'été* avec tronçonneuses. Mr. Delamare, vous avez besoin de quelque chose ?
— Ma foi, dit l'homme à la cervelle de chien en se grattant pensivement le crâne, on pourrait pas donner le nom de ma maman à une station-service d'autoroute ?
— Bouché à l'émeri, remarqua Achéron. A mon avis, ça ne devrait pas poser de problème. Felix7 ?
— Je ne veux pas de rétribution, répondit Felix7, stoïque. Je ne suis que votre dévoué serviteur. Servir un maître sage et bon est la meilleure des récompenses pour tout être sensible.
— J'adore cet homme ! dit Hadès aux autres.
Il rit dans sa barbe, puis se tourna vers Hobbes qui attendait d'effectuer le saut.
— Vous avez bien compris ce que vous avez à faire ?
— Tout à fait.
— Dans ce cas, Mycroft, ouvrez le portail, et vous, mon cher Hobbes, bon vent !
Mycroft pressa le bouton vert ; il y eut un éclair et une forte impulsion électromagnétique qui fit tournoyer comme des toupies toutes les boussoles à plusieurs kilomètres à la ronde. Le portail s'ouvrit rapidement. Hobbes prit une grande inspiration et le franchit. Mycroft appuya sur le bouton rouge ; le portail se referma, et un silence descendit sur la pièce. Achéron regardait Mycroft, qui surveillait le minuteur sur le gros livre. Le Dr Müller suivait le parcours de Hobbes sur une édition de poche de *Martin Chuzzlewit*, Felix7 gardait un œil sur Mycroft, et Delamare examinait la substance visqueuse qu'il était allé chercher au fond de son oreille.
Deux minutes plus tard, Mycroft actionna le bouton d'ouverture, et Hobbes ressortit, traînant derrière lui un homme entre deux âges, engoncé dans un costume mal coupé avec un col montant et une cravate. A bout de

souffle, Hobbes s'assit, haletant, sur une chaise. Le nouvel arrivant regarda, interdit, autour de lui.

— Mes amis, fit-il, scrutant leurs visages curieux, vous me voyez dans une bien fâcheuse posture. De grâce, ayez la bonté de m'expliquer ce qui m'apparaît comme la plus surprenante des mésaventures…

S'avançant vers lui, Achéron passa un bras amical autour de ses épaules.

— Ah, l'exquise odeur du succès. Bienvenue dans le XXe siècle et dans la réalité. Je m'appelle Hadès.

Achéron tendit la main. L'homme s'inclina et la serra avec gratitude, croyant à tort être tombé parmi des gens bien intentionnés.

— Votre serviteur, Mr. Hadès. Je suis Mr. Quaverley, pensionnaire chez Mrs. Todger et fondé de pouvoir de mon état. Je dois avouer que je n'ai pas la plus petite idée sur la nature du miracle qui vient de se produire sous mes yeux, mais puisque vous êtes visiblement le maître de ce paradoxe, dites-moi, je vous prie, ce qui est arrivé et en quoi je puis vous être utile.

Achéron sourit et tapota affectueusement Mr. Quaverley sur l'épaule.

— Mon cher Mr. Quaverley ! Je pourrais passer des heures à discuter avec vous de l'essence de la narration dickensienne, mais ce serait perdre mon temps précieux. Felix7, retournez à Swindon et laissez le cadavre de Mr. Quaverley quelque part où il sera découvert dans la matinée.

Felix7 prit fermement Mr. Quaverley par le bras.

— Bien, monsieur.

— A propos, Felix7…

— Monsieur ?

— Tant que vous y êtes, profitez-en pour clouer le bec à ce type, Sturmey Archer. Il ne nous est plus d'aucune utilité sur cette terre.

Felix7 traîna Mr. Quaverley hors de la pièce. Mycroft était en larmes.

16

Sturmey Archer et Felix7

… Le cerveau criminel le plus brillant a besoin de complices ad hoc pour l'assister dans sa tâche. Autrement, quel est l'intérêt ? Pour ma part, je n'ai jamais pu mettre à exécution mes projets les plus délirants sans qu'il y ait quelqu'un pour les partager et les apprécier. Je suis comme ça. La générosité faite homme…

ACHÉRON HADÈS
Plaisirs et profits de la dégénérescence

— Qui c'est, le type que nous allons voir ?

— Il se nomme Sturmey Archer, répondit Bowden tandis que je me garais le long du trottoir.

Nous nous trouvions en face d'un atelier de fabrication ; une lumière diffuse filtrait par ses vitres.

— Il y a quelques années, Crometty et moi-même avons eu la chance de coffrer plusieurs membres d'un gang qui tentait d'écouler la soi-disant suite – assez maladroite, je dois dire – de *La Complainte du vieux marinier* de Coleridge. Ça s'appelait *Marinier II : le retour*, mais personne n'a été dupe. Sturmey a échappé à la prison en dénonçant ses camarades. J'ai de quoi l'habiller pour l'hiver dans l'affaire *Cardenio*. Je n'ai pas envie de le faire, mais s'il le faut, je n'hésiterai pas.

— Et qu'est-ce qui vous fait croire qu'il est mêlé à l'assassinat de Crometty ?

— Rien, dit Bowden simplement. Il est juste le prochain sur la liste.

Nous sortîmes dans le crépuscule naissant. Les réverbères s'allumaient progressivement, et les premières étoiles étaient apparues dans le ciel sombre. Encore une demi-heure, et il ferait nuit.

Bowden ne se donna pas la peine de frapper ; il poussa la porte sans bruit, et nous nous glissâmes à l'intérieur.

Sturmey Archer était un personnage falot qui avait passé trop de temps derrière les barreaux pour être capable de prendre soin de lui-même. En l'absence de douches obligatoires et de repas à heures fixes, il ne se lavait pas et il avait faim. Il portait de grosses lunettes, des vêtements mal assortis, et son visage d'ex-acnéique ressemblait à un paysage lunaire. Il gagnait sa vie en coulant des bustes d'écrivains célèbres dans du plâtre à mouler, mais compte tenu de son lourd passif, il n'arrivait pas à rester sur le droit chemin. Lorsqu'ils avaient besoin de son aide, les autres criminels le faisaient chanter, et Sturmey, qui était un faible, ne leur opposait aucune résistance. Rien d'étonnant à ce que, sur les quarante-six ans de son existence, il en eût passé seulement vingt en liberté.

Dedans l'atelier, nous avisâmes un grand établi sur lequel s'alignaient au moins cinq cents bustes de Will Shakespeare, hauts d'une trentaine de centimètres et tous à divers stades de finition. Une large cuve de plâtre à mouler trônait, vide, à côté d'un casier contenant une vingtaine de moules en caoutchouc ; à l'évidence, Sturmey avait une grosse commande sur le feu.

Archer lui-même se trouvait au fond de la pièce, occupé à ce qui était son second métier, la réparation de Shakesparleurs. Au moment où nous nous approchâmes à pas de loup, il avait la main dans le dos d'un Othello.

La voix métallique de l'automate grésilla tandis qu'il se livrait à des réglages minutieux :

C'est la cause, c'est la cause (clic), *pourtant je ne veux pas faire couler son sang* (clic), *ni faire de cicatrice à cette peau plus blanche que la neige…*

— Salut, Sturmey, dit Bowden.

Archer sursauta, court-circuitant les commandes d'Othello. Le mannequin écarquilla les yeux et beugla, terrifié : *ALBÂTRE DES TOMBEAUX !* avant de s'affaisser, inanimé. Sturmey fusilla Bowden du regard.

— On rôde le soir maintenant, Mr. Cable ? C'est pas trop le genre d'un LittéraTec, ça.

Bowden sourit.

— Disons que je redécouvre les joies du terrain. Je vous présente ma nouvelle coéquipière, Thursday Next.

Méfiant, Archer me gratifia d'un signe de la tête.

— Vous êtes au courant pour Jim Crometty, Sturmey ? reprit Bowden.

— Je suis au courant, répliqua Archer, faussement contristé.

— Je me demandais si vous n'aviez pas d'informations dont vous souhaiteriez me faire part.

— Moi ?

Il pointa le doigt sur les bustes de Shakespeare.

— Regardez-moi ça. Cinq livres pièce hors taxes pour une société japonaise qui en veut dix mille. Les Japs ont construit à l'échelle de sept huitièmes une réplique de Stratford-sur-Avon à côté de Yokohama – ils adorent ces conneries-là. Cinquante mille livres, Cable, c'est *ça*, mon rapport à la littérature.

— Et le manuscrit de *Chuzzlewit* ? m'enquis-je. C'est quoi, votre rapport à lui ?

Il tressaillit visiblement pendant que je parlais.

— Y en a pas, fit-il en haussant les épaules de manière peu convaincante.

— Voyez-vous, Sturmey, dit Bowden qui avait pris note de sa nervosité, ça me ferait vraiment mal au cœur de vous convoquer pour un interrogatoire au sujet de *Cardenio*.

La lèvre inférieure d'Archer se mit à trembler ; son regard errait anxieusement entre nous deux.

— Je ne sais *rien*, Mr. Cable, geignit-il. Et puis, vous n'avez pas idée de ce qu'il pourrait faire.

— *Qui* ferait *quoi*, Sturmey ?

Ce fut alors que je l'entendis. Un très léger déclic derrière nous. Je poussai Bowden ; il trébucha et s'écroula sur Sturmey, qui lâcha un petit cri noyé dans la détonation d'un coup de feu tiré à proximité par un fusil de chasse. Nous avions de la chance ; la balle heurta le mur à l'endroit où nous nous tenions. Je dis à Bowden de rester couché et me précipitai, dos courbé, derrière l'établi pour essayer de mettre de la distance entre moi et notre agresseur. Une fois à l'autre bout de la pièce, je levai les yeux et vis un homme en pardessus noir, armé d'un fusil à pompe. Il me repéra ; je plongeai, et des débris de Shakespeare s'abattirent en pluie sur moi. L'onde de choc mit en marche un automate de Roméo qui clama d'un ton suppliant : *Il se rit des plaies, celui qui n'a jamais reçu de blessures. Mais doucement ! Quelle lumière jaillit...* jusqu'à ce qu'un second coup de feu le réduisît au silence. Je jetai un œil en direction de Bowden qui secoua le plâtre de ses cheveux et sortit son revolver. Je m'élançai vers le mur du fond, me baissant tandis que notre agresseur faisait voler en éclats les statues soigneusement peintes d'Archer. Le revolver de Bowden crépita à deux reprises. Me redressant, je tirai sur l'homme qui s'était réfugié dans le bureau attenant ; mon coup de feu ne fit que déchiqueter l'encadrement de la porte. Quant à Bowden, sa balle ricocha sur un escalier en colimaçon en fonte et heurta un Shakesparleur de Lord et Lady Macbeth, qui aussitôt se demandèrent en chuchotant s'il était bien raisonnable d'occire le roi. J'entrevis l'homme qui traversait la pièce en courant pour essayer de nous déborder. Lorsqu'il s'arrêta, je pus le voir clairement. Juste à ce moment-là, Sturmey Archer se planta pile dans ma ligne de tir. Je n'en crus pas mes yeux.

— Felix7 ! cria Archer désespérément. Il faut que tu m'aides. Le Dr Müller a dit…

Il s'était, malencontreusement, mépris sur les intentions de notre agresseur, mais il n'eut guère le temps de le regretter : l'homme l'expédia promptement et s'apprêta à prendre la fuite. Bowden et moi dûmes faire feu simultanément ; Felix7 réussit à avancer de trois pas avant de chanceler et de s'effondrer comme une masse sur une pile de caisses d'emballage.

— Bowden ! glapis-je. Ça va ?

Il répondit d'une voix mal assurée, mais par l'affirmative. Je m'approchai lentement de la silhouette recroquevillée, qui respirait par saccades tout en m'observant d'un air étonnamment calme. J'écartai le fusil de chasse d'un coup de pied et glissai la main dans son pardessus en maintenant mon pistolet à deux doigts de sa tête. Je trouvai un automatique dans un étui fixé sous son bras et un Walther PPK dans une poche interne. Ses autres poches contenaient un couteau de trente centimètres et un mini-Derringer. Bowden me rejoignit.

— Archer ? demandai-je.

— Terminé.

— Il connaissait ce bouffon. Il l'a appelé Felix7. Il a aussi mentionné un certain Dr Müller.

Felix7 me sourit quand je retirai son portefeuille.

— James Crometty ! fit Bowden. C'est toi qui l'as tué ?

— Je tue des tas de gens, murmura Felix7. Je ne me souviens pas des noms.

— Tu lui as tiré six fois en plein visage.

Le tueur blessé eut un sourire.

— *Ça*, je m'en souviens.

— Six fois ! Pourquoi ?

Felix7 fronça les sourcils et se mit à grelotter.

— Six, c'est tout ce que j'avais, répondit-il simplement.

Bowden pressa la détente de son revolver. Heureusement pour lui, le percuteur retomba sur l'amorce d'une cartouche vide. Il jeta son arme et, attrapant le mourant par les revers de son manteau, le secoua.

— QUI ES-TU ?

— Je ne le sais pas moi-même, dit Felix7, placide. J'étais marié autrefois, je crois, et j'avais une voiture bleue. Il y avait un pommier dans la maison où j'ai passé mon enfance, et il me semble que j'avais un frère prénommé Tom. Les souvenirs sont vagues et confus. Je ne crains rien parce qu'à mes yeux, rien n'a de l'importance. Archer est mort. J'ai accompli ma mission. J'ai servi mon maître ; le reste ne compte pas.

Il parvint à esquisser un faible sourire.

— Hadès avait raison.

— A propos de quoi ?

— De vous, Miss Next. Vous êtes un digne adversaire.

— Mourez le cœur léger, répliquai-je. Où est Hadès ?

Il sourit une dernière fois et fit non de la tête. Pendant tout ce temps, je m'efforçais d'obturer ses blessures pour stopper l'hémorragie, mais sans grand résultat. Sa respiration devint plus laborieuse, puis s'arrêta carrément.

— *Merde !*

— *Mr.* Maird, je vous prie, fit une voix derrière nous.

Nous nous retournâmes et vîmes le deuxième personnage que j'aimais le moins au monde, flanqué de deux de ses gardes. Il n'avait pas l'air bien luné. Subrepticement, je poussai du pied le portefeuille de Felix7 sous l'établi et me relevai.

— Ecartez-vous.

Nous obéîmes. L'un des hommes de Maird se pencha pour tâter le pouls de Felix7. Il regarda son patron et secoua la tête.

— Il a des papiers sur lui ?

Le garde entreprit de le fouiller.

— Vous avez causé un beau gâchis, Next, déclara Maird, dissimulant mal sa fureur. La seule piste que j'avais est H.S. Quand j'en aurai fini avec vous, vous aurez de la chance si on vous embauche pour poser des cônes sur la M4.

Sa remarque provoqua un déclic dans ma tête.

— Vous saviez que nous étions là, n'est-ce pas ?

Il me lança un regard noir.

— Cet individu nous aurait conduits jusqu'à son chef, qui détient quelque chose qui nous intéresse.

— Hadès ?

— Hadès est mort, Next.

— De la merde, Maird. Nous savons tous les deux que Hadès se porte comme un charme. Ce qu'il détient appartient à mon oncle. Et, tel que je connais mon oncle, il préférerait détruire son invention plutôt que de la vendre à Goliath.

— Goliath n'achète pas, Next. Goliath s'approprie. Si votre oncle a inventé une machine susceptible d'aider à défendre son pays, alors il est de son devoir d'en faire partager les bénéfices.

— Et ça vaut la vie de deux agents ?

— Très certainement. Des OpSpecs, il en meurt inutilement tous les jours. A nous de faire notre possible pour donner un sens à ces morts-là.

— Si jamais Mycroft meurt par votre faute, je jure devant Dieu... !

Jack Maird ne fut nullement impressionné.

— Vous ne réalisez vraiment pas à qui vous parlez, n'est-ce pas, Next ?

— Je parle à quelqu'un dont l'ambition a étouffé la moralité.

— Faux. Vous parlez à Goliath, une société qui prend très à cœur le bien-être de la nation ; tout ce que vous voyez autour de vous, l'Angleterre le doit à la générosité de Goliath. N'est-il pas normal que le Groupe s'attende à une certaine reconnaissance en retour ?

— Si Goliath est aussi désintéressé que vous le dites, Mr. Maird, il ne devrait *pas* s'attendre à un retour.

— Belles paroles, Miss Next, mais en matière de politique, l'argent est le nerf de la guerre ; le commerce ou l'appât du gain, voilà les mobiles qui régissent toute entreprise humaine.

On entendait déjà le hurlement des sirènes. Maird et ses deux gardes battirent en retraite, nous laissant en compagnie des cadavres d'Archer et de Felix7. Bowden se tourna vers moi.

— Je suis content qu'il soit mort et je suis content d'avoir été celui qui a appuyé sur la détente. Je pensais que ça risquait d'être dur, mais je n'ai pas hésité une seule seconde.

Il en parlait comme d'une expérience intéressante, rien de plus ; comme s'il venait de descendre du grand huit et qu'il décrivait ses sensations à un ami.

— Vous trouvez ça immoral ? ajouta-t-il.

— Pas du tout. Il aurait continué à tuer jusqu'à ce que quelqu'un l'arrête. Ne vous tracassez pas pour ça.

Je me baissai pour ramasser le portefeuille de Felix7. Il contenait tout ce que contient un portefeuille ordinaire – billets de banque, timbres, reçus et cartes de crédit – sauf que c'était du simple papier blanc ; les cartes de crédit étaient en plastique blanc avec une rangée de zéros à la place des numéros habituels.

— Hadès ne manque pas d'humour.

— Regardez ça, dit Bowden en désignant le bout des doigts de Felix7. Tout a été passé à l'acide. Et cette cicatrice, là, dissimulée dans le cuir chevelu.

— Eh oui. Il est possible que ce visage ne soit même pas le sien.

Il y eut un crissement de pneus à l'extérieur. Nous reposâmes nos armes et sortîmes nos badges afin d'éviter tout malentendu. L'officier de police se nommait

Franklin, un bonhomme rébarbatif qui avait capté à la cantine des rumeurs légèrement déformées sur la nouvelle LittéraTec.

— Vous devez être Thursday Next. J'ai entendu parler de vous. LittéraTec, hein ? Quelle dégringolade par rapport à OS-5.

— Mais d'abord, il a fallu que j'arrive à grimper jusque-là.

Franklin grogna et regarda les deux corps.

— Morts ?

— Très.

— Vous autres commencez à être drôlement rapides à la détente. Je n'ai encore jamais vu un LittéraTec tirer sous le coup de la colère. Il ne faudrait pas que cela devienne une habitude. On ne tient pas à ce que Swindon se transforme en champ de bataille. Et, si vous voulez un conseil, allez-y mollo avec Jack Maird. Ce gars-là est un malade mental, semble-t-il.

— Merci du tuyau, Franklin, répondis-je. Je ne l'avais pas remarqué.

Il était plus de neuf heures quand on nous autorisa finalement à partir. Victor s'était pointé pour nous poser quelques questions à l'insu de la police.

— Que se passe-t-il, nom de Zeus ? J'ai eu Braxton en train de hurler dans le téléphone pendant une demi-heure ; il faut que ça soit sérieux pour qu'il sorte de son club de golf. Il veut un rapport détaillé sur son bureau demain à la première heure.

— C'était Hadès, dis-je. Jack Maird était là dans l'intention de suivre un des tueurs d'Achéron après qu'il nous aurait expédiés tous les deux.

Victor me contempla un moment ; il allait poursuivre lorsqu'un appel nous parvint par radio – un agent qui demandait du renfort. C'était la voix clairement reconnaissable de Spike. Je voulus décrocher le micro, mais

Victor m'attrapa le poignet avec une rapidité surprenante. Son visage s'était assombri.

— Non, Thursday. Pas avec Spike.

— Mais un agent qui a besoin de renfort… ?

— Ne vous mêlez pas de ça. Spike se débrouille très bien tout seul.

Je regardai Bowden qui hocha la tête en signe d'assentiment.

— Les pouvoirs des ténèbres ne sont pas pour tout le monde, Miss Next. Je pense que Spike en est conscient. Nous recevons ses appels de temps à autre, mais le lendemain, je le vois à la cantine, fidèle au poste. Il sait ce qu'il fait.

La radio s'était tue ; c'était une fréquence ouverte, et au moins soixante ou soixante-dix agents avaient dû entendre l'appel. Personne n'avait réagi.

La voix de Spike résonna à nouveau sur les ondes :

— Les gars, pour l'amour du ciel… !

Bowden allait couper la radio, mais je l'arrêtai. Je montai dans ma voiture et branchai le micro.

— Spike, ici Thursday. Où êtes-vous ?

Victor secoua la tête.

— Ravi de vous avoir connue, Miss Next.

Je les fusillai du regard l'un et l'autre et démarrai, m'enfonçant dans la nuit.

Bowden se rapprocha de Victor.

— Sacrée nana, murmura ce dernier.

— Nous allons nous marier, lâcha Bowden négligemment.

Victor plissa le front.

— L'amour est comme l'oxygène[1], Bowden. Vous avez déjà fixé la date ?

1. *Love is Like Oxygen* : tube des années 70 du groupe The Sweet. *(N.d.T.)*

— Oh, elle n'est pas encore au courant, répondit Bowden dans un soupir. Elle est tout ce qu'une femme devrait être. Forte et pleine de ressources, loyale et intelligente.

Victor haussa un sourcil.

— Et quand comptez-vous lui demander sa main ?

Bowden suivait des yeux les feux arrière de la voiture.

— Je ne sais pas. Si Spike a le genre d'ennuis auxquels je pense, probablement jamais.

17

OpSpecs 17 : Suceurs et Mordeurs

… J'ai demandé du renfort pour respecter la procédure de routine ; je fais ça depuis que Chesney a été happé par l'ombre. Je ne m'attendais pas à ce qu'on vienne ; c'était juste une façon de dire : « Eh, les gars ! Je suis toujours là ! » Non, je ne m'y attendais pas. Mais alors pas du tout…

AGENT « SPIKE » STOKER
Interview dans la Gazette de Van Helsing

— Où êtes-vous, Spike ?

Il y eut une pause, puis :

— Thursday, réfléchissez bien avant de faire ça…

— C'est tout réfléchi, Spike. Donnez-moi vos coordonnées.

Un quart d'heure plus tard, je m'arrêtais devant le lycée de Haydon.

— Je suis là, Spike. Qu'est-ce qu'il vous faut ?

Sa voix retentit à la radio, cette fois légèrement crispée.

— Salle de conférences numéro quatre, et faites vite ; dans la boîte à gants de ma voiture, vous trouverez une trousse à pharmacie…

Un hurlement soudain interrompit la transmission.

Je me précipitai vers la voiture à damier, garée dans le noir à l'entrée du vieux lycée. La lune se cacha derrière un nuage, et l'obscurité s'épaissit ; je sentis une main oppressante se refermer sur mon cœur. J'ouvris la portière et fourrageai dans la boîte à gants. Je finis par tomber sur une petite mallette en cuir, avec l'inscription STOKER gravée sur le dessus en lettres dorées à demi effacées. Je m'en emparai et gravis les marches du perron en courant. Dans le hall d'entrée, l'éclairage de sécurité dispensait une lueur moribonde ; j'appuyai sur les interrupteurs du tableau électrique, mais le courant était coupé. Dans la pénombre, je trouvai un panneau indicateur et suivis les flèches vers la salle de conférences numéro quatre. Dans le couloir, une forte odeur me prit à la gorge ; elle me rappela l'odeur fétide de la mort dans le coffre de la voiture de Spike, le jour où il était venu me chercher. Je m'arrêtai brusquement ; un souffle d'air froid fit courir un frisson le long de mon échine. Je pivotai sur mes talons et me figeai en apercevant une silhouette d'homme à la faible lumière d'un voyant de sortie.

— Spike ? murmurai-je, la gorge sèche et la voix enrouée.

— J'ai bien peur que non.

L'homme s'avança sans bruit, me braquant une torche au visage.

— Je suis Frampton, le concierge. Et vous, que faites-vous là ?

— Thursday Next, OpSpecs. Il y a un agent qui a besoin de renfort dans la salle de conférences numéro quatre.

— Ah oui ? dit le concierge. Il a sûrement suivi des gamins. Venez avec moi.

Je le regardai attentivement ; un rai de lumière fit étinceler la croix en or qu'il portait au cou. Je poussai un soupir de soulagement.

Il longea le couloir d'un pas vif ; je suivais de près.

— Cette baraque est tellement vieille que c'en est

gênant, marmonnait Frampton, s'engageant dans un nouveau couloir. Qui cherchez-vous, déjà ?

— Un agent nommé Stoker.

— Qu'est-ce qu'il fait ?

— Il pourchasse les vampires.

— Ah bon ? La dernière infestation qu'on a eue remonte à 1978. Un élève nommé Parkes. Il est parti faire une randonnée dans la forêt de Dean et en est revenu transformé.

— Une randonnée dans la forêt de Dean ? répétai-je, incrédule. Mais qu'est-ce qui l'a poussé à faire ça ?

Le concierge rit.

— Comme vous dites. Dans le temps, les environs étaient moins sûrs qu'aujourd'hui ; nous aussi, on a pris des précautions. Tout le lycée a été consacré à la manière d'une église.

Sa torche balaya un gros crucifix au mur.

— On n'a plus ces problèmes-là, de nos jours. Nous y sommes : la salle de conférences numéro quatre.

Il ouvrit la porte, et nous pénétrâmes dans la vaste pièce. Frampton fit courir sa torche sur les murs lambrissés de chêne, mais de Spike, il n'y avait aucune trace.

— Vous êtes sûre qu'il a dit la numéro quatre ?

— Certaine. Il…

Quelque part à proximité, il y eut un bruit de verre brisé suivi d'un juron étouffé.

— Qu'est-ce que c'était ?

— Des rats, probablement, dit Frampton.

— Et les gros mots ?

— Des rats *mal élevés*. Allez, venez…

Mais je m'étais approchée d'une porte qui donnait sur la pièce d'à côté, emportant la torche de Frampton. Je poussai le battant, et une épouvantable puanteur de formol m'accueillit. C'était un labo d'anatomie, éclairé seulement par les rayons de lune. Du sol au plafond, c'étaient des étagères d'échantillons confits ; des animaux pour la plupart, mais également des parties du corps humain, le genre de choses dont les garçons se servent pour faire peur aux filles en cours de biologie. Entendant le fracas d'un bocal, j'orientai la torche vers le fond de la pièce. Mon cœur cessa de battre. Spike, qui avait manifestement perdu tout contrôle de lui-même, venait de casser un bocal d'échantillon et farfouillait parmi les immondices. Le sol à ses pieds était jonché de débris ; ç'avait dû être un véritable festin.

— Qu'est-ce que vous faites ? demandai-je, la gorge nouée à la vue de ce spectacle répugnant.

Spike se tourna vers moi, les yeux exorbités, la bouche entaillée par le verre, le regard noyé de terreur.

— J'avais faim ! hurla-t-il. Et je ne trouvais pas de souris…

Il ferma les yeux un instant et, rassemblant ses idées dans un effort herculéen, bredouilla :

— Mon médicament !

Réprimant un haut-le-cœur, j'ouvris la trousse à pharmacie qui contenait une seringue rétractable à la façon d'un stylo. Je décapuchonnai le stylo et me dirigeai vers Spike, qui s'était effondré et sanglotait en silence. Soudain, je sentis une main sur mon épaule. Je fis volte-face. C'était Frampton, un sourire déplaisant aux lèvres.

— Laissez-le. Il est plus heureux comme ça, croyez-moi.

Je repoussai sa main et, une fraction de seconde, ma peau entra en contact avec la sienne. Elle était glacée. Je frissonnai, reculai précipitamment et butai contre un tabouret ; dans ma chute, je lâchai l'injecteur de Spike. Sortant mon arme, je la pointai sur Frampton qui semblait glisser vers moi plutôt qu'il ne marchait. Je ne criai pas d'avertissement ; j'appuyai sur la détente, et un éclair illumina le labo. Frampton fut projeté à travers la pièce en direction du tableau noir. Je tâtonnai à la recherche de la seringue, la trouvai et me ruai vers Spike, qui s'était emparé d'un gros bocal avec un spécimen très reconnaissable et très peu ragoûtant. Je braquai la torche dans ses yeux effrayés, et il marmonna :

— Aidez-moi !

Je retirai le capuchon et plantai l'aiguille dans sa jambe, lui administrant une double pression. Puis je lui pris le bocal des mains, et il s'assit, l'air hagard.

— Spike ? Dites quelque chose.

— Ouh là, ça fait mal.

Mais ce n'était pas Spike qui avait parlé. C'était Frampton. Il s'était relevé et était en train de nouer une espèce de bavoir autour de son cou.

— L'heure de se mettre à table, Miss Next. Je ne vous ennuierai pas avec le menu parce que… eh bien, le menu, *c'est vous* !

La porte du labo claqua ; je regardai mon automatique – il m'était désormais aussi utile qu'un pistolet à eau. Je me levai et reculai ; une fois de plus, Frampton parut glisser vers moi. Je tirai, mais il s'y était préparé : il grimaça et continua.

— Mais… la croix ! m'écriai-je, le dos au mur. Et ce lycée, c'est une église !

— Petite sotte, répliqua Frampton. Croyez-vous que le christianisme a le monopole des gens de mon espèce ?

Je cherchai désespérément une quelconque arme des yeux, mais à part une chaise – qui s'écarta quand je voulus la saisir – il n'y avait rien.

— Fa fera bientôt fini, dit Frampton avec un large sourire.

Une canine incroyablement longue lui avait poussé par-dessus la lèvre inférieure et le faisait zozoter.

— Bientôt, vous allez vous zoindre à Spike pour un petit caffe-croûte. *Après* que z'aurai fini !

Il ouvrit grand la bouche – tellement grand qu'elle semblait emplir la pièce. Tout à coup, il s'immobilisa, l'air décontenancé, et ses yeux se révulsèrent. Il devint gris, puis noir, et se ratatina comme les pages d'un livre qui brûle. Il y eut une odeur de décomposition qui l'emporta presque sur les effluves de formol ; l'instant d'après, il ne restait plus que Spike… brandissant le pieu aiguisé qui avait anéanti cette abomination de Frampton.

— Ça va ? me demanda-t-il, la mine triomphante.

— Tout va bien, balbutiai-je. Enfin, je vais bien. Maintenant, en tout cas.

Il abaissa le pieu et m'offrit une chaise, pendant que les lumières se rallumaient.

— Merci, murmurai-je. Mon sang est à moi et je tiens à ce qu'il le reste. Je vous dois une fière chandelle, je crois.

— Sûrement pas, Thursday. C'est *moi* qui vous dois une fière chandelle. D'habitude, personne ne répond à mes appels. Les symptômes sont apparus alors que j'étais en train de pister Croc, là. Je n'ai pas eu le temps d'arriver jusqu'à mon injecteur…

Il se tut en contemplant, mélancolique, le verre brisé et le formol répandu.

— Ils ne vont pas croire votre rapport, soufflai-je.

— Ils ne lisent même pas mes rapports, Thursday. La dernière personne à l'avoir fait est aujourd'hui en thérapie. Ils les classent et les oublient, c'est tout. Comme moi, quoi. Des fois, je me sens un peu seul.

Mue par une impulsion, je le serrai dans mes bras. Ça m'avait semblé la moindre des choses à faire. Reconnaissant, il m'étreignit en retour ; cela devait faire un moment qu'il n'avait pas touché un autre être humain. Il sentait le moisi, mais ce n'était pas désagréable – c'était l'odeur de la terre humide après une averse de printemps. Il était musclé et me dépassait d'une bonne tête ; tandis que nous nous tenions là, enlacés, je pensai soudain que je ne verrais aucun inconvénient à ce qu'il me fît du gringue. C'était peut-être l'aventure que nous venions de vivre, je n'en sais rien – normalement, je ne réagis pas de cette façon-là. Je posai ma main sur sa nuque, mais j'avais mal jugé l'homme et la situation. Il sourit et me relâcha lentement en secouant la tête. L'instant était passé.

Je marquai une brève pause, puis rangeai mon automatique dans son étui.

— Et alors, Frampton ?

— Il était fort, reconnut Spike. Très fort. Il ne se nourrissait pas sur son propre terrain et n'en faisait jamais trop, juste de quoi étancher sa soif.

Nous quittâmes le labo et suivîmes le couloir.

— Et comment vous l'avez repéré ? demandai-je.

— Un coup de bol. Il était derrière moi dans sa bagnole au feu rouge. J'ai jeté un œil dans le rétroviseur – une voiture vide. Je l'ai filé et paf ! j'ai su que c'était un suceur dès qu'il a ouvert la bouche. Je l'aurais liquidé plus tôt, n'étaient mes petits ennuis.

Nous nous arrêtâmes devant sa voiture.

— Et vous-même ? Il n'y a aucun traitement qui marche ?

— Les plus grands virologues sont en train de plancher là-dessus, mais pour le moment, il suffit que je garde mon injecteur à portée de la main et que j'évite le soleil.

Il s'interrompit, sortit son automatique et fit glisser la barrette, éjectant une unique balle brillante.

— C'est de l'argent, expliqua-t-il en me la tendant. Je n'utilise rien d'autre.

Il regarda les nuages. Teintés en orange par l'éclairage de ville, ils couraient rapidement dans le ciel.

— Il se passe de drôles de choses par ici. Prenez-la, elle vous portera chance.

— Je commence à penser que ça n'existe pas.

— Justement, c'est bien ce que je dis. Dieu vous garde, Thursday, et merci encore.

J'allais dire quelque chose, mais il était déjà parti ; il fouillait dans le coffre de sa voiture à la recherche de l'aspirateur et d'un sac-poubelle. Pour lui, la nuit était loin d'être finie.

18

Encore Landen

Je fus ravi d'apprendre que Thursday était de retour à Swindon. Je n'avais jamais vraiment cru qu'elle était partie pour de bon. J'avais entendu parler de ses problèmes à Londres, et je savais également comment elle réagissait au stress. Nous tous qui étions revenus de la presqu'île devions devenir experts en la matière, que cela nous plaise ou non...

LANDEN PARKE-LAINE
Mémoires d'un vétéran de la Crimée

— J'ai dit à Mr. Parke-Laine que vous aviez la fièvre hémorragique, mais il ne m'a pas cru, déclara Liz à la réception du Finis.

— La grippe, ç'aurait été plus plausible.

Liz ne broncha pas.

— Il vous a envoyé ceci.

Elle me remit une enveloppe. Je fus tentée de la jeter à la poubelle, mais je m'en voulais un peu de lui avoir fait passer un mauvais quart d'heure la veille au soir. L'enveloppe contenait une place numérotée pour *Richard III* qui se jouait tous les vendredis soir au théâtre du Ritz. A l'époque où nous étions ensemble, nous y allions presque toutes les semaines. Le spectacle était bon, et le public contribuait à le rendre encore meilleur.

— Quand êtes-vous sortie avec lui pour la dernière fois ? demanda Liz en me voyant hésiter.

Je levai les yeux.

— Il y a dix ans.

— *Dix ans ?* Allez-y, chérie. La plupart de mes petits copains n'ont pas une mémoire aussi longue.

Je regardai le billet. La représentation débutait dans une heure.

— C'est pour ça que vous êtes partie de Swindon ? fit Liz, désireuse de se rendre utile.

Je hochai la tête.

— Avez-vous gardé une photo de lui pendant toutes ces années ?

Re-hochement de tête.

— Je vois, dit-elle, songeuse. Je vais vous appeler un taxi, le temps que vous montiez vous changer.

Bonne idée. Je regagnai ma chambre, me douchai rapidement et essayai pratiquement tout ce qu'il y avait dans ma penderie. Je relevai mes cheveux, les lâchai, les relevai encore une fois, marmonnai « Trop garçon manqué » devant un pantalon et enfilai une robe. Je choisis les boucles d'oreilles cadeau de Landen, et enfermai mon automatique dans le coffre mural. J'eus tout juste le temps de me mettre un peu d'eye-liner avant de me faire emporter à travers les rues de Swindon par un chauffeur de taxi, un ex-marine qui avait participé à la reprise de Balaklava en 1961. Nous causâmes Crimée. Lui non plus ne savait pas où le colonel Phelps allait tenir son rassemblement, mais une fois qu'il le découvrirait, promit-il, ça allait barder grave.

Le Ritz avait pris un sacré coup de vieux. A croire qu'il n'avait pas été repeint depuis la dernière fois que nous y avions mis les pieds. Les moulures dorées encadrant la scène étaient sales et couvertes de poussière ; le rideau portait les stigmates d'une fuite dans la toiture. La seule pièce qui s'était jouée ici en quinze ans, c'était *Richard III* ; du reste, le théâtre n'avait pas de troupe à proprement parler, juste des machinistes et un souffleur. Les comédiens étaient choisis dans le public qui avait vu la pièce tant de fois qu'il la connaissait par cœur. La distribution se faisait généralement une demi-heure avant le lever du rideau.

A l'occasion, des comédiens professionnels faisaient une apparition impromptue. S'ils étaient libres le vendredi soir, mettons après une représentation dans l'un des trois autres théâtres de Swindon, ils passaient, et le directeur les sélectionnait pour la plus grande joie du public et du reste des acteurs. C'était ainsi que, huit jours plus tôt, un Richard III du cru s'était retrouvé à donner la réplique à Lola Vavoum, vedette de la comédie musicale *Nuits torrides à Ludlow*, actuellement à l'affiche du théâtre du Creuset. Il en avait retiré plus d'un bénéfice, dont un mois ininterrompu d'invitations à dîner.

Landen m'attendait à l'entrée du théâtre. Il restait cinq minutes avant le lever du rideau, et les comédiens avaient déjà été choisis par le directeur, plus un remplaçant au cas où quelqu'un se laisserait submerger par le trac et se mettrait à vomir dans les toilettes.

— Merci d'être venue, dit Landen.

— Ouais, répondis-je en l'embrassant sur la joue.

J'inhalai profondément son after-shave ; c'était Bodmin, je reconnus sa fragrance terreuse.

— Comment ça s'est passé, ton premier jour ? demanda-t-il.

— Enlèvements, vampires, j'ai descendu un suspect, perdu un témoin abattu par un tueur, Goliath a essayé de m'éliminer, j'ai crevé un pneu… les galères habituelles, quoi.

— Crevé un pneu ? C'est vrai, ça ?

— Non. Celle-là, je l'ai inventée. Au fait, excuse-moi

pour hier soir. Je crois que je prends mon boulot un peu trop à cœur.

— Si ce n'était pas le cas, acquiesça Landen avec un sourire entendu, je commencerais à m'inquiéter sérieusement. Allez, viens, c'est presque l'heure.

Il prit mon bras d'un geste familier qui me combla d'aise et m'escorta à l'intérieur. Les spectateurs bavardaient bruyamment ; les costumes colorés des acteurs qui n'avaient pas été sélectionnés dans le public conféraient à la manifestation des allures de gala. Il y avait de l'électricité dans l'air, et je réalisai à quel point tout ceci m'avait manqué. Nous trouvâmes nos places.

— Quand est-ce que tu es venu ici pour la dernière fois ? demandai-je, une fois que nous fûmes confortablement assis.

— C'était avec toi.

Se levant, Landen applaudit à tout rompre tandis que le rideau s'ouvrait sur une sonnerie enrouée. J'en fis autant.

Un maître de cérémonie vêtu d'une cape noire bordée de rouge parut sur scène.

— Bienvenue, amoureux de Will et fans de R-3, au théâtre du Ritz où, ce soir (roulement de tambour), pour votre DÉLECTATION, pour votre GRATIFICATION, pour votre ÉDIFICATION, pour votre BÉATIFICATION, pour votre SHAKESPEARIFICATION, nous allons interpréter *Richard III* pour le public, devant le public, PAR LE PUBLIC !

La salle l'acclama, et il leva les mains pour rétablir le calme.

— Mais avant de commencer… je vous demande d'applaudir Ralph et Thea Swanavon qui en sont aujourd'hui à leur deux centième représentation !

L'assistance ovationna Ralph et Thea qui faisaient leur entrée, habillés en Richard et lady Anne. Ils saluèrent avec force révérences les spectateurs qui lancèrent des fleurs sur les planches.

— Ralph a joué Dick vingt-sept fois, bordel, et douze

fois Clarence la Pétoche. Thea a été trente et une fois lady Anne, et huit fois Margaret !

Le public tapa du pied et siffla.

— Afin de célébrer leur bicentenaire, ils joueront ensemble pour la première fois !

Ils se saluèrent mutuellement sous les applaudissements. Les rideaux se refermèrent, s'enrayèrent, s'entrouvrirent légèrement et se fermèrent à nouveau.

Il y eut une pause, puis les rideaux se rouvrirent, révélant Richard sur un côté de la scène. Il arpenta les planches en claudiquant et fixa le public d'un œil torve par-dessus un faux nez particulièrement laid.

— Cabot ! cria quelqu'un au fond.

Richard ouvrit la bouche pour parler, et la salle clama comme un seul homme :

— *Où* est l'hiver de notre déplaisir ?

— Voici, répondit Richard avec un sourire cruel, l'hiver de notre déplaisir…

Les clameurs montèrent jusqu'aux lustres, haut sous le plafond. La représentation avait commencé. Landen et moi nous joignîmes au chœur des acclamations. *Richard III* faisait partie de ces pièces dont il était impossible de se lasser.

— … changé en glorieux été par ce soleil d'York, continua Richard en boitillant vers le bord de la scène.

Au mot « été », six cents personnes chaussèrent des lunettes noires et levèrent le nez vers un soleil imaginaire.

— … voici tous les nuages qui pesaient sur notre maison ensevelis dans le sein profond de l'Océan…

— *Où* sont nos tempes ceintes ? braillèrent les spectateurs.

— Voici nos tempes ceintes de victorieuses guirlandes, poursuivit Richard sans se préoccuper d'eux.

Nous avions dû voir le spectacle une bonne trentaine de fois, et encore maintenant je me surpris à articuler silencieusement les phrases en même temps que le comédien sur scène.

— … sous le charme lascif du luth…

Richard haussa la voix sur le mot « luth » tandis que des suggestions alternatives fusaient dans la salle.

— Piano ! cria quelqu'un à côté de nous.

— Cornemuse ! dit un autre.

Au fond, un spectateur qui avait raté le coche lança un strident « Euphonium ! » en plein milieu de la réplique suivante. Mais déjà le public criait :

— Fais des abdos !

Richard venait de confier qu'il n'était pas « formé pour ces jeux folâtres ».

Landen me regarda et sourit. Machinalement, je lui rendis son sourire ; je m'amusais beaucoup.

— Moi qui suis rudement taillé…, marmonna Richard.

Les gens dans la salle firent mine de manier une hache.

Landen et moi n'avions jamais voulu monter sur les planches ; le déguisement, ce n'était pas notre truc. Cette soirée-là était unique au Ritz ; le reste de la semaine, le théâtre était vide. Des comédiens amateurs et des fans de Shakespeare venaient des quatre coins du pays pour assister à la représentation, et la salle était toujours bondée. Quelques années plus tôt, une compagnie française avait joué la pièce en français, sous un tonnerre d'applaudissements ; plusieurs mois après, une troupe s'était déplacée à Sauvignon, histoire de leur rendre la politesse.

— … tellement estropié et contrefait que les chiens aboient quand je m'arrête près d'eux…

Le public aboya à qui mieux mieux ; on se serait cru dans un chenil à l'heure de la pâtée. Dehors, des chats nouveaux dans le quartier se hérissèrent momentanément, tandis que les greffiers plus aguerris échangeaient des sourires entendus.

Le spectacle se poursuivit ; les comédiens étaient tous excellents, et la salle rivalisait de traits d'esprit, certains brillants, d'autres abscons ou carrément vulgaires. Quand Clarence expliqua que le roi était convaincu que par la lettre G « sa lignée serait déshéritée... », le public hurla :

— Gloucester commence par un G, patate !

Et, lorsque lady Anne pointa l'épée sur la gorge de Richard agenouillé devant elle, on l'encouragea chaudement à l'embrocher. Juste avant qu'un neveu de Richard, le jeune duc d'York, ne fît allusion à sa bosse : « Oncle, mon frère se moque de vous et de moi ; parce que je suis petit comme un singe, il croit que vous devriez me porter sur vos épaules », les spectateurs s'égosillèrent :

— Ne parle pas de la bosse, loupiot !

Et, après qu'il l'eut fait :

— A la Tour ! A la Tour !

La pièce, dans sa version arrangée par Garrick[1], ne durait que deux heures et demie. Au cours de la bataille de Bosworth, une bonne partie du public se retrouva sur scène pour prendre part aux combats. Richard, Catesby et Richmond durent terminer la pièce dans l'allée, pendant qu'autour d'eux la bagarre faisait rage. Un cheval rose, avec deux hommes cachés en dessous, apparut pile au moment où Richard offrait son royaume en échange dudit bestiau, et la bataille s'acheva dans le foyer. Richmond choisit son Elisabeth parmi les vendeuses de crèmes glacées et prononça son monologue final du balcon ; massé au-dessous, le public acclama le nouveau roi d'Angleterre, et les soldats qui avaient combattu aux côtés de Richard lui jurèrent fidélité. La pièce prit fin avec Richmond proclamant :

— Grand Dieu du ciel, dis amen !

1. David Garrick (1717-1779), comédien et directeur de théâtre anglais. *(N.d.T.)*

— Amen ! répondit la foule parmi les applaudissements.

La réussite était totale. Les comédiens s'étaient surpassés et, Dieu merci, personne cette fois n'avait été sérieusement blessé à Bosworth. Landen et moi nous faufilâmes dehors et trouvâmes une table dans le troquet d'en face. Landen commanda deux cafés, et nous nous dévisageâmes.

— Tu as bonne mine, Thursday. Tu vieillis mieux que moi.

— Tu parles, rétorquai-je. Regarde-moi ces rides !

— Ça doit être d'avoir trop ri.

— Rien n'est à ce point drôle.

— Tu es revenue définitivement ? demanda-t-il de but en blanc.

— Je ne sais pas.

Je baissai les yeux. Je m'étais promis de ne pas culpabiliser d'être partie, mais…

— Ça dépend.

— De quoi ?

Je le regardai en haussant un sourcil.

— Des OpSpecs.

Le café arriva ; je le gratifiai d'un sourire éblouissant.

— Et toi, ç'a été ?

— Oui, très bien.

Puis, baissant la voix :

— Je me suis senti seul. Très seul. Je ne rajeunis pas, tu sais. Comment ça s'est passé *pour toi* ?

J'eus envie de lui avouer que moi aussi je m'étais sentie seule, mais certaines choses ne sont pas faciles à dire. Je voulais qu'il sache que sa conduite me restait toujours en travers de la gorge. Le pardon et l'oubli, c'est bien joli, mais personne n'allait oublier et pardonner mon frère. Le nom d'Anton avait été traîné dans la boue, et tout cela du seul fait de Landen.

— Ç'a été, répondis-je.

Je réfléchis un instant.

— A vrai dire, pas tant que ça.

— Je t'écoute.

— En ce moment, je suis dans la merde jusqu'au cou. J'ai perdu deux collègues à Londres. Je suis sur la piste d'un cinglé que la plupart des gens croient mort ; Mycroft et Polly ont été kidnappés ; j'ai Goliath sur le dos, et le commissaire divisionnaire pourrait très bien me révoquer. Comme tu vois, tout baigne.

— Comparé à la Crimée, c'est de la petite bière, Thursday. Tu es plus forte que ces conneries-là.

Il touilla trois sucres dans son café. Je levai les yeux sur lui.

— Tu n'espères pas qu'on se remette ensemble ?

Ma question directe le prit au dépourvu. Il haussa les épaules.

— Je n'ai pas l'impression qu'on ait été réellement séparés.

Je voyais très bien ce qu'il voulait dire. En esprit, nous ne l'avions jamais été.

— Je n'en peux plus de m'excuser, Thursday. Tu as perdu un frère. J'ai perdu quelques bons amis, mon détachement tout entier et une jambe. Je sais ce qu'Anton représente pour toi, mais je l'ai vu indiquer la mauvaise vallée au colonel Frobisher juste avant que la colonne de blindés ne se mette en route. C'était une journée de folie ; seulement voilà, ça s'est produit, et j'étais bien obligé de dire ce que j'avais vu !

Je plantai mon regard dans le sien.

— Avant d'aller en Crimée, je pensais que la mort était la pire des choses qui puisse arriver. J'ai vite compris que ce n'était qu'un début. Anton est mort ; ça, je peux l'accepter. Des hommes se font tuer à la guerre ; c'est inévitable. Bon, d'accord, c'était une débâcle militaire hors de proportion. Ça aussi, ça arrive de temps à autre. Ce n'était pas la première fois qu'on se prenait une énorme veste en Crimée.

— Thursday ! implora Landen. Ce que j'ai dit. C'était la vérité !

— Qui peut dire ce qu'est la vérité ? explosai-je. La vérité, c'est ce qui nous arrange le mieux. La poussière, la chaleur, le bruit ! Quoi qu'il se soit passé ce jour-là, la vérité, c'est ce que tout le monde lit maintenant dans les livres d'histoire. Ce que *toi*, tu as raconté à la commission d'enquête. Anton a peut-être commis une erreur, mais il n'a pas été le seul, ce jour-là.

— Je l'ai vu désigner la mauvaise vallée, Thursday.

— Il n'aurait jamais fait une chose pareille !

J'ai senti flamber une colère que je n'avais pas éprouvée depuis dix ans. Anton avait été rendu responsable de la charge, c'était aussi simple que ça. Les chefs militaires avaient, une fois de plus, réussi à se décharger de leur responsabilité, et le nom de mon frère était entré dans l'histoire et dans la mémoire collective comme celui de l'homme qui avait causé la perte de la Brigade de Blindés Légers. Le commandant et Anton avaient tous deux été tués dans l'offensive. C'était à Landen qu'il avait incombé de rendre des comptes.

Je me levai.

— La fuite, encore ? fit-il, sarcastique. C'est tout ce que tu sais faire, Thursday ? J'espérais que tu te serais radoucie, qu'on pourrait tirer quelque chose de ce gâchis, qu'il restait suffisamment d'amour en nous pour que ça marche.

Je le foudroyai du regard.

— Et que fais-tu de la loyauté, Landen ? Il était ton meilleur ami !

— Et j'ai *quand même* dit ce que j'ai dit, soupira-t-il. Un jour, il faudra te réconcilier avec le fait qu'Anton s'est planté. Ce sont des choses qui arrivent, Thursday. Ce sont des choses qui arrivent.

Il soutint mon regard sans ciller.

— Réussira-t-on jamais à dépasser ça, Thursday ? J'ai besoin de savoir… en un sens, c'est assez urgent.

— Urgent ? Comment ça, urgent ? Non, rétorquai-je, non, laisse tomber. Désolée de t'avoir fait perdre ton putain de temps !

Et je partis en courant, aveuglée par les larmes, furieuse contre moi-même, contre Landen, contre Anton. Je pensais à Snood et à Tamworth. Nous aurions dû attendre les renforts ; Tamworth et moi nous étions plantés en pénétrant dans l'immeuble, et Snood s'était planté en s'attaquant à un adversaire qu'il n'était pas, physiquement et mentalement, en état d'affronter. Nous avions agi sur un coup de tête ; c'était le genre d'action impulsive qu'Anton aurait pu entreprendre. J'avais vécu cela une fois en Crimée, et déjà à l'époque, je m'en étais voulu à mort.

Il était près d'une heure du matin lorsque je rentrai au Finis. Le week-end John Milton s'était terminé par une soirée discothèque. Je pris l'ascenseur pour monter dans ma chambre ; l'écho déformé des basses s'atténua au fur et à mesure pour n'être plus qu'une pulsation sourde et lointaine. Je pressai le front contre le miroir de la cabine : la fraîcheur du verre me procura un certain réconfort. Je n'aurais pas dû revenir à Swindon, c'était évident. Je parlerais à Victor dans la matinée et demanderais ma mutation dans les plus brefs délais.

J'ouvris la porte de ma chambre, me débarrassai de mes chaussures, m'allongeai sur le lit et fixai les carreaux de polystyrène au plafond, m'efforçant d'assimiler ce que j'avais toujours soupçonné mais que je me refusais à admettre. Mon frère s'était planté. Personne jusque-là n'avait pris la peine de le formuler aussi simplement ; le tribunal militaire avait invoqué « les erreurs tactiques dans le feu de l'action » et « une incompétence crasse ». Etrangement, « s'était planté » rendait la chose plus crédible ; tout le monde commet des erreurs dans son existence, certains plus que d'autres. C'est seulement quand le coût se chiffre en vies humaines que cela saute aux yeux. Si Anton avait été boulanger et avait oublié la levure, on n'en aurait pas fait tout un plat, et pourtant, il se serait planté pareillement.

Au milieu de mes réflexions, je me laissai gagner par le sommeil, et avec le sommeil vinrent des rêves bizarres. J'étais en bas de l'immeuble de Styx, sauf que cette fois-ci je me tenais devant la sortie de secours, face à la voiture renversée, au commissaire Flanker et au reste de la commission d'enquête de OS-1. Snood était là aussi. Il avait un vilain trou dans son front ridé et me regardait, bras croisés, comme si je lui avais piqué son ballon de foot et qu'il s'était adressé à Flanker pour demander une sorte de réparation.

— Vous êtes *certaine* de ne pas avoir dit à Snood d'aller couvrir vos arrières ? interrogea Flanker.

— Affirmatif, répondis-je.

Mon regard pivota de l'un à l'autre.

— Mais si, elle l'a fait, lâcha Achéron qui passait par là. Je l'ai entendue.

Flanker l'arrêta.

— C'est vrai ? Qu'a-t-elle dit exactement ?

Achéron me sourit et hocha la tête en direction de Snood, qui lui rendit son salut.

— *Attendez !* interrompis-je. Comment pouvez-vous croire ce qu'il raconte ? Cet homme-là est un menteur !

Achéron prit un air offusqué, et Flanker me toisa avec dureté.

— Là-dessus, nous n'avons que votre parole, Next.

Je bouillais intérieurement devant tant d'injustice. J'étais sur le point de me récrier et de m'éveiller quand je sentis une tape sur mon bras. C'était un homme en habit noir, avec une épaisse chevelure brune qui tombait sur ses traits taillés à la serpe. Je le reconnus immédiatement.

— Mr. Rochester ?

Il acquiesça d'un signe de la tête. Nous n'étions plus à présent parmi les entrepôts de l'East End, mais dans une vaste pièce aux meubles cossus, faiblement éclairée par des lampes à huile et les flammes qui dansaient dans un grand âtre.

— Comment va votre bras, Miss Next ? s'enquit-il.

— Très bien, je vous remercie.

En guise d'illustration, je remuai la main et le poignet.

— A votre place, je ne m'inquiéterais pas d'eux, ajouta-t-il, désignant Flanker, Achéron et Snood qui se disputaient dans un coin, près de la bibliothèque. Ils ne sont que dans votre rêve ; de par leur nature illusoire, ils sont sans importance.

— Et vous-même ?

Rochester eut un sourire bourru. Accoudé au manteau de cheminée, il contemplait le contenu de son verre en faisant délicatement tournoyer son madère.

— En premier lieu, je n'ai jamais été réel.

Il posa le verre sur le rebord de marbre, exhuma une grosse savonnette en argent, l'ouvrit, lut l'heure et la replaça dans la poche de son gilet d'un même geste empreint d'une aisance fluide.

— Les choses s'accélèrent, je le sens. Je présume que je pourrai compter sur votre courage, le moment venu ?

— Que voulez-vous dire ?

— Je ne puis m'expliquer. J'ignore comment j'ai réussi à arriver jusqu'ici ou comment vous, vous avez fait pour parvenir jusqu'à moi. Vous vous rappelez, quand vous étiez petite fille ? Quand vous êtes tombée sur nous deux par une froide soirée d'hiver ?

Je songeai à ce lointain incident à Haworth, lorsque j'avais pénétré dans *Jane Eyre* et provoqué la chute du cheval de Rochester.

— C'était il y a longtemps.

— Pas pour moi. Vous vous souvenez ?

— Je me souviens.

— Votre intervention a *amélioré* le récit.

— Je ne comprends pas.

— Autrefois, je croisais simplement ma Jane et nous

nous entretenions brièvement. Si vous aviez lu le livre avant votre visite, vous l'auriez remarqué. Quand le cheval a glissé pour vous éviter, la scène de la rencontre s'est parée d'un certain effet dramatique, vous ne trouvez pas ?

— Mais n'était-ce pas déjà arrivé ?

Rochester sourit.

— Pas du tout. Cependant, vous n'étiez pas la première à nous rendre visite. Et vous ne serez pas la dernière, si je ne m'abuse.

— Comment ça ?

Il reprit son verre.

— Vous n'allez pas tarder à vous réveiller, Miss Next ; je m'en vais donc prendre congé. Une fois de plus : pourrai-je compter sur votre courage, le moment venu ?

Je n'eus pas le temps de répondre ni de le questionner davantage. La sonnerie du réveil téléphonique me tira de mon sommeil. Je portais encore mes vêtements de la veille ; dans la chambre, la lumière et la télévision étaient toujours allumées.

19

Le très irrévérend Joffy Next

Ma chère maman,

La vie dans le camp de BIFFÉ PAR LA CENSURE *est formidable. Il fait beau, la nourriture est moyenne, la compagnie au poil. Notre commandant en chef est le colonel* BIFFÉ PAR LA CENSURE ; *un type génial. Je vois Thurs assez souvent, et bien que tu m'aies dit de veiller sur elle, je pense qu'elle se débrouille parfaitement toute seule. Elle a remporté le tournoi de boxe dames du bataillon. La semaine prochaine, nous partons pour* BIFFÉ PAR LA CENSURE ; *je t'écrirai quand j'aurai d'autres nouvelles.*

Ton fils Anton

Lettre d'Anton Next
expédiée deux semaines avant sa mort

Hormis une autre personne, j'avais la salle du petit déjeuner pour moi toute seule. Par un caprice du destin, cette autre personne était le colonel Phelps.

— Bonjour, caporal ! s'exclama-t-il gaiement tandis que j'essayais de me planquer derrière un exemplaire de *La Chouette*.

— Mon colonel.

Il s'assit en face de moi sans demander ma permission.

— Les gens réagissent plutôt bien à ma présence ici, déclara-t-il chaleureusement, s'emparant d'un toast et agitant une cuillère à l'adresse du serveur. Vous là-bas, le garçon, apportez-moi du café. La causerie est prévue pour dimanche prochain ; vous venez toujours, je présume ?

— Ça se pourrait, répondis-je sincèrement.

— Magnifique ! s'écria-t-il. J'ai cru, je l'avoue, que vous vous étiez fourvoyée quand on s'était parlé dans le ballon.

— Où est-ce que ça se tiendra ?

— Secret défense, ma petite. Les murs ont des oreilles, et tout et tout. Une voiture viendra vous chercher. Vous avez vu ça ?

Il me montra la première page de *La Taupe*. Comme tous les journaux, elle était presque exclusivement consacrée à la prochaine offensive ; il ne semblait subsister aucun doute quant à son imminence. La dernière grande bataille avait eu lieu en 1975, mais les souvenirs et les leçons de cette bavure-là n'avaient manifestement pas marqué les esprits.

— Café, j'ai dit, rugit Phelps à l'intention du serveur qui, par erreur, lui avait apporté du thé. Ce nouveau fusil à plasma va régler la question vite fait. J'ai même pensé modifier mon discours pour inviter tous ceux qui souhaitent refaire leur vie sur la péninsule à remplir une demande dès maintenant. D'après le cabinet du ministre des Affaires étrangères, sitôt qu'on aura éjecté les Russes, il faudra dare-dare y envoyer des colons.

— Vous ne comprenez donc pas ? rétorquai-je, exaspérée. Il n'y aura pas de fin. Pas tant que nos troupes fouleront le sol russe.

— Comment ? murmura Phelps. Mmm ? Hein ?

Il tripatouilla son audiophone et inclina la tête sur le côté à la manière d'une perruche. J'émis un son indéterminé et quittai la table aussitôt que je pus.

Il était encore tôt ; le soleil s'était levé, mais il faisait froid. Il avait plu pendant la nuit, et l'air était gorgé d'eau. J'ouvris le toit de la voiture en espérant dissiper les souvenirs de la veille, la colère qui avait éclaté quand j'avais réalisé que j'étais incapable de pardonner à Landen. J'étais moins perturbée d'avoir mal terminé la soirée que de constater que mes sentiments n'avaient pas changé. J'avais trente-six ans et, hormis les dix mois avec Filbert, j'avais été seule ces dix dernières années, à une ou deux mêlées éthyliques près. Encore cinq ans de ce régime-là, et je pourrais dire adieu à tout espoir d'une vie de couple.

Le vent me tirait les cheveux tandis que je roulais à vive allure sur les routes au tracé ample. Il n'y avait pas de circulation à proprement parler, et le moteur de la voiture ronronnait doucement. De petites poches de brouillard s'étaient formées pendant que le soleil se levait, et je les traversai comme un ballon dirigeable fend les nuages. En pénétrant dans ces zones opaques, je soulevais le pied de l'accélérateur, puis rappuyais délicatement une fois que j'avais émergé au soleil matinal.

Le village de Wanborough se trouvait à une dizaine de minutes de voiture de l'hôtel Finis. Je me garai devant le temple de l'ESU – jadis propriété de l'Eglise d'Angleterre – et coupai le moteur. Le silence de la campagne représentait un répit bienfaisant. Au loin, on entendait un bruit de machines agricoles, mais c'était juste un bourdonnement rythmique ; je ne goûtais la quiétude de la campagne que depuis mon installation en métropole. Poussant le portail, j'entrai dans le cimetière. Après une brève halte, j'avançai lentement, respectueusement, entre les rangées de tombes bien entretenues. Je n'étais pas venue ici depuis le jour de mon départ pour Londres, mais je savais qu'Anton ne m'en aurait pas tenu rigueur. Nombre de choses qu'on appréciait l'un chez l'autre étaient restées informulées. En humour, vie et amour, nous nous comprenions à demi-mot. Quand j'avais débarqué à Sébastopol pour intégrer la 3e Brigade de Blindés Légers de Wessex, Landen et Anton étaient déjà de bons copains. Anton était attaché à la brigade en qualité de capitaine des transmissions ; Landen était lieutenant. Anton nous avait présentés ; au mépris des ordres les plus stricts, ce fut le coup de foudre. Je me sentais comme une collégienne, me faufilant à travers le camp pour me rendre à un rencard défendu. Au début, la Crimée avait eu l'air d'une vraie colonie de vacances.

Aucun corps n'avait été rapatrié. Ce fut une décision politique. Mais beaucoup de morts avaient leur mémorial privé. Celui d'Anton était situé en bout de rangée, dans l'ombre protectrice d'un vieil if, coincé entre deux autres monuments aux victimes de la guerre. Il était entretenu avec soin, régulièrement désherbé, et quelqu'un y avait déposé des fleurs fraîchement coupées. Je m'arrêtai devant la simple stèle de calcaire gris et lus l'inscription. Sobre et nette. Son nom, son rang et la date de la charge. Il existait une autre pierre, pas très différente de celle-ci, à deux mille six cents kilomètres d'ici, qui marquait l'emplacement de sa tombe sur la presqu'île. D'autres avaient eu moins de chance. Quatorze de mes camarades tombés ce jour-là étaient toujours « portés disparus ». En jargon militaire, cela voulait dire qu'il ne restait pas suffisamment de morceaux pour pouvoir les identifier.

Tout à coup, je reçus une calotte sur la tête. Pas très fort, mais assez pour me faire sursauter. Je me retournai et vis le prêtre de l'ESU qui me regardait avec un sourire bête.

— Salut, Nounouille ! beugla-t-il.

— Salut, Joffy, répondis-je, moyennement décontenancée. Tu veux que je te casse le nez encore un coup ?

— Je porte la soutane, frangine ! s'exclama-t-il. Tu ne vas quand même pas taper sur le clergé !

Je le dévisageai un instant.

— Si je ne peux pas taper sur toi, qu'est-ce que je peux faire ?

— Nous autres, chez l'ESU, sommes très portés sur les embrassades.

Nous nous embrassâmes donc, devant le mémorial d'Anton, moi et Joffy, mon fada de frère que je n'avais encore jamais embrassé de ma vie.

— Des nouvelles de Grosse Tête et Gros Cul ? demanda-t-il.

— Si tu veux parler de Mycroft et Polly, non.

— Allez, ne sois pas aussi coincée, frangine. Mycroft est une grosse tête, et Polly, ma foi, elle a un gros cul.

— La réponse est toujours non. Remarque, maman et elle ont pris quelques kilos, non ?

— *Quelques* kilos ? Je pense bien. Tesco devrait ouvrir un hypermarché géant rien que pour elles deux.

— Est-ce que l'ESU encourage les mauvaises langues ?

Joffy haussa les épaules.

— Certaines fois oui, et d'autres fois non. C'est ça, la beauté de l'Etre Suprême Universel : il est ce que tu veux qu'il soit. Et puis, comme tu fais partie de la famille, ça ne compte pas vraiment.

Je balayai du regard l'édifice et le cimetière impeccablement tenus.

— Et alors, ça marche ?

— Pas mal, je te remercie. Une belle palette de religions et même quelques Neandertals, ce qui est un exploit. Evidemment, la fréquentation a triplé depuis que j'ai transformé la sacristie en casino et introduit une séance de gogo dancing tous les mardis.

— Tu plaisantes !

— Bien sûr que je plaisante, *Nounouille*.

— Petit salopard, dis-je en riant. Je vais le casser, ce nez !

— Tu ne veux pas une tasse de thé d'abord ?

Je le remerciai, et nous nous dirigeâmes vers le presbytère.

— Comment va ton bras ? demanda-t-il.

— Ça va, répondis-je.

Et, désireuse de me montrer à la hauteur de son irrévérence, j'ajoutai :

— J'ai fait une blague au médecin à Londres. Je lui ai dit, quand il a reconstruit les muscles de mon bras : « Croyez-vous que je pourrai jouer du violon ? » Il a dit : « Bien sûr. » Et moi : « Tant mieux, parce que avant, j'en étais incapable ! »

Joffy me toisa, impassible.

— Je parie qu'on se fend la pipe chez les OpSpecs, quelque chose de mortel. Tu devrais sortir davantage, frangine. C'est probablement la pire blague que j'aie jamais entendue.

Mon frère pouvait être énervant par moments, mais là il n'avait pas tort – même si je n'avais aucune intention de le reconnaître.

— Va te faire foutre, ripostai-je.

Ça, ça le fit rire.

— Tu as toujours été tellement sérieuse, frangine. Depuis toute petite. Je te revois plantée devant les infos à la télé, ingurgitant tous les faits et bombardant papa et Grosse Tête de mille questions… bonjour, Mrs. Higgins !

Une vieille dame avait franchi le porche et venait à notre rencontre avec une brassée de fleurs.

— Bonjour, irrévérend ! lança-t-elle, joviale.

Puis, me regardant, dans un murmure rauque :

— C'est votre petite amie ?

— Non, Gladys… c'est ma sœur, Thursday. Elle est OpSpec ; en conséquence, elle n'a pas d'humour, pas de petit ami et pas de vie privée.

— Comme c'est charmant, fit Mrs. Higgins qui, visiblement, était dure de la feuille malgré ses grandes oreilles.

— Bonjour, Gladys, dis-je en lui serrant la main.

Joffy, lui, avait tellement l'habitude de se polir la colonne quand il était môme qu'on craignait tous qu'il ne devienne aveugle.

— Bien, bien, marmonna-t-elle.

Joffy, pour ne pas être en reste, ajouta :

— Et notre petite Thursday faisait tellement de bruit quand elle prenait son pied qu'on était obligés de la faire dormir avec ses copains dans la cabane du jardin.

Je lui donnai un coup de coude, mais Mrs. Higgins ne s'aperçut de rien. Elle sourit avec bienveillance, nous souhaita une agréable journée et s'en fut en clopinant dans le cimetière. Nous la suivîmes des yeux.

— Cent quatre ans en mars prochain, chuchota Joffy. Stupéfiant, non ? Après sa mort, je pense la faire empailler et la mettre sur le perron comme portemanteau.

— Maintenant, je sais que tu plaisantes.

Il sourit.

— Il n'y a pas un sou de sérieux en moi, frangine. Allez, viens, on va boire ce thé.

Le presbytère était immense. D'après la légende, la flèche de l'église aurait dû mesurer trois mètres de plus, si le pasteur de l'époque ne s'était pas découvert un goût pour la pierre et ne l'avait pas détournée pour construire sa propre résidence. A la suite d'une querelle peu orthodoxe avec l'évêque, le pasteur fut relevé de ses fonctions. Mais le presbytère surdimensionné resta.

Joffy versa du thé fort d'une théière Clarice Cliff dans une tasse avec soucoupe assortie. Il ne cherchait pas à m'impressionner ; l'ESU n'avait pratiquement pas d'argent, et il n'avait pas les moyens de s'offrir autre chose que ce qui venait avec le presbytère.

— Alors, fit-il, posant la tasse devant moi et s'installant sur le canapé, tu crois que papa se tape Emma Hamilton ?

— Il n'en a jamais parlé. Remarque, si tu couchais avec quelqu'un qui est mort il y a plus d'un siècle, est-ce que tu irais le dire à ta femme ?

— Et moi ?

— Quoi, toi ?

— Ça lui arrive de parler de moi ?

Je secouai la tête, et Joffy se tut pendant un moment, ce qui ne lui ressemblait guère.

— A mon avis, il aurait aimé me voir à la place d'Ant, frangine. Ant a toujours été le fils préféré.

— C'est idiot, Joffy. Et même si c'était vrai – or ça ne l'est pas –, on ne peut plus rien y faire. Ant est mort, mort et enterré. A supposer d'ailleurs que tu sois resté là-bas, ne rêvons pas, ce ne sont pas les aumôniers qui dictent la politique de l'armée.

— Dans ce cas, pourquoi papa ne vient pas me voir ?

Je haussai les épaules.

— Je ne sais pas. C'est peut-être un truc de Chrono-Garde. Il me rend rarement visite, sauf pour affaires… et ça ne dure pas plus de deux minutes.

Joffy hocha la tête, puis demanda :

— Tu vas des fois à l'église à Londres ?

— Je n'ai pas le temps, Joff.

— Le temps, c'est nous qui le faisons, frangine.

Je soupirai. Il avait raison.

— Après la charge, j'ai en quelque sorte perdu la foi. Les OpSpecs ont leurs propres aumôniers, mais je n'avais plus le cœur à rien.

— On a tous laissé beaucoup de choses en Crimée, dit Joffy doucement. C'est peut-être pour ça qu'on doit trimer deux fois plus dur pour préserver le peu qui nous reste. Même moi j'ai été touché par la passion guerrière. En arrivant là-bas, j'étais tout feu tout flamme ; la main insidieuse du nationalisme me maintenait debout en étouffant la voix de la raison. Là-bas, sur place, je souhaitais notre victoire, l'anéantissement de l'ennemi. Je m'enivrais de gloire militaire et de camaraderie que seul un conflit peut créer. Il n'y a pas de lien plus fort que celui forgé dans la bataille, pas de meilleur ami que celui qui s'est battu à tes côtés.

Joffy soudain paraissait beaucoup plus humain ; c'était sûrement cette facette-là qu'il devait présenter à ses paroissiens.

— C'est plus tard seulement que j'ai réalisé notre erreur. Bientôt, je n'ai plus vu de différence entre Russes et Anglais, Français ou Turcs. J'ai pris la parole et j'ai été renvoyé du front ; on avait peur que je sème la zizanie. Mon évêque m'a dit que ce n'était pas à moi de juger les faits de guerre ; mon rôle était de veiller au bien-être spirituel de mes ouailles.

— C'est pour ça que tu es rentré en Angleterre ?

— C'est pour ça que je suis rentré en Angleterre.

— Tu as tort, tu sais, déclarai-je.

— A propos de quoi ?

— Quand tu dis ne pas avoir un sou de sérieux en toi. Tu es au courant que le colonel Phelps est en ville ?

— Je suis au courant. Quelle purge. Quelqu'un devrait l'empoisonner. J'interviens face à lui en tant que « voix de la modération ». Tu me rejoindras sur l'estrade ?

— Je ne sais pas, Joff, franchement, je ne sais pas.

Je fixai mon thé et refusai le biscuit au chocolat qu'il m'offrait.

— Maman entretient bien le mémorial, hein ? observai-je, pressée de changer de conversation.

— Ce n'est pas elle, Nounouille. Elle ne supporte même pas de s'approcher de la stèle… à supposer qu'elle maigrisse suffisamment pour passer le porche.

— Qui est-ce, alors ?

— Mais Landen, voyons. Il ne te l'a pas dit ?

Je me redressai.

— Non. Non, il ne m'a rien dit de tel.

— Ses bouquins sont peut-être merdiques, et lui-même est un peu allumé, mais il aimait beaucoup Anton.

— C'est son témoignage qui l'a condamné sans appel !

Joffy reposa sa tasse, se pencha en avant et, baissant la voix jusqu'au murmure, plaça sa main sur la mienne.

— Ma très chère sœur, le cliché est éculé, certes, mais il dit vrai : *La première victime de la guerre est toujours la vérité*. Landen a voulu remédier à ça. Ne crois pas que ça s'est fait sans douleur… il aurait été bien plus facile de mentir et d'innocenter Ant. Mais un petit mensonge en entraîne forcément un plus gros. L'armée ne peut pas se permettre de cultiver le mensonge. Landen en était conscient, et notre Anton aussi, je pense.

Je le considérai, songeuse. J'ignorais ce que j'allais dire à Landen, mais j'espérais bien trouver quelque chose. Dix ans plus tôt, il m'avait demandée en mariage, juste avant sa comparution au tribunal. Je l'avais accusé d'avoir cherché à me manipuler, sachant quelle serait ma réaction après l'audience. Quelques jours plus tard, je partais pour Londres.

— Je suppose que je devrais lui téléphoner.

Joffy sourit.

— Et tu ferais bien… *Nounouille*.

20

Dr Runcible Spoon

… Plusieurs personnes m'ont demandé où je trouvais la grande quantité de prépositions nécessaires à la subsistance de mes vers correcteurs. La réponse est, bien sûr, que j'utilise les prépositions omises qui, mélangées à des articles définis, constituent une alimentation nourrissante. Ce ne sont pas les exemples qui manquent. *En lieu et place :* une préposition omise, et un article défini, *au lieu et* **à la** *place.* Autres exemples : *en bord de mer* (**au** *bord de* **la** *mer), en bout de table* (**au** *bout de* **la** *table),* et ainsi de suite. En cas de pénurie, je me tourne vers la presse locale dont les gros titres regorgent d'ellipses. Quant aux déjections des vers, celles-ci se composent principalement d'apostrophes, ce qui commence à poser problème – hier j'ai vu une pancarte qui disait : *Choux-fleur's, trois shilling's pièce…*

MYCROFT NEXT
dans la rubrique « Questions des lecteurs »
de la revue *Bout à bout*

Quand j'arrivai au bureau, Bowden et Victor étaient sortis. Je me servis du café et allai m'asseoir sur ma chaise. Je composai le numéro de Landen, mais ça sonnait occupé ; je réessayai quelques minutes plus tard, toujours sans succès. Le brigadier Ross appela de la réception pour dire qu'il nous envoyait quelqu'un qui désirait voir un LittéraTec. Je me tournai les pouces pendant un moment ; j'en étais à ma troisième et infructueuse tentative de joindre Landen quand un petit homme d'allure universitaire – et suprêmement négligée – entra en traînant les pieds. Il portait un chapeau melon et une veste de chasseur à chevrons hâtivement enfilée par-dessus ce qui avait l'air d'un pyjama. Sa serviette débordait de papiers, et les lacets de ses chaussures étaient noués avec des nœuds plats. Son regard se posa sur moi. Il fallait bien deux minutes pour monter chez nous depuis la réception, or il en était encore à tripoter son badge de visiteur.

— Vous permettez ?

Impassible, l'homme me laissa fixer le badge à sa veste ; puis il me remercia distraitement et regarda autour de lui, cherchant à comprendre où il était.

— Vous êtes au bon étage, et c'est moi que vous cherchez.

Les universitaires, je les avais suffisamment pratiqués dans le passé.

— Ah oui ? fit-il, extrêmement surpris, comme s'il s'était depuis longtemps résigné au fait d'atterrir toujours au mauvais endroit.

— Agent Thursday Next, dis-je en lui tendant la main.

Il la serra mollement et voulut soulever son chapeau de la main qui tenait la serviette. Il finit par capituler et pencha la tête.

— Euh… merci, Miss Next. Je suis le Dr Runcible Spoon, professeur de littérature anglaise à l'université de Swindon. Vous avez certainement entendu parler de moi ?

— Ce n'est qu'une question de temps, docteur Spoon. Voulez-vous vous asseoir ?

Le Dr Spoon me remercia à nouveau et me suivit vers

mon bureau, s'arrêtant çà et là lorsque son œil tombait sur un livre rare. Je fus obligée de marquer le pas avant de pouvoir l'installer sur la chaise de Bowden. J'allai lui chercher une tasse de café.

— Alors, en quoi puis-je vous être utile, docteur Spoon ?

— Peut-être que je devrais vous montrer, Miss Next.

Il fourragea dans sa serviette, en tira des copies non corrigées, une chaussette à motif cachemire et, pour finir, un volume à reliure bleue qu'il me tendit.

— *Martin Chuzzlewit*, expliqua Spoon, repoussant les papiers dans sa serviette et se demandant pourquoi ils s'étaient dilatés depuis qu'il les avait sortis.

— Chapitre neuf, page cent quatre-vingt-sept. C'est signalé.

J'ouvris le livre à l'endroit où il avait inséré sa carte des transports et parcourus la page.

— Vous voyez ce que je veux dire ?

— Désolée, docteur Spoon. Je n'ai pas relu *Chuzzlewit* depuis mon adolescence. Vous allez devoir m'éclairer.

Il me toisa d'un air soupçonneux, pensant peut-être qu'il avait affaire à une imposture.

— C'est un étudiant qui me l'a fait remarquer tôt ce matin. Je suis venu dès que j'ai pu. En bas de page, il y avait un court paragraphe consacré à l'un des personnages excentriques qui hantent la pension Todger. Un certain Mr. Quaverley de son nom. Un personnage drolatique qui s'exprime uniquement sur des sujets auxquels il ne connaît rien. Si vous regardez attentivement, vous conviendrez avec moi qu'il n'y est plus.

Je lus la page avec une consternation grandissante. Le nom de Quaverley me disait bien quelque chose, mais il n'y avait nulle trace de lui dans le texte.

— Il n'apparaît pas plus tard ?

— Non, agent Next. Mon étudiant et moi avons tout passé au peigne fin. Il n'y a pas de doute. Mr. Quaverley a été mystérieusement effacé du livre. Comme s'il n'avait jamais existé.

— Ça ne peut pas être une erreur d'impression ? demandai-je, de plus en plus mal à l'aise.

— Pas du tout. J'ai consulté plusieurs exemplaires différents, et le résultat est le même. *Mr. Quaverley n'est plus parmi nous*.

— Ça paraît impossible, murmurai-je.

— Je suis bien de votre avis.

Je la sentais mal, cette affaire-là ; des liens troublants entre Hadès, Jack Maird et le manuscrit de *Chuzzlewit* commençaient à se tisser dans mon esprit.

Le téléphone sonna. C'était Victor. Il était à la morgue et me priait de le rejoindre séance tenante ; ils avaient découvert un cadavre.

— Quel rapport avec moi ? demandai-je.

Pendant que Victor parlait, je jetai un coup d'œil en direction du Dr Spoon, plongé dans l'examen d'une tache qu'il venait de découvrir sur sa cravate.

— Non, au contraire, répondis-je lentement. Compte tenu de ce que j'ai appris à l'instant, je ne trouve pas ça bizarre du tout.

La morgue était un vieil édifice victorien qui avait bien besoin d'être renové. Il faisait humide à l'intérieur, et ça sentait le formol et le moisi. Les employés avaient mauvaise mine et se déplaçaient dans les couloirs comme s'ils faisaient partie d'une procession funèbre. On plaisantait sur la morgue de Swindon en disant que, de tous ses occupants, c'étaient les cadavres qui avaient le plus de charisme. Cette définition s'appliquait tout particulièrement à Mr. Rumplunkett, le pathologiste en chef. C'était un homme d'aspect lugubre avec de grosses bajoues et des sourcils en broussaille. Je le trouvai avec Victor dans le labo de pathologie. Sans se préoccuper de moi, Mr. Rumplunkett continua à parler dans un micro qui pendait du plafond ; sa voix monocorde résonnait comme un sourd bourdonnement dans la pièce carrelée. Ses rapports avaient la réputation de plonger les transcripteurs dans un profond sommeil ; lui-même avait du mal à garder les yeux ouverts quand il répétait un discours pour le bal annuel des médecins légistes.

— J'ai devant moi un Européen de sexe masculin âgé d'une quarantaine d'années, avec des cheveux gris et une denture en mauvais état. Il mesure environ un mètre soixante-dix et porte une tenue qui m'évoque la deuxième moitié du XIXe siècle…

Outre Bowden et Victor, il y avait là deux policiers de la Brigade Criminelle, ceux-là mêmes qui nous avaient interrogés la veille. Ils avaient l'air mal embouchés et surveillaient l'équipe des LittéraTecs d'un œil torve.

— Bonjour, Thursday, m'accueillit Victor avec entrain. Vous vous souvenez de la Studebaker qui appartenait à l'assassin d'Archer ?

Je hochai la tête.

— Eh bien, nos amis de la Criminelle ont découvert ce corps dans la malle arrière.

— L'a-t-on identifié ?

— Pas encore. Regardez-moi ça.

Il désigna un plateau en inox qui contenait les effets personnels du défunt. J'inspectai la petite collection d'objets. Il y avait un demi-crayon, une facture impayée pour des cols amidonnés et une lettre de sa mère datée du 5 juin 1843.

— Je peux vous parler en privé ?

Victor m'accompagna dans le couloir.

— C'est Mr. Quaverley, lui expliquai-je.

— Qui ça ?

Je lui relatai mon entrevue avec le Dr Spoon. Mon récit ne parut pas le surprendre.

— Je me disais bien qu'il ressemblait au personnage d'un livre, fut son commentaire.

— Quoi, ça s'est déjà produit ?

— Vous avez lu *La Mégère apprivoisée* ?

— Bien sûr.

— Vous savez, le chaudronnier soûl de l'introduction, à qui on fait croire qu'il est un lord et au bénéfice de qui on fait jouer la pièce ?

— Tout à fait, acquiesçai-je. Il se nomme Christopher Sly ; il a quelques répliques à la fin du premier acte, après quoi on n'entend plus parler de lui…

Je m'interrompis.

— Exactement, fit Victor. Il y a six ans, un ivrogne inculte qui s'exprimait en anglais élisabéthain a été découvert errant dans un état de confusion mentale à la sortie de Warwick. Il a dit s'appeler Christopher Sly, a réclamé à boire et a voulu savoir comment la pièce s'était terminée. J'ai réussi à l'interroger pendant une demi-heure, le temps de me convaincre qu'il ne racontait pas de bobards… et lui ne s'est jamais rendu compte qu'il n'était plus dans sa propre pièce.

— Où est-il maintenant ?

— On n'en sait rien. Il a été emmené pour interrogatoire par deux OpSpecs non identifiés. J'ai essayé de me renseigner sur son sort, mais avec leur manie du secret…

Je repensai à ma visite à Haworth, quand j'étais petite fille.

— Et dans l'autre sens ?

Victor me jeta un regard perçant.

— Que voulez-vous dire ?

— Vous ne connaissez personne qui ait fait le saut en sens inverse ?

Les yeux baissés, il se gratta le nez.

— Voilà qui est plutôt radical, Thursday.

— Mais vous pensez que c'est possible ?

— Strictement entre vous et moi, Thursday, je commence à croire que oui. Les barrières entre réalité et fiction sont plus minces que nous ne l'imaginons, un peu comme un lac gelé. Des centaines de personnes peuvent le traverser, mais un soir, ça dégèle à un endroit, et quelqu'un tombe dans le trou. Le lendemain matin, la couche de glace s'est déjà reformée. Vous avez lu *Dombey et Fils* de Dickens ?

— Bien sûr.

— Vous vous souvenez de Mr. Glubb ?

— Le pêcheur de Brighton ?

— Exact. *Dombey* a été achevé en 1848 et entièrement révisé avec une liste de personnages en 1851. Or, dans cette version-là, Mr. Glubb n'apparaît pas.

— Un oubli ?

— Peut-être. En 1926, un collectionneur de livres anciens nommé Redmond Bulge a disparu alors qu'il était en train de lire *Dombey et Fils*. L'incident a été largement commenté par la presse, étant donné que le secrétaire de Bulge affirmait l'avoir vu « partir en fumée ».

— Et Bulge correspond au signalement de Glubb ?

— Pratiquement trait pour trait. Bulge collectionnait des récits sur le thème de la mer, et ce sont précisément ces histoires que Glubb aime à raconter. D'ailleurs, le nom de Bulge se lit « Eglub » à l'envers, ce qui est suffisamment proche de Glubb pour porter à croire qu'il l'a inventé lui-même.

Victor poussa un soupir.

— Ça doit vous paraître invraisemblable, non ?

— Pas du tout, répondis-je, songeant à mes propres expériences avec Rochester, mais êtes-vous absolument sûr qu'il est tombé dans *Dombey et Fils* ?

— Comment ça ?

— Il aurait pu faire le saut par choix. Ça lui aurait plu – et il serait resté.

Victor me regarda bizarrement. Il n'osait parler de ses hypothèses de peur d'être mis sur la touche, or voilà qu'une LittéraTec respectée et qui avait la moitié de son âge allait beaucoup plus loin qu'il ne l'avait jamais imaginé. Une pensée lui traversa l'esprit.

— Cela vous est déjà arrivé, n'est-ce pas ?

Je plantai mon regard dans le sien. Ceci pourrait nous valoir à tous deux une mise à la retraite anticipée.

— Une fois, chuchotai-je. Quand j'étais toute petite. Je ne pense pas que je serais capable de le refaire. Longtemps, j'ai même cru que c'était une hallucination.

J'allais lui parler du saut effectué par Rochester en sens inverse après la fusillade chez Styx, lorsque Bowden passa la tête par la porte et nous demanda de revenir.

Mr. Rumplunkett avait terminé son examen préliminaire.

— Une seule balle en plein cœur. Très net, très professionnel. Autrement, rien à signaler sinon qu'il a souffert de rachitisme dans son enfance. Comme le phénomène est assez rare de nos jours, il ne devrait pas être difficile de retrouver sa trace, à moins bien sûr qu'il n'ait passé sa jeunesse à l'étranger. Denture en piètre état et présence de poux. Il est probable qu'il n'ait pas pris de bain depuis un bon mois. Je n'ai pas grand-chose d'autre à vous dire, à part le fait que son dernier repas se composait de graisse de bœuf, de mouton et d'ale. Il y en aura plus quand les échantillons de tissu seront revenus du labo.

Victor et moi échangeâmes un coup d'œil. J'avais raison. Ce devait être le cadavre de Mr. Quaverley. Nous partîmes à la hâte ; en chemin, j'expliquai à Bowden qui était Quaverley et d'où il venait.

— Je ne saisis pas, dit Bowden tandis que nous nous dirigions vers la voiture. Comment Hadès a-t-il retiré Mr. Quaverley de *tous* les exemplaires de *Chuzzlewit* ?

— Parce qu'il s'est emparé de l'original, répliquai-je, pour causer un maximum de dégâts. Tous les livres qui existent sur la planète, sous quelque forme que ce soit, résultent de cet acte initial de création. Si l'original change, ils sont obligés de changer aussi. Imaginez que vous remontez cent millions d'années en arrière pour modifier le code génétique du premier mammifère ;

nous serions tous complètement différents à l'heure qu'il est. Eh bien, ici, c'est pareil.

— D'accord, dit Bowden lentement, mais pourquoi Hadès fait ça ? S'il veut demander une rançon, pourquoi tuer Quaverley ?

Je haussai les épaules.

— Peut-être que c'est un avertissement. Peut-être qu'il a d'autres projets. Il y a des poissons beaucoup plus gros dans *Martin Chuzzlewit* que Mr. Quaverley.

— Mais alors, pourquoi ne se manifeste-t-il pas ?

21

Hadès et Goliath

Toute ma vie, j'ai senti le destin qui me tirait par la manche. Peu d'entre nous savent réellement ce qu'ils sont venus faire ici-bas et à quel moment ils doivent le faire. Chaque petit acte a une répercussion qui affecte notre entourage de manière invisible. J'avais de la chance d'avoir un but aussi clair.

THURSDAY NEXT
Ma vie chez les OpSpecs

Justement, il s'était manifesté. A mon retour, une lettre m'attendait à la réception. J'avais espéré qu'elle était de Landen, mais non. Elle n'avait pas de timbre et avait été déposée le matin même. Personne n'avait vu celui qui l'avait apportée.

Sitôt après l'avoir lue, j'appelai Victor ; j'avais placé la feuille de papier sur mon bureau pour éviter de la toucher plus que nécessaire. Chaussant ses lunettes, Victor lut le mot à voix haute :

Chère Thursday,

Quand j'ai appris que vous étiez chez les LittéraTecs, j'ai presque cru à l'intervention divine. On dirait que nous allons enfin avoir l'occasion de régler notre différend. Mr. Quaverley n'était qu'un hors-d'œuvre. Le prochain sur la liste est Martin Chuzzlewit lui-même, à moins que je n'obtienne ce qui suit : 10 millions de livres sterling en coupures usées ; un Gainsborough, celui avec l'enfant en bleu de préférence ; huit semaines de représentations de Macbeth *pour mon ami Thomas Hobbes à l'Old Vic, et je veux qu'on nomme une station-service d'autoroute « Leigh Delamare » en hommage à la mère d'un de mes associés. Faites-moi savoir votre accord par une petite annonce dans le* Swindon Globe *du mercredi sur des lapins angora à vendre, et je vous enverrai mes prochaines instructions.*

Victor s'assit.

— C'est signé Achéron. Imaginez *Martin Chuzzlewit* sans Chuzzlewit ! s'exclama-t-il avec ferveur, passant en revue toutes les possibilités. Le livre ne ferait qu'un chapitre. Vous voyez les autres personnages assis là, en train d'attendre le personnage principal qui n'apparaît jamais ? Ce serait comme mettre en scène *Hamlet* sans le prince !

— Qu'est-ce qu'on fait ? demanda Bowden.

— A moins que vous n'ayez un Gainsborough en trop et dix millions en petite monnaie, on va porter ça chez Braxton.

*
* *

Jack Maird était dans le bureau de Braxton Hicks quand nous entrâmes. Il ne manifesta aucune intention de partir lorsque nous annonçâmes à Hicks que c'était important, et Hicks ne l'y invita pas non plus.

— Alors, quoi de neuf ? s'enquit Braxton avec un coup d'œil en direction de Maird qui s'exerçait au putting sur la moquette.

— Hadès est en vie, déclarai-je, regardant moi aussi Jack Maird qui haussa un sourcil.

— Juste ciel, marmonna-t-il d'un ton peu convaincant. *Ça*, c'est une surprise.

Nous l'ignorâmes.

— Lisez ceci, dit Victor en tendant le billet d'Achéron enveloppé de cellophane.

Braxton le lut avant de le passer à Maird.

— Mettez l'annonce, Next, lâcha-t-il, hautain. A l'évidence, vous avez suffisamment impressionné Achéron pour qu'il vous fasse confiance. Je transmettrai ses exigences à mes supérieurs, et vous m'informerez quand il vous aura recontactée.

Il se leva pour signifier que l'entretien était terminé, mais je demeurai assise.

— Que se passe-t-il, monsieur ?

— Top secret, Next. Vous serez chargée de déposer l'argent de la rançon, mais votre participation s'arrête là. Mr. Maird dispose d'un commando extrêmement bien entraîné qui procédera à la capture de Hadès. Je vous souhaite une bonne journée.

Je ne bougeai toujours pas.

— Il va falloir m'en dire plus, monsieur. Il s'agit de mon oncle, et si vous voulez que je joue dans votre camp, je dois en savoir davantage.

Braxton Hicks me regarda en plissant les yeux.

— Je crains fort…

— Allez, tant pis, intervint Maird. Dites-leur.

— A vous l'honneur, Maird, rétorqua Braxton, irrité. C'est vous qui menez la danse, après tout.

Maird haussa les épaules et finit son putt. La balle toucha la cible. Il sourit.

— Ces cent dernières années, il y a eu des échanges inexplicables entre la réalité et des œuvres de fiction. Nous savons que Mr. Analogy enquête sur ce phénomène depuis un moment déjà ; nous connaissons

Mr. Glubb et plusieurs autres personnages qui ont pénétré à l'intérieur d'un livre. Personne n'étant revenu de ce voyage, nous pensions qu'il s'agissait d'un aller simple. C'est Christopher Sly qui a changé la donne.

— Vous l'avez ? demanda Victor.

— Non, il est reparti. De son plein gré. Malheureusement, il était tellement soûl qu'il est retourné non pas dans la pièce de Will, mais dans une version bâtarde en poche de *La Mégère apprivoisée*. Il s'est évanoui dans les airs un jour qu'il était en observation.

Il marqua une pause théâtrale et astiqua son putter avec un grand mouchoir à pois rouges.

— Cela fait un certain temps que la division armement de Goliath travaille sur un dispositif qui ouvrirait une porte dans une œuvre de fiction. Au bout de trente ans de recherche et de dépenses astronomiques, nous avons tout juste réussi à synthétiser un mauvais cheddar à partir de volumes in-octavo du *Monde du fromage*. Nous savions que Hadès était intéressé, et il était question d'expériences clandestines menées ici, en Angleterre. Quand le manuscrit de *Chuzzlewit* a été volé et que nous avons appris qu'il était en possession de Hadès, nous avons compris que nous étions sur la bonne voie. L'enlèvement de votre oncle laissait entendre qu'il avait perfectionné sa machine, et l'extraction de Quaverley en est la preuve. Nous aurons Hadès, même si la seule chose que nous voulons, c'est la machine.

— Vous oubliez, dis-je lentement, que la machine ne vous appartient pas ; connaissant mon oncle, il détruirait définitivement son invention plutôt que de la céder à des militaires.

— Nous savons tout de Mycroft, Miss Next. Il apprendra qu'un bond quantique de cette envergure dans la pensée scientifique ne peut être la propriété d'un seul homme, incapable d'appréhender le véritable potentiel de son appareil. La technologie appartient à la nation.

— Vous vous trompez, répliquai-je obstinément, me levant pour partir. Vous vous trompez sur toute la ligne. Mycroft détruit toutes les machines qu'il croit être dotées d'un potentiel militaire dévastateur ; si seulement les scientifiques prenaient le temps de réfléchir aux conséquences possibles de leurs découvertes, on se sentirait beaucoup plus en sécurité sur cette terre.

Maird applaudit paresseusement.

— Voilà un discours courageux, mais faites-moi grâce de la leçon de morale, Next. Si vous tenez à avoir votre frigo-congélateur, votre voiture, une jolie maison, du bitume sur les routes et un service de santé, remerciez l'industrie de l'armement. Remerciez l'économie de guerre qui nous conduit à tout ceci et remerciez Goliath. La Crimée, c'est bon, Thursday… bon pour l'Angleterre et particulièrement bon pour l'économie. Vous raillez l'industrie de l'armement, mais sans elle nous serions un pays de dixième zone luttant pour maintenir un niveau de vie un tant soit peu semblable à celui de nos voisins européens. C'est ça que vous voulez ?

— Au moins, nous aurions la conscience tranquille.

— Vous êtes d'une naïveté, Next.

Maird retourna à son golf, et Braxton reprit les explications.

— Agent Next, le Groupe Goliath bénéficie de notre soutien inconditionnel en la matière. Nous avons besoin de vous pour nous aider à capturer Hadès. Vous le connaissez depuis la fac, et ceci vous est adressé à vous. Nous allons accepter toutes ses conditions et convenir d'un lieu de rendez-vous. A partir de là, nous le filerons et nous l'arrêterons. Facile. Goliath récupère le Portail de la Prose, nous récupérons le manuscrit, votre oncle et votre tante sont libérés, et les OS-5 récupèrent Hadès. Personne ne part les mains vides, et tout le monde est heureux. Mais, pour le moment, tenons-nous cois et attendons des nouvelles de la rançon.

— Je connais les règles d'une remise de rançon aussi

bien que vous, monsieur. Hadès n'est pas homme à se laisser flouer.

— On n'en arrivera pas là, répondit Hicks. On va lui donner l'argent et le choper bien avant qu'il ne prenne la tangente. J'ai entièrement confiance dans les hommes de Maird.

— Sauf votre respect, monsieur, Achéron est plus malin et plus coriace que vous ne sauriez l'imaginer. On devrait agir seuls. Sans les mercenaires de Maird canardant tout ce qui bouge.

— Permission refusée, Next. Vous ferez comme je vous l'ordonne, ou vous ne ferez rien. Je pense avoir tout dit.

J'aurais dû être furieuse, mais ce n'était pas le cas. Il n'y avait pas eu de surprises – Goliath ne faisait *jamais* de concessions. Et lorsqu'il n'y a pas de surprises, il est plus difficile de se mettre en rogne. On allait devoir se débrouiller avec les moyens du bord.

De retour au bureau, je rappelai Landen. Cette fois, ce fut une femme qui répondit ; je demandai à lui parler.

— Il dort, rétorqua-t-elle brièvement.

— Pouvez-vous le réveiller ? C'est assez important.

— Non, je ne peux pas. Qui êtes-vous ?

— C'est Thursday Next.

La femme eut un petit ricanement qui ne me plut guère.

— Il m'a tout raconté, Thursday.

Ce fut dit sur un ton dédaigneux ; déjà, elle ne m'inspirait que de l'antipathie.

— Mais *qui* êtes-vous ?

— Je suis Daisy Mutlar, chérie. La *fiancée* de Landy.

Je m'adossai lentement à ma chaise et fermai les yeux. Ce n'était pas vrai, j'étais en train de rêver. Pas étonnant que Landen eût insisté pour savoir si j'étais prête à lui pardonner.

— On a changé d'avis, hein, ma poulette ? fit Daisy,

moqueuse. Landen est quelqu'un de bien. Il vous a attendue presque dix ans, mais maintenant il est amoureux de moi. Si vous avez de la chance, on vous enverra une part de gâteau, et si vous voulez faire un cadeau, la liste de mariage a été déposée à Camp Hopson.

Je ravalai la boule qui m'obstruait la gorge.

— C'est quand, le grand jour ?

— Pour vous ou pour moi ? rit Daisy. Pour vous, qui sait ? Quant à moi, Landy chéri et moi allons devenir Mr. et Mrs. Parke-Laine samedi en quinze.

— Laissez-moi lui parler, réclamai-je en élevant la voix.

— Je lui dirai *peut-être* que vous avez appelé quand il se réveillera.

— Vous voulez quoi, que je vienne cogner à la porte ? Ma voix monta encore d'une octave ; en face, Bowden me regarda en haussant un sourcil.

— Dites donc, espèce de petite conne, siffla Daisy tout bas, pour ne pas être entendue de Landen. Vous auriez pu vous marier avec Landen, mais vous avez tout foiré. C'est fini. Trouvez-vous un LittéraTec ou un autre bouffon du même genre ; d'après ce que j'ai pu voir, tous les OpSpecs ont une case en moins.

— Ecoutez-moi, vous…

— Non, cracha Daisy. C'est vous qui allez m'écouter. Si vous tentez quoi que ce soit pour me gâcher mon bonheur, je vous tordrai le cou de mes propres mains !

Elle raccrocha. Je reposai doucement le combiné et pris mon manteau sur le dossier de la chaise.

— Où allez-vous ? demanda Bowden.

— Au stand de tir. Et je risque d'en avoir pour un bon moment.

22

En attendant Hadès

La perte de chaque Felix ravivait chez Hadès la douloureuse blessure causée par la disparition de Felix numéro un. Le coup avait été terrible ; en plus de perdre un ami fidèle et un partenaire dans le crime, il s'était rendu compte que le chagrin ressenti trahissait son ascendance à demi humaine, chose qu'il abhorrait. Sa bonne entente avec le premier Felix n'avait rien de surprenant. Comme Hadès, Felix était un être vil et amoral. Malheureusement pour lui, dépourvu de tout attribut démoniaque, il s'était reçu une balle dans l'estomac le jour où Hadès et lui avaient tenté de cambrioler la Banque de Goliath à Hartlepool en 1975. Felix accepta sa mort avec stoïcisme, pressant son ami d'« achever le travail » avant que Hadès n'abrège discrètement ses souffrances. Par respect pour sa mémoire, il découpa le visage de Felix et l'emporta avec lui en quittant la scène du crime. Dès lors, chacun de ses serviteurs *expropriés* du public jouissait du privilège douteux de porter non seulement le nom du seul véritable ami d'Achéron, mais aussi ses traits.

MILLON DE FLOSS
La vie après la mort de Felix Tabularasa

Bowden passa l'annonce dans le *Swindon Globe*. C'était deux jours avant qu'on se réunisse dans le bureau de Victor pour faire le point.

— On a eu soixante-douze appels, annonça Victor. Tous à propos de lapins, hélas.

— Votre prix n'était pas assez élevé, Bowden, glissai-je malicieusement.

— Je ne connais pas grand-chose en matière de lapins, rétorqua-t-il avec hauteur. Le prix m'avait paru correct.

Victor posa un dossier sur la table.

— La police a fini par identifier le type que vous aviez descendu chez Sturmey Archer. Il n'avait pas d'empreintes digitales et vous aviez raison concernant son visage, Thursday… ce n'était pas le sien.

— Qui est-ce, alors ?

Victor ouvrit le dossier.

— Un comptable de Newbury nommé Adrian Smarts. Il a disparu il y a deux ans. Casier judiciaire vierge, même pas une contravention pour excès de vitesse. C'était un bon citoyen. Père de famille, croyant, très investi dans les œuvres de bienfaisance.

— Hadès a volé sa volonté, marmonnai-je. Les âmes les plus pures sont les plus faciles à souiller. Il ne restait plus grand-chose de Smarts quand nous l'avons abattu. Et le visage ?

— Ils y travaillent toujours. Ça risque d'être plus difficile à identifier. D'après le rapport du légiste, Smarts n'était pas le seul à porter ce visage.

Je tressaillis.

— Qui dit alors qu'il sera le dernier ?

Victor devina mon inquiétude, décrocha son téléphone et appela Hicks. En l'espace de vingt minutes, un commando de OS-14 encerclait l'établissement de pompes funèbres où reposait le corps de Smarts, rendu à sa famille. Trop tard. Le visage que Smarts avait arboré ces deux dernières années avait été volé. Comme de bien entendu, les caméras de surveillance n'avaient rien enregistré d'anormal.

La nouvelle du prochain mariage de Landen m'avait sacrément secouée. J'appris par la suite qu'il avait rencontré Daisy Mutlar lors d'une séance de dédicaces, un an plus tôt. Elle était jolie et charmante, mais un peu trop enrobée à mon goût. Et elle n'avait pas inventé la poudre, du moins c'était ce que je me disais. Landen voulait fonder un foyer, c'était un vœu tout à fait légitime. Histoire de positiver, je commençai même à réagir favorablement aux piètres tentatives de Bowden pour m'inviter à dîner. Nous n'avions pas grand-chose en commun, hormis l'intérêt pour le *véritable* auteur des pièces de Shakespeare. Je le lorgnai par-dessus mon bureau tandis qu'il examinait une signature litigieuse gribouillée sur un bout de papier. Le papier était authentique, l'encre itou. Malheureusement, l'écriture ne l'était pas.

— Allez-y, dis-je, me rappelant notre dernière conversation au cours d'un déjeuner, parlez-moi d'Edward de Vere, le comte d'Oxford.

Bowden prit un air songeur.

— Le comte d'Oxford était un écrivain, ceci est certain. Meres, un critique de l'époque, l'a mentionné dans son *Palladis Tamia* de 1598.

— Aurait-il pu écrire des pièces ?

— Il aurait *pu*, répondit Bowden. L'ennui, c'est que Meres dresse aussi la liste de nombreuses pièces de Shakespeare qu'il attribue justement à Shakespeare. Ce qui rattache Oxford, au même titre que Derby ou Bacon, à l'hypothèse de l'homme de paille, selon laquelle notre Will servait de prête-nom à des génies tombés aujourd'hui aux oubliettes de l'histoire.

— Est-ce difficile à croire ?

— Peut-être pas. La Reine Blanche croyait bien six

choses impossibles avant le petit déjeuner, et ça ne la perturbait pas outre mesure. L'hypothèse de l'homme de paille est plausible, mais il y a d'autres arguments qui plaident en faveur d'Oxford en tant que Shakespeare.

Il y eut une pause. Beaucoup de gens se passionnaient pour l'identité du dramaturge, et nombre d'esprits brillants avaient consacré toute une vie d'études à ce sujet.

— On pense qu'Oxford et un groupe de courtisans ont été recrutés par la cour de la reine Elisabeth pour écrire des pièces favorables au gouvernement. Il semble y avoir des éléments de vérité là-dedans. Oxford a reçu une allocation annuelle de mille livres à cette fin, bien qu'on ignore si c'était pour écrire des pièces ou pour un tout autre projet. Il n'y a pas de preuves *formelles* que ces pièces soient issues de sa plume. Quelques vers semblables à ceux de Shakespeare ont survécu, mais ce n'est pas concluant ; pas plus que le lion qui secoue une lance sur son blason familial[1].

— Et il est mort en 1604, ajoutai-je.

— Eh oui. Cette histoire de prête-nom ne colle décidément pas. Si vous croyez que Shakespeare aurait pu être un noble désireux de garder l'anonymat, à votre place je laisserais tomber. A supposer que ses pièces aient été écrites par un autre, je regarderais plutôt du côté d'un roturier élisabéthain comme lui, un homme d'un intellect, d'une audace et d'un charisme hors du commun.

— Kit Marlowe ?

— Lui-même.

Il y eut un branle-bas de combat au fond de la pièce. Victor raccrocha le téléphone d'un coup sec et nous fit signe d'approcher.

— C'était Maird ; Hadès a repris contact. Il nous convoque d'ici une demi-heure dans le bureau de Hicks.

1. Le nom de Shakespeare se compose du verbe *shake* (secouer) et du nom *spear* (lance). *(N.d.T.)*

23

La remise de rançon

C'était à moi de remettre la rançon. Je n'avais encore jamais eu une mallette avec dix millions de livres sterling entre les mains. Ce jour-là pas plus que les autres jours, d'ailleurs. Jack Maird, dans son outrecuidance, était parti du principe qu'il mettrait la main sur Hadès bien avant que celui-ci ne puisse jeter un œil sur l'argent. Quelle andouille. Le tableau de Gainsborough était à peine sec, et l'English Shakespeare Company avait refusé de marcher dans la combine. Le seul vœu d'Achéron à avoir été exaucé, c'était le changement de nom de la station-service. Désormais, Kington St Michael s'appelait Leigh Delamare.

THURSDAY NEXT
Ma vie chez les OpSpecs

Braxton Hicks nous exposa le plan – la remise de la rançon devait intervenir dans une heure. Ainsi, Jack Maird était sûr qu'aucun d'entre nous n'essayerait de le doubler. L'opération était à cent pour cent menée par Goliath ; Bowden, Victor et moi-même n'étions là que pour rendre l'histoire crédible, au cas où Hadès nous surveillerait. Le rendez-vous était fixé sur un ancien pont de chemin de fer auquel on accédait par la route et par la voie ferrée désaffectée, praticable seulement en 4×4. Toutes les issues étaient contrôlées par les hommes de Goliath. Ils avaient ordre de le laisser entrer, mais pas de le laisser repartir. Ç'avait l'air simple et carré… sur papier.

Le trajet en voiture se déroula sans accroc, sinon que le faux Gainsborough prenait plus de place dans la Speedster que je ne l'aurais cru. Les hommes de Maird étaient bien planqués ; en arrivant à l'endroit désert, Bowden et moi n'aperçûmes pas âme qui vive.

Le pont, quoique hors service, était en bon état. Je me garai un peu à l'écart et parcourus le reste du chemin à pied, seule. C'était une belle journée, sans un bruit alentour. Je regardai par-dessus le parapet, mais ne vis aucune trace de désordre, juste la large tranchée remplie d'agrégat, ondulant légèrement là où les traverses avaient été arrachées dans le temps. De petits arbustes poussaient parmi la caillasse ; près de la voie ferrée se dressait une cabine d'aiguillage abandonnée d'où dépassait le haut d'un périscope. Ça devait être l'un des hommes de Maird. Je consultai ma montre. Il était l'heure.

Le bip-bip étouffé d'une radio sans fil attira mon attention. Penchant la tête, j'essayai de déterminer sa provenance.

— J'entends une radio, dis-je dans mon talkie-walkie.

— Ça ne vient pas de nous, répondit Maird depuis le poste de commandement situé dans une ferme inhabitée à quatre cents mètres de là. Tâchez de la localiser.

La radio emballée dans du plastique était cachée entre les branches d'un arbre de l'autre côté de la route. C'était Hadès, et la réception était mauvaise – on aurait dit qu'il se trouvait à bord d'une voiture.

— Thursday ?

— Je suis là.

— Seule ?

— Oui.

— Comment ça va ? Désolé de ce qui s'est passé, mais vous nous connaissez, nous les psychopathes : on a tendance à s'emballer facilement.

— Mon oncle va bien ?

— Il se porte comme un charme, ma chère. Il s'amuse énormément – quel intellect, mais aussi ce qu'il peut être distrait ! Avec son cerveau et mon énergie, je pourrais régner sur le monde au lieu de recourir à ces banales demandes de rançon.

— Vous n'avez qu'à arrêter tout de suite, répondis-je.

Hadès ne releva pas.

— Ne tentez rien d'héroïque, Thursday. Comme vous avez dû le deviner, je détiens le manuscrit de *Chuzzlewit* et je n'hésiterai pas à y mettre mon grain de sel.

— Où êtes-vous ?

— Taratata, Thursday, vous oubliez à qui vous parlez. Nous discuterons des conditions de la libération de votre oncle sitôt que j'aurai mon argent. Vous verrez sur le parapet un mousqueton fixé à un fil. Placez l'argent et le Gainsborough sur le parapet et attachez-les. Une fois que ce sera fait, je viendrai les récupérer. A la prochaine, Miss Thursday Next !

Je répétai aux autres ce qu'il m'avait dit. On m'enjoignit de suivre ses instructions.

Je déposai la mallette avec l'argent sur le parapet et la reliai au Gainsborough. Retournant à la voiture, je me perchai sur le capot, les yeux rivés sur le butin de Hadès. Dix minutes passèrent, puis une demi-heure. Je demandai conseil à Victor, mais il me dit de ne pas bouger.

Le soleil commençait à taper, et les mouches bourdonnaient gaiement autour des haies. Je sentais une vague odeur de foin fraîchement retourné et entendais le lointain bruit de la circulation. Hadès semblait vouloir nous tester, ce qui n'était pas rare dans la délicate mission d'une remise de rançon. Lors de l'enlèvement, cinq ans plus tôt, du poète écrivain général, l'opération n'avait réussi qu'au bout de la neuvième tentative. Pour finir, le PEG rentra chez lui sain et sauf ; il s'avéra qu'il avait monté le coup lui-même pour relancer les ventes de son autobiographie foireuse.

Comme je m'ennuyais, je marchai jusqu'au parapet malgré l'injonction de Maird de rester à l'écart. Je jouai avec le mousqueton et suivis distraitement le câble à résistance élevée dissimulé dans la maçonnerie. Il se perdait dans la terre meuble à la base du parapet. Je tirai dessus et découvris qu'il était relié à une corde élastique, lovée comme un serpent sous l'herbe sèche. Intriguée, je vis que l'élastique était raccordé à un autre câble torsadé. Soigneusement scotché à un poteau télégraphique, il formait une double boucle à cinq mètres du sol, dont l'autre extrémité était fixée au poteau d'en face. Je fronçai les sourcils. Le sourd vrombissement d'un moteur me fit tourner la tête. Je ne voyais rien, mais indéniablement, le bruit arrivait dans ma direction, et à grande vitesse. Je scrutai la tranchée de l'ancien chemin de fer, m'attendant à apercevoir un 4×4, en vain. Le vacarme s'accrut de manière spectaculaire, et un petit aéroplane émergea de derrière un talus ; à l'évidence, il volait à basse altitude pour éviter d'être repéré.

— Un avion ! criai-je dans le talkie-walkie. Ils ont un avion !

Aussitôt, la fusillade éclata. Impossible de dire qui avait commencé, ni même d'où cela provenait, mais en une fraction de seconde, le crépitement désordonné d'armes légères déchira le silence de la nature. Je plongeai instinctivement tandis que plusieurs rafales éraflaient le parapet, faisant gicler la poussière de brique rouge. Sortant mon automatique, j'enlevai la sécurité alors que l'appareil survolait le pont. C'était un de ces avions d'observation qu'on utilisait en Crimée pour détecter l'artillerie ennemie ; la porte latérale avait été retirée et, assis à moitié dehors, avec un pied sur l'aile, il y avait Achéron. Armé d'une mitraillette, il tirait joyeusement sur tout ce qu'il voyait. Il arrosa la cabine d'aiguillage délabrée, et les hommes de Goliath ripostèrent avec un enthousiasme égal ; je remarquai plusieurs trous dans le fuselage. Dans son sillage, l'avion traînait un grappin. Au passage, le crochet intercepta le fil tendu entre les poteaux télégraphiques et emporta le tableau et la mallette, la corde élastique amortissant le choc initial. Je bondis et tirai sur l'avion qui s'éloignait, mais il vira abruptement sur l'aile et disparut derrière le talus, avec sa prise se balançant dangereusement au bout de la corde. Il n'y avait pas une minute à perdre ; c'était peut-être notre dernière chance de pincer Hadès. Je me précipitai à la voiture et reculai dans une pluie de terre et de gravier. Bowden, se cramponnant farouchement, attrapa sa ceinture de sécurité.

Mais l'avion n'en avait pas tout à fait fini avec nous. Il piqua du nez pour accroître sa vitesse relative et exécuta un virage quasi vertical sur l'aile gauche, raclant la cime d'un grand hêtre, pendant que le pilote faisait demi-tour pour revenir vers nous. Une Studebaker remplie d'hommes de Goliath s'était lancée à sa poursuite ; elle dut freiner brutalement quand l'appareil glissa dans leur direction. Le pilote poussa le manche à balai vers la gauche pour offrir à Achéron un meilleur angle de tir. Transformée en passoire, la voiture noire bascula dans le ravin. J'écrasai le frein car une autre Studebaker venait de surgir devant moi. Mitraillée par Achéron, elle alla s'encastrer dans un muret à proximité du pont. L'avion me survola, tellement bas que le Gainsborough rebondit sur le capot de ma voiture. La sulfateuse continuait à cracher le feu, mais les hommes de Maird ne ripostaient plus que de manière sporadique.

J'appuyai sur le champignon, dépassai les deux voitures déchiquetées et m'engageai sur le pont. La chaussée formait une ligne droite, et l'avion de Hadès peinait face à un vent contraire ; avec un peu de chance, nous allions les rattraper. Au bout de la ligne droite, il y avait une fourche et un champ clos avec un portail. L'avion poursuivit sa route tout droit. Bowden me regarda nerveusement.

— Où va-t-on ? cria-t-il.

En guise de réponse, je sortis mon automatique et tirai sur le portail. Les deux premières balles manquèrent leur cible, mais les trois suivantes firent mouche. Les gonds volèrent en éclats ; le portail s'écroula, et je fonçai dans le champ qui se trouvait peuplé d'un troupeau de vaches médusées. L'avion continuait d'avancer cahin-caha ; la distance qui nous séparait ne diminuait pas, mais au moins nous ne le perdions pas de vue.

— A la poursuite de suspects dans un avion qui se dirige… euh, vers l'est, je crois, hurla Bowden dans la radio.

Un avion, aucun d'entre nous n'avait songé à ça. Il y avait bien un dirigeable de la police dans les parages, mais il était trop lent pour intercepter les fuyards.

Nous descendîmes une pente douce, zigzaguant parmi les génisses. A l'autre bout du champ, un fermier en Land-Rover était en train de refermer le portail. L'apparition d'une voiture de sport toute crottée le rendit perplexe, mais il rouvrit néanmoins les battants. Je donnai un brusque coup de volant à droite et dérapai de travers jusqu'à la chaussée avec une roue dans le fossé, avant de redresser la voiture et d'accélérer rapidement dans la bonne direction. Le virage suivant nous conduisit dans une ferme ; les poulets affolés jaillirent dans tous les sens pendant que nous cherchions la sortie. L'avion était toujours visible, mais tous ces détours n'allaient pas arranger notre affaire.

— La ferme de Hollycroft ! annonça Bowden dans la radio, histoire d'informer quiconque s'y intéressait de notre progression.

De la cour de ferme, je réussis à passer dans un verger en franchissant une clôture de barbelés qui grava cinq profondes entailles dans la carrosserie. Nous roulâmes plus vite sur l'herbe, cahotant dans les ornières durcies, vestiges de l'hiver précédent. A deux reprises, le châssis racla le sol, mais au moins nous avancions. Lorsque nous nous retrouvâmes à la verticale de l'avion, il vira subitement à gauche. Je fis de même et bifurquai dans un chemin forestier. Nous apercevions l'appareil à travers le feuillage qui bruissait au-dessus de nos têtes.

— Thursday ! cria Bowden pour couvrir le vacarme pétaradant du moteur.

— Quoi ?

— La route.

— La route ?

— La route.

Nous atterrîmes sur la chaussée bombée ; la voiture s'envola et retomba légèrement de guingois dans les ronces. Le moteur cala, mais je redémarrai aussitôt. Nous émergeâmes de la forêt ; l'avion n'était qu'à une centaine de mètres devant nous. J'enfonçai la pédale de l'accélérateur, et la voiture bondit en avant. Nous coupâmes à travers un autre champ, tressautant dans l'herbe, prenant de vitesse l'appareil qui continuait à lutter contre le vent.

— Thursday !

— Quoi encore ?

— On arrive au fleuve !

Il avait raison. Face à nous, à huit cents mètres à peine, la large étendue de la Severn nous barrait la route. Achéron avait mis le cap sur le pays de Galles, et nous n'y pouvions pas grand-chose.

— Tenez le volant ! glapis-je alors que l'appareil était en train de nous survoler.

Bowden lorgna avec appréhension la berge qui se rapprochait. Nous roulions à près de cent dix à l'heure dans une prairie ; encore un peu, et nous allions franchir le point de non-retour. Je visai soigneusement, tenant l'automatique à deux mains, et fis feu sur l'avion. Il vacilla et vira abruptement sur l'aile. Un instant, je crus avoir touché le pilote, mais l'appareil changea prestement de cap ; il avait juste piqué pour gagner de la vitesse.

Je lâchai un juron, freinai et tournai le volant à fond. La voiture dérapa et se déporta à travers une nouvelle clôture, avant de glisser le long de la berge et de s'immobiliser avec une roue dans l'eau. Je bondis dehors et vidai mon chargeur en direction de l'avion qui s'éloignait, m'attendant presque à voir Achéron faire demi-tour et foncer sur nous en rase-mottes, mais il n'en fit rien. L'avion avec Hadès, un faux Gainsborough et dix millions de livres sterling en coupures bidon, s'enfonçait en bourdonnant dans l'azur.

Nous inspectâmes la voiture endommagée.

— Elle est bonne pour la casse, marmonna Bowden après avoir signalé notre position par radio une dernière fois. Hadès ne va pas mettre longtemps à s'apercevoir que l'argent que nous lui avons remis n'est pas de la meilleure qualité.

Je fixai l'avion qui n'était plus qu'un point à l'horizon.

— Il se dirige vers la République ? hasarda Bowden.

— Possible.

Comment ferions-nous pour l'épingler si jamais il se réfugiait au pays de Galles ? Les accords d'extradition existaient, certes, mais les relations anglo-galloises n'étaient pas au beau fixe, et le Politburo avait tendance à considérer tout ennemi de l'Angleterre comme un ami.

— Et maintenant ? demanda Bowden.

— Je ne sais pas trop, répondis-je lentement. Mais si vous n'avez pas encore lu *Martin Chuzzlewit*, je vous conseille de vous y mettre sans plus tarder. Quand Achéron va découvrir qu'on l'a mené en bateau, Martin sera le premier à passer à la casserole.

L'avion de Hadès disparut au loin. Seul le doux clapotis de l'eau troublait le silence. Je m'étendis sur l'herbe et fermai les yeux pour savourer ces quelques instants de paix avant de replonger dans le tourbillon Goliath, Hadès, *Chuzzlewit* et tutti quanti. Ce fut un moment d'accalmie – l'œil du cyclone. Mais ce n'était pas à eux que je pensais. Je pensais à Daisy Mutlar. La nouvelle de son prochain mariage avec Landen était à la fois inattendue et prévisible. Il aurait pu m'en parler, bien sûr ; d'un autre côté, après dix ans d'absence, il n'était pas obligé de le faire. Je me surpris à me demander quel effet ça ferait d'avoir des enfants, puis quel effet ça ferait de ne jamais savoir ce que c'est.

Bowden me rejoignit dans l'herbe. Otant une chaussure, il vida les gravillons qui s'étaient glissés à l'intérieur.

— Ce poste dans l'Ohio dont je vous ai parlé, vous vous rappelez ?

— Oui ?

— La nomination a été confirmée ce matin.

— Super ! Vous commencez quand ?

Il baissa les yeux.

— Je n'ai pas encore donné mon accord.

— Et pourquoi ?

— Vous êtes déjà... hum, allée dans l'Ohio ? s'enquit-il innocemment.

— Non, mais je suis allée plusieurs fois à New York.

— C'est très beau, paraît-il.

— Comme beaucoup d'endroits en Amérique.

— On m'offre le double du salaire de Victor.

— C'est une bonne affaire.

— Et on m'a dit que je pouvais amener quelqu'un.

— A qui pensez-vous ?

— A vous.

Je le regardai ; l'espoir fervent qui se lisait sur sa figure se passait de mots. Je n'avais jamais envisagé une collaboration permanente avec lui. Ça devait être un peu comme travailler avec Boswell : un bourreau de travail qui attendait la même chose de ses subordonnés.

— C'est très généreux de votre part, Bowden.

— Vous y réfléchirez, alors ?

Je haussai les épaules.

— J'ai du mal à penser à autre chose que Hadès. Après une journée passée en sa compagnie, j'espérais qu'il me laisserait tranquille la nuit, mais il me nargue jusque dans mes rêves.

Bowden ne faisait pas les mêmes rêves ; il faut dire qu'il n'avait pas pratiqué Hadès autant que moi. Nous nous tûmes et gardâmes le silence pendant près d'une heure, à contempler le cours indolent du fleuve, jusqu'à l'arrivée de la dépanneuse.

Allongée dans l'énorme baignoire métallique de ma mère, j'avalai une rasade de gin tonic que j'avais embarqué en douce dans la salle de bains. Le garagiste eût été plus heureux d'envoyer la Speedster directement à la casse, mais je lui dis de la remettre en état *coûte que coûte*, vu qu'elle avait une mission importante à accomplir. Alors que je commençais à somnoler dans l'eau tiède parfumée à l'essence de pin, on frappa à la porte. C'était Landen.

— Bon sang, Landen, on ne peut pas prendre un bain tranquille ?

— Excuse-moi, Thurs.

— Qui t'a ouvert ?

— Ta mère.

— Tiens donc. Qu'est-ce que tu veux ?

— Je peux entrer ?

— Non.

— Tu as parlé à Daisy.

— Oui. C'est vrai que tu vas l'épouser, cette dinde ?

— Je comprends ta colère, Thursday. Je n'avais pas envie que tu l'apprennes de cette façon-là. J'allais te l'annoncer moi-même, mais tu es partie comme une furie la dernière fois qu'on s'est vus.

Il y eut un silence gêné. Je fixais les robinets.

— Je ne rajeunis pas, dit Landen finalement. Je vais avoir quarante et un ans en juin prochain, et j'aimerais fonder une famille.

— Avec Daisy ?

— C'est une fille formidable, Thursday. Bien sûr, elle n'est pas toi, mais c'est une fille formidable, très…

— Fiable ?

— Solide, je suppose. Pas très excitante, mais *digne de confiance*.

— Tu l'aimes ?

— Bien sûr.

— Alors, le chapitre est clos. Qu'est-ce que tu veux de moi ?

Landen hésita.

— C'était juste pour savoir si j'avais pris la bonne décision.

— Tu dis que tu l'aimes.

— C'est exact.

— Et elle te donnera les enfants que tu désires.

— Ça aussi.

— Donc tu devrais l'épouser.

Il y eut une brève pause.

— Ça ne t'ennuie pas ?

— Tu n'as pas besoin de ma permission.

— Ce n'est pas ce que j'ai voulu dire. Je voulais juste te demander si tu penses que tout ça aurait pu se terminer autrement.

Je me couvris le visage avec une lavette et gémis silencieusement. Le moment était très mal choisi pour me poser ce genre de question.

— Non, Landen, *il faut* que tu l'épouses. Tu t'es engagé et puis…

Je réfléchissais fébrilement.

— J'ai un boulot dans l'Ohio.

— L'Ohio ?

— Un poste de LittéraTec. C'est un collègue de travail qui me l'a proposé.

— Qui ça ?

— Il s'appelle Cable. Un garçon formidable, lui aussi.

Landen capitula. Il me remercia avec un soupir et promit de m'envoyer une invitation. Il partit discrètement ; lorsque je descendis dix minutes plus tard, ma mère affichait un air éploré, regrettant manifestement de ne pas l'avoir pour gendre.

24

Martin Chuzzlewit bénéficie d'un sursis

Mon intérêt dans le travail que j'ai accompli durant ces quarante et quelques années a porté principalement sur l'élasticité des corps. On a tout de suite tendance à penser à des matières comme le caoutchouc, or pratiquement tout et n'importe quoi est pliable et étirable. Y compris l'espace et le temps, la distance et la réalité...

PR MYCROFT NEXT

— Crofty !

— Polly !

Ils se retrouvèrent au bord du lac, près des jonquilles qui se balançaient doucement dans la brise tiède. Le soleil tissait une dentelle de lumière sur la rive herbeuse. Une fraîche odeur de printemps baignait la terre, faisant naître un sentiment de calme et de sérénité qui émoussait les sens et apaisait l'âme. Un peu plus loin, assis sur une pierre, un vieillard vêtu d'une cape noire lançait paresseusement des cailloux dans l'eau cristalline. A vrai dire, tout aurait été parfait sans la présence de Felix8 qui, planté au milieu des jonquilles, le visage incomplètement cicatrisé, gardait le couple à l'œil. Anxieux de s'assurer la pleine participation de Mycroft,

Achéron lui avait permis d'entrer dans « J'allais solitaire ainsi qu'un nuage » pour rendre visite à sa femme.

— Tu vas bien, mon amour ? demanda Mycroft.

Elle désigna subrepticement la silhouette en noir.

— Moi, oui, mais notre Mr. W. là-bas a l'air de se croire totalement irrésistible. Il m'a proposé de l'accompagner dans certaines de ses œuvres inédites. Quelques phrases fleuries, et il se figure que je suis à lui.

— Le goujat ! s'exclama Mycroft en se levant. Et si j'allais lui mettre une paire de claques ?

Le tirant par la manche, Polly le fit rasseoir. L'idée de son septuagénaire de mari se colletant avec Wordsworth à cause d'elle l'emplissait d'excitation... attendez un peu qu'elle raconte ça à une réunion de la Fédération des Femmes !

— Non, mais, franchement ! dit Mycroft. Quels coureurs, ces poètes.

Il marqua une pause.

— Tu as dit non, évidemment ?

— Bien sûr, voyons.

Elle le gratifia de son sourire le plus enjôleur, mais déjà il reprenait :

— Ne quitte pas « Les Jonquilles », sinon je ne saurai pas où te trouver.

Il lui prit la main et, ensemble, ils contemplèrent le lac. Il n'y avait pas de rive opposée, et les galets que Wordsworth jetait dans l'eau ressortaient au bout d'un moment pour retomber sur la grève. Autrement, le paysage était tout ce qu'il y avait de plus réel.

— J'ai fait une bêtise, annonça Mycroft à brûle-pourpoint, baissant les yeux et lissant l'herbe tendre avec la paume de sa main.

— Quelle sorte de bêtise ? demanda Polly, consciente de la précarité de la situation.

— J'ai brûlé le manuscrit de *Chuzzlewit*.

— Tu as *quoi* ?

— J'ai dit...

— J'ai entendu. Un manuscrit original de cet ordre-là n'a pas de valeur. Qu'est-ce qui t'a pris de faire une chose pareille ?

Mycroft soupira. Cet acte, il ne l'avait pas accompli de gaieté de cœur.

— Sans l'original, expliqua-t-il, il est impossible de causer de gros dégâts à l'œuvre. Je te l'ai dit, ce détraqué a fait enlever Mr. Quaverley et l'a éliminé. Et il n'allait pas en rester là. Qui serait le prochain ? Mrs. Gamp ? Mr. Pecksniff ? Martin Chuzzlewit lui-même ? Je considère plutôt que j'ai rendu un service à l'humanité.

— Et la destruction du manuscrit va empêcher cela, n'est-ce pas ?

— Tout à fait. Pas d'original, pas de dégâts massifs.

Elle se cramponna à sa main tandis qu'une ombre tombait sur eux deux.

— C'est l'heure, lâcha Felix8.

J'avais à la fois tort *et* raison en imaginant la réaction d'Achéron. Ainsi que je l'appris plus tard par Mycroft, Hadès avait été fou de rage en découvrant qu'on ne l'avait pas pris au sérieux. En même temps, le geste de Mycroft – à savoir l'anéantissement de *Chuzzlewit* – l'avait simplement fait rire. Lui qui n'avait guère l'habitude de se faire doubler trouvait l'expérience amusante. Aussi, au lieu de le mettre en pièces comme Mycroft s'y était attendu, il se contenta de lui serrer la main.

— Félicitations, Mr. Next, dit-il en souriant. C'était un acte courageux et astucieux. Courageux, astucieux, mais malheureusement inutile. Je n'ai pas choisi *Chuzzlewit* par hasard, vous savez.

— Ah oui ? rétorqua Mycroft.

— J'ai dû étudier ce roman pour le brevet d'études et j'en suis arrivé à haïr cette espèce de petit fat merdeux. Toujours en train de moraliser, de la ramener avec son altruisme. Je trouve *Chuzzlewit* à peine moins assommant que *Notre ami commun*. Même s'ils avaient versé la rançon, je l'aurais tué quand même, et avec un immense plaisir.

Il s'interrompit et sourit à Mycroft.

— Votre intervention a permis à Martin Chuzzlewit de poursuivre ses aventures. La pension Todger ne sera pas incendiée, et ils pourront continuer à vivre leur petite vie étriquée en toute tranquillité.

— J'en suis heureux, répondit Mycroft.

— Faites-moi grâce de vos sentiments, Mr. Next, je n'ai pas fini. Eu égard à vos activités, je vais être obligé de chercher une autre solution. Une œuvre qui, contrairement à *Chuzzlewit*, possède d'authentiques qualités littéraires.

— Pas *Les Grandes Espérances* ?

Achéron le regarda avec commisération.

— Nous n'en sommes plus à Dickens, Mr. Next. J'aurais bien aimé me rendre dans *Hamlet* pour étrangler ce lugubre Danois, ou faire un saut dans *Roméo et Juliette* pour zigouiller ce benêt de Roméo…

Il poussa un soupir.

— Hélas, aucun des originaux shakespeariens n'a survécu.

Il réfléchit un moment.

— Peut-être qu'un élagage dans la famille Bennett…

— *Orgueil et préjugés* ? s'écria Mycroft. Espèce de monstre sans cœur !

— Flatteur, va. *Orgueil et préjugés* sans Elizabeth ou Darcy serait un peu bancal, non ? Laissons Austen de côté. Et pourquoi pas Trollope ? Une bombe artisanale bien placée pourrait mettre une sacrée ambiance à Barchester. Je suis sûr que la disparition de Mr. Crawley ferait voler quelques plumes. Alors vous voyez, mon cher Mycroft, en sauvant Mr. Chuzzlewit vous avez commis une grosse, grosse bêtise.

Il sourit à nouveau et s'adressa à Felix8.

— Mon ami, si vous nous faisiez quelques recherches

sur les manuscrits originaux existants et leurs lieux de conservation ?

Felix8 le considéra avec froideur.

— Je ne suis pas un clerc, monsieur. A mon avis, Mr. Hobbes est beaucoup mieux placé pour s'acquitter de cette tâche.

Achéron fronça les sourcils. De tous les Felix, seul Felix3 lui avait jamais tenu tête. Lequel Felix3 avait été liquidé suite à une prestation décevante lorsqu'il avait hésité au cours d'un cambriolage. C'était la faute d'Achéron ; il avait voulu le doter d'une plus forte personnalité au prix d'une pincée de sens moral. Depuis, il se limitait à faire des Felix ses loyaux serviteurs, rien de plus. Pour lui tenir compagnie, il avait Hobbes et le Dr Müller.

— Hobbes ! cria Hadès à tue-tête.

L'acteur au chômage surgit des cuisines avec une grande cuillère en bois à la main.

— Oui, sire ?

Achéron lui répéta son ordre ; Hobbes salua et se retira.

— Felix8 ?

— Monsieur ?

— Si ce n'est point trop vous demander, enfermez Mycroft dans sa chambre. Je doute qu'on ait besoin de lui dans les deux semaines à venir. Laissez-le deux jours sans eau et cinq jours sans nourriture. Avec ça, je pense qu'il sera suffisamment puni pour s'être débarrassé du manuscrit.

Hochant la tête, Felix8 escorta Mycroft dans le hall de l'hôtel, puis dans le grand escalier de marbre. Ils étaient seuls dans le bâtiment délabré ; l'imposante porte d'entrée était verrouillée et fermée à clé.

Mycroft s'arrêta devant la fenêtre et regarda dehors. Il s'était rendu une fois dans la capitale galloise sur une invitation de la République pour faire une conférence sur la synthèse du pétrole à partir du charbon. Il avait logé dans ce même hôtel, avait rencontré toutes les personnalités et s'était même vu accorder, chose rare, une audience avec le très vénéré Brawd Ulyanov, le chef octogénaire de la République galloise moderne. C'était il y avait presque trente ans, mais la ville située dans une dépression avait très peu changé. Le paysage était toujours dominé par l'industrie lourde, et l'odeur des usines sidérurgiques imprégnait l'atmosphère. Bien que nombre de mines eussent fermé récemment, les machines d'extraction n'avaient pas bougé et ponctuaient le ciel comme des sentinelles, dressant leurs flèches sombres au-dessus des toits d'ardoise trapus. Du haut de Morlais Hill, la statue en calcaire massif de John Frost contemplait la République qu'il avait fondée ; il avait été question de déplacer la capitale du sud industrialisé, mais entre autres choses, Merthyr était aussi un centre spirituel.

Ils se remirent en chemin et arrivèrent à la cellule de Mycroft, une pièce aveugle dont le mobilier se réduisait au strict minimum. Une fois enfermé à l'intérieur, Mycroft songea à son principal sujet de préoccupation : Polly. Il la savait coquette, et les attentions continuelles de Mr. Wordsworth le plongeaient dans les affres de la jalousie.

25

Du temps pour la contemplation

Je ne pensais pas que *Chuzzlewit* était un roman populaire, et j'avais tort. Aucun d'entre nous n'avait soupçonné le tollé que l'assassinat allait déclencher dans le public et les médias. L'autopsie de Mr. Quaverley a fait l'objet d'un classement dans les Archives nationales ; 150 000 fans de Dickens venus des quatre coins du globe ont assisté à ses obsèques. Braxton Hicks nous a dit de ne pas parler du rôle joué par les LittéraTecs, mais, très vite, il y a eu des fuites.

BOWDEN CABLE,
interviewé par La Chouette

Le commissaire Braxton Hicks jeta le journal sur le bureau devant nous. Puis il arpenta la pièce et enfin s'effondra lourdement dans son fauteuil.

— Je veux savoir qui a informé la presse, déclara-t-il.

Jack Maird, adossé au chambranle de la fenêtre, nous observait en fumant une petite cigarette turque à l'odeur pestilentielle. Le gros titre était sans équivoque :

LE MORT DE CHUZZLEWIT : UNE BAVURE DES OPSPECS

Il était spécifié notamment que, selon des « sources anonymes » au sein des OpSpecs de Swindon, une remise de rançon ratée était à l'origine de la mort de Quaverley. L'histoire ne tenait pas debout, mais sur le fond, ils avaient raison. Soumis à une pression considérable, Hicks avait dû dépasser – au-delà de tout entendement – son précieux budget pour tenter de démasquer Hadès. L'avion espion qu'on avait poursuivi, Bowden et moi, avait été retrouvé, épave calcinée, dans un champ du côté anglais de Hay-on-Wye. La mallette remplie de faux billets était là aussi, de même que le prétendu Gainsborough. Pas une seconde Achéron ne s'était laissé prendre au piège. Nous étions tous convaincus qu'il était au pays de Galles, mais même l'intervention politique au plus haut niveau s'était heurtée à un mur : le ministre de l'Intérieur gallois avait juré que jamais ils n'hébergeraient de leur plein gré un criminel de cette envergure. En l'absence de toute juridiction du côté gallois de la frontière, les recherches s'étaient axées sur nos régions frontalières – sans aucun succès.

— Si la presse l'a su, ça ne vient pas de nous, dit Victor. Nous n'avons rien à gagner d'une couverture médiatique, au contraire.

Il jeta un coup d'œil en direction de Jack Maird qui haussa les épaules.

— Ce n'est pas la peine de me regarder, fit-il d'un ton dégagé. Je ne suis qu'un observateur envoyé par Goliath.

Se levant, Braxton se remit à faire les cent pas. Bowden, Victor et moi le suivions des yeux en silence. Nous le plaignions ; il n'était pas méchant, il était juste faible. Toute cette affaire était un calice empoisonné[1] ; s'il ne se faisait pas débarquer par son supérieur hiérarchique, nul doute que Goliath allait s'en charger.

— Quelqu'un a une idée ?

Nous le regardâmes. Des idées, nous en avions, mais pas question de les formuler devant Maird ; depuis qu'il

1. Allusion à *Macbeth*, acte I, scène 7. *(N.d.T.)*

s'était montré prêt à nous sacrifier l'autre soir chez Archer, nous n'étions pas disposés à consacrer une minute de notre temps à Goliath.

— A-t-on retrouvé Mrs. Delamare ?

— Absolument, répondis-je. Elle était ravie d'apprendre qu'une station-service portait désormais son nom. Voilà cinq ans qu'elle n'a pas vu son fils, mais son domicile a été placé sous surveillance, au cas où il reprendrait contact.

— Bien, murmura Braxton. Quoi d'autre ?

Victor prit la parole.

— Nous pensons que Felix7 a été remplacé. Un jeune homme nommé Danny Chance a disparu à Reading ; son visage a été retrouvé dans une poubelle au troisième étage d'un parking. Nous avons distribué les photos de Felix7 prises à la morgue ; elles devraient correspondre au nouveau Felix.

— Archer n'a rien dit d'autre que « Felix7 » avant de mourir, vous en êtes sûrs ? demanda Hicks.

— Affirmatif, assura Bowden avec la conviction du parfait menteur.

Nous regagnâmes le bureau des LittéraTecs, le cœur en berne. La destitution de Braxton risquait de provoquer de dangereux remous dans le service, or moi je devais penser à Mycroft et Polly. Victor suspendit son pardessus et interpella Finisterre pour savoir s'il y avait du nouveau. Finisterre leva les yeux d'un exemplaire tout écorné de *Chuzzlewit*. Lui, Bailey et Herr Bight se relayaient vingt-quatre heures sur vingt-quatre pour le relire depuis l'évasion d'Achéron. Apparemment, rien n'avait bougé. C'était un peu déroutant. Les frères Forty travaillaient sur la seule information que Goliath ou OS-5 ne possédaient pas. Avant d'expirer, Sturmey Archer avait fait allusion à un certain Dr Müller ; une recherche minutieuse avait été lancée à travers les bases de données de la police et des OpSpecs.

— Alors, Jeff ? demanda Victor en retroussant ses manches.

Jeff toussota.

— Il n'y a aucun Dr Müller fiché en Angleterre ou sur le continent, que ce soit en médecine ou en philosophie...

— Donc, c'est un faux nom.

— ... parmi les *vivants*, sourit Jeff. Toutefois, il y a eu un Dr Müller qui exerçait entre autres à la prison de Parkhurst en 1972.

— Je vous écoute.

— C'était au moment où Delamare a été bouclé pour escroquerie.

— De mieux en mieux.

— Et Delamare avait un compagnon de cellule nommé Felix Tabularasa.

— On a le visage qui va avec, murmura Bowden.

— Exact. Le Dr Müller faisait déjà l'objet d'une enquête judiciaire pour avoir vendu des reins de donneurs. Il s'est suicidé en 74 peu de temps avant l'audience. Il a nagé dans la mer après avoir laissé un billet. Le corps n'a jamais été retrouvé.

Victor se frotta les mains avec délectation.

— On dirait une mort bidon. Et comment fait-on pour traquer un défunt ?

Jeff brandit un fax.

— J'ai dû faire jouer toutes mes relations au sein du Conseil de l'ordre des médecins. Ils n'aiment pas divulguer les renseignements personnels, que l'intéressé soit vivant ou mort, mais toujours est-il que j'ai obtenu ceci.

Victor prit le fax et lut les informations pertinentes tout haut.

— Theodore Müller. Diplômé de physique avant d'avoir embrassé une carrière médicale. Rayé de l'ordre en 1974 pour faute professionnelle grave. Belle voix de ténor, un bon Hamlet à Cambridge, Frère du Très Honorable Ordre du Wombat, amateur de trains et membre fondateur des Transterrestres.

— Hmm, marmonnai-je. Il y a des chances qu'il continue à s'adonner à ses anciennes passions, même s'il vit maintenant sous un nom d'emprunt.

— Et que suggérez-vous ? s'enquit Victor. Attendre la prochaine exhibition d'un train à vapeur ? Il paraît que le Col-Vert doit défendre son record de vitesse dans un mois.

— C'est trop long.

— Les Wombats ne dévoilent *jamais* l'identité de leurs membres, observa Bowden.

Victor hocha la tête.

— Eh bien, voilà qui règle le problème.

— Pas tout à fait, dis-je lentement.

— Allez-y.

— Je pensais davantage à infiltrer la prochaine réunion des Transterrestres.

— Les Transterrestres ? fit Victor sans cacher son incrédulité. Vous n'y songez pas, Thursday. Une bande d'allumés se livrant à des rituels loufoques sur des collines désertes ? Savez-vous par quoi il faut passer pour être admis dans leur cénacle ?

Je souris.

— C'est réservé à des professionnels respectables et distingués d'âge mûr.

Victor nous regarda tour à tour, Bowden et moi.

— Votre tête ne me dit rien qui vaille.

Bowden s'empressa d'aller chercher un exemplaire de *L'Almanach de l'Astronome*.

— Bingo. C'est écrit là qu'ils se retrouvent après-demain à Liddington Hill à deux heures de l'après-midi. Ça nous laisse cinquante-deux heures pour nous préparer.

— Pas question, décréta Victor, indigné. Il n'est pas question, je répète, et je ne le dirai pas deux fois, que j'aille jouer les Transterrestres, me suis-je bien fait comprendre ?

26

Les Transterrestres

La taille d'un astéroïde varie entre un poing d'homme et une montagne. Ce sont les débris du système solaire, les gravats qui restent après le départ des ouvriers. La plupart des astéroïdes occupent aujourd'hui un espace entre Mars et Jupiter. Ils se comptent par millions ; cependant, leur masse combinée n'est qu'une fraction de celle de la Terre. De temps à autre, l'orbite d'un astéroïde croise celle de notre planète. Ce sont les *Transterrestres*. Pour la Société des Transterrestres, l'arrivée d'un astéroïde est comme le retour d'un orphelin égaré, d'un fils prodigue. C'est un événement de taille.

S.A. ORBITER
Les Transterrestres

Liddington Hill surplombe l'aérodrome de Wroughton, jadis exploité par la RAF, puis, plus tard, par la Luftwaffe. La colline abrite également une place forte de l'âge de fer, une de celles qui encerclent les dunes de Marlborough et Lambourn. Toutefois, ce n'était pas le caractère historique du site qui avait attiré les Transterrestres. Ils s'étaient réunis dans presque tous les pays du globe, suivant les prédictions propres à leur corporation d'une manière apparemment aléatoire. Le schéma était toujours le même : choisir un lieu, négocier avec le propriétaire pour s'assurer l'exclusivité et s'y installer un mois à l'avance ; les services de sécurité locaux ou les plus jeunes membres du groupe étaient chargés d'empêcher toute tentative d'intrusion. C'était sans doute la raison pour laquelle ces astronomes militants avaient su rester très discrets sur leurs activités. Cela semblait être une cachette idéale pour le Dr Müller, cofondateur de la société avec Samuel Orbiter, un astronome qui s'était fait connaître par le biais de la télévision dans les années cinquante.

Victor gara sa voiture et s'approcha nonchalamment de deux gorilles qui se tenaient à côté d'une Land-Rover. Il jeta un coup d'œil à droite et à gauche. Tous les trois cents mètres, des gardes armés avec chiens et talkies-walkies surveillaient les accès pour filtrer les visiteurs. Il n'y avait pas moyen d'entrer sans se faire remarquer. Mais la meilleure façon de pénétrer quelque part où l'on n'avait pas le droit d'aller, c'était encore de passer par la grande porte, la tête haute comme si on était chez soi.

— Bonjour, lança Victor sans s'arrêter.

L'un des gorilles se plaça sur son chemin et posa une énorme paluche sur son épaule.

— Bonjour, monsieur. Belle journée, n'est-ce pas ? Puis-je voir votre carte de membre ?

— Bien sûr.

Victor fouilla dans sa poche et exhiba la carte glissée sous la fenêtre plastique usée de son portefeuille. Si jamais l'un des hommes la sortait et s'apercevait que c'était une photocopie, tout serait perdu.

— C'est la première fois que je vous vois par ici, fit le garde, soupçonneux.

— En effet, répondit Victor posément. Comme vous pouvez le constater d'après ma carte, j'appartiens à la nébuleuse spirale de Berwick-sur-Tweed.

L'homme passa le portefeuille à son camarade.

— On a déjà eu des problèmes d'infiltration, n'est-ce pas, Mr. Europe ?

L'autre grogna et rendit le portefeuille à Victor.

— Votre nom ? demanda son interlocuteur en s'emparant d'un clipboard.

— Je ne dois pas être sur la liste, dit Victor lentement. Les choses se sont décidées à la dernière minute. J'ai appelé le Dr Müller hier soir.

— Le Dr Müller ? Connais pas.

L'homme aspira l'air entre ses dents et plissa les yeux.

— Mais si vous êtes un Transterrestre, vous n'aurez pas de mal à me dire quelle planète a la plus haute densité.

Victor les regarda l'un et l'autre et rit. Ils rirent aussi.

— Evidemment.

Il fit un pas en avant. Les deux hommes perdirent leur sourire, et l'un d'eux leva une main massive pour l'arrêter.

— Alors ?

— C'est ridicule, à la fin ! s'emporta Victor. Depuis trente ans que je fais partie des Transterrestres, on ne m'a encore jamais traité de la sorte.

— Nous n'aimons pas les infiltrateurs, dit le premier homme. Ils cherchent à nuire à notre réputation. Vous voulez savoir ce qu'on fait aux membres bidon ? Bon, alors laquelle des planètes a la plus haute densité ?

Victor contempla les deux gorilles plantés face à lui d'un air menaçant.

— C'est la Terre. Et la plus basse, c'est Pluton. Ça vous va ?

Mais les deux vigiles n'étaient toujours pas convaincus.

— C'est enfantin, ça, monsieur. Combien de temps dure un week-end sur Saturne ?

A trois kilomètres de là, dans la voiture de Bowden, nous nous livrions à des calculs fébriles pour transmettre la réponse dans l'oreillette de Victor. La voiture était bourrée de manuels d'astronomie en tout genre ;

restait à espérer que les questions ne seraient pas trop absconses.

— Vingt heures, souffla Bowden à Victor par radio.

— Environ vingt heures, dit Victor aux deux hommes.

— La vitesse orbitale de Mercure ?

— Aphélie ou périhélie ?

— Faites pas le malin, mon pote. La moyenne suffira.

— Voyons voir. Il suffit d'ajouter les deux et... tiens donc, serait-ce un pinson bagué ?

Les deux hommes ne se retournèrent pas.

— Eh bien ?

— Elle est de... hmm, cent soixante-dix mille kilomètres à l'heure.

— Les satellites d'Uranus ?

— Uranus ? répéta Victor, histoire de gagner du temps. Voilà un nom qui se prête à des calembours douteux, vous ne trouvez pas ?

— Les satellites, monsieur.

— Bien sûr. Obéron, Titania, Umb...

— Attendez une minute ! Un *vrai* Transterrestre aurait cité le plus proche en premier !

Victor soupira pendant que Bowden inversait l'ordre sur les ondes.

— Cordelia, Ophelia, Bianca, Cressida, Desdemona, Juliet, Portia, Rosalind, Belinda, Puck, Miranda, Ariel, Umbriel, Titania et Obéron.

Les deux hommes regardèrent Victor, hochèrent la tête et s'écartèrent pour le laisser passer. Leur attitude avait changé du tout au tout.

— Merci, monsieur. Désolé, mais vous comprenez bien qu'il y a des gens qui aimeraient nous mettre des bâtons dans les roues.

— Tout à fait, et je vous félicite de votre vigilance, messieurs. Bonne journée.

Il repartit, mais ils l'arrêtèrent à nouveau.

— Vous n'avez rien oublié, monsieur ?

Victor se retourna. Je m'étais interrogée sur l'existence d'un quelconque mot de passe ; si c'était ça, nous étions cuits. Il décida d'attendre la suite.

— Vous l'avez laissé dans la voiture ? demanda le premier homme après un silence. Tenez, je vous prête le mien.

Il plongea la main à l'intérieur de son blouson et en tira non pas une arme, comme le croyait Victor, mais un gant de base-ball.

— Je ne pense pas que j'aurai l'occasion de monter là-haut aujourd'hui.

Victor se frappa le front.

— Une vraie passoire, ma tête. J'ai dû l'oublier à la maison. Imaginez un peu, venir à une réunion de Transterrestres sans mon gant de base-ball !

Ils se firent un devoir d'en rire tous les trois, puis le premier vigile dit :

— Passez une bonne journée, monsieur. L'Impact est à 14 h 32.

Il les remercia et grimpa dans la Land-Rover qui attendait avant qu'ils ne changent d'avis. Ennuyé, il regarda le gant. Mais à quoi jouaient-ils, bon Dieu ?

La Land-Rover le déposa à l'entrée est de la colline fortifiée. Il compta une cinquantaine de personnes qui allaient et venaient ; toutes portaient un casque en acier. Un chapiteau se dressait au centre du fort, hérissé d'antennes et surmonté d'une grosse parabole. Plus haut, un radar tournait lentement sur lui-même. Victor s'était attendu à voir un télescope, mais apparemment, il n'y en avait pas.

— Votre nom ?

Il pivota et vit un petit homme qui le fixait. Coiffé d'un casque, un clipboard à la main, il semblait profiter un maximum de l'autorité qui lui était conférée.

Victor tenta d'y aller au bluff.

— Je suis là, dit-il, désignant un nom au bas de la liste.

— Mr. Suite au Verso, c'est bien ça ?

— Non, avant, rectifia Victor à la hâte.
— Mrs. Trotswell ?
— Oh… euh, non. Cérès. Augustus Cérès.
Le petit homme consulta soigneusement sa liste, parcourant les rangées de noms avec son stylo-bille en acier.
— Nous n'avons personne de ce nom-là.
Il considéra Victor avec suspicion.
— Je viens de Berwick-sur-Tweed. Je m'y suis pris à la dernière minute. Le message n'a pas dû être transmis. Le Dr Müller m'a dit que je pouvais arriver à n'importe quel moment.
Le petit homme sursauta.
— Müller ? On n'a personne de ce nom-là ici. Vous voulez sûrement parler du Dr Cassiopée.
Il cligna de l'œil et sourit de toutes ses dents.
— Bon, alors, ajouta-t-il en scrutant sa liste et en balayant le fort du regard. On manque de monde sur le périmètre extérieur. Vous pouvez prendre le poste B3. Vous avez un gant ? Parfait. Et un casque ? Ce n'est pas grave. Tenez, prenez le mien ; j'irai en chercher un autre à la réserve. L'Impact est à 14 h 32. Bonne journée.
Victor prit le casque et s'en fut dans la direction indiquée.
— Vous entendez, Thursday ? siffla-t-il. Le Dr Cassiopée.
— J'ai entendu, répondis-je. On est en train de voir ce qu'on peut trouver sur lui.
Bowden avait déjà contacté Finisterre qui attendait précisément ce genre d'appel au bureau.
Victor bourra sa pipe de bruyère. Il se dirigeait vers le poste B3 quand un homme en veste de chasseur faillit entrer en collision avec lui. Il reconnut sur-le-champ le Dr Müller d'après sa photo d'identité. Victor souleva son chapeau, s'excusa et poursuivit son chemin.
— Attendez ! cria Müller.
Victor se retourna. Müller le dévisageait en haussant un sourcil.

— Votre visage, ne l'ai-je pas déjà vu quelque part ?

— Non, il a toujours été là, vissé sur ma tête, répliqua Victor, essayant de s'en sortir par une boutade.

Müller continuait à le fixer d'un air perplexe.

— Je vous ai déjà vu quelque part.

Mais Victor ne se laissait pas ébranler aussi facilement.

— Je ne le crois pas.

Il tendit la main.

— Cérès. La nébuleuse spirale de Berwick-sur-Tweed.

— Berwick-sur-Tweed, hein ? Alors vous devez connaître mon confrère et ami le Pr Barnes.

— Jamais entendu parler de lui, déclara Victor qui avait flairé le piège.

Müller sourit et regarda sa montre.

— L'Impact est dans sept minutes, Mr. Cérès. Je vous conseille de regagner votre poste.

Victor alluma sa pipe et se remit en route. Il trouva un piquet fiché en terre et marqué B3, et s'arrêta à côté. Il se sentait un peu bête. Les autres Transterrestres avaient mis leurs casques et scrutaient le ciel à l'ouest. Tournant la tête, Victor croisa le regard d'une jolie femme à peu près de son âge, qui se tenait à cinq ou six pas de lui, au poste B2.

— Bonjour, lança-t-il, jovial, soulevant son casque.

La femme battit modestement des cils.

— Tout va bien ? demanda-t-elle.

— Au poil, répondit Victor élégamment.

Puis :

— En fait, non. C'est ma première fois.

La dame lui sourit et leva son gant de base-ball.

— Ce n'est pas compliqué. Attrapez-les loin du corps et ouvrez l'œil. Il pourrait y en avoir beaucoup, ou alors pas du tout, et si vous en attrapez un, surtout pensez à le poser aussitôt sur l'herbe. Après avoir décéléré à travers l'atmosphère terrestre, ils ont tendance à chauffer un peu.

Victor écarquilla les yeux.

— Vous voulez dire qu'on est là pour attraper des *météores* ?

La dame partit d'un rire mélodieux.

— Mais non, bêta ! Ça s'appelle des météorites. Les météores se consument au contact de notre atmosphère. C'est le dix-huitième rassemblement de ce genre auquel je participe depuis 1964. Une fois, j'en ai presque attrapé un en Terre de Feu en 1971. Ça, ajouta-t-elle plus lentement, c'était encore du vivant de mon cher George…

Elle intercepta son regard et sourit. Victor sourit aussi.

— Si nous assistons véritablement à un Impact aujourd'hui, ce sera la première fois que les prévisions vont se réaliser en Europe. Des météorites, vous vous imaginez ? Les débris formés lors de la création de l'univers, il y a plus de quatre milliards d'années ! C'est comme un orphelin qui retrouve enfin son foyer !

— C'est très… poétique, dit Victor tandis que je lui parlais dans l'oreille.

— Le Dr Cassiopée ne figure dans aucun fichier, l'informai-je. Pour l'amour du ciel, ne le perdez pas de vue.

— Ça ne risque pas, promit Victor en cherchant Müller du regard.

— Pardon ? fit la dame du B2 qui, au lieu de surveiller le ciel, ne le quittait pas des yeux.

— Je… euh, ne risque pas de le perdre, si jamais j'en attrape un, déclara-t-il précipitamment.

Le haut-parleur annonça l'Impact pour dans deux minutes. Un murmure s'éleva parmi la foule.

— Bonne chance ! dit la dame, le gratifiant d'un grand clin d'œil et se tournant vers le ciel sans nuages.

— Ça y est, je sais qui vous êtes, fit une voix derrière Victor.

Il pivota et vit la physionomie fort malvenue du Dr Müller, flanqué d'un agent de la sécurité costaud qui avait déjà la main dans sa poche de poitrine.

— Vous êtes un OpSpec. Un LittéraTec. Victor Analogy, c'est ça ?

— Non, je suis le Dr Augustus Cérès, de Berwick-sur-Tweed.

Victor rit nerveusement.

— D'ailleurs, c'est quoi comme nom, Victor Analogy ?

Müller fit signe à l'homme de main qui s'avança, tirant son automatique. Visiblement, ça le démangeait de s'en servir.

— Je regrette, mon ami, dit Müller gentiment, mais ça ne suffit pas. Si vous êtes Analogy, il s'agit très clairement d'une ingérence. Si toutefois il s'avère que vous êtes le Dr Cérès de Berwick-sur-Tweed, alors je vous présente mes excuses les plus sincères.

— Attendez une minute…, commença Victor.

Mais Müller l'interrompit.

— Je ferai savoir à votre famille où se trouve le corps, dit-il, magnanime.

Victor regarda autour de lui, mais tous les Transterrestres avaient les yeux rivés sur le ciel.

— Tuez-le.

L'homme de main sourit ; son doigt se crispa sur la détente. Victor grimaça ; un hurlement strident déchira l'air, et une météorite arrivée à l'improviste s'écrasa sur le casque du vigile. Il s'effondra comme un sac de patates. Le coup partit, laissant un trou bien net dans le gant de Victor. L'air se remplit soudain de météorites chauffées à blanc bombardant le sol en une pluie localisée. La violence du phénomène sema la confusion parmi les Transterrestres ; ils ne savaient plus trop s'ils devaient éviter les météorites ou bien essayer de les attraper. Pendant que Müller fouillait dans la poche de sa veste à la recherche de sa propre arme, quelqu'un hurla à proximité :

— *A vous !*

Ils se retournèrent tous les deux, mais ce fut Victor qui attrapa la petite météorite. Elle était grosse comme une balle de cricket et encore incandescente ; il la lança à Müller qui la saisit instinctivement. Hélas, il n'avait pas de gant. On entendit un grésillement et un cri tandis qu'il la lâchait, suivi d'un beuglement de douleur : Victor avait profité de l'occasion pour lui envoyer un crochet avec une agilité stupéfiante pour ses soixante-quinze ans. Müller tomba ; Victor bondit sur le pistolet, le lui enfonça dans le cou, le releva de force et l'escorta manu militari hors du fort. La pluie de météorites commençait à faiblir, et je lui disais dans l'oreillette d'y aller mollo.

— C'est bien Analogy, n'est-ce pas ? fit Müller.

— Exact. OS-27 – vous êtes en état d'arrestation.

Victor, Bowden et moi venions d'introduire Müller dans la salle d'interrogatoire numéro 3 quand Braxton et Maird comprirent qui nous avions interpellé. A peine Victor eut-il prié Müller de décliner son identité que la porte s'ouvrit à la volée, et Maird fit irruption dans la pièce avec deux OS-9 sur ses talons. Aucun des trois n'avait une tête à vouloir plaisanter.

— C'est mon prisonnier, Analogy.

— Non, c'est *mon* prisonnier, Mr. Maird, rétorqua Victor avec fermeté. *Ma* prise, *mon* rayon ; je suis en train d'interroger le Dr Müller sur le vol de *Chuzzlewit*.

Jack Maird regarda le commissaire Hicks qui se tenait derrière lui. Le commissaire soupira et s'éclaircit la voix.

— Désolé, Victor, mais le Groupe Goliath et son représentant ont reçu les pleins pouvoirs sur OS-27 et OS-9 à Swindon. Toute rétention d'information serait passible de poursuites judiciaires pour entrave à enquête en cours. Vous savez ce que ça signifie ?

— Ça signifie que Maird est libre de faire ce que bon lui semble, riposta Victor du tac au tac.

— Relâchez votre prisonnier, Victor. Priorité au Groupe Goliath.

Victor le foudroya du regard et sortit en trombe de la salle d'interrogatoire.

— Je voudrais rester, annonçai-je.

— Pas question, décréta Maird. Les OS-27 ne sont pas habilités à prendre part à ce type d'opération.

— J'ai bien fait alors de conserver mon badge de OS-5.

Jack Maird pesta, mais ne dit plus rien. Bowden fut prié de se retirer, et les deux OS-9 se postèrent de part et d'autre de la porte. Maird et Hicks prirent place autour de la table où Müller était en train de fumer nonchalamment une cigarette. Adossée au mur, j'observais la scène d'un œil impassible.

— Il me fera sortir d'ici, vous savez, dit Müller lentement, un mince sourire aux lèvres.

— Ça m'étonnerait, répondit Maird. Le bâtiment est actuellement encerclé par plus de OS-9 et de commandos des forces spéciales que vous ne pourriez en compter en un mois. Même un cinglé comme Hadès ne se risquerait pas à franchir leurs lignes.

Le sourire de Müller s'évanouit.

— Les OS-9 constituent la meilleure équipe antiterroriste du monde, poursuivit Maird. Nous l'aurons, ne vous inquiétez pas. La seule question, c'est quand. Si vous nous aidez, la justice saurait peut-être faire preuve de clémence à votre égard.

Müller n'avait pas l'air impressionné.

— Si vos OS-9 sont les meilleurs du monde, comment se fait-il qu'il a fallu un LittéraTec de soixante-quinze ans pour m'arrêter ?

Jack Maird ne sut pas quoi lui répondre. Müller se tourna vers moi.

— Et si les OS-9 sont tellement fortiches, pourquoi seule cette demoiselle a réussi à coincer Hadès ?

— J'ai eu de la chance, répliquai-je.

Et j'ajoutai aussitôt :

— Pourquoi Martin Chuzzlewit n'a-t-il pas été tué ?

Ça ne ressemble pas à Achéron de faire des menaces en l'air.

— Tout à fait d'accord, acquiesça Müller.

— Répondez à la question, Müller, ordonna Maird d'un ton impérieux. Car je pourrais vous rendre la vie *très* désagréable.

Müller lui sourit.

— Sûrement pas autant qu'Achéron. Dans la liste de ses passe-temps favoris, il cite l'assassinat à petit feu, la torture et l'art floral.

— Vous tenez donc à purger votre peine ? demanda Hicks qui n'entendait pas être exclu de l'interrogatoire. Au train où vont les choses, il faudra vous attendre à une quintuple réclusion à perpétuité. Ou alors vous pouvez partir d'ici libre dans deux ou trois minutes. A vous de choisir.

— Faites ce que vous voulez, messieurs. Vous n'obtiendrez rien de moi. Quoi qu'il arrive, Hadès me sortira de là.

Müller croisa les bras et s'adossa à sa chaise. Il y eut un silence. Maird se pencha pour couper le magnétophone. Tirant un mouchoir de sa poche, il le drapa sur la caméra vidéo suspendue dans un angle de la pièce. Hicks et moi échangeâmes un regard inquiet. Müller, lui, ne semblait pas particulièrement ému.

— Reprenons, dit Maird, pointant son automatique sur l'épaule de Müller. Où est Hadès ?

Müller leva les yeux sur lui.

— Vous pouvez me tuer maintenant ou Hadès me tuera plus tard, en apprenant que j'ai parlé. D'une façon ou d'une autre, je suis un homme mort, et je préfère de loin mourir entre vos mains qu'entre celles d'Achéron. Je l'ai vu à l'œuvre. Vous n'imaginez pas ce dont il est capable.

— Moi, si, dis-je pesamment.

Maird ôta la sécurité sur son automatique.

— Je compte jusqu'à trois.

— Je ne peux pas vous le dire !

— Un.

— Il me tuera.

— Deux.

Je profitai de la pause pour glisser :

— Nous pouvons vous mettre en préventive par mesure de protection.

— Contre lui ? s'exclama Müller. Vous délirez ou quoi ?

— Trois !

Müller ferma les yeux et se mit à trembler. Maird abaissa son arme. Ça ne marcherait pas. Soudain, j'eus une idée.

— Il n'a plus le manuscrit, n'est-ce pas ?

Müller rouvrit un œil et me regarda. C'était le signe que je guettais.

— Mycroft l'a détruit, continuai-je, raisonnant comme l'aurait – et l'avait – fait mon oncle.

— C'est vrai, ça ? demanda Jack Maird.

Müller ne dit rien.

— Il va chercher une solution de rechange, observa Hicks.

— Les manuscrits originaux doivent se compter par milliers, marmonna Maird. Nous ne pouvons pas les faire surveiller tous. Lequel est-ce, cette fois ?

— Je ne peux pas vous dire, balbutia Müller.

Sa résolution commençait à faiblir.

— Il me tuera.

— Il vous tuera quand il apprendra que vous nous avez parlé de la destruction de *Chuzzlewit*, répondis-je calmement.

— Mais… ce n'est pas moi !

— Il n'est pas obligé de le savoir. Nous pouvons vous protéger, Müller, mais il nous faut Hadès. Où est-il ?

Müller nous regarda l'un après l'autre.

— La préventive ? bégaya-t-il. Ça va nécessiter une petite armée.

— Pas de problème, affirma Maird avec cet art de la formule lapidaire qui n'appartenait qu'à lui. Le Groupe Goliath est prêt à se montrer généreux là-dessus.

— D'accord… je vais vous le dire.

Il leva les yeux et épongea son front qui tout à coup était devenu luisant.

— Vous ne trouvez pas qu'il fait chaud ici ?

— Non, dit Maird. Où est Hadès ?

— Eh bien, il est… à…

Il s'interrompit brusquement. Ses traits se convulsèrent tandis qu'une douleur fulgurante lui transperçait les lombes. Il poussa un cri.

— Dites-nous, vite ! hurla Maird, bondissant de sa chaise et l'empoignant par les pans de sa veste.

— Pen-deryn ! Il est à… !

— Il faut nous en dire plus ! rugit Maird. Des Penderyn, il doit y en avoir des centaines !

— Allô ! gémit Müller. Allô… *aaahh* !

— Cessez votre petit jeu !

Maird le secoua vigoureusement.

— Parlez ou je vous tue de mes propres mains !

Mais Müller n'était plus en état de raisonner ni de réagir à ses menaces. Il eut un soubresaut et s'effondra sur le sol, se tordant de douleur.

— Appelez un toubib ! criai-je, me précipitant vers lui.

Sa bouche était ouverte en un hurlement silencieux ; ses yeux se révulsèrent. Une odeur d'étoffe brûlée me monta aux narines. Je reculai d'un bond : une flamme orange vif jaillit du dos de Müller. L'instant d'après, il était en feu, et nous dûmes battre en retraite tandis que la chaleur intense le réduisait en cendres en moins de dix minutes.

— Zut ! marmonna Maird lorsque la fumée âcre se fut dissipée.

Müller n'était plus qu'un tas de braises à nos pieds. Il ne restait même pas de quoi l'identifier.

— Hadès, murmurai-je. Une sorte de système de sécurité intégré. Sitôt que Müller se met à table… paf, il crame. Très astucieux.

— A vous entendre, on dirait presque que vous l'admirez, Miss Next, observa Maird.

— C'est plus fort que moi.

Je haussai les épaules.

— Comme le requin, Achéron est devenu un prédateur quasi parfait. Je n'ai jamais chassé du gros gibier et je doute que ça m'arrive un jour, mais je peux comprendre le frisson que ça procure. Dans un premier temps, continuai-je sans me préoccuper du tas de cendres fumantes qu'était Müller à présent, il faut poster des gardes partout où on conserve des manuscrits originaux. Ensuite, on va chercher du côté de tous les Penderyn existants.

— Je m'en occupe, dit Hicks qui depuis un moment déjà guettait un prétexte pour partir.

Maird et moi restâmes à nous regarder en chiens de faïence.

— Apparemment, nous sommes embarqués dans la même galère, Miss Next.

— Hélas, répondis-je avec dédain. Vous voulez le Portail de la Prose. Je veux retrouver mon oncle. Achéron doit être éliminé avant que l'un d'entre nous parvienne à ses fins. D'ici là, nous travaillerons main dans la main.

— Une union utile et heureuse, dit Maird qui avait tout sauf mon bonheur en tête.

Je plantai un doigt dans sa cravate.

— Mettons-nous bien d'accord, Mr. Maird. Vous avez peut-être le pouvoir dans votre manche, mais moi j'ai le droit dans la mienne. Croyez-moi quand je dis que je ferai *n'importe quoi* pour protéger ma famille. Suis-je claire ?

Maird me toisa avec froideur.

— N'essayez pas de m'impressionner, Miss Next. Je pourrais vous faire muter dans un trou perdu genre Lerwick plus vite qu'il ne vous en faudrait pour dire « Swift ». Souvenez-vous-en. Vous êtes ici parce que vous êtes quelqu'un de compétent. Moi, c'est pareil. Nous avons plus de choses en commun que vous ne l'imaginez. Bonne journée, Miss Next.

Une recherche rapide révéla l'existence de quatre-vingt-quatre villes et villages nommés Penderyn au pays de Galles. Plus le double de rues, et autant de pubs, de clubs et d'associations diverses. Ce n'était pas vraiment étonnant ; Dic Penderyn avait été exécuté en 1831 pour avoir blessé un soldat lors des émeutes de Merthyr. Comme il était innocent, du coup il était devenu le premier martyr de la révolte galloise et une figure de proue de la lutte républicaine. A supposer même que Goliath *arrive* à infiltrer le pays de Galles, ils ne sauraient pas par quel Penderyn commencer. A l'évidence, ceci allait prendre un bon bout de temps.

Fatiguée, je décidai de rentrer chez moi. Je récupérai ma voiture au garage où ils avaient réussi à changer l'essieu avant, caser un nouveau moteur et reboucher les trous laissés par les balles, dont certaines étaient passées dangereusement près. Au moment où je regagnais l'hôtel Finis, un dirigeable transatlantique me survola en bourdonnant lentement. Au crépuscule naissant, les feux de bord de l'énorme appareil clignotaient indolemment dans le ciel du soir. C'était un beau spectacle : les dix hélices brassaient l'air en vrombissant de concert ; de jour, un dirigeable pouvait éclipser le soleil. Je pénétrai dans l'hôtel. Le congrès Milton était terminé, et Liz m'accueillit comme une amie plutôt que comme une cliente.

— Bonsoir, Miss Next. Ça va bien ?

— Pas vraiment, répondis-je en lui souriant. Mais merci quand même.

— Votre dodo vient d'arriver. Il est au chenil numéro cinq. Les nouvelles vont vite ; les Amis du Dodo de Swindon sont déjà passés. Ils disent que c'est une version très rare – un quelque chose… ils vous demandent de les contacter.

— C'est un 1.2, murmurai-je distraitement.

A l'heure qu'il était, les dodos n'étaient pas mon principal souci. Je marquai une pause. Liz sentit mon hésitation.

— Je peux faire quelque chose pour vous ?

— Est-ce que… euh, Mr. Parke-Laine a appelé ?

— Non. Vous attendiez son coup de fil ?

— Non… pas spécialement. S'il appelle, je suis au Chat du Cheshire, à moins que je ne sois dans ma chambre. Si vous ne me trouvez pas, pourriez-vous lui demander de rappeler dans une demi-heure ?

— Et si j'envoyais carrément une voiture le chercher ?

— Mon Dieu, ça se voit tant que ça ?

Liz hocha la tête.

— Il va se marier.

— Mais pas avec vous ?

— Non.

— Je suis désolée de l'apprendre.

— Moi aussi. Vous a-t-on déjà demandée en mariage ?

— Sûr.

— Et qu'avez-vous dit ?

— « Reviens me voir à ta sortie. »

— Il l'a fait ?

— Non.

J'allai rendre visite à Pickwick qui avait l'air d'être bien installé. Il me salua par des *plock plock* excités. Contrairement aux dires des experts, les dodos s'étaient révélés étonnamment intelligents et plutôt agiles – la rumeur qui en avait fait un oiseau gauche et dégingandé était totalement fausse. Je lui donnai des cacahuètes et le fis passer en douce dans ma chambre, dissimulé sous un manteau. Ce n'était pas que le chenil fût sale, non ; simplement, je ne voulais pas le laisser seul. Je plaçai son tapis préféré dans la baignoire pour qu'il y fasse son nid et étalai du papier par terre. Le lendemain, lui dis-je, je l'emmènerais chez ma mère. Et je le quittai, posté à la fenêtre, en train de contempler les voitures sur le parking.

— Bonsoir, dit le barman du Chat du Cheshire. Qu'y a-t-il de commun entre un bureau et un corbeau ?

— La lettre B ?

— Bravo. Un demi-Vorpal, c'est bien ça ?

— Vous voulez rire ? Un gin tonic. Double.

Il sourit et se tourna vers ses bouchons doseurs.

— Police ?

— OpSpec.

— LittéraTec ?

— Ouais.

Je réceptionnai mon verre.

— J'ai suivi une formation de LittéraTec, fit-il, nostalgique. J'ai été accepté à l'école et tout.

— Et que s'est-il passé ?

— Ma copine militait chez les Marloviens. Elle a trafiqué plusieurs Shakesparleurs pour qu'ils récitent des extraits de *Tamerlan*, et quand on l'a coffrée, je me suis trouvé impliqué. Et voilà l'histoire. Après ça, même l'armée n'a pas voulu de moi.

— Comment vous appelez-vous ?

— Chris.

— Thursday.

Nous échangeâmes une poignée de main.

— Je peux seulement parler par expérience, Chris, mais j'ai pratiqué et l'armée *et* les OpSpecs – vous devriez remercier votre copine.

— Ah, mais je le fais. Tous les jours. Nous sommes mariés maintenant et nous avons deux gosses. Le soir, je tiens le bar, et dans la journée, je gère la branche locale de la Kit Marlowe Society[1]. On a presque quatre mille membres. Pas mal pour un faussaire, assassin, joueur et athée élisabéthain.

— Il y en a même qui disent qu'il a écrit les pièces normalement attribuées à Shakespeare.

Chris en resta bouche bée. Mais en même temps, j'avais éveillé sa méfiance.

— Je ne suis pas certain de pouvoir discuter de ça avec une LittéraTec.

— Aucune loi n'interdit les discussions, Chris. Vous nous prenez pour qui, pour la police de la pensée ?

— Non, ça c'est OS-2, n'est-ce pas ?

— Pour en revenir à Marlowe…

Il baissa la voix.

— OK. A mon avis, Marlowe aurait *pu* écrire ces pièces. C'était un auteur brillant : *Faust, Tamerlan et Édouard II* en sont la preuve. Il était le seul de sa génération à pouvoir le faire. Laissez tomber Bacon et Oxford : le grand favori, c'est Marlowe.

— Sauf qu'il a été assassiné en 1593, répliquai-je lentement. La plupart des pièces ont été écrites *après* ça.

Chris me lança un regard et baissa le ton de plus belle.

— Certes. En admettant qu'il ait été tué dans une rixe ce jour-là.

— Que voulez-vous dire ?

— Il est possible qu'il ait simulé sa mort.

— Pourquoi ?

Chris prit une profonde inspiration. C'était un sujet qu'il connaissait sur le bout des doigts.

— Rappelez-vous qu'Élisabeth était une reine protestante. Tout ce qui était papiste ou athée mettait en

1. Christopher Marlowe (1564-1593), poète, duelliste, agent secret, contemporain de Shakespeare. *(N.d.T.)*

cause l'autorité de l'Eglise protestante et, partant, celle de la reine qui se trouvait à sa tête.

— La trahison, murmurai-je. Crime d'Etat.

— Absolument. En avril 1593, le Conseil privé fait arrêter un certain Thomas Kyd qui a trempé dans la publication de pamphlets contre le gouvernement. Lors de la fouille de son logement, on découvre quelques écrits athées.

— Et alors ?

— Kyd a balancé Marlowe. Lequel aurait rédigé ces textes deux ans plus tôt, à une époque où ils partageaient le même toit. Marlowe a été arrêté et interrogé le 18 mai 1593 ; il a été libéré sous caution ; il faut croire qu'ils ne disposaient pas de suffisamment de preuves pour le traîner en justice.

— Et son amitié avec Walsingham ? demandai-je.

— J'y viens. Walsingham occupait un poste important au sein des services secrets ; ils se connaissaient depuis des années. Avec les charges qui s'accumulaient de jour en jour contre Marlowe, son arrestation semblait imminente. Or le matin du 30 mai, Marlowe est tué lors d'une altercation dans une taverne, apparemment à cause d'une histoire de note impayée.

— Très pratique.

— Très. Moi, je pense que Walsingham a mis en scène la mort de son ami. Les trois hommes de la taverne étaient tous à sa solde. Il a soudoyé le coroner, et Marlowe a pris Shakespeare comme prête-nom. Will, un comédien fauché qui connaissait Marlowe depuis l'époque du théâtre de Shoreditch, a dû sauter sur l'occasion de gagner un peu d'argent ; on a l'impression que sa carrière a décollé au moment où s'achevait celle de Marlowe.

— Intéressant comme hypothèse. Mais *Vénus et Adonis* n'a-t-elle pas été publiée deux ou trois mois avant la mort de Marlowe ? Avant même l'arrestation de Kyd ?

Chris toussa.

— Bien vu. Tout ce que je peux dire, c'est que l'idée du complot a peut-être germé à une date antérieure, ou que les archives ont été bidonnées.

Il s'est interrompu et a jeté un coup d'œil autour de lui.

— Ne le dites pas aux autres Marloviens, mais il y a encore une chose qui semble démentir l'histoire de la fausse mort.

— Je suis tout ouïe.

— Marlowe a été tué dans la circonscription du coroner de la reine. Seize jurés ont vu le cadavre soi-disant de substitution, et il est peu probable que le coroner se soit laissé acheter. A la place de Walsingham, j'aurais monté le coup en province, où les coroners étaient davantage corruptibles. Il aurait même pu aller plus loin et défigurer le corps afin qu'il soit impossible à identifier.

— Autrement dit ?

— Selon une hypothèse tout aussi plausible, Walsingham aurait fait liquider Marlowe lui-même pour l'empêcher de parler. On est prêt à raconter n'importe quoi sous la torture, or Marlowe devait en savoir des vertes et des pas mûres sur le compte de Walsingham.

— Mais alors ? questionnai-je. Comment expliquer le manque d'informations concrètes sur la vie de Shakespeare, sa curieuse double existence, le fait qu'à Stratford personne n'ait été au courant de ses activités littéraires ?

Chris haussa les épaules.

— Je n'en sais rien, Thursday. Sans Marlowe, il n'y en a pas un dans tout Londres élisabéthain qui soit *capable* d'écrire ces pièces-là.

— Vous avez des pistes ?

— Aucune. C'était une drôle d'époque, l'époque élisabéthaine. Intrigues de cour, services secrets…

— Plus ça change…
— Entièrement d'accord. A la vôtre.
Nous trinquâmes, et Chris s'en fut servir un autre client. Je jouai du piano pendant une demi-heure avant d'aller me coucher. Je vérifiai auprès de Liz, mais Landen n'avait pas appelé.

27

Hadès trouve un autre manuscrit

J'avais espéré tomber sur un manuscrit d'Austen ou de Trollope, Thackeray, Fielding ou Swift. Eventuellement Johnson, Wells ou Conan Doyle. Defoe, voilà qui aurait été amusant. Imaginez mon ravissement quand j'ai découvert que *Jane Eyre*, le chef-d'œuvre de Charlotte Brontë, était exposé à son ancien domicile. Le hasard, décidément, fait bien les choses…

ACHÉRON HADÈS
Plaisirs et profits de la dégénérescence

Nos consignes de sécurité avaient été transmises au musée Brontë, et cette nuit-là, cinq vigiles armés étaient en train de monter la garde. Tous étaient de robustes gaillards originaires du Yorkshire, spécialement choisis pour cette mission de prestige en raison de leur fort sentiment de fierté littéraire. L'un d'eux stationnait dans la salle du manuscrit, un autre surveillait l'intérieur du bâtiment, deux agents patrouillaient dehors, et le cinquième se trouvait dans une petite pièce équipée de six écrans de télévision. L'œil dûment rivé sur les moniteurs, il mangeait un sandwich à l'œuf et à l'oignon. Il n'observa rien d'anormal sur ses écrans ; il faut dire que les curieux pouvoirs d'Achéron restaient un secret pour quiconque se situait au-dessous de OS-9.

Hadès n'eut aucun mal à entrer ; il se glissa simplement par la porte de la cuisine après avoir forcé la serrure avec un levier. Le garde en faction dans le bâtiment ne l'entendit pas approcher. Son corps inanimé fut retrouvé plus tard coincé sous le massif évier victorien. Achéron gravit les marches avec précaution, s'efforçant de ne pas faire de bruit. En réalité, il aurait pu faire tout le bruit qu'il voulait. Il savait que les balles des gardes ne pouvaient pas l'atteindre, mais quel intérêt d'aller se servir directement, sans autre forme de cérémonie ? Il longea le couloir à pas de loup et risqua un œil dans la salle où était exposé le manuscrit. Celle-ci était vide. Pour une raison ou une autre, le garde s'était absenté. S'avançant jusqu'à la vitrine blindée, Achéron plaça la main juste au-dessus du livre. Sous sa paume aplatie, le verre commença à gondoler et à mollir ; bientôt il fut suffisamment malléable pour permettre à Hadès de passer ses doigts à travers et de saisir le manuscrit. Le verre déstructuré se tordit et s'étira comme du caoutchouc, mais sitôt le livre sorti, il se solidifia rapidement. Seules de légères marbrures à sa surface témoignaient d'une intervention au sein de sa structure moléculaire. Avec un sourire triomphant, Hadès parcourut la page de garde :

Jane Eyre
Une autobiographie de CURRER BELL
Octobre 1847

Il avait eu l'intention de repartir séance tenante avec son butin ; oui mais voilà, il avait toujours aimé ce roman. Succombant à la tentation, il se mit à lire.

Le manuscrit était ouvert à l'endroit où Jane Eyre est au lit lorsqu'elle entend un rire démoniaque – bas et sourd – à la porte de sa chambre. Contente que ce rire ne provienne pas *de* sa chambre, elle se lève et pousse le verrou en criant : « Qui est là ? »

En guise de réponse, elle ne perçoit qu'un gargouillis et un gémissement, des pas qui s'éloignent et une porte qui se ferme. Jane drape un châle autour de ses épaules, tire lentement le verrou et entrouvre sa porte pour jeter un coup d'œil dehors. Sur la natte, elle aperçoit une bougie qui brûle et remarque soudain que le couloir est empli de fumée. Le craquement de la porte entrebâillée de Rochester attire son attention ; à l'intérieur, elle distingue les reflets vacillants des flammes. Ne pensant plus à rien, Jane passe à l'action. Elle se rue dans la chambre en feu et tente d'alerter le dormeur avec ces mots :

— Réveillez-vous ! réveillez-vous !

Rochester ne réagit pas, et Jane constate, angoissée, que les draps du lit commencent à brunir et à se consumer. Elle attrape la cuvette et la cruche et jette l'eau sur lui. Puis elle court en chercher dans sa chambre afin d'éteindre les rideaux. Après une lutte, elle parvient à venir à bout de l'incendie, et Rochester, qui peste parce qu'il s'est réveillé dans une mare d'eau, lui dit :

— Y a-t-il une inondation ?

— Non, Monsieur, répond-elle, mais il y a eu un incendie. Levez-vous, levez-vous donc. Tout est éteint maintenant. Je vais vous chercher une chandelle.

Rochester ne comprend pas très bien ce qui s'est passé.

— Au nom de tous les lutins de la Chrétienté, êtes-vous Jane Eyre ? demande-t-il. Qu'avez-vous fait de moi, sorcière ? Qui se trouve dans cette chambre à part vous ? Avez-vous juré de me noyer ?

— Retournez-vous *tout* doucement.

Cette dernière réplique émanait du garde qui, de par son interpellation, avait interrompu Achéron en pleine lecture.

— J'ai *horreur* qu'on me fasse ça, se plaignit-il,

pivotant vers l'homme qui pointait son arme sur lui. Juste quand on en arrive à un passage intéressant !

— Ne bougez pas et posez le manuscrit.

Achéron s'exécuta. Le garde décrocha son talkie-walkie et le porta à sa bouche.

— A votre place, je ne ferais pas ça, dit Achéron à voix basse.

— Ah oui ? riposta le garde avec assurance. Et pourquoi diable ?

— Parce que, fit Achéron lentement, accrochant son regard et scrutant jusqu'au tréfonds de son âme, vous ne saurez jamais pourquoi votre femme vous a quitté.

L'homme abaissa son talkie-walkie.

— Que savez-vous au sujet de Denise ?

Des rêves agités troublaient mon sommeil. C'était à nouveau la Crimée ; le crépitement des tirs et le hurlement métallique que produit un blindé léger touché par un obus. Je sentais même le goût de la poussière, de la cordite et de l'amatol dans l'air ; je distinguais les cris étouffés de mes camarades, les déflagrations désordonnées. Les fusils de calibre quatre-vingt-huit étaient si proches qu'ils n'avaient nul besoin de trajectoire. On n'entendait jamais celui qui vous frappait. J'étais dans mon transport de troupes, retournant sur le champ de bataille au mépris des ordres. Je roulais à travers la prairie, parmi les épaves laissées par les combats précédents. Quelque chose de lourd heurta mon véhicule, et le toit s'ouvrit, dévoilant dans la poussière un puits de lumière d'une étrange beauté. La même main invisible souleva le blindé et le projeta en l'air. Il parcourut quelques mètres sur une seule chenille avant de se redresser. Le moteur tournait toujours, les commandes semblaient fonctionner ; je poursuivis ma route sans me soucier des dégâts. Ce fut seulement en voulant allumer la radio que je me rendis compte que le toit avait été soufflé. Cette découverte me refroidit quelque peu, mais le moment n'était pas aux états d'âme. En face de moi, gisaient les carcasses fumantes du fleuron des Chars du Wessex : la Brigade de Blindés Légers. Les quatre-vingt-huit russes s'étaient tus ; on n'entendait plus qu'un échange de tirs d'armes de poing. Je m'arrêtai devant le groupe le plus proche de blessés capables de tenir debout et je débloquai la portière arrière. Elle était coincée, mais tant pis ; la portière latérale était partie avec le toit, et j'entassai rapidement vingt-deux soldats blessés et mourants dans un transport conçu pour huit personnes. Le tout ponctué d'une incessante sonnerie du téléphone. Mon frère, sans son casque et le visage en sang, était en train de s'occuper des blessés. Il me dit de revenir le chercher. Au moment où je repartais, le *bang* d'un coup de fusil ricocha sur le blindage ; l'infanterie russe se rapprochait. Le téléphone sonnait toujours. Je cherchai dans le noir le combiné que je fis tomber et tâtonnai par terre en jurant. C'était Bowden.

— Ça va ? demanda-t-il, sentant que quelque chose ne tournait pas rond.

— Très bien, répondis-je, habituée depuis longtemps à masquer mes problèmes. Qu'est-ce qui se passe ?

Je regardai mon réveil. Trois heures du matin. Je poussai un gémissement.

— Un autre manuscrit a été volé. Je viens de l'apprendre par radio. Même mode opératoire qu'avec *Chuzzlewit*. Il est entré et il l'a pris, c'est tout. Deux morts parmi les gardes. Dont un abattu avec sa propre arme.

— *Jane Eyre ?*

— Comment vous savez, nom d'une pipe ?

— C'est Rochester qui me l'a dit.

— Quoi ?

— Peu importe. A Haworth ?

— Il y a une heure.

— Je passe vous prendre dans vingt minutes.

Une heure plus tard, nous roulions en direction du nord pour rejoindre la M1 à Rugby. La nuit était claire et fraîche ; la circulation, quasi nulle. Le toit était relevé, et le chauffage marchait à fond ; malgré cela, il y avait des courants d'air : le vent qui soufflait par rafales tentait de s'infiltrer par la capote. Je frissonnai à l'idée de ce que ça pouvait donner en hiver. D'ici cinq heures, nous devions être à Rugby, après quoi le trajet serait moins pénible.

— J'espère que je ne vais pas le regretter, murmura Bowden. Je doute que Braxton apprécie, quand il saura.

— En général, quand on dit : « J'espère que je ne vais pas le regretter », on regrette nécessairement. Donc, si vous voulez que je vous laisse en dehors de ça, pas de problème. Rien à cirer de Braxton. Rien à cirer de Goliath et de Jack Maird. Il y a des choses plus importantes que le règlement. Modes et gouvernements vont et viennent, alors que *Jane Eyre*, c'est intemporel. Je donnerais n'importe quoi pour sauver ce roman.

Bowden ne dit rien. Depuis qu'on faisait équipe, lui et moi, je le soupçonnais de prendre pour la première fois plaisir à son travail d'OpSpec. Je rétrogradai pour doubler un camion qui roulait au ralenti, puis accélérai à nouveau.

— Comment saviez-vous que c'était *Jane Eyre* quand j'ai téléphoné ?

Je réfléchis une minute. Si je ne pouvais en parler à Bowden, alors je n'en parlerais à personne. Je tirai le mouchoir de Rochester de ma poche.

— Regardez le monogramme.

— EFR ?

— Il appartient à Edward Fairfax Rochester.

Bowden me considéra d'un air sceptique.

— On se calme, Thursday. Je ne suis peut-être pas le meilleur spécialiste de Brontë, mais même moi je sais que ces gens-là ne sont pas *réels*.

— Réel ou non, je l'ai rencontré à plusieurs reprises. J'ai aussi sa redingote.

— Attendez… j'ai bien compris, pour l'extraction de Quaverley, mais qu'êtes-vous en train de dire là ? Que les personnages peuvent sauter spontanément des pages d'un roman ?

— Je vous l'accorde volontiers : il se passe quelque chose de bizarre. Quelque chose que je ne m'explique pas. La barrière entre Rochester et moi s'est ramollie. Il n'est pas le seul à se balader ; je suis moi-même entrée une fois dans le livre quand j'étais gamine. J'ai débarqué pile au moment de leur rencontre. Vous vous en souvenez ?

L'air penaud, Bowden contempla par la vitre la station-service en bord de route.

— Ce n'est vraiment pas cher pour du sans plomb.

J'en devinai la raison.

— Vous ne l'avez pas lu, c'est ça ?

— Eh bien…, bredouilla-t-il, c'est que… euh…

Je ris.

— Tiens, tiens, un LittéraTec qui n'a pas lu *Jane Eyre* ?

— Oui, bon, ça va, pas la peine d'enfoncer le clou. J'ai étudié *Les Hauts de Hurlevent* et *Villette* à la place. J'avais l'intention de m'y consacrer, mais tout comme un tas d'autres choses, ça m'est sorti de la tête.

— Il faudrait que je vous résume l'histoire, alors.

— Ce serait mieux, oui, acquiesça-t-il, bougon.

Dans l'heure qui suivit, je lui racontai donc *Jane Eyre*, à commencer par la petite orpheline Jane, son enfance chez Mrs. Reed et ses cousins, son séjour à Lowood, une horrible institution caritative dirigée par un évangéliste cruel et hypocrite ; puis l'épidémie de typhus et la mort de son amie Helen Burns ; après quoi Jane devient une élève modèle et, pour finir, apprentie institutrice sous les ordres de la directrice, Miss Temple.

— Jane quitte Lowood et part s'installer à Thornfield pour s'occuper de la pupille de Rochester, Adèle.

— Pupille ? demanda Bowden. C'est quoi, ça ?

— Une manière polie, à mon avis, de désigner le fruit d'une ancienne liaison. Si Rochester avait vécu aujourd'hui, Adèle ferait la une des journaux en tant qu'« enfant de l'amour ».

— Mais il a été correct ?

— Oh oui. De toute façon, Thornfield est un endroit agréable à vivre, sinon un peu étrange – Jane a le sentiment qu'on lui cache quelque chose. Rochester rentre chez lui après trois mois d'absence ; c'est un personnage ombrageux et dominateur, mais il est impressionné par le courage de Jane lorsqu'elle le sauve d'un mystérieux incendie dans sa chambre. Jane tombe amoureuse, mais elle est obligée de subir la cour que Rochester fait à Blanche Ingram, une espèce de bimbo version dix-neuvième. Jane part soigner Mrs. Reed qui est en train de mourir ; à son retour, Rochester la demande en mariage : il a réalisé entre-temps que les qualités morales de Jane sont largement supérieures à celles de Miss Ingram, malgré leur différence de rang social.

— Jusque-là, tout va bien.

— Attendez de vendre la peau de l'ours. Un mois plus tard, la cérémonie de mariage est interrompue par un avocat qui affirme que Rochester est déjà marié et que sa première femme – Berthe – est toujours en vie. Il accuse Rochester de bigamie, et il s'avère qu'il a raison. La folle Berthe Rochester vit dans une chambre au dernier étage de Thornfield, et c'est la bizarre Grace Poole qui s'occupe d'elle. C'est elle qui a tenté de mettre le feu au lit de Rochester il y a quelques mois. Jane est en état de choc – comme vous pouvez l'imaginer – et Rochester essaie de se justifier en invoquant la sincérité de son amour pour elle. Il lui demande de partir avec lui en tant que sa maîtresse, mais elle refuse. Toujours amoureuse, Jane s'enfuit et se retrouve chez les Rivers, un frère et deux sœurs, qui se révèlent être ses cousins germains.

— C'est un peu tiré par les cheveux, non ?

— Chut. L'oncle de Jane, qui était aussi *leur* oncle, vient juste de mourir, et il lui a légué toute sa fortune. Elle la partage avec eux et s'installe pour mener une vie indépendante. Le frère, Saint-John Rivers, décide de partir comme missionnaire en Inde ; il propose à Jane de l'épouser et de servir l'Eglise. Jane est toute prête à le servir, mais pas à l'épouser. Elle estime que le mariage est une union d'amour et de respect mutuel, et pas quelque chose qu'on doit considérer comme un devoir. Au terme d'un long bras de fer, elle accepte finalement de l'accompagner en qualité d'assistante. Et c'est en Inde, où Jane commence une nouvelle existence, que le livre se termine.

— C'est tout ? demanda Bowden, interdit.

— Comment ça ?

— Ma foi, ça finit un peu en queue de poisson. On cherche à rendre l'art parfait parce que la vraie vie ne l'est pas, or voilà que Charlotte Brontë conclut son roman – il doit y avoir un vœu pieux d'ordre autobiographique là-dessous – sur une note qui reflète sa propre déconfiture amoureuse. Moi, à la place de Charlotte, j'aurais tout fait pour réunir Jane et Rochester… pour les marier, si possible.

— Que voulez-vous que je vous dise ? Ce n'est pas moi qui l'ai écrit.

Je marquai une pause.

— Vous avez raison, en fait, murmurai-je. C'est nul comme dénouement. Pourquoi, alors que tout marchait si bien, la fin laisse-t-elle le lecteur en plan ? Même les puristes s'accordent à reconnaître qu'ils auraient dû sauter le pas.

— Comment, avec Berthe toujours dans les parages ?

— Je ne sais pas, moi, elle n'avait qu'à mourir. C'est un problème, hein ?

— Comment se fait-il que vous le connaissiez aussi bien ?

— C'est un de mes livres préférés. Je l'avais sur moi, dans la poche de mon blouson, quand Hadès a tiré sur moi. Il a arrêté la balle. Rochester a débarqué peu après et a maintenu un garrot sur mon bras jusqu'à l'arrivée des secours. Lui et le livre m'ont sauvé la vie.

Bowden consulta sa montre.

— On n'est pas arrivés. On n'aura pas leur… tiens, qu'est-ce que c'est que ça ?

On aurait dit un accident de la route. Une vingtaine de voitures étaient immobilisées devant nous et, comme ça n'avançait pas, au bout de deux minutes je m'engageai sur le bas-côté et roulai lentement jusqu'à la tête du bouchon. Un agent de la circulation nous arrêta, contempla, dubitatif, les impacts de balles sur la carrosserie de ma voiture et dit :

— Désolé, m'dame, je ne peux pas vous…

Je brandis mon vieux badge de OS-5, et il changea de ton.

— Désolé, m'dame. Il se passe quelque chose de bizarre là-bas devant.

Bowden et moi échangeâmes un regard et descendîmes de voiture. Derrière nous, un ruban de sécurité contenait la foule de curieux. Ils assistaient en silence au spectacle qui se déroulait sous leurs yeux. Trois voitures de police et une ambulance étaient déjà sur les lieux ; deux ambulanciers étaient en train de s'occuper d'un nouveau-né emmailloté dans une couverture qui vagissait plaintivement. Mon arrivée parut soulager tout le monde : le plus haut gradé là-dedans était un brigadier, et ils étaient contents de se défausser sur quelqu'un d'autre, surtout une OS-5, le grade le plus élevé qu'il leur avait jamais été donné de voir.

J'empruntai une paire de jumelles et scrutai l'autoroute déserte. A environ cinq cents mètres de là, la chaussée et le ciel étoilé disparaissaient dans une spirale en forme de tourbillon, un entonnoir broyant et déformant la lumière qui avait réussi à pénétrer le vortex. Je poussai un soupir. Mon père m'avait parlé de distorsions temporelles, mais je n'en avais encore jamais vu de mes propres yeux. Au centre du tourbillon, où la lumière réfractée se brisait en mille éclats désordonnés, il y avait un trou noir qui semblait n'avoir ni couleur ni profondeur, rien qu'une forme ; un cercle parfait de la taille d'un pamplemousse. La circulation en face avait également été arrêtée par la police ; les éclairs des gyrophares viraient au rouge à la périphérie de la masse noire, distordant l'image de la route à l'instar de la réfraction sur les bords d'un bocal à confiture. Devant le vortex il y avait une Datsun bleue ; le capot commençait déjà à s'allonger à l'approche de la distorsion. Derrière la Datsun je vis une moto, et derrière la moto, le plus près de nous, une berline familiale verte. Je les observai pendant une minute, mais tous les véhicules paraissaient s'être figés sur le bitume. Le motard, sa machine et les occupants des voitures étaient pétrifiés comme des statues.

— Bordel ! marmonnai-je avec un coup d'œil à ma montre. Ça s'est ouvert il y a combien de temps ?

— Une heure à peu près, répondit le brigadier. Il y a eu un genre d'accident impliquant un véhicule d'Exco-Mat. Ça ne pouvait pas plus mal tomber ; j'étais sur le point de quitter mon travail.

Il indiqua du pouce le bébé sur la civière qui, les doigts dans la bouche, avait cessé de brailler.

— Lui, c'était le chauffeur. Avant l'accident, il avait trente et un ans. Le temps qu'on arrive, il en avait huit – dans quelques minutes, il n'en restera plus qu'une tache humide sur la couverture.

— Avez-vous appelé la ChronoGarde ?

— Oui, je les ai appelés, fit-il, résigné. Mais on a découvert un pan de temps négatif près du supermarché

Tesco à Wareham. Ils ne pourront pas être là au mieux avant quatre heures.

Je réfléchis rapidement.

— Combien de personnes ont disparu jusqu'à présent ?

— Monsieur, dit un agent en désignant la chaussée, regardez-moi ça !

Sous nos yeux, la Datsun bleue se mit à se contorsionner, à s'étirer, à se plier et à se rabougrir avant de se faire aspirer à travers le trou. En quelques secondes, elle s'était évanouie entièrement, compressée à un milliardième de sa taille et catapultée vers l'Ailleurs.

Le brigadier repoussa sa casquette et soupira. Il ne pouvait rien faire.

Je répétai ma question.

— Combien ?

— Oh, le camion, tout un bibliobus, douze voitures et une moto. Peut-être vingt personnes au total.

— Ça fait beaucoup de matière, constatai-je, morose. Le temps que la ChronoGarde arrive jusqu'ici, la distorsion risque d'atteindre la taille d'un terrain de foot.

Le brigadier haussa les épaules. Il n'avait pas été formé pour gérer les phénomènes d'instabilité temporelle. Je me tournai vers Bowden.

— Allez, venez.

— Quoi ?

— On a un boulot à faire.

— Vous êtes cinglée !

— Peut-être.

— On ne peut pas attendre la ChronoGarde ?

— Ils n'arriveront jamais à temps. C'est facile. Un singe lobotomisé pourrait le faire.

— Et où allons-nous trouver un singe lobotomisé à cette heure-ci de la nuit ?

— Vous avez la pétoche, Bowden.

— Parfaitement. Vous savez ce qui va se passer si on échoue ?

— Nous n'échouerons pas. C'est simple comme bonjour. Papa était ChronoGarde ; il m'a parlé de ces choses-là. L'astuce, ce sont les sphères. Dans quatre heures, un cataclysme majeur pourrait se produire sous nos yeux. Une déchirure dans le temps, tellement large qu'on ne saurait plus trop distinguer l'ici et maintenant du là-bas et jadis. La débâcle de la civilisation, panique dans les rues, la fin du monde que nous connaissons. Eh, oh, petit !

J'avais repéré un gamin qui faisait rebondir un ballon de basket sur la chaussée. Il me le donna à contrecœur, et je rejoignis Bowden qui attendait, mal à l'aise, devant la voiture. Nous rabattîmes le toit, et Bowden s'assit sur le siège du passager, serrant le ballon d'un air sombre contre lui.

— Un ballon de basket ?

— C'est bien une sphère, non ? répliquai-je, me remémorant les conseils de papa. Vous êtes prêt ?

— Prêt, répondit-il d'une voix qui tremblait légèrement.

Je démarrai et m'approchai du groupe de policiers frappés de stupeur.

— Vous êtes sûre que vous savez ce que vous faites ? s'enquit un jeune agent.

— Plus ou moins, dis-je en toute sincérité. Quelqu'un aurait-il une montre avec une trotteuse ?

Le plus jeune des agents retira sa montre et me la tendit. Je notai le temps *réel* – cinq heures trente du matin –, puis remis les aiguilles sur douze heures. J'accrochai la montre au rétroviseur.

Le brigadier nous souhaita bonne chance, même si en son for intérieur il devait penser « plutôt vous que moi ».

Le ciel était en train de s'éclaircir, sauf autour des véhicules où il faisait encore nuit. Pour les voitures piégées, le temps s'était arrêté, mais seulement aux yeux d'observateurs extérieurs. Les occupants, eux, ne se rendaient compte de rien, sinon qu'en regardant derrière eux, ils auraient vu le jour se lever.

Les cinquante premiers mètres, nous les parcourûmes sans encombre ; cependant, à mesure que nous nous rapprochions, la moto et la voiture parurent prendre de la vitesse, et lorsque nous rattrapâmes la berline verte, nous roulions à près de quatre-vingt-quinze kilomètres à l'heure. Un coup d'œil sur la montre accrochée au rétro m'apprit qu'il s'était écoulé trois minutes exactement.

Bowden surveillait ce qui se passait derrière nous. Alors que nous abordions la zone d'instabilité, les mouvements des policiers semblèrent s'accélérer jusqu'à se brouiller complètement. Les voitures qui bloquaient la chaussée étaient détournées et renvoyées en sens inverse par le bas-côté à une allure d'enfer. Bowden remarqua aussi que le soleil se levait rapidement derrière nous et se demanda dans quoi il s'était embarqué.

La berline verte comptait deux occupants, un homme et une femme. La femme dormait, et le conducteur regardait le trou noir qui béait devant eux. Je lui criai de s'arrêter. Il baissa sa vitre, et je répétai l'ordre en ajoutant : « OpSpecs ! » et en agitant mon badge. Il freina docilement, et ses stops s'allumèrent, trouant l'obscurité. Trois minutes et vingt-six secondes avaient passé depuis le début de notre périple.

De leur poste d'observation, les ChronoGardes virent seulement les feux de la berline verte s'allumer languissamment dans l'entonnoir que formaient les ténèbres. Pendant dix minutes, ils suivirent la voiture des yeux tandis qu'elle bifurquait quasi imperceptiblement vers l'accotement. Il était presque dix heures du matin, et une patrouille avancée de la ChronoGarde venait d'arriver directement depuis Wareham. L'équipement et le personnel avaient embarqué à bord d'un hélicoptère Chinook de OS-12, et le colonel Rutter s'était déplacé en éclaireur pour voir ce qu'il y avait à faire. Il avait été surpris de découvrir que deux agents ordinaires s'étaient chargés de cette mission périlleuse, et ce d'autant plus que personne n'avait su lui dire qui ils étaient. Même la vérification de ma plaque minéralogique ne donna pas grand-chose, car la voiture était toujours enregistrée au nom du garage où je l'avais achetée. Le seul élément positif de cette histoire de fous, nota-t-il, était le fait que le passager semblait tenir un objet de forme sphérique. Si jamais le trou s'agrandissait et que le temps ralentissait encore davantage, il leur faudrait plusieurs mois pour nous atteindre, même avec le véhicule le plus rapide à leur disposition. Il baissa les jumelles et soupira. C'était un sale boulot, un putain de sale boulot solitaire. Cela faisait quarante ans qu'il travaillait dans la ChronoGarde, d'après le Temps Terrestre Standard. Professionnellement parlant, il avait deux cent neuf ans. Du point de vue physiologique, seulement vingt-huit. Ses enfants étaient plus âgés que lui ; sa femme était dans une maison de retraite. Il avait cru qu'un salaire élevé pallierait ces inconvénients, or il n'en fut rien.

Alors que la berline verte s'éloignait rapidement de nous, Bowden jeta un nouveau coup d'œil en arrière et vit le soleil se lever de plus en plus haut, de plus en plus vite. Un hélicoptère surgit en un éclair, avec le logo distinctif « CG » de la ChronoGarde. Devant nous, il n'y avait plus que le motard, dangereusement proche du trou noir et tourbillonnant. Tout de cuir rouge vêtu, il pilotait une Triumph dernier cri – ironiquement la seule moto capable d'échapper au vortex, à condition de connaître la nature du problème. Il nous avait fallu six minutes de plus pour parvenir à sa hauteur ; au moment où nous nous rapprochions, un rugissement se fit entendre par-dessus le bruit du vent, le genre de hurlement que peut produire un cyclone en vous frôlant. Il nous restait encore environ trois mètres à franchir, et nous avions du mal à maintenir notre allure. Le compteur de la Porsche affichait plus de cent quarante à l'heure tandis que nous foncions de concert sur l'autoroute. Je klaxonnai, mais le son se perdit dans le hurlement ambiant.

— Préparez-vous ! criai-je à Bowden.

Le vent nous fouettait les cheveux, et l'air tirait sur nos vêtements. Je fis des appels de phares, et le motard finit par nous remarquer. Il se retourna, nous adressa un signe de la main ; se méprenant sur notre intention, il crut qu'on lui proposait une course, débraya et accéléra. En un instant, le vortex le happa : il parut s'étirer en longueur, en largeur et à l'envers avant de se faire aspirer par la zone d'instabilité. La seconde d'après, il avait disparu. Au moment précis où je compris que nous ne le rattraperions pas, j'écrasai la pédale du frein et hurlai :

— *Allez-y !*

De la fumée s'échappa des pneus quand nous dérapâmes sur le bitume. Bowden lança le ballon de basket qui parut s'enfler à la dimension du trou ; il s'aplatit jusqu'à devenir un disque, et le trou s'allongea pour ne former plus qu'une ligne. Nous vîmes le ballon toucher le trou, rebondir une fois et nous ouvrir le passage. Un dernier coup d'œil à la montre, et nous basculâmes dans l'abîme, le ballon de basket masquant l'ultime vision de notre monde pendant que nous nous envolions vers l'Ailleurs. Douze minutes et quarante et une secondes s'étaient écoulées depuis notre départ. A l'extérieur, cela équivalait à environ sept heures.

— La moto est partie, observa le colonel Rutter.

Son adjoint grommela une réponse. Il n'aimait pas que des non-Chronos tentent de faire le boulot à sa place. Ils avaient réussi à préserver la légende de leur profession pendant plus de cinq décennies, avec un salaire à l'avenant ; ces apprentis héros ne pouvaient que miner la confiance indéfectible de l'opinion publique dans leur travail. Qui n'était pas bien difficile, du reste ; simplement, ça prenait beaucoup de temps. Il avait déjà réparé une déchirure similaire dans l'espace-temps, survenue dans le parc municipal de Weybridge entre l'horloge florale et le kiosque à musique. La tâche elle-même lui avait pris dix minutes : il lui avait suffi d'entrer et de boucher le trou avec une balle de tennis, pendant que, dehors, sept mois passaient en un éclair – sept mois avec une double paie plus des indemnités, merci infiniment.

Les agents de la ChronoGarde installèrent une grosse horloge face à l'entrée de la zone, pour que quiconque se trouvant à l'intérieur puisse se repérer plus facilement. Une horloge identique à l'arrière de l'hélico permettait aux agents au sol de se rendre compte du degré de ralentissement temporel.

Après la disparition de la moto, ils attendirent une demi-heure de plus pour voir ce qui allait arriver. Ils regardèrent Bowden se lever lentement et lancer ce qui ressemblait à un ballon de basket.

— Trop tard, murmura Rutter qui avait déjà assisté à ce genre de scène.

Il donna des ordres, et les rotors de l'hélico venaient à peine de repartir quand l'obscurité autour du trou se dissipa. La nuit recula, et une route dégagée apparut en face d'eux. Ils virent le couple descendre de la berline verte et contempler avec stupéfaction la soudaine lumière du jour. Cent mètres plus loin, le ballon de basket avait soigneusement colmaté la brèche et tremblait légèrement, maintenu en l'air par le souffle du vortex. En l'espace d'une minute, la déchirure se répara, et le ballon retomba sans effort sur le bitume, rebondissant plusieurs fois avant de rouler sur le bas-côté. Le ciel était clair ; il n'y avait aucune trace prouvant que le temps n'était pas ce qu'il avait toujours été. Tout comme il n'y avait plus aucune trace de la Datsun, du motard et de la voiture de sport bariolée.

Ma voiture continuait à glisser. L'autoroute avait cédé la place à un kaléidoscope de couleur et de lumière qui ne faisait aucun sens pour nous deux. A l'occasion, une image cohérente émergeait de cette bouillie ; à plusieurs reprises, nous crûmes être de retour dans un temps stable, mais le vortex nous entraîna de plus belle, et le cyclone faisait rage dans nos oreilles. La première fois, ce fut sur une route quelque part dans les environs de Londres. Apparemment, c'était l'hiver ; devant nous, une Austin Allegro vert pomme déboucha d'une bretelle d'accès. Je fis une embardée et accélérai en klaxonnant rageusement. L'image s'effondra brusquement et se fragmenta pour reformer aussitôt la cale crasseuse d'un bateau. La voiture était coincée entre deux caisses d'emballage, dont une, la plus proche, à destination de Shanghai. Le hurlement du vortex s'était atténué, mais nous entendions à présent un nouveau rugissement, le rugissement d'une tempête en pleine mer. Le bateau plongea en avant, et Bowden et moi nous regardâmes, ne sachant pas trop si c'était, oui ou non, la fin du voyage. Le vacarme s'accentua tandis que la cale humide se repliait sur elle-même et s'évanouissait, pour faire place à un service d'hôpital tout blanc. La tempête s'était apaisée ; le moteur de la voiture ronronnait de contentement. Dans le seul lit occupé, il y avait une femme somnolente et hébétée, avec un bras en écharpe. Je savais ce que j'avais à dire.

— Thursday ! criai-je, excitée.

La femme dans le lit fronça les sourcils et regarda Bowden, qui la salua d'un joyeux signe de la main.

— Il n'est pas mort ! continuai-je, sachant maintenant que je disais la vérité.

Déjà, les mugissements de la tempête reprenaient. Elle n'allait pas tarder à nous emporter.

— L'accident de voiture était un leurre. Des hommes

de la trempe d'Achéron ne meurent pas aussi facilement. Accepte le poste de LittéraTec à Swindon.

La femme dans le lit eut tout juste le temps de répéter mon dernier mot quand le plafond et le plancher s'ouvrirent, et nous fûmes engloutis par le maelström. Après un carrousel étourdissant de tintamarre coloré et de lumière bruyante, nous échouâmes sur le parking d'une station-service quelque part au bord d'une autoroute. La tempête ralentit et s'arrêta.

— Ça y est, c'est fini ? demanda Bowden.

— Je n'en sais rien.

Il faisait nuit, et les réverbères baignaient le parking d'une lueur orangée. Le bitume luisait après la pluie. Une voiture se gara à côté de nous, une grosse Pontiac avec toute une famille à l'intérieur. La femme était en train d'engueuler son mari parce qu'il s'était endormi au volant, et les enfants pleuraient. Manifestement, ç'avait été moins une.

— Excusez-moi ! hurlai-je.

L'homme baissa sa vitre.

— Oui ?

— Quel jour sommes-nous ?

— Quel jour ?

— On est le huit juillet, répondit la femme en nous décochant un regard agacé.

Je la remerciai et me tournai à nouveau vers Bowden.

— Nous retardons de trois semaines ? s'enquit-il.

— Ou nous avons cinquante-six semaines d'avance.

— Ou bien cent huit.

— Je vais tâcher de savoir où nous sommes.

Je coupai le contact et descendis de voiture. Bowden se joignit à moi, et nous nous dirigeâmes vers la cafétéria. Au-delà de la bâtisse, on apercevait l'autoroute et la passerelle qui menait à la station-service d'en face.

Plusieurs dépanneuses passèrent à la queue leu leu devant nous, traînant des voitures vides.

— Il y a quelque chose qui cloche.

— Entièrement d'accord, opina Bowden. Mais quoi ?

Tout à coup, les portes de la cafétéria s'ouvrirent à la volée, et une femme en jaillit. Un pistolet à la main, elle poussait un homme qui trébucha en sortant. Bowden m'entraîna derrière une camionnette en stationnement. Nous risquâmes un œil dehors et vîmes que la femme avait de la compagnie bien malgré elle – des individus surgis de nulle part et qui étaient tous armés.

— Qu'est-ce qui… ? chuchotai-je, réalisant soudain de quoi il retournait. Mais c'est moi !

En effet. Je semblais avoir vieilli de quelques années, et cependant c'était bien moi. Bowden s'en était rendu compte aussi.

— Je ne suis pas sûr d'aimer votre coiffure.

— Vous préférez les cheveux longs ?

— Evidemment.

Sous nos yeux, l'un des trois hommes ordonna à cet autre moi de lâcher son arme. Moi-je-elle dit quelque chose qui nous échappa, posa son pistolet et libéra son prisonnier que l'un des inconnus empoigna brutalement.

— Mais qu'est-ce qui se passe ? demandai-je, désemparée.

— Il faut qu'on y aille !

— Et qu'on me laisse comme ça ?

— Regardez.

Il désigna la voiture. Celle-ci tremblait légèrement comme secouée par une rafale de vent localisée.

— Je ne peux pas la laisser… me laisser dans cette situation !

Mais Bowden me traînait déjà vers la voiture qui oscillait plus violemment et commençait à s'estomper.

— Attendez !

Je me dégageai, tirai mon automatique et le planquai sous les roues du véhicule le plus proche. Puis je rejoignis Bowden en courant et sautai à l'arrière de la Speedster. Juste à temps. Il y eut un éclair aveuglant, un coup de tonnerre et, ensuite, le silence. J'ouvris un œil.

Il faisait jour. Je regardai Bowden qui avait réussi à se glisser derrière le volant. Le parking de la station-service avait disparu ; à sa place, il y avait un paisible chemin de campagne. Le voyage était terminé.

— Ça va ?

Bowden tâta la barbe de trois jours qui lui avait inexplicablement poussé au menton.

— Je crois que oui. Et vous ?

— Ça peut aller.

Je vérifiai mon étui de pistolet. Il était vide.

— Sauf que je meurs d'envie de faire pipi. J'ai l'impression de ne pas y être allée depuis une semaine.

Bowden acquiesça d'un air peiné.

— Je pense pouvoir en dire autant.

Je me réfugiai derrière un mur. La démarche raide, Bowden traversa la route et se soulagea dans la haie.

— Où croyez-vous que nous sommes ? lui criai-je de derrière mon mur. Enfin, plus exactement, quand ?

— Voiture vingt-huit, grésilla la radio. Répondez, s'il vous plaît.

— Qui sait ? lança Bowden par-dessus son épaule. Mais si vous avez l'intention de remettre ça, choisissez quelqu'un d'autre.

Nous nous sentions beaucoup mieux en regagnant la voiture. C'était une belle journée, sèche et d'une grande douceur. Une odeur de foin flottait dans l'air et, à distance, on entendait un tracteur trimer dans un champ.

— C'était quoi, cette histoire à la station-service ? fit Bowden. Une Thursday passée ou une Thursday à venir ?

Je haussai les épaules.

— Je ne saurai pas vous expliquer. J'espère seulement que je me suis sortie de cette galère. Ces gars-là n'avaient pas une tête à faire une collecte pour la paroisse.

— Vous verrez bien.

— Sûrement. Je me demande qui était cet homme que je tentais de protéger.

— C'est à moi que vous posez la question ?

Je me perchai sur le capot et mis une paire de lunettes noires. S'approchant d'une grille, Bowden jeta un coup d'œil par-dessus. Au fond de la vallée se nichait un village en pierre grise, et un troupeau de vaches paissait paisiblement dans la prairie.

Il pointa le doigt sur une borne kilométrique.

— Tenez, un coup de bol.

La borne indiquait que nous étions à dix kilomètres de Haworth.

Mais je ne l'écoutais pas. Je réfléchissais à cette vision de moi-même dans le lit d'hôpital. Si je ne m'étais pas vue, je ne serais pas allée à Swindon, et si je n'étais pas allée à Swindon, j'aurais été incapable de m'adresser cet avertissement. Incontestablement, tout cela ferait sens pour mon père, mais moi je risquais de devenir folle à me torturer les méninges pour essayer de comprendre.

— Voiture vingt-huit, reprit la radio. Répondez, s'il vous plaît.

J'interrompis mes cogitations et vérifiai la position du soleil.

— Il doit être aux alentours de midi, je pense.

Bowden hocha la tête.

— Ce n'est pas *nous*, la voiture vingt-huit ? demanda-t-il avec un léger froncement de sourcils.

Je pris le micro.

— Voiture vingt-huit, je vous écoute.

— Enfin ! résonna une voix soulagée dans le haut-parleur. J'ai le colonel Rutter de la ChronoGarde qui désire vous parler.

Bowden s'approcha pour mieux entendre. Nous nous regardâmes, ne sachant ce qui nous attendait : une réprimande, une montagne de félicitations ou, si ça se trouvait, les deux à la fois.

— Agents Next et Cable, vous m'entendez ? fit une voix grave dans la radio.

— Oui, monsieur.

— Bien. Où êtes-vous ?

— A une dizaine de kilomètres de Haworth.

— Déjà ? s'esclaffa-t-il. Formidable.

Il se racla la gorge. On le sentait venir.

— Officieusement, c'était l'un des actes les plus courageux que j'aie jamais vu. Vous avez sauvé un grand nombre de vies et empêché le phénomène de prendre une ampleur considérable. Vous pouvez être très fiers de vous, et ce serait un honneur pour moi d'avoir deux agents aussi performants sous mes ordres.

— Merci, monsieur, je…

— Je n'ai pas terminé ! aboya-t-il, nous faisant sursauter tous les deux. *Officiellement*, toutefois, vous avez enfreint tous les articles du règlement. Et je devrais vous clouer les fesses au mur pour n'avoir pas suivi la procédure. Encore une tentative comme celle-ci, et c'est ce qui va arriver. Compris ?

— Compris, monsieur.

Je regardai Bowden. Une seule question nous brûlait les lèvres.

— Combien de temps avons-nous été absents ?

— Nous sommes en 2016, répondit Rutter. *Votre absence a duré trente et un ans !*

28

Le presbytère de Haworth

D'aucuns diraient que les ChronoGardes sont doués d'un irrésistible sens de l'humour. Moi, je les trouve plutôt exaspérants. J'avais entendu dire qu'ils fourraient les nouvelles recrues dans une combinaison gravitationnelle et les expédiaient une semaine dans le futur, histoire de s'amuser. Le jeu a été interdit après qu'une recrue avait disparu à l'extérieur du cône. Théoriquement, l'homme y est toujours, hors de notre temps, incapable de revenir et incapable de communiquer. Il a été calculé que nous le rattraperions dans quatorze mille ans environ – malheureusement, il n'aura vieilli que de douze minutes. Vous parlez d'une blague.

THURSDAY NEXT
Ma vie chez les OpSpecs

Nous fûmes tous deux victimes du sens de l'humour si particulier des ChronoGardes. En fait, il était midi passé de la journée du lendemain. Nous n'avions été absents que durant sept heures. Nous remîmes nos montres à l'heure et reprîmes lentement la route, direction Haworth, quelque peu refroidis par notre aventure.

*
* *

Au presbytère de Haworth, le grand manège médiatique battait son plein. J'avais espéré arriver avant tout ce tralala, mais le trou sur la M1 avait contrecarré mes plans. Lydia Startright de la chaîne Krapo News était en train d'enregistrer son reportage pour le journal télévisé de la mi-journée. Debout devant le perron, un micro à la main, elle composa son maintien avant de commencer.

— ... Ce matin, tandis que le soleil se levait sur Haworth, la police a ouvert une enquête sur un vol audacieux et un double meurtre. Au cours de la nuit dernière, un agent de la sécurité a été abattu par un agresseur inconnu en voulant l'empêcher de s'emparer du manuscrit original de *Jane Eyre*. La police s'est rendue sur place à la première heure, mais jusque-là elle ne s'est livrée à aucun commentaire. On peut très certainement dresser un parallèle avec le vol du manuscrit de *Martin Chuzzlewit* qui, malgré les efforts conjugués de la police et des OpSpecs, n'a toujours pas été élucidé. Compte tenu de l'extraction et du meurtre de Mr. Quaverley, on peut supposer qu'un sort semblable guette Jane ou Rochester. Le Groupe Goliath, dont on signale la présence inhabituelle sur les lieux, n'a pas fait de commentaire – comme toujours.

— *Coupez !* C'était *très* bon, chérie, déclara le producteur de Lydia. On peut le refaire sans mentionner Goliath ? Vous savez bien qu'ils vont supprimer ça !

— Qu'ils le fassent.

— Lyds, ma poulette ! Qui paie les factures ? Je suis entièrement pour la liberté d'expression, mais sur une autre antenne, hmm ?

Elle l'ignora et, entendant arriver une voiture, tourna la tête. Son visage s'illumina ; elle s'en approcha d'un pas énergique, faisant signe au caméraman de la suivre.

Un policier d'une quarantaine d'années, svelte, la crinière argentée et des poches sous les yeux, leva le regard au ciel, plaquant un sourire sur son visage hostile.

Patiemment, il attendit qu'elle prononce une brève introduction.

— J'ai avec moi l'inspecteur Oswald Mandias, de la brigade criminelle du Yorkshire. Dites-moi, inspecteur, pensez-vous que ce crime ait un lien quelconque avec le vol de *Chuzzlewit* ?

Il sourit avec bienveillance, pleinement conscient qu'il allait apparaître sur trente millions d'écrans de télévision d'ici la fin de la journée.

— Il est trop tôt pour le dire ; un communiqué de presse détaillé sera publié en temps voulu.

— Cette affaire n'est-elle pas du ressort des LittéraTecs du Yorkshire ? *Jane Eyre* est l'un des trésors les plus inestimables de ce comté.

Mandias s'arrêta et lui fit face.

— Contrairement aux autres sections des OpSpecs, les LittéraTecs du Yorkshire travaillent à partir d'éléments fournis par les forces de l'ordre. Les LittéraTecs ne sont *pas* la police et n'ont pas leur place dans le cadre d'une enquête policière.

— Pourquoi, à votre avis, le Groupe Goliath a fait une apparition ce matin ?

— Plus de questions ! lança l'adjoint de Mandias en voyant converger les autres équipes de télévision.

Goliath était venu et reparti, mais personne n'allait en apprendre davantage sur ce sujet. La police se fraya le passage dans la cohue, et Lydia fit une pause pour casser la croûte ; elle était en reportage depuis le petit déjeuner. Quelques minutes plus tard, Bowden et moi arrivions dans la Speedster.

— Tiens, tiens, marmonnai-je en descendant de voiture. Startright est déjà au taf. Salut, Lyds !

Lydia faillit s'étouffer avec son SmileyBurger. Le lâchant précipitamment, elle saisit le micro et courut après moi.

— Bien que les LittéraTecs du Yorkshire et Goliath soient censés briller par leur absence, débita-t-elle en s'efforçant de se maintenir à ma hauteur, les événements ont pris une tournure intéressante avec l'arrivée de Thursday Next de OS-27. Contrairement à la procédure d'usage, les LittéraTecs sont sortis de derrière leur bureau pour se rendre sur la scène du crime.

Je décidai alors de m'amuser un peu. Lydia prit la pose et commença l'interview.

— Dites-moi, Miss Next, que faites-vous dans un secteur aussi éloigné du vôtre ?

— Salut, Lydia. Vous avez de la mayonnaise sur la lèvre. Ces SmileyBurgers sont vraiment trop salés ; vous ne devriez pas manger ça. Quant à l'affaire en question, c'est toujours le même vieux refrain à la con : « Vous comprenez bien que tout ce que nous pourrons découvrir devra rester bla-bla-bla. » Ça vous va ?

Lydia réprima un sourire.

— Croyez-vous que les deux vols soient liés ?

— Mon frère Joffy est un de vos fans, Lyds ; je pourrai avoir une photo dédicacée, hein ? Joffy avec deux F. Excusez-moi.

— Merci de rien, Thursday ! lança la Startright. A un de ces quatre !

Nous nous approchâmes de la barrière de police et montrâmes nos badges à l'agent en faction. Il regarda les badges, puis nous regarda, nous. Visiblement, il n'était pas impressionné. Il parla à Mandias.

— Monsieur, il y a deux LittéraTecs du Wessex qui veulent accéder à la scène du crime.

Mandias arriva avec une lenteur consternante. Nous toisant l'un et l'autre, il choisit ses mots avec soin.

— Ici, dans le Yorkshire, les LittéraTecs ne quittent pas leur bureau.

— J'ai lu les rapports d'interpellation. Ça saute aux yeux, répliquai-je froidement.

Mandias soupira. Tenir en échec ceux qu'il considérait comme des intellos, surtout d'une autre circonscription que la sienne, n'était manifestement pas sa tasse de thé.

— J'ai deux meurtres sur les bras et je ne veux pas de dérangement sur la scène du crime. Attendez donc d'avoir le rapport, et vous reprendrez votre enquête à partir de là.

— Ces meurtres sont un drame, c'est certain, répondis-je, mais ce qui nous préoccupe, c'est *Jane Eyre*. Il est impératif que nous puissions voir la scène du crime. *Jane Eyre* nous dépasse largement, vous et moi. Si vous refusez, je me plaindrai à votre supérieur hiérarchique.

Mais Mandias n'était pas homme à céder au chantage. Après tout, nous étions dans le Yorkshire. Me dévisageant, il dit doucement :

— Allez-y, ne vous gênez pas, espèce de gratte-papier.

Je fis un pas en avant, et il leva le menton ; il n'avait pas l'intention de céder. Le policier le plus proche vint se poster derrière lui pour lui prêter main-forte en cas de nécessité.

J'étais à deux doigts de perdre patience quand Bowden prit la parole.

— Monsieur, commença-t-il, si nous pouvions *avancer lentement* vers un but, il nous serait possible de nous *extraire* de ce malentendu, au lieu de nous y *enfouir*.

L'attitude de Mandias changea du tout au tout. Il eut un sourire solennel.

— Dans ce cas, il y aurait sûrement moyen de jeter un rapide coup d'œil… à condition que vous ne touchiez à rien.

— Vous avez ma parole, fit Bowden d'un air significatif en se tapotant l'estomac.

Les deux hommes se serrèrent la main, échangèrent un clin d'œil, et bientôt nous fûmes escortés dans le musée.

— Mais comment diable avez-vous fait ? sifflai-je.

— Regardez sa bague.

J'obtempérai. Il portait au majeur une grosse bague ornée d'un curieux motif.

— Et alors ?

— La Très Vénérable Confrérie du Wombat.

Je souris.

— Voyons, qu'est-ce qu'on a ici ? Un double meurtre et un manuscrit qui a disparu. Seul le manuscrit a été volé, n'est-ce pas ? Il ne manque rien d'autre ?

— Non, répondit Mandias.

— Et le garde a été tué avec sa propre arme ?

Mandias s'arrêta et me jeta un regard perçant.

— Comment le savez-vous ?

— Un coup de veine, dis-je posément. Qu'en est-il des bandes vidéo ?

— Nous sommes en train de les étudier.

— Il n'y a personne dessus, hein ?

L'inspecteur me considéra avec curiosité.

— Vous savez qui a fait ça ?

Je le suivis dans la pièce qui autrefois avait abrité le manuscrit. La vitrine intacte se dressait tristement au milieu. Je caressai la surface marbrée et inégale.

— Merci, Mandias, vous êtes le meilleur, dis-je en rebroussant chemin.

Mandias et Bowden se regardèrent et m'emboîtèrent le pas avec empressement.

— C'est tout ? demanda Mandias. C'est ça, votre enquête ?

— J'ai vu ce que je voulais voir.

— Vous n'avez pas quelque chose à me donner ?

Il courait presque derrière nous.

— Frère, fit-il en s'adressant à Bowden, *vous* pouvez me le dire.

— Il faut dire à l'inspecteur ce que nous savons, Thursday. On lui doit bien ça, non ?

Je m'arrêtai si brusquement que Mandias faillit se cogner à moi.

— Vous avez déjà entendu parler d'un dénommé Hadès ?

Mandias pâlit et regarda nerveusement autour de lui.

— Ne vous inquiétez pas, il a disparu depuis longtemps.

— On dit qu'il est mort au Venezuela.

— On dit qu'il passe à travers les murs, repartis-je. On dit aussi qu'il émet des couleurs en bougeant. Hadès est en vie, et il faut que je le retrouve avant qu'il ne s'attaque au manuscrit.

Mandias semblait s'être fait tout petit depuis qu'il avait compris à qui il avait affaire.

— Je peux faire quelque chose ?

Je marquai une pause.

— Prier pour ne jamais croiser son chemin.

Le voyage du retour se déroula sans encombre ; sur la M1 tout était rentré dans l'ordre. Victor nous attendait au bureau ; il avait l'air passablement agité.

— J'ai eu Braxton au téléphone toute la matinée : il m'a cassé les oreilles avec l'assurance qui n'allait pas marcher si ses agents opéraient en dehors de leur circonscription.

— Toujours la même vieille chanson.

— C'est ce que je lui ai dit. J'ai mis pratiquement tout le monde au bureau à lire *Jane Eyre* au cas où il se passerait quelque chose d'anormal – pour le moment, tout paraît tranquille.

— Ce n'est qu'une question de temps.

— Hmm.

— Müller a lâché que Hadès était quelque part à Penderyn, dis-je à Victor. Rien de nouveau de ce côté-là ?

— Pas à ma connaissance. Maird dit qu'il a fait chou blanc – des Penderyn, il y en a plus de trois cents. Plus alarmant, avez-vous vu le journal de ce matin ?

Non, je ne l'avais pas vu. Il me montra la deuxième page de *La Taupe*. On y lisait :

MOUVEMENTS DE TROUPES
À LA FRONTIÈRE GALLOISE

Je poursuivis la lecture avec une certaine inquiétude. Apparemment, il y avait eu des mouvements de troupes près de Hereford, de Chepstow et de la ville frontalière disputée d'Oswestry. Un porte-parole de l'armée avait qualifié les manœuvres de simples « exercices » ; néanmoins, cela ne me disait rien qui vaille. Mais alors rien du tout. Je me tournai vers Victor.

— Jack Maird ? Croyez-vous qu'il convoite le Portail de la Prose au point d'entrer en guerre contre le pays de Galles ?

— Qui sait jusqu'où vont les pouvoirs réels du Groupe Goliath ? Il n'a peut-être rien à voir là-dedans. C'est peut-être une coïncidence, ou juste un bruit de sabre, mais d'une façon ou d'une autre, nous devons en tenir compte.

— Dans ce cas, il faut les prendre de vitesse. Des suggestions ?

— Il a dit quoi, Müller, déjà ? s'enquit Finisterre.

Je m'assis.

— Il a hurlé : « Penderyn. Il est à… », rien d'autre.

— Rien d'autre ? fit Bowden.

— Non, quand Maird lui a demandé quel Penderyn, vu qu'il y en avait des centaines, il a fait comme s'il parlait au téléphone.

— Qu'a-t-il dit *exactement* ? persista Bowden.

— Il a dit : « Allô », puis ça s'est transformé en un cri de douleur – il souffrait atrocement à ce moment-là. L'entretien a été enregistré, mais on a autant de chances de décrypter ça que de…

— Peut-être qu'il parlait de tout autre chose.

— Du genre ?

— Il n'a pas terminé sa phrase. « Penderyn. Il est à… Allô… allô… » Ça pourrait être, mettons, « à l'hôtel Penderyn. »

— O mon Dieu, fit Victor.

— Victor ? dis-je.

Mais il fourrageait dans la volumineuse pile de cartes que nous avions accumulées ; sur chacune d'elles, on avait coché un Penderyn, ici ou là. Il étala un plan détaillé de Merthyr Tydfil sur la table et désigna un point pile entre le palais de justice et le siège du gouvernement. Nous nous démanchâmes le cou pour suivre la direction de son doigt, mais l'endroit ne portait aucune mention précise.

— L'hôtel Penderyn, annonça Victor d'un air sombre. C'est là que j'ai passé ma lune de miel. Jadis l'équivalent de l'Adelphi ou du Raffles, il est à l'abandon depuis les années soixante. Si moi j'avais eu besoin d'un refuge…

— Il est là-bas, décrétai-je en scrutant, le cœur serré, le plan de la capitale galloise. C'est là qu'on va le trouver.

— Et comment fait-on pour pénétrer en cachette au pays de Galles, s'introduire dans un secteur sous haute surveillance, récupérer Mycroft et le manuscrit, et ressortir en un seul morceau ? demanda Bowden. Il faut un mois rien que pour obtenir un visa !

— On se débrouillera, répondis-je lentement.

— Vous êtes folle ! s'exclama Victor. Braxton ne le permettra jamais !

— C'est là que vous intervenez.

— Moi ? Braxton ne m'écoute pas, *moi*.

— Eh bien, il serait temps qu'il s'y mette.

29

Jane Eyre

Jane Eyre fut publié en 1847 sous le pseudonyme Currer Bell, un nom suffisamment neutre pour masquer le sexe de Charlotte Brontë. Ce fut un énorme succès ; William Thackeray qualifia le roman de « chef-d'œuvre d'un grand génie ». Les critiques non plus ne manquèrent pas ; G.H. Lewes suggéra à Charlotte d'étudier les œuvres d'Austen et de « corriger ses défauts à la lumière du savoir-faire de cette grande artiste ». Charlotte répliqua que le travail de Miss Austen – à la lumière de ce qu'elle entendait faire – méritait à peine l'appellation d'un roman. Elle le traita de « jardin remarquablement cultivé sans aucune vue dégagée ». Le jury délibère toujours.

W.H.H.F. RENOUF
Les Brontë

Hobbes secoua la tête dans le dédale peu familier des couloirs de Thornfield Hall, la maison de Rochester. Il faisait nuit, et un silence de mort régnait à l'intérieur. Dans le passage sombre, il chercha à tâtons sa lampe de poche. Tandis qu'il progressait lentement à l'étage, une lueur orange troua l'obscurité. Devant lui, une chandelle luisait faiblement par une porte entrebâillée. Il s'arrêta et risqua un œil dans la chambre. Il vit une femme en haillons, le cheveu en bataille, en train de verser l'huile d'une lanterne sur les couvertures de Rochester endormi. Hobbes connaissait la suite ; il savait que Jane accourrait bientôt pour éteindre le feu, mais par où, il n'en avait pas la moindre idée. Il se retourna et faillit sauter au plafond : il se trouvait nez à nez avec une grande femme rougeaude. Elle sentait fortement l'alcool, respirait l'agressivité et le toisait avec un mépris à peine déguisé. Ils se dévisagèrent quelques instants ; Hobbes se demandait que faire, tandis que la femme vacillait légèrement, sans le quitter une seconde des yeux. Il paniqua et porta la main à son arme, mais avec une rapidité prodigieuse, la femme l'empoigna par le bras et le serra si fort qu'il ravala un cri de douleur.

— Qu'est-ce que vous faites ici ? siffla-t-elle, remuant un sourcil.

— Qui êtes-vous, nom de Dieu ? demanda Hobbes.

Elle le gifla violemment ; il chancela avant de se ressaisir.

— Je m'appelle Grace Poole. Je ne suis peut-être qu'une servante, mais vous n'avez pas le droit de prononcer le nom du Seigneur en vain. Je vois à votre accoutrement que vous n'êtes pas d'ici. Que voulez-vous ?

— Je viens, hum, de la part de Mr. Mason, bredouilla-t-il.

— Foutaises, rétorqua-t-elle, le fixant d'un air menaçant.

— Je veux Jane Eyre.

— Mr. Rochester aussi, répondit-elle, placide. Mais il ne l'embrasse même pas avant la page cent quatre-vingt-un.

Hobbes jeta un regard dans la chambre. La folle était en train de danser en gloussant, pendant que les flammes s'élevaient en hauteur sur le lit de Rochester.

— Si elle tarde à venir, il n'y aura pas de page cent quatre-vingt-un.

Grace Poole le considéra d'un œil torve.

— Elle le sauvera comme elle l'a déjà fait des milliers de fois, comme elle le refera des milliers de fois encore. C'est dans l'ordre des choses.

— Ah ouais ? rétorqua Hobbes. Eh bien, ça peut changer.

A cet instant, la folle se rua hors de la chambre et fonça sur lui, toutes griffes dehors. Avec un rire dément qui lui perfora les tympans, elle lui planta ses ongles déchiquetés dans les joues. Hobbes hurla ; Grace Poole immobilisa Mrs. Rochester et l'escorta manu militari dans son grenier. A la porte, elle se tourna vers Hobbes.

— Rappelez-vous, c'est dans l'ordre des choses.

— Vous n'essayez pas de m'arrêter ? s'enquit-il, perplexe.

— Je raccompagne la pauvre Mrs. Rochester là-haut. C'est écrit.

La porte se referma derrière elle, quand une voix criant « Réveillez-vous ! réveillez-vous ! » ramena l'attention de Hobbes sur la chambre en feu. A l'intérieur, Jane en chemise de nuit vidait un broc d'eau sur la silhouette du dormeur. Hobbes attendit que le feu fût éteint, puis entra en tirant son arme. Ils levèrent les yeux tous les deux, et la réplique sur les « lutins de la Chrétienté » mourut sur les lèvres de Rochester.

— Qui êtes-vous ? demandèrent-ils à l'unisson.

— Vous ne pourrez pas comprendre, croyez-moi.

Prenant Jane par le bras, Hobbes la traîna dans le couloir.

— Edward ! Mon Edward ! implora-t-elle, tendant les bras vers Rochester. Je ne vous quitterai pas, mon amour !

— Minute, papillon, dit Hobbes sans cesser de reculer. Vous n'êtes pas encore tombés amoureux !

— En cela vous vous trompez, murmura Rochester, sortant un pistolet à percussion de sous son oreiller. Je me doutais qu'une chose pareille risquait de se produire un jour ou l'autre.

Il pointa le pistolet sur Hobbes et tira d'un seul geste prompt. Mais il manqua sa cible, et la grosse balle de plomb alla se loger dans le chambranle de la porte. Hobbes riposta en tirant en l'air : Hadès avait expressément interdit de toucher à quiconque dans le roman. Rochester sortit alors un autre pistolet et l'arma.

— Lâchez-la, ordonna-t-il, les mâchoires serrées, ses cheveux bruns lui tombant dans les yeux.

Hobbes poussa Jane devant lui.

— Ne faites pas l'imbécile, Rochester ! Si tout va bien, Jane vous sera rendue illico ; vous n'aurez même pas le temps de vous apercevoir de son absence.

Tout en parlant, il se dirigeait à reculons vers l'endroit du couloir où devait se rouvrir le portail. Rochester suivit, pistolet à la main, le cœur lourd de voir son seul et unique amour traîné sans cérémonie du roman vers ce monde, *l'autre* monde, où Jane et lui ne connaîtraient jamais l'existence qu'ils menaient à Thornfield. Hobbes et Jane s'engouffrèrent dans le portail qui se referma abruptement. Le regard noir, Rochester abaissa son arme.

Quelques instants plus tard, Hobbes et une Jane Eyre hagarde dégringolaient du Portail de la Prose dans le fumoir dévasté de l'ancien hôtel Penderyn.

S'avançant, Achéron aida Jane à se relever. Il lui offrit son manteau pour la réchauffer. Après Thornfield Hall, l'hôtel était décidément plein de courants d'air.

— Miss Eyre ! commença-t-il avec douceur. Mon nom est Hadès, Achéron Hadès. Vous êtes mon honorable invitée ; asseyez-vous, je vous prie, et reprenez-vous.

— Edward ?

— Il va bien, ma jeune amie. Venez, je vais vous conduire dans une partie mieux chauffée de l'hôtel.

— Reverrai-je mon Edward un jour ?

Hadès sourit.

— Cela dépend en fait de ce que vous représentez aux yeux du public.

30

Un tollé national

Jusqu'à l'enlèvement de Jane Eyre, personne, à mon sens – et Hadès encore moins – n'avait mesuré la popularité dont elle jouissait auprès du public. Ce fut comme si on leur arrachait un symbole vivant du patrimoine littéraire anglais. Pour notre part, on n'aurait su espérer mieux.

BOWDEN CABLE
Journal d'un LittéraTec

En l'espace de vingt secondes suivant l'enlèvement de Jane, le premier lecteur inquiet avait remarqué qu'il se passait des choses étranges aux abords de la page cent sept de sa luxueuse édition reliée de cuir de *Jane Eyre*. En l'espace d'une demi-heure, le standard de la bibliothèque de l'English Museum avait sauté. En l'espace de deux heures, tous les bureaux de LittéraTecs étaient assiégés de coups de fil provenant de fans de Brontë anxieux. En l'espace de quatre heures, le président de la Fédération Brontë s'était entretenu avec le Premier ministre. Avant l'heure du dîner, le secrétaire particulier du Premier ministre avait appelé le patron des OpSpecs. A vingt et une heures, le patron des OpSpecs avait répercuté le message tout le long de l'échelle jusqu'à l'infortuné Braxton Hicks. A vingt-deux heures, il avait reçu un coup de fil personnel du Premier ministre qui voulait savoir ce que diable il comptait entreprendre. Il bafouilla dans le téléphone et répondit quelque chose de totalement inefficace. Entre-temps, la presse fut informée par des fuites que le Q.G. des investigations sur l'affaire Jane Eyre se trouvait à Swindon, et à minuit, le siège des OpSpecs fut encerclé par des lecteurs consternés, des journalistes et des équipes de chaînes de télévision.

Braxton n'était pas de très bonne humeur. Il s'était mis à fumer comme un pompier et s'était enfermé dans son bureau pendant plusieurs heures d'affilée. Même le golf n'avait pas réussi à apaiser ses nerfs froissés et, peu après le coup de téléphone du Premier ministre, il nous convoqua, Victor et moi, à une réunion sur le toit, loin des regards indiscrets de la presse, des sbires de Goliath et notamment de Jack Maird.

— Monsieur ? fit Victor quand nous approchâmes Braxton, adossé à une cheminée.

Il contemplait les lumières de Swindon avec un détachement qui m'inquiéta. Le parapet était à peine à deux mètres ; un instant, je crus, angoissée, qu'il s'apprêtait à en finir une bonne fois pour toutes.

— Regardez-les, murmura-t-il.

Nous nous détendîmes tous les deux en réalisant que Braxton était monté sur le toit pour mieux voir le public, celui-là même qu'il s'était engagé à aider. Ils étaient des milliers à encercler le poste derrière des barrières de sécurité, une bougie dans une main et un exemplaire du roman dans l'autre – un roman sérieusement écorné, vu que le récit s'arrêtait abruptement au milieu de la page cent sept, après l'intrusion d'un mystérieux « agent en noir » dans la chambre de Rochester.

Braxton agita son propre exemplaire sous notre nez.

— Vous l'avez lu, bien sûr ?

— Il n'y a pas grand-chose à lire, rétorqua Victor.

Eyre a été écrit à la première personne ; avec la disparition de la narratrice, Dieu seul sait ce qui va arriver ensuite. Moi, je pense que Rochester va sombrer dans la mélancolie, expédier Adèle dans un pensionnat et fermer la maison.

Braxton lui jeta un regard perçant.

— Ça, c'est de la conjecture, Analogy.

— Que voulez-vous, nous sommes payés pour.

Braxton poussa un soupir.

— Ils exigent que je la ramène, or je ne sais même pas où elle est ! Avant toute cette histoire, vous vous doutiez à quel point *Jane Eyre* était populaire ?

Nous baissâmes les yeux sur la foule massée en bas.

— A vrai dire, non.

La réserve habituelle de Braxton l'avait déserté. Il s'épongea le front ; sa main tremblait visiblement.

— Qu'est-ce que je vais faire ? Strictement entre nous, si on n'a pas avancé d'ici une fichue semaine, Jack Maird reprendra les choses en main.

— Ce n'est pas Jane qui l'intéresse, répondis-je en suivant son regard qui balayait les fans éplorés de Brontë. Ce qu'il veut, c'est le Portail de la Prose.

— Parlez-m'en, Next. Je n'ai plus que sept jours pour échapper à l'obscurité et à la damnation historique et littéraire. Je sais qu'on a eu des différends par le passé, mais je tiens à vous donner carte blanche. Ceci, ajouta-t-il, magnanime, indépendamment des frais engagés.

Aussitôt, il se reprit :

— Cela dit, il ne faudra pas jeter l'argent par les fenêtres, hein ?

Il lança un nouveau coup d'œil sur les lumières de Swindon.

— J'aime les Brontë autant que n'importe qui, Victor. Que voulez-vous que je fasse ?

— Acceptez toutes ses conditions, quelles qu'elles

soient. Gardez-vous de révéler nos faits et gestes à Goliath, et aussi j'ai besoin d'un manuscrit.

Braxton plissa les yeux.

— Quel genre de manuscrit ?

Victor lui remit un bout de papier. Braxton le lut et haussa les sourcils.

— Vous l'aurez, dit-il lentement, dussé-je le voler moi-même !

31

La République Populaire du Pays de Galles

Paradoxalement, sans la répression sanglante et efficace des soulèvements simultanés à Pontypool, Cardiff et Newport en 1839, le pays de Galles ne serait sans doute jamais devenu une république. Sous la pression de propriétaires terriens et face aux protestations du public devant le massacre de 236 Gallois, hommes et femmes, désarmés, les Chartistes réussirent à arracher au gouvernement une réforme préalable du système parlementaire. Forts de ce succès, et bien représentés à la Chambre, ils parvinrent à imposer l'autonomie du pays de Galles au terme de la « Grande Grève » de 1847. En 1854, avec John Frost à sa tête, le pays de Galles proclama son indépendance. Embourbée dans ses problèmes en Irlande et en Crimée, l'Angleterre ne jugea pas utile de discuter avec une assemblée galloise belliqueuse et déterminée. Les liens commerciaux étaient solides, et la décentralisation, associée au pacte de non-agression anglo-gallois, fut votée l'année suivante.

ZEPHANIA JONES
Pays de Galles : naissance d'une république

A la fermeture de la frontière anglo-galloise en 1965, l'A4 qui reliait Chepstow à Abertawe devint un couloir d'accès ouvert exclusivement aux hommes d'affaires et aux camionneurs, les uns allant conclure des marchés en ville, et les autres, chercher des marchandises au port. De part et d'autre de la portion galloise de l'A4 se dressaient des barrières acérées de barbelés, histoire de rappeler aux visiteurs qu'ils n'étaient pas autorisés à s'écarter de l'itinéraire désigné.

Abertawe était considérée comme une ville ouverte – une « zone franche ». Les taxes étaient peu élevées, et les barrières douanières, quasi inexistantes. Bowden et moi pénétrâmes lentement dans la ville ; les tours de verre et les institutions bancaires qui bordaient la côte sonnaient ostensiblement le glas de la philosophie du libre-échange qui, bien que profitable, ne rencontrait pas un écho enthousiaste chez *tous* les Gallois. Le reste de la république était beaucoup plus réservé et traditionnel ; par endroits, le petit pays avait à peine changé en un siècle de temps.

— Et maintenant ? demanda Bowden pendant que je me garais devant la Goliath First National Bank.

Je tapotai la mallette que Braxton m'avait remise la veille. Il m'avait dit d'utiliser son contenu à bon escient ; au train où allaient les choses, ceci devait être notre dernière chance avant que Goliath ne prît la tête des opérations.

— On va se faire emmener à Merthyr.

— Vous ne suggéreriez pas ça si vous n'aviez pas un plan.

— Je n'ai pas passé mon temps à me rouler les pouces quand j'étais à Londres, Bowden. J'ai mes entrées. Par ici.

Nous dépassâmes la banque et tournâmes dans une rue latérale avec des boutiques spécialisées dans les médailles, les pièces de monnaie, l'or… et les livres. Nous faufilant entre les marchands ambulants qui conversaient essentiellement en gallois, nous nous arrêtâmes devant un petit magasin de livres anciens à la vitrine encombrée de volumes d'us et coutumes d'antan. Nous échangeâmes, Bowden et moi, un regard anxieux, puis j'inspirai profondément et poussai la porte.

Une clochette tinta au fond de la boutique, et un homme grand et voûté sortit à notre rencontre. Une paire de demi-lunes perchée sur le nez, il nous considéra avec méfiance de sous sa crinière argentée. Mais sitôt qu'il m'eut reconnue, son visage s'épanouit dans un sourire.

— Thursday, *bach*[1] ! murmura-t-il en m'étreignant chaleureusement. Qu'est-ce qui t'amène par ici ? Tu n'as pas fait tout ce chemin juste pour voir un vieil homme, hein ?

— J'ai besoin de ton aide, Dai, répondis-je doucement. Comme je n'en ai encore jamais eu besoin auparavant.

Il avait dû écouter les informations car il garda le silence. Gentiment, il prit un volume d'œuvres de jeunesse de R.S. Thomas des mains d'un client, lui annonça qu'il allait fermer et l'escorta à la porte avant que ce dernier n'eût le temps de se plaindre.

— Voici Bowden Cable, dis-je pendant que le libraire poussait le verrou. C'est mon coéquipier ; vous pouvez lui faire confiance comme vous me faites confiance à moi. Bowden, je vous présente Jones le Manuscrit, mon contact gallois.

— Ah ! fit le libraire, le gratifiant d'une cordiale poignée de main. Les amis de Thursday sont mes amis. Et voici Haelwyn la Page, ajouta-t-il, désignant son assistante qui sourit timidement. Eh bien, ma petite Thursday, que puis-je faire pour toi ?

Je marquai une pause.

— Il faut qu'on soit à Merthyr Tydfil…

Le libraire rit à gorge déployée.

— … *ce soir*, terminai-je.

1. « Petite » en gallois. *(N.d.T.)*

Il cessa de rire et passa derrière le comptoir en rangeant distraitement des objets sur son chemin.

— Ta réputation te précède, Thursday. On dit que tu es à la recherche de *Jane Eyre*. On dit que tu as bon cœur – tu as affronté le mal et survécu.

— Et qu'est-ce qu'on dit d'autre ?

— Que les Ténèbres avancent dans les vallées, interrompit Haelwyn d'une voix lugubre.

— Merci, Haelwyn, fit Jones. L'homme que vous recherchez…

— … et que la Rhondda[1] gît dans l'ombre depuis plusieurs semaines, reprit Haelwyn qui, visiblement, n'avait pas encore fini.

— Ça suffit, Haelwyn, dit Jones d'un ton plus sévère. Vous n'aviez pas de livres à expédier à Llan-dod, hmm ?

Haelwyn s'éloigna, l'air peiné.

— A propos de…, commençai-je.

— … sitôt tiré du pis des vaches, le lait tourne, lança Haelwyn de derrière un rayonnage. *Et* toutes les boussoles à Merthyr sont devenues folles ces derniers jours !

— Ne faites pas attention à elle, s'excusa Jones. Elle lit beaucoup. Bon, en quoi puis-je vous aider ? Moi, un vieux libraire sans aucune relation ?

— Un vieux libraire avec un passeport gallois et qui peut passer librement la frontière n'a pas besoin de relations pour aller où il veut.

— Attends une minute, Thursday, *bach*. Tu voudrais que *moi* je vous emmène à Merthyr ?

Je hochai la tête. Jones était à la fois ma meilleure et ma dernière chance. Cependant, mon plan ne parut pas susciter chez lui l'enthousiasme escompté.

— Et pourquoi ferais-je cela ? s'enquit-il sèchement. Tu connais le sort réservé aux contrebandiers. Aimerais-

1. Nom de deux vallées minières au sud du pays de Galles. *(N.d.T.)*

tu qu'un vieillard comme moi finisse ses jours dans une cellule à Skokholm ? Tu demandes trop. Je suis un vieux fou… mais je ne suis pas stupide.

Je m'étais attendue à une réaction de ce genre.

— Si tu acceptes de nous aider… (je plongeai la main dans ma mallette)… je pourrai te faire parvenir *ceci*.

Je plaçai l'unique feuille de papier sur le comptoir. Jones ravala une exclamation et s'assit lourdement sur une chaise. Il n'avait pas besoin de l'examiner de près pour savoir ce que c'était.

— Comment… comment l'as-tu eue ? demanda-t-il, soupçonneux.

— Le gouvernement anglais tient absolument à récupérer *Jane Eyre* – au point de proposer ce marché.

Se penchant en avant, il prit la feuille. Dessus, dans toute sa splendeur, figurait un brouillon manuscrit de « Je vois les garçons de l'été », poème d'ouverture d'une anthologie qui deviendrait plus tard *18 Poèmes*, la première œuvre publiée de Dylan Thomas. Voilà un certain temps déjà que le pays de Galles réclamait son retour.

— Ceci appartient non pas à un seul homme, mais à la république, énonça le libraire lentement. C'est notre patrimoine.

— Soit, acquiesçai-je. Vous pourrez faire du manuscrit ce que bon vous semble.

Mais Jones le Manuscrit demeurait inflexible. Même si j'avais débarqué avec *Au bois lacté*[1] sous le bras et Richard Burton pour le lire, il ne m'aurait pas conduite à Merthyr.

— Thursday, tu me demandes trop ! se lamenta-t-il.

1. Pièce de Dylan Thomas destinée à être lue à haute voix, et spécifiquement à la radio. L'enregistrement avec Richard Burton diffusé à la BBC en 1963 a eu un tel succès qu'il est encore disponible en disque. *(N.d.T.)*

Les lois sont très strictes ici ! La Heddlu Cyfrinach[1] a des yeux et des oreilles partout !

Mon cœur se serra.

— Je comprends, Jones… merci quand même.

— Je vais vous emmener à Merthyr, Miss Next, intervint Haelwyn, me regardant avec un demi-sourire aux lèvres.

— C'est trop dangereux, marmonna Jones. Je vous l'interdis !

— Chut ! répliqua-t-elle. Vous en avez assez dit. Je lis des aventures tous les jours – et maintenant, j'en ai une qui se présente à moi. En plus, la lumière des réverbères a baissé hier soir : *c'était un signe* !

Nous attendîmes dans l'arrière-boutique de Jones qu'il fît nuit, puis nous passâmes une heure bruyante et inconfortable dans le coffre de la Griffin-12 de Haelwyn la Page. Nous entendîmes le murmure de voix galloises tandis qu'elle traversait la frontière, et nous fûmes impitoyablement secoués sur la route défoncée qui menait à Merthyr. Il y avait un second poste de contrôle juste à l'entrée de la ville, ce qui était inhabituel ; à croire que les mouvements de troupes anglaises avaient mis l'armée en alerte. Quelques minutes plus tard, la voiture s'arrêtait, et le coffre s'ouvrait en grinçant. Haelwyn nous fit descendre, et nous nous étirâmes péniblement après avoir voyagé à l'étroit. Elle nous montra la direction de l'hôtel Penderyn, et je lui dis que si on ne revenait pas au lever du jour, on ne reviendrait pas du tout. Elle sourit, nous serra la main, nous souhaita bonne chance et partit rendre visite à sa tante.

***

1. Police secrète en gallois. *(N.d.T.)*

Pendant ce temps-là, au bar abandonné de l'hôtel Penderyn, Hadès était en train de fumer la pipe en contemplant la vue par les baies vitrées. La pleine lune s'était levée au-dessus du palais de justice magnifiquement illuminé, baignant de sa froide clarté la vieille cité animée. Au-delà se dressaient les sommets montagneux, cachés dans les nuages. A l'autre bout de la pièce, perchée au bord d'un fauteuil, Jane foudroyait Hadès du regard.

— Jolie vue, vous ne trouvez pas, Miss Eyre ?

— Mais bien pâle comparée à ma fenêtre à Thornfield, Mr. Hadès, répondit Jane sobrement. Quoiqu'elle ne soit pas des plus belles, j'ai appris à l'aimer comme une vieille amie fidèle et constante. J'exige que vous me renvoyiez là-bas sur-le-champ.

— Chaque chose en son temps, ma chère enfant, chaque chose en son temps. Je ne vous veux pas de mal. J'ai simplement l'intention de gagner beaucoup d'argent, après quoi vous pourrez retourner auprès de votre Edward.

— Votre cupidité vous perdra, monsieur, déclara Jane d'un ton posé. Vous vous trompez en croyant que l'argent fera votre bonheur. Le bonheur se nourrit des mets de l'amour, non du régime indigeste des richesses matérielles. L'amour de l'argent est la racine même du mal !

Achéron sourit.

— Ce que vous pouvez être assommante, Jane, avec votre côté puritain. Vous auriez dû profiter de l'occasion pour partir avec Rochester au lieu de gâcher votre vie avec cette lavette de Saint-John Rivers.

— Rivers est quelqu'un de bien, riposta Jane avec colère. Il a plus de bonté en lui que vous ne sauriez vous le figurer !

Le téléphone sonna, et Achéron la fit taire d'un geste de la main. C'était Delamare qui appelait d'une cabine à

Swindon. Il était en train de consulter les petites annonces de *La Taupe*.

— « Lapins aux oreilles taillées recherchent un bon foyer », lut-il.

Souriant, Hadès reposa le combiné. Finalement, se dit-il, les autorités acceptaient de jouer le jeu. Il fit signe à Felix8 qui le suivit hors de la pièce, traînant une Jane récalcitrante derrière lui.

Bowden et moi avions forcé une fenêtre dans les entrailles obscures de l'hôtel pour nous retrouver dans l'ancienne cuisine : une pièce humide et dévastée équipée pour la préparation de repas en collectivité.

— Et maintenant, on va où ? siffla Bowden.

— On monte… il doit être dans la salle de bal ou quelque chose comme ça.

J'allumai une lampe de poche et examinai le plan crayonné à la hâte. Chercher à nous procurer les plans officiels eût été trop risqué, vu que Goliath nous surveillait de près, si bien que Victor nous avait dessiné de mémoire la configuration basique du bâtiment. Je poussai une porte battante ; nous étions à l'entresol du rez-de-chaussée, juste au-dessous du hall d'entrée. A la lueur de réverbères filtrant par les vitres sales, nous gravîmes prudemment l'escalier de marbre taché d'eau. Nous étions près du but, je le sentais. Je sortis mon automatique. Bowden fit de même. Je jetai un coup d'œil dans le hall. Un buste en bronze de Y Brawd Ulyanov trônait fièrement à la place d'honneur face aux grandes portes scellées. Sur la gauche, il y avait l'entrée du bar et du restaurant ; sur la droite, l'ancienne réception. Au-dessus de nous, l'escalier d'apparat conduisait aux deux salles de bal. Bowden me tapota l'épaule et pointa le doigt. Les portes entrouvertes du salon principal laissaient échapper un fin rai de lumière orangée. Mais au moment où nous nous apprêtions à passer à l'action, nous entendîmes des pas au-dessus. Tapis dans l'ombre, nous attendîmes en retenant notre souffle. Une petite procession descendit l'imposant escalier de marbre. En tête marchait un homme en qui je reconnus Felix8 ; d'une main, il brandissait un chandelier, de l'autre il enserrait le poignet d'une jeune femme menue. Elle portait une tenue de nuit victorienne, avec un pardessus drapé sur les épaules. Son visage respirait la résolution, mais aussi la détresse et le désespoir. Derrière elle, il y avait un homme qui ne projetait pas d'ombre dans la vacillante clarté des chandelles : Hadès.

*
* *

Nous les regardâmes s'engouffrer dans le fumoir. Puis nous traversâmes le hall sur la pointe des pieds pour gagner la porte sculptée. Je comptai jusqu'à trois, et nous fîmes irruption dans la pièce.

— Thursday ! Mon petit, ce que vous pouvez être *prévisible* !

J'écarquillai les yeux. Assis dans un grand fauteuil, Hadès nous souriait. Mycroft et Jane, sur une méridienne, avaient l'air malheureux ; derrière eux, Felix8 pointait sur nous deux pistolets-mitrailleurs. Face à eux il y avait le Portail de la Prose. Je maudis ma stupidité. J'avais senti la présence de Hadès ; comment avais-je pu croire que la réciproque ne serait pas vraie ?

— Lâchez vos armes, je vous prie, fit Felix8.

Il se tenait trop près de Jane et de Mycroft pour que je tente de tirer ; la dernière fois qu'on s'était rencontrés, je l'avais vu mourir devant mes yeux. Je répondis la première chose qui me passait par l'esprit.

— N'ai-je pas déjà vu votre visage quelque part ?

Il ne releva pas.

— Vos armes, je vous prie.

— Pour que vous nous tiriez comme des dodos ? Sûrement pas. On les garde.

Felix8 ne bougea pas. Nos armes étaient baissées, et

les siennes, braquées droit sur nous. Le rapport de force était par trop inégal.

— Ça vous étonne, on dirait, que je me sois attendu à votre visite, observa Hadès avec un léger sourire.

— On ne peut rien vous cacher.

— La donne a changé, Miss Next. Je pensais que mes dix millions de rançon étaient une grosse somme, or j'ai été approché par quelqu'un qui m'en donnerait dix fois plus pour la seule machine de votre oncle.

Mycroft se trémoussa, accablé. Il avait depuis longtemps cessé de se plaindre, sachant que c'était futile. Il ne vivait plus que pour ses brefs rendez-vous avec Polly.

— Dans ce cas, dis-je lentement, vous pouvez renvoyer Jane dans le livre.

Hadès réfléchit un instant.

— Pourquoi pas ? Mais tout d'abord, j'aimerais vous présenter quelqu'un.

Une porte s'ouvrit sur notre gauche, et Jack Maird entra, flanqué de trois de ses hommes, tous armés de fusils à plasma. La situation, notai-je, était en gros tout sauf favorable. Je marmonnai une excuse à l'adresse de Bowden avant de lancer :

— Goliath ? Ici, au pays de Galles ?

— Aucune porte ne nous est fermée, Miss Next. Nous sommes libres d'aller et venir comme bon nous semble.

Maird s'assit dans un fauteuil rouge fané et sortit un cigare.

— On fait cause commune avec des criminels, Mr. Maird ? C'est ça, la nouvelle politique de Goliath ?

— C'est un débat relativiste, Miss Next : les situations désespérées requièrent des mesures désespérées. Je doute que vous soyez capable de comprendre. Ecoutez, nous avons beaucoup d'argent à disposition, et Achéron est prêt à se montrer généreux dans l'utilisation de l'extraordinaire invention de Mr. Next.

— A savoir ?

— Vous avez déjà vu ça ? demanda Maird, agitant l'arme courtaude qu'il tenait dans les mains.

— C'est un fusil à plasma.

— Exact. Une pièce d'artillerie portative émettant des quanta à haute charge d'énergie pure. Elle peut transpercer un blindage de trente centimètres à cent mètres de distance ; c'est, vous en conviendrez, un atout majeur pour n'importe quelle force terrestre.

— A condition que Goliath arrive à fournir..., glissa Bowden.

— C'est un brin plus compliqué que ça, agent Cable. Voyez-vous, *ça ne marche pas*. Presque un milliard de dollars de subventions, et ce foutu machin ne veut pas fonctionner. Pire que ça, on vient de prouver que ça ne marchera *jamais* ; ce type de technologie est totalement impossible.

— Mais la Crimée est au bord de la guerre ! m'emportai-je. Que se passera-t-il si les Russes découvrent que la nouvelle technologie est purement du bluff ?

— Ils ne le sauront pas, rétorqua Maird. C'est une technologie qui est peut-être impossible ici, mais pas *là-bas*.

Il tambourina sur le gros livre qui constituait la base du Portail de la Prose et regarda les vers génétiquement conçus de Mycroft. Ils en étaient au repos & récupération dans leur bocal à poissons ; après un bon gueuleton de prépositions, ils lâchaient joyeusement apostrophes et esperluettes – l'air en ét'ait sa'turé&. Maird brandit un livre au titre clairement visible. Ça s'appelait *Le Fusil à plasma dans un conflit armé*. Je me tournai vers Mycroft qui hocha misérablement la tête.

— Parfaitement, Mis's Next.

Maird sourit & tapota la couverture avec le dos de la main.

— Là-ded'ans, le fusil à pla'sma fonctionn'e à mer&veille. Il nous suf'fit d'ouvrir' le livre à l'aide du

Portail de la Pros'e, de sortir les ar'mes & de les fab'riquer en série. Ceci e'st l'arme ultime, Mis's' Next.

Il ne parlait pas du fusil. Il faisait référence au Portail de la Prose. Les vers correcteurs réagirent en éructant sans raison des majuscules en masse.

— To'ut Ce Qui Est Conc'evable Par L'Imag'ination Hu'maine, Nous Pouvons Le Reproduire. Je Considère Le Port'ail Moin's Comme Un Moyen d'Accès A Un Million de Monde's Que Comme Un Photocopieur Tridim'ensionnel. Grâce A Lui, Nous Pouvons Fab'riquer N'Importe Quoi, Même Un Autre Portail – Version Améliorée. Ça Va Etre No'ël Tous Les Jours, Miss Next.

— De Nouveaux Morts En Crimée ; J'Es'père Que Vous Arrivez à Dorm'ir Tranquille, Maird.

— Au Co'ntraire, Miss' Next. La Russie Va Se Piss'er Dessus Quand Elle Découvrir'a La Puissance du Stonk. Le Tsar Cédera Définitivement La Presqu'île A L'Angleterre : une Nouvelle Côte D'Azur, c'est Sympa, Non ?

— *Sympa ?* Des Transats et des Complex'es Hôteliers ? Construits Pour Etre Démolis D'Ici Une Cinquantaine D'Années ? Vous Ne Rés'olvez Rien, Maird, Vous Ne Faites Que Repousser L'Echéance. Quand Les Russes Auront Leur Propre Fusil A Plasma, Vous Ferez Quoi, Hein ?

Mais Jack Maird ne désarmait pas.

— Ne Vous Inquiétez Donc Pas Pour Ça, Miss Next, Je Le'ur Demanderai Le *Double* De Ce Que Je Demande Au Gouvernement Ang'lais.

— Dame ! fit Hadès, très impressionné par l'absence de scrupules dont Maird faisait preuve jusque-là.

Et il ajouta, excité :

— Cent Millions De Dollars Pou'r Le Portail, Thursday, & 50 % de Ristourne Sur Tout Ce Qui En Sortira !

— Larbin Du Groupe Goliath, Achéron ? Voilà Qui Ne Vous Ressemble Guère.

La joue de Hadès tressaillit, mais il se ressaisit et déclara :

— Les Petits Ruisseau'x, Thursday…

Maird lui jeta un regard soupçonneux. Il hocha la tête à l'adresse d'un de ses hommes qui pointa un petit fusil antichar sur Hadès.

— Hadè's, Le Manuel d'Utilisatio'n.

— S'Il Vous Plaît ! supplia Mycroft. Vous Perturbez Les Ve'rs ! Ils Commencent A Cracher Des Traits D'U-ni-on !

— La ferme, My-croft, aboya Maird. Ha-dè's, le Manuel d'Uti-li-sa-tion, je vous prie.

— Le Ma-nuel, Che'r Ami ?

— Oui, Mr. Hadè's. Mê-me Vous Ne Serez pas Imperméable A l'Artille-rie Légère de Mon Associé. Vous Avez le Manuel de My-croft & Le Po-ème Dans Lequel Vous Avez Em-pri-sonné Mrs. Next. Donnez-Les-Moi.

— Non, Mr. Maird. *Vous*, Donnez-Moi Votre Arme…

Mais Maird ne broncha pas. Le pouvoir qui avait emporté la raison de Snood, parmi tant d'autres, n'avait aucun effet sur son âme noire. Le visage de Hadès s'allongea. Il n'avait encore jamais rencontré quelqu'un comme Maird – pas depuis le premier Felix, en tout cas. Il rit.

— Vous Osez Me Dou-bler, *Moi* ?

— Et Comment ! Si Je Ne L-e Faisais Pas, Vous N'Auriez Aucun Res'-pect Pour Moi, & Notre Par-tena-riat Ne Tien'drait Pas La Rou-te.

Hadès se rapprocha subrepticement du Portail de la Prose.

— & Dire Qu'On S'Enten-da'it Si Bien Sur Tou-te La Ligne ! s'exclama-t-il, replaçant le manuscrit original de *Jane Eyre* dans la machine et rajoutant les vers correcteurs qui cessèrent aussitôt de roter, de péter et de cracher des traits d'union pour se mettre au travail.

Franchement, poursuivit Hadès, je m'attendais à mieux de votre part. J'avais presque cru avoir trouvé un associé.

— Mais vous voudriez tout, Hadès, riposta Maird. Tôt ou tard, et plutôt tôt que tard, j'imagine.

— C'est très vrai, ça.

Hadès fit signe à Felix8 qui, immédiatement, ouvrit le feu. Bowden et moi étions directement dans sa ligne de tir ; il ne pouvait pas nous rater. Mon cœur fit un bond, mais, curieusement, la première balle ralentit et se figea dans l'air, à une dizaine de centimètres de ma poitrine. C'était la salve initiale d'une procession mortelle qui ondulait paresseusement jusqu'à l'arme de Felix8 dont le canon était maintenant un chrysanthème de feu pétrifié. Je regardai Bowden qui lui aussi avait eu droit à sa balle ; le projectile étincelant s'était arrêté à trente centimètres de sa tête. Mais il ne bougeait pas. D'ailleurs, rien ne bougeait dans la pièce. Mon père, pour une fois, avait débarqué *pile* au bon moment.

— Je tombe mal ? demanda papa, assis sur le piano poussiéreux. Je peux m'en aller, si tu veux.

— N-non, papa, tu tombes très *très* bien, marmonnai-je.

Je jetai un œil autour de moi. Mon père ne restait jamais plus de cinq minutes ; après son départ, les balles n'allaient pas manquer de toucher leur cible. Mon regard se posa sur une table massive, et je la renversai, envoyant valser poussière, débris et emballages en carton vides par terre.

— Tu as déjà entendu parler d'un dénommé Winston Churchill ? demanda mon père.

— Non, qui est-ce ? pantelai-je en poussant la lourde table en chêne devant Bowden.

— Ah !

Mon père nota quelque chose sur un petit calepin.

— Ma foi, il était censé diriger l'Angleterre pendant la dernière guerre, mais je crois qu'il est mort, victime d'une chute, dans son adolescence. C'est *très* ennuyeux, ça.

— Les révisionnistes français ont encore frappé ?

Mon père ne répondit pas. Il fixait le centre de la pièce où Hadès s'affairait devant le Portail de la Prose. Pour des hommes comme Hadès, le temps s'arrêtait rarement.

— Oh, ne vous occupez pas de moi ! lança-t-il tandis qu'un puits de lumière s'ouvrait dans la pénombre. Je vais juste faire un tour là-dedans, le temps que l'orage passe. Il me reste le manuel d'utilisation et Polly ; il nous sera donc toujours possible de négocier.

— Qui c'est, lui ? s'enquit mon père.

— Achéron Hadès.

— Ah bon ? Je le voyais plus petit.

Mais Hadès avait déjà disparu ; le Portail vibra légèrement et se referma derrière lui.

— J'ai quelques réparations à faire, annonça mon père, se levant et rangeant son calepin. Le temps n'attend pas, comme on dit chez nous.

A peine m'étais-je réfugiée derrière un grand bureau que le monde se remit en mouvement. La volée de plomb de Felix8 heurta la table en chêne massif que j'avais dressée devant Bowden, et les balles qui m'étaient destinées allèrent se loger dans la porte en bois devant laquelle je m'étais trouvée tantôt. En l'espace de deux secondes, la pièce s'était transformée en champ de tir ; à présent, les agents de Goliath couvraient Jack Maird qui, interloqué par la disparition de Hadès au beau milieu d'une phrase, était en train de battre en retraite vers la porte de l'ancien Atlantic Grill. Mycroft se jeta à terre, suivi de près par Jane, dans une pluie de poussière et de gravats. Je beuglai dans l'oreille de Jane de ne pas bouger ; une rafale nous avait frôlés dangereusement, arrachant quelques moulures au passage. Je rampai en direction de Bowden occupé à échanger des coups de feu avec Felix8, qui s'était barricadé derrière une table faux XVIIIe à l'entrée du salon de thé. Je venais de vider mon chargeur sur les hommes de Goliath qui avaient prestement traîné Maird hors de la pièce quand la fusillade cessa aussi abruptement qu'elle avait commencé. Je rechargeai mon automatique.

— Felix8 ! criai-je. Vous pouvez encore vous rendre ! Votre vrai nom est Danny Chance. Je vous promets que nous ferons notre possible pour…

Pour toute réponse, j'entendis un drôle de gargouillis. Je risquai un œil de derrière le canapé. Je croyais que Felix8 avait été blessé, mais non. Il riait. Son visage normalement dénué d'expression était convulsé d'allégresse. Bowden et moi nous regardâmes, interdits – sans toutefois sortir de notre cachette.

— Qu'est-ce qui vous amuse ? hurlai-je.

— *N'ai-je pas déjà vu votre visage quelque part ?* gloussa-t-il. Je viens de comprendre !

Il leva son arme et lâcha plusieurs rafales tout en reculant vers le hall central plongé dans l'obscurité. Son maître s'était échappé – il n'avait plus rien à faire ici.

— Où est Hadès ? fit Bowden.

— Dans *Jane Eyre*, répondis-je en me relevant. Couvrez le portail… et s'il revient, servez-vous de ceci.

Je lui tendis le fusil antichar. Pendant ce temps, alerté par l'arrêt de la fusillade, Maird refit son apparition à la porte qui menait au bar.

— Hadès ?

— Dans *Jane Eyre* avec le manuel d'utilisation.

Maird m'ordonna de lui remettre le Portail de la Prose.

— Sans le manuel, vous n'arriverez à rien, lui dis-je. Une fois que j'aurai viré Hadès de Thornfield et rendu ma tante à Mycroft, vous pourrez l'avoir. C'est ça, ma proposition ; il n'y en aura pas d'autre. J'emmène Jane avec moi.

Je me tournai vers mon oncle.

— Mycroft, renvoie-nous juste *avant* que Jane ne quitte sa chambre pour aller éteindre le feu dans la chambre de Rochester. Comme ça, on aura l'impression qu'elle n'est jamais partie. Quand je voudrai revenir, j'enverrai un signal. Tu peux faire ça ?

Maird leva les bras au ciel.

— C'est quoi, cette douce folie ? s'écria-t-il.

— Le voilà, le signal, déclarai-je. Les mots « douce folie ». Dès que tu les entends, ouvre la porte immédiatement.

— Vous êtes sûre de savoir ce que vous faites ? demanda Bowden pendant que j'aidais Jane à se relever.

— Sûre et certaine. Simplement, n'éteignez pas la machine ; j'ai beau adorer ce roman, je n'ai pas envie d'y rester éternellement.

Maird se mordit la lèvre. Ses plans avaient été contrariés. Sa main, quelle qu'elle fût, ne serait jouée qu'à mon retour.

Je m'assurai que mon arme était toujours chargée et, inspirant profondément, hochai la tête à l'intention de Jane qui me sourit avec empressement. Je serrai ses doigts dans les miens et, ensemble, nous franchîmes le portail.

32

Thornfield Hall

> Ce n'était pas ainsi que je l'imaginais. Thornfield Hall, je le voyais plus grand et plus fastueusement meublé. Il y régnait une forte odeur d'encaustique et, à l'étage, il faisait un froid de canard. Il n'y avait pratiquement aucune lumière dans la maison ; les couloirs semblaient se fondre dans une obscurité insondable. C'était austère et peu accueillant. Je remarquai tout cela, mais par-dessus tout, je remarquai le silence ; le silence d'un monde sans machines volantes, sans circulation automobile et sans grandes métropoles. L'ère industrielle avait à peine commencé ; la planète avait atteint le tournant du C'était Mieux Avant.
>
> THURSDAY NEXT
> *Ma vie chez les OpSpecs*

Je vacillai légèrement en effectuant le saut ; il y avait eu un éclair éblouissant, accompagné d'un bruit de friture. Je me trouvais dans le couloir de la chambre de maître, quelques lignes avant l'intervention de Hobbes. Le feu faisait rage ; endossant instinctivement son rôle, Jane poussa la porte et bondit dans la chambre de Rochester pour vider un broc d'eau sur les couvertures en flammes. Je scrutai rapidement le couloir sombre :

aucun signe de Hadès. Au fond, on apercevait juste Grace Poole escortant Berthe dans ses appartements au grenier. La folle lança un coup d'œil par-dessus son épaule et eut un sourire dément. Grace Poole suivit son regard et me toisa avec réprobation. Je me sentis soudain de trop ; ce monde-là n'était pas le mien, et ma place n'était pas ici. Je m'écartai lorsque Jane surgit de la chambre de Rochester pour courir chercher de l'eau. Son visage exprimait un immense soulagement. Je souris et m'autorisai à risquer un œil dans la chambre. Jane avait réussi à éteindre le feu, et Rochester était en train de pester : il s'était réveillé dans une mare.

— Y a-t-il une inondation ? demanda-t-il.

— Non, Monsieur, répondit-elle, mais il y a eu un incendie. Levez-vous, levez-vous donc. Tout est éteint maintenant. Je vais vous chercher une chandelle.

Rochester m'entrevit à la porte et m'adressa un clin d'œil avant de se recomposer une mine consternée.

— Au nom de tous les lutins de la Chrétienté, fit-il, une lueur dans le regard parce qu'elle était revenue, êtes-vous Jane Eyre ? Qu'avez-vous fait de moi…

Je ressortis, certaine que là-bas, dans mon monde à moi, le roman était en train de se récrire à partir de cette page. L'allusion à l'« agent en noir » serait gommée et, avec un peu de chance et de bonne volonté de la part de Hadès, tout rentrerait dans l'ordre. Je pris la chandelle qu'on avait posée sur la carpette et la rallumai. Jane sortit, me remercia d'un sourire et emporta la chandelle dans la chambre. Je longeai le couloir, contemplai une très jolie toile de Landseer et me perchai sur l'une des deux chaises Regency. La maison, bien qu'elle ne fût pas très grande, renfermait toutes sortes de cachettes pour Achéron. Je prononçai son nom, histoire de l'informer de ma présence, et entendis une porte claquer. Repoussant un volet, je distinguai la silhouette familière de Hadès qui traversait la pelouse baignée de clair de lune. Je le vis s'évanouir dans l'ombre. Il était certes en sécurité en pleine campagne, mais j'avais un avantage sur lui. Je savais comment rouvrir le portail, et pas lui ; il était donc peu probable qu'il cherche à me nuire. Je me rassis et, songeant à Landen et à Daisy Mutlar, je m'assoupis. Je fus réveillée en sursaut par Edward Rochester qui sortait de sa chambre. Une chandelle à la main, il parlait à Jane du pas de la porte.

— … Il faut que j'aille jeter un coup d'œil là-haut. Ne bougez pas, surtout, et n'appelez pas.

Il s'avança sans bruit dans ma direction.

— Miss Next, siffla-t-il, vous êtes là ?

Je me levai.

— Ici, monsieur.

Il me prit par le bras et me conduisit sur le palier. S'arrêtant, il posa la chandelle sur une table basse et referma ses deux mains sur les miennes.

— Merci, Miss Next, merci du fond du cœur ! J'ai souffert mille tourments, ne sachant quand ni même si ma bien-aimée allait me revenir !

Une passion authentique vibrait dans sa voix. Landen m'avait-il jamais aimée comme Rochester aimait Jane ?

— C'était la moindre des choses, Mr. Rochester, répondis-je avec ferveur, après que vous avez eu la bonté de soigner mes blessures l'autre soir, dans la rue des entrepôts.

Il balaya mes paroles d'un geste de la main.

— Allez-vous rentrer directement ?

Je baissai les yeux.

— Ce n'est pas aussi simple, monsieur. Il y a un autre intrus dans ce livre en dehors de moi.

S'approchant de la balustrade, Rochester dit sans se retourner :

— C'est *lui*, n'est-ce pas ?

— Vous l'avez déjà rencontré ? demandai-je, surprise.

— Il a plusieurs noms. Vous avez un plan ?

J'expliquai l'utilisation du signal en soulignant qu'il serait plus sûr que je reste à Thornfield jusqu'au dénouement du roman. Après quoi, je me débrouillerais pour emmener Hadès avec moi.

— La fin du livre, murmura Rochester, accablé. Dieu que je la *hais*, cette fin. L'idée de ma douce Jane s'embarquant pour l'Inde avec ce pleutre de Saint-John Rivers me glace le sang.

Il se ressaisit.

— Mais au moins, j'aurai connu quelques mois de vrai bonheur avant. Venez, vous devez avoir faim.

Il me fit signe de le suivre, tout en continuant à parler.

— Je suggère que nous essayions de le piéger une fois que Jane sera partie… (il frissonna légèrement à cette pensée)… après le mariage. Nous serons entièrement seuls puisque Jane emporte le récit avec elle à Moor House, chez ses imbéciles de cousins. Comme je n'apparais plus dans le roman, nous pourrons agir à notre guise, et je suis tout disposé à vous prêter main-forte. Cependant, ainsi que vous l'avez deviné, vous ne devez rien faire qui puisse perturber Jane ; ce livre est écrit à la première personne. Libre à moi de causer avec vous dans les moments où je ne figure pas expressément dans la narration. Mais promettez-moi de rester à l'écart de Jane. J'en toucherai deux mots en privé à Mrs. Fairfax et Adèle ; elles comprendront. Quant aux domestiques, Mary et John, ils feront tout ce que je leur dirai.

Nous étions arrivés à une porte, et Rochester frappa impatiemment. Il y eut un gémissement, un bruit sourd, et une créature échevelée parut sur le seuil.

— Mrs. Fairfaix, je vous présente Miss Next. Elle va séjourner chez nous un mois ou deux. Je veux que vous alliez lui chercher à manger et que vous prépariez un lit ; elle vient de loin et, à mon sens, elle a besoin de sustentation et de repos. Il me serait agréable que vous ne discutiez avec personne de sa présence ici, et je vous saurai gré de faire en sorte que Miss Next et Miss Eyre ne se rencontrent pas. Inutile, j'imagine, d'insister sur l'importance de ce dernier point.

Mrs. Fairfax m'examina de pied en cap, particulièrement intriguée et choquée en même temps par mon jean et ma queue-de-cheval. Elle finit par hocher la tête et m'emmena à la salle à manger.

— Nous reparlerons demain, Miss Next, dit Rochester.

Un sourire éclaira ses traits torturés.

— Et merci encore.

Il tourna les talons, m'abandonnant à Mrs. Fairfax qui descendait l'escalier à la hâte. Elle me pria d'attendre dans la salle à manger pendant qu'elle allait chercher de quoi me nourrir. Elle revint peu après avec du pain et des tranches de viande froide. Je mangeai avidement tandis que Pilote – qui, à mon avis, avait dû pénétrer dans la maison au moment où Hadès en sortait – reniflait mon pantalon en remuant la queue avec excitation.

— Il vous a reconnue, remarqua Mrs. Fairfax lentement. Cela fait pourtant des années que je travaille ici, et je n'ai pas le souvenir d'avoir posé mes yeux sur vous auparavant.

Je chatouillai l'oreille du chien.

— Je lui ai lancé un bâton une fois. Quand il était dehors avec son maître.

— Je vois, répondit la gouvernante, soupçonneuse. Et comment avez-vous connu Mr. Rochester ?

— J'ai… euh, rencontré les Rochester à Madère. Je connaissais son frère.

— Ah oui. Quelle tragédie.

Ses yeux s'étrécirent.

— Alors vous connaissez les Mason ?

— Pas très bien.

Elle contemplait à nouveau mon jean.

— Les femmes portent des pantalons là-bas, chez vous ?

— Souvent, Mrs. Fairfax.

— Et d'où est-ce que vous venez ? Londres ?

— Bien plus loin que ça.

— Ah ! fit Mrs. Fairfax avec un sourire entendu. Osaka !

Et elle ressortit vivement, me laissant seule avec Pilote après m'avoir fait promettre de ne pas le nourrir à table. Dix minutes plus tard, elle reparut avec un plateau à thé, puis elle me laissa à nouveau l'espace d'une demi-heure, le temps de préparer la chambre. Elle m'escorta au deuxième étage, dans une chambre avec une belle vue sur la pelouse centrale. J'insistai pour garder Pilote avec moi, et il dormit contre la porte verrouillée, pressentant le danger qui pouvait guetter sa nouvelle maîtresse. Mon sommeil fut agité, et je rêvai de Hadès qui me riait au nez.

*
* *

Pendant que je dormais, Victor et les autres LittéraTecs fêtaient à Swindon le retour du récit à la normale. Hormis une brève allusion à Mrs. Fairfax faisant du bruit la nuit de l'incendie dans la chambre, tout était pratiquement comme dans le souvenir des uns et des autres. Un membre de la Fédération Brontë fut sollicité pour examiner le texte au fur et à mesure qu'il se récrivait sur les deux cents dernières pages qui, jusque-là, avaient été vierges. Le spécialiste connaissait le roman par cœur, et sa mine réjouie leur donna entière satisfaction.

Je fus réveillée par Pilote qui grattait à la porte pour qu'on le laisse sortir. Doucement, je poussai le verrou et risquai un coup d'œil dehors. Apercevant Jane dans le couloir, je refermai précipitamment la porte et consultai ma montre. Il était à peine six heures du matin, et tous les domestiques n'étaient pas encore levés. J'attendis deux ou trois minutes, puis lâchai Pilote et m'aventurai à sa suite, prudemment, pour ne pas tomber sur Jane. La matinée fut consacrée à remettre de l'ordre dans la chambre de Rochester. Tout le monde ou presque fut réquisitionné ; après le petit déjeuner, j'allais quitter la maison quand Mrs. Fairfax m'arrêta.

— Miss Next, déclara la gouvernante, Mr. Rochester m'a mise au courant des événements de la semaine passée, et j'aimerais joindre mes remerciements aux siens.

Elle s'exprimait sans émotion, mais je ne doutai pas un instant qu'elle fût sincère. Elle ajouta :

— J'ai reçu l'ordre de faire garder la maison contre des agents qui voudraient nuire à Miss Eyre.

Je regardai par la fenêtre et vis un ouvrier agricole qui montait la garde, armé d'un gros manche de pioche. Juste à ce moment-là, il jeta un œil sur la maison et s'éclipsa à la hâte. Quelques instants plus tard, Jane elle-même parut sur le pas de la porte, balaya le paysage d'un regard circulaire, aspira une grande et fraîche bouffée d'air matinal et rentra. Peu après, l'ouvrier agricole revint reprendre son poste.

— Miss Eyre ne doit pas savoir que nous veillons à sa protection, dit Mrs. Fairfax d'un ton sévère.

— Je comprends.

Elle opina du chef et me toisa d'un œil critique.

— Les femmes ne se couvrent donc pas la tête là-bas, chez vous ?

— Rarement.

— Ici, c'est inconvenant, fit-elle avec réprobation. Venez avec moi, je vais vous rendre présentable.

Elle m'emmena dans sa chambre et me remit un bonnet, ainsi qu'une épaisse cape noire qui me tombait sur les pieds. Je la remerciai, et elle me fit une petite révérence.

— Mr. Rochester est là aujourd'hui ? demandai-je.

— Il est parti car il avait des dispositions à prendre. Je crois bien qu'il est allé chez Mr. Eshton ; il y a tout un tas de beau monde là-bas. Le colonel Dent y sera, et lord Ingram aussi. Il ne sera pas de retour avant une semaine.

— Est-ce bien raisonnable, avec tout ce qui se passe ici ?

Mrs. Fairfax me dévisagea comme si j'étais une petite fille.

— Vous ne comprenez pas, n'est-ce pas ? Après l'incendie, Mr. Rochester s'en va pour une semaine. Il en a toujours été ainsi.

J'aurais voulu en savoir plus, mais la gouvernante s'excusa et me laissa seule. Je rassemblai mes idées, rajustai la cape et sortis faire le tour de la maison pour m'assurer que tout était en ordre. Les ouvriers agricoles me saluaient respectueusement sur mon passage ; tous étaient armés, chacun à sa façon. Espérant qu'aucun d'eux n'aurait à l'affronter, je traversai la pelouse dans la direction que Hadès avait prise la veille. Alors que je passais devant les grands hêtres à proximité du saut-de-loup, le son d'une voix familière me fit tourner la tête.

— Avons-nous une chance contre lui ?

C'était Rochester. Debout derrière un large tronc, il me regardait gravement, l'air inquiet.

— Nous avons toutes les chances, monsieur, répliquai-je. Sans moi, il est coincé ici ; s'il veut rentrer, il sera *obligé* de négocier.

— Et où est-il ?

— J'avais l'intention d'aller voir en ville. Vous n'étiez pas censé vous trouver chez Mr. Eshton ?

— Je voulais vous parler avant mon départ. Vous ferez tout votre possible, n'est-ce pas ?

Je le lui promis et pris le chemin de la ville.

Millcote était une bourgade de taille respectable. Je me rendis au centre où je découvris une église, un arrêt de diligence, trois auberges, une banque, deux marchands de nouveautés et autres commerces. C'était le jour du marché, et les rues grouillaient de monde.

Personne ne m'accorda la moindre attention tandis que je déambulais entre les étals chargés de produits d'hiver et de gibier. N'était une faible odeur d'encre qui flottait dans l'air, la scène eût été parfaitement réelle. La première hostellerie sur laquelle je tombai s'appelait Le George. Puisque ce nom figurait bel et bien dans le roman, je décidai de commencer mes recherches par là.

J'entrai et demandai à l'aubergiste si un homme de haute taille ne lui avait pas loué une chambre au cours de la matinée. Non, répondit-il, ajoutant que son établissement n'était pas le seul en ville. Je le remerciai et me dirigeai vers la porte quand soudain le bruit incongru d'un obturateur m'arrêta net. Lentement, je fis volte-face. Derrière moi, il y avait un couple de Japonais, en costumes d'époque, sauf que l'un d'eux tenait un gros appareil Nikon. La femme tenta de dissimuler hâtivement cet anachronisme flagrant et traîna l'homme dehors.

— Attendez !

Ils se figèrent et se regardèrent nerveusement.

— Que faites-vous ici ? demandai-je, incrédule.

— Nous venons d'Osaka, dit la femme.

L'homme, qui n'avait pas l'air de parler anglais, hocha vigoureusement la tête et se plongea dans un guide japonais dédié à Brontë.

— Comment… ?

— Je suis Mrs. Nakijima, annonça la femme, et voici Mr. Suzuki.

Souriant de toutes ses dents, l'homme me serra la main avec empressement.

— C'est dément ! m'exclamai-je avec colère. Ne me dites pas que vous êtes des *touristes* !

— En effet, confirma Mrs. Nakijima. Je fais le saut une fois par an, et j'emmène un visiteur. Nous ne touchons à rien et n'adressons jamais la parole à Miss Eyre. Comme vous le voyez, nous sommes habillés pour la circonstance.

— Des Japonais ? Dans l'Angleterre du XIXe siècle ?

— Et pourquoi pas ?

Oui, pourquoi pas ?

— Mais comment vous faites ?

La femme haussa les épaules.

— Je le fais, c'est tout, répondit-elle simplement. Je me concentre, je lis le texte et… me voici.

Ils ne pouvaient pas plus mal tomber.

— Ecoutez-moi. Mon nom est Thursday Next. Je travaille avec Victor Analogy chez les LittéraTecs de Swindon. Vous avez entendu parler du vol du manuscrit ?

Elle acquiesça d'un signe de la tête.

— Il y a une présence malfaisante dans ce livre, mais mon projet pour l'en extirper repose sur le fait qu'il n'y a qu'une issue pour entrer ou sortir. Il n'hésitera pas à se servir de vous pour arriver à partir. Je vous en conjure, rentrez chez vous tant qu'il est encore temps.

Mrs. Nakijima tint un conciliabule avec son client. Elle m'expliqua que Mr. Suzuki espérait voir Jane dans la mesure du possible, et que si elle le ramenait maintenant, il exigerait d'être remboursé. J'insistai, et ils finirent par accepter. Je les suivis dans leur chambre à l'étage et attendis qu'ils fassent leurs bagages. Tous deux, Mrs. Nakijima et Mr. Suzuki, me serrèrent la main, s'enlacèrent et s'évaporèrent. Je secouai tristement la tête. Décidément, il n'y avait plus beaucoup d'endroits qui échappaient à l'industrie du tourisme.

Troquant la chaleur de l'auberge contre le froid du dehors, je me frayai un passage devant un étal de tubercules tardifs jusqu'au Millcote, où je m'enquis d'une éventuelle présence de nouveaux clients.

— Et qui c'est qui demande après Mr. Hedge ? fit l'aubergiste, crachant dans une grossière chope à bière pour mieux l'astiquer ensuite.

— Dites-lui que Miss Next aimerait le voir.

L'homme disparut à l'étage.

— Chambre sept, lâcha-t-il, laconique, avant de retourner à ses occupations.

Achéron était assis à la fenêtre, tournant le dos à la porte. Il ne bougea pas quand j'entrai.

— Hello, Thursday.

— Mr. Hedge ?

— Les indigènes dans l'Angleterre du XIXe siècle étant du genre superstitieux, j'ai pensé que Hadès serait un peu trop fort pour eux.

Il pivota sur sa chaise ; son regard bleu acéré semblait me transpercer. Mais son pouvoir n'opérait plus aussi bien qu'autrefois : il ne pouvait lire en moi comme il lisait dans l'âme des autres. Il le sentit immédiatement et, avec un demi-sourire, se replongea dans la contemplation de la rue.

— Votre force croît, Miss Next.

— Je tire ma force de l'adversité.

Il eut un rire bref.

— J'aurais dû m'occuper de vous là-bas, chez Styx.

— Et gâcher tout le plaisir ? Si on n'était pas là, moi et les autres OpSpecs, pour vous pourrir la vie, elle serait beaucoup moins drôle.

Il ne releva pas ma remarque et changea de sujet.

— Quelqu'un d'aussi futé que vous ne serait jamais venu ici sans connaître le moyen de sortir. Qu'est-ce que c'est, Thursday ? Un code convenu à l'avance avec Mycroft pour qu'il sache à quel moment ouvrir la porte ?

— Quelque chose comme ça. Si vous me rendez Polly et le manuel d'utilisation, je peux vous garantir un procès équitable.

Hadès se mit à rire.

— J'en suis très loin, du procès équitable, Thursday. Je pourrais vous tuer tout de suite, et ce n'est pas l'envie qui me manque, mais l'idée d'être coincé dans ce roman jusqu'à la fin des temps me retient de passer à l'acte. J'ai essayé de me rendre à Londres, mais c'est impossible ; les seules villes qui existent dans cet univers sont celles qui figurent dans le livre. Gateshead, Lowood… je m'étonne même qu'il y ait tant de choses dans le patelin où nous sommes. Donnez-moi le mot de passe pour sortir, et vous aurez Polly et le manuel.

— Non. Le manuel et ma tante d'abord.

— Vous voyez ? Impasse. Vous préférez attendre que le livre ait fini de se récrire, non ?

— Evidemment.

— Alors je ne vous causerai pas d'ennuis jusqu'à ce que Jane quitte définitivement Thornfield. Après ça, on pourra négocier.

— Je ne négocierai pas, Hadès.

Il secoua lentement la tête.

— Vous négocierez, Miss Next. Vous êtes peut-être intègre à vomir, mais même vous rechignerez à passer le reste de votre vie ici. Vous êtes une femme intelligente – je suis sûr que vous trouverez quelque chose.

Je soupirai et sortis ; l'animation qui régnait dehors me changea agréablement de la noirceur de Hadès.

33

Le livre est écrit

Depuis notre position à l'hôtel Penderyn, nous pouvions voir que Thursday faisait du bon travail. La narration s'est poursuivie rapidement ; des semaines ont passé en l'espace de quelques lignes. A mesure que les mots s'écrivaient sur la page, ils étaient lus à voix haute par Mycroft ou par moi-même. Nous attendions tous que l'expression « douce folie » apparaisse dans le texte, mais notre attente était vaine. Nous nous étions préparés au pire : que Hadès ne soit jamais capturé. Que Thursday reste dans le livre comme une sorte de gouvernante à demeure.

Extrait du journal de Bowden Cable

Les semaines passaient rapidement à Thornfield, et je me consacrai à la tâche d'assurer la sécurité de Jane à l'insu de l'intéressée. J'avais posté un jeune garçon au Millcote pour surveiller les mouvements de Hadès, mais ce dernier semblait se contenter de sortir se promener chaque matin, d'emprunter des livres au médecin du coin et de tuer le temps à l'auberge. Son inaction m'inspirait quelque inquiétude ; toutefois, j'étais soulagée de n'avoir pas à m'en préoccuper davantage, du moins pour le moment.

Rochester avait envoyé un mot pour prévenir de son retour, et l'on entreprit d'organiser une fête pour ses voisins et amis. Jane paraissait grandement perturbée par l'arrivée de cette pétasse de Blanche Ingram, mais moi j'avais d'autres soucis en tête. J'étais en train de mettre au point un dispositif de surveillance avec l'aide de John, le mari de la cuisinière, un homme ingénieux et intelligent. Je lui avais appris à se servir des pistolets de Rochester et, à mon extrême satisfaction, il s'était révélé un excellent tireur. J'avais cru que Hadès ferait une apparition au côté de l'un des invités, mais à part Mr. Mason qui débarquait des Antilles, il ne se passa rien d'extraordinaire.

Les semaines devinrent des mois. Je voyais très peu Jane – volontairement, bien sûr –, mais je restais en contact avec les membres de la maisonnée et Mr. Rochester pour m'assurer que tout allait bien. Et, manifestement, tout allait bien. Comme d'habitude, Mr. Mason se fit mordre par sa cinglée de sœur dans la chambre du haut ; j'étais derrière la porte fermée à clé lorsque Rochester alla chercher le docteur et que Jane soigna les blessures de Mason. A l'arrivée du médecin, je montai la garde dehors, sous la charmille, où je savais que Jane allait retrouver Rochester. Et il en fut ainsi jusqu'au moment où Jane partit voir sa tante mourante à Gateshead. Entre-temps, Rochester avait décidé d'épouser Blanche Ingram, et les relations entre Jane et lui étaient quelque peu tendues. Son absence me fut un soulagement ; je pouvais enfin me détendre et parler facilement à Rochester sans qu'elle se doute de quelque chose.

— Vous ne dormez pas, observa Rochester tandis que nous marchions sur la pelouse centrale. Regardez vos yeux : ils sont tout cernés et alanguis.

— Je ne dors pas bien ici, pas avec Hadès à huit kilomètres de la maison.

— Vos espions vous alerteraient sûrement du moindre de ses mouvements, non ?

Il avait raison ; le réseau fonctionnait bien, quoique non sans une contribution substantielle de sa part. Si Hadès sortait de chez lui, j'en étais informée dans les deux minutes par un cavalier qui stationnait là-bas précisément dans ce but. De cette façon, je pouvais le localiser quand il partait faire un tour, lire ou distribuer des coups de canne aux paysans. Il ne s'était jamais approché de la maison, et cela me convenait parfaitement.

— Mes espions me permettent d'avoir l'esprit tranquille, mais j'ai du mal à croire que Hadès soit capable d'une telle passivité. Cela me glace d'inquiétude.

Nous continuâmes notre promenade ; Rochester m'indiquait des endroits dignes d'intérêt sur sa propriété, mais je n'écoutais pas.

— Comment êtes-vous venu jusqu'à moi, le soir où j'ai été blessée ?

Il s'arrêta et me regarda.

— C'est arrivé, voilà tout, Miss Next. Je ne l'explique pas plus que vous ne sauriez expliquer votre apparition ici quand vous étiez petite fille. Hormis Mrs. Nakijima et un voyageur nommé Foyle, je ne connais personne d'autre qui y soit parvenu.

— Vous connaissez Mrs. Nakijima ? demandai-je, surprise.

— Bien sûr. Normalement, je fais visiter Thornfield à ses clients quand Jane est à Gateshead. C'est sans risque et excessivement lucratif. Une maison de campagne coûte une fortune à entretenir, Miss Next, même dans ce siècle-ci.

J'esquissai un sourire. Mrs. Nakijima devait toucher de jolis bénéfices ; n'était-ce pas le nec plus ultra pour un amoureux de Brontë ? Or ils étaient légion au Japon.

— Qu'allez-vous faire après ça ? s'enquit Rochester, désignant un lapin à Pilote qui aboya et détala.

— Reprendre mon boulot chez les OpSpecs, je pense. Et vous ?

Il me considéra distraitement, fronçant les sourcils ; une expression de colère se peignit sur ses traits.

— Il ne me reste plus rien après que Jane part avec cette visqueuse et pathétique excuse pour un vertébré, Saint-John Rivers.

— Alors qu'allez-vous faire ?

— Faire ? Mais rien du tout. A ce moment-là, je cesse pratiquement d'exister.

— C'est la mort ?

— Pas au sens propre, répondit Rochester, choisissant ses mots avec soin. Là-bas, chez vous, on naît, on vit et on meurt. C'est bien cela ?

— Plus ou moins.

— Voilà un mode de vie bien peu enviable, dirais-je ! déclara-t-il en riant. Et vous vous fiez à ce regard intérieur que nous appelons souvenir pour vous soutenir en période de mélancolie ?

— La plupart du temps, oui, bien que les souvenirs représentent un centième de la force des sentiments qu'on éprouve dans l'instant.

— J'en conviens. Ici, je ne nais pas, je ne meurs pas non plus. Je débute mon existence à l'âge de trente-huit ans pour m'effacer rapidement, après être tombé amoureux pour la première fois de ma vie et avoir perdu l'objet de mon adoration, ma raison d'être !…

Il s'arrêta et ramassa le bâton que Pilote lui avait obligeamment rapporté à la place du lapin.

— Voyez-vous, je peux me déplacer dans le livre comme bon me semble ; je vais et viens à ma guise : les meilleurs moments de ma vie se situent entre celui où je déclare mon amour à cette adorable friponne et celui où cet imbécile de Mason se pointe avec l'avocat pour gâcher mon mariage et révéler la présence de la folle au grenier. Ce sont les semaines auxquelles je reviens le plus souvent, mais je me rends dans les temps difficiles aussi – car parfois on a besoin d'un bâton pour savoir apprécier les bonnes choses à leur juste valeur. Il m'arrive de songer que je pourrais demander à John de les retenir sous le porche de l'église jusqu'à la fin de la cérémonie, mais ceci serait contraire à l'ordre des choses.

— Donc, pendant que je vous parle, là…

— … en même temps je rencontre Jane, je lui fais la cour, puis je la perds à jamais. Je vous vois même, vous, enfant, l'air effrayée sous les sabots de mon cheval…

Il tâta son coude.

— Et je ressens la douleur causée par la chute. Comme vous pouvez le constater, mon existence, bien que limitée, n'a pas que des inconvénients.

Je poussai un soupir. Si seulement la vie était aussi simple ; si on pouvait se transporter dans les bons moments et zapper le reste…

— Vous avez un homme que vous aimez ? demanda Rochester subitement.

— Oui, mais il y a pas mal d'eau dans le gaz entre nous. Il a accusé mon frère d'un crime que j'ai jugé injuste de faire endosser à un mort ; mon frère n'a pas eu la possibilité de se défendre, et les charges étaient plutôt minces. Je trouve ça difficile à pardonner.

— Qu'y a-t-il à pardonner ? s'exclama Rochester. Oubliez le pardon et contentez-vous de *vivre*. Votre vie est trop courte, beaucoup trop courte pour laisser les petites rancœurs grignoter le bonheur qui vous est si brièvement imparti.

— Hélas ! rétorquai-je. Il est sur le point de se marier.

— Et alors ? fit-il, railleur. Avec quelqu'un qui doit lui convenir aussi peu que Blanche Ingram me convient à moi !

Je pensai à Daisy Mutlar ; la ressemblance était indéniable.

Nous poursuivîmes notre chemin en silence jusqu'au moment où Rochester sortit une montre de gousset et la consulta.

— Pendant que nous causons, ma Jane est en train de rentrer de Gateshead. Où est mon carnet et mon crayon ?

Il fourragea dans la veste de son habit et en tira un crayon et un carnet de croquis relié de cuir.

— Je suis censé la croiser par hasard ; elle ne va pas tarder à arriver à travers champs dans cette direction. Comment suis-je ?

Je redressai sa cravate et hochai la tête en signe de satisfaction.

— Vous me trouvez beau, Miss Next ? s'enquit-il tout à trac.

— Non, répondis-je sincèrement.

— Bah ! s'écria Rochester. Coquines, toutes les deux ! Allez, disparaissez ; nous reparlerons plus tard.

Je les laissai à leurs retrouvailles et retournai à la maison en longeant le lac, perdue dans mes pensées.

Les semaines se succédaient ; l'air se réchauffait, et les arbres commençaient à se couvrir de boutons. Je ne voyais pratiquement pas Jane et Rochester, pour la bonne raison qu'ils n'avaient d'yeux que l'un pour l'autre. Mrs. Fairfax n'était pas franchement emballée par la perspective de ce mariage, mais je lui dis de cesser d'être aussi déraisonnable. Elle se hérissa comme une vieille poule et partit vaquer à ses occupations. La routine de Thornfield ne dévia pas de son cours normal dans les mois qui suivirent ; l'été arriva, et j'étais là le jour du mariage, sur une invitation expresse de Rochester, cachée dans la sacristie. Je vis le pasteur, un homme corpulent nommé Mr. Wood, demander si quelqu'un aurait connaissance d'un empêchement par la suite duquel ils ne pourraient être unis légalement devant Dieu. J'entendis l'avocat révéler son terrible secret. Rochester, remarquai-je, était hors de lui tandis que Briggs lisait tout haut la déclaration sous serment faite par Mason pour attester que la folle du grenier était

Berthe, sa sœur et l'épouse légitime de Rochester. Je demeurai dans ma cachette pendant la dispute qui s'ensuivit, et n'émergeai que quand Rochester conduisit le petit groupe dans la maison pour leur présenter sa cinglée de femme. Je n'y allai pas ; je préférais sortir prendre l'air pour échapper à la tristesse et au désespoir qui pèseraient sur Thornfield, une fois que Jane et Rochester auraient compris l'impossibilité de leur union.

Le lendemain, Jane était partie. Je la suivis à une distance respectueuse et la vis emprunter la route de Whitcross, tel un enfant abandonné à la recherche d'une vie meilleure. J'attendis de l'avoir perdue de vue, après quoi j'allai déjeuner à Millcote. Je mangeai chez George, puis jouai aux cartes avec trois joueurs itinérants ; quand vint l'heure du souper, je les avais délestés de six guinées. Pendant que je jouais, un petit garçon surgit à notre table.

— Hello, William ! lançai-je. Quoi de neuf ?

Je me penchai à la hauteur du gamin, vêtu de vieilles nippes d'adulte retouchées à sa taille.

— Je m'excuse, Miss Next, mais Mr. Hedge a disparu.

Je bondis, alarmée, et me précipitai au Millcote. Je montai l'escalier en courant : sur le palier, un de mes espions les plus fiables tripotait nerveusement sa casquette. La chambre de Hadès était vide.

— Je suis désolé, miss. J'étais en bas, au bar, mais je ne buvais pas, je vous le jure. Il a dû descendre en douce…

— Et tu n'as vu personne d'autre dans l'escalier ? Réponds-moi, Daniel, vite !

— Non. Personne, à part une vieille dame…

J'empruntai la monture de l'un de mes cavaliers et regagnai Thornfield en quatrième vitesse. Aucune des sentinelles aux portes n'avait vu la moindre trace de

Hadès. J'entrai et trouvai Edward au petit salon, en compagnie d'une bouteille de brandy. Il leva son verre en signe de salut.

— Elle est partie, n'est-ce pas ? demanda-t-il.

— Oui, elle est partie.

— Damnation ! Maudites soient les circonstances qui m'ont entraîné dans le mariage avec cette idiote, et maudits soient mon frère et mon père pour avoir arrangé pareille union !

Il retomba dans un fauteuil et contempla le plancher.

— Votre travail est terminé ici ? fit-il d'un ton résigné.

— Je pense que oui. Il ne me reste plus qu'à retrouver Hadès, et je lève le camp.

— Il n'est plus au Millcote ?

— Non.

— Mais vous croyez pouvoir le capturer ?

— Oui, j'ai l'impression qu'il s'est affaibli en étant ici.

— Dans ce cas, donnez-moi votre mot de passe. Le temps risque de jouer contre nous, le moment venu. Et un homme averti en vaut deux.

— C'est vrai, acquiesçai-je. Pour ouvrir le portail, il faut dire…

A cet instant, la porte d'entrée claqua, un courant d'air dérangea quelques papiers, et un pas familier résonna sur les dalles de l'entrée. Je me figeai et regardai Rochester qui fixait le fond de son verre.

— Le mot de passe ?

J'entendis une voix qui appelait Pilote. Une voix au timbre grave et profond du maître des lieux.

— Zut ! murmura Hadès, abandonnant son déguisement de Rochester.

Et il bondit sur le mur qu'il traversa – plâtre et boiseries – comme si c'était du papier de riz. Le temps que je gagne le couloir, il s'était volatilisé, évanoui dans les entrailles de la maison. Rochester me rejoignit pendant que je guettais les bruits au pied de l'escalier, mais aucun son ne parvint jusqu'à nous. Comprenant ce qui s'était passé, Edward réunit rapidement tous les ouvriers qui travaillaient sur le domaine. En l'espace de vingt minutes, il les posta tout autour de la maison, avec ordre formel de tirer sur quiconque essayerait de s'échapper sans donner le mot de passe convenu au préalable. Cela fait, nous retournâmes dans la bibliothèque. Rochester sortit une paire de pistolets et les chargea soigneusement. Avec un coup d'œil gêné sur mon browning, il mit en place deux capsules fulminantes et repositionna les chiens.

— Les balles, ça le fait enrager, c'est tout, lui dis-je.

— Vous avez une meilleure idée ?

Je ne répondis pas.

— Alors suivez-moi. Plus vite nous évacuerons ce danger de mon livre, et mieux ça vaudra.

Tout le monde à l'exception de la folle et de Grace Poole avait quitté la maison ; Mrs. Poole avait reçu l'instruction de n'ouvrir à personne jusqu'au lever du jour, pas même à Mr. Rochester. Edward et moi commençâmes par la bibliothèque, puis nous passâmes dans la salle à manger et le grand salon. Après quoi nous fouillâmes le petit salon et la salle de bal. Tout était désert. Nous regagnâmes l'escalier où nous avions posté John et Matthew, qui jurèrent n'avoir vu personne. La nuit était tombée ; les hommes en faction s'étaient vu distribuer des torches dont les flammes éclairaient précairement le hall d'entrée. L'escalier et les panneaux en bois foncé reflétaient mal la lumière ; on aurait vu plus clair dans le ventre d'une baleine. En haut des marches, nous regardâmes à droite et à gauche, mais la maison était plongée dans l'obscurité, et je m'en voulus de n'avoir pas emporté une bonne lampe de poche. Comme en réponse à mes pensées, un courant d'air souffla les bougies, et quelque part devant nous, une porte claqua. Mon cœur manqua un battement, et Rochester pesta à voix basse en trébuchant contre une commode en chêne.

Je m'empressai de rallumer le chandelier. Dans son halo doré, nous pûmes voir nos visages apeurés ; réalisant que mon expression était un reflet de la sienne, Rochester rassembla ses esprits et cria :

— Espèce de lâche ! Montre-toi !

Il y eut une forte commotion, et un éclair aveuglant : Rochester avait tiré en direction de l'escalier qui conduisait à l'étage supérieur.

— Là ! Le voilà qui détale comme un lapin ; je crois bien l'avoir touché.

Nous nous précipitâmes, mais il n'y avait pas de sang… juste le lourd projectile en plomb fiché dans la balustrade.

— On le tient ! s'exclama Rochester. Il n'y a pas d'autre issue là-haut hormis le toit, et aucun moyen de descendre sans se rompre le cou !

Nous grimpâmes les marches et nous retrouvâmes dans un couloir. Bien que les fenêtres fussent plus grandes ici, les ténèbres étaient tout aussi denses. Nous nous arrêtâmes brusquement. Au milieu du couloir, le visage éclairé par la lueur d'une unique chandelle, se tenait Hadès. Fuir, se cacher n'était vraiment pas son genre. Il avait rapproché la flamme d'une feuille de papier roulée qui ne pouvait être que le poème de Wordsworth dans lequel ma tante était retenue prisonnière.

— Le mot de passe, je vous prie, Miss Next !

— Jamais de la vie !

Il inclina la chandelle vers le papier et me sourit.

— Le mot de passe, *s'il vous plaît* !

Mais son sourire se mua en une grimace de douleur ; il poussa un cri déchirant et laissa échapper la chandelle avec le papier. Lentement, il se retourna pour nous révéler la cause de ce revirement. Derrière son dos, cramponnée avec une farouche détermination, il y avait Mrs. Rochester, la folle Jamaïcaine. Avec un gloussement insensé, elle triturait une paire de ciseaux qu'elle avait plantée entre les omoplates de Hadès. Il cria à nouveau et tomba à genoux. Pendant ce temps, la chandelle avait mis le feu aux nombreuses couches de cire recouvrant un secrétaire. Les flammes engloutirent avidement le meuble, et Rochester arracha des rideaux pour tenter de les étouffer. Mais Hadès était déjà debout ; les ciseaux avaient été retirés, et il avait recouvré ses forces. Il frappa Edward au menton ; celui-ci chancela et s'effondra lourdement. Une joyeuse démence semblait s'être emparée d'Achéron. Il saisit une lampe à alcool sur un buffet et la lança au fond du couloir ; elle s'enflamma, incendiant les tentures murales. Il pivota vers la folle qui se jeta sur lui en gesticulant dans tous les sens. Elle attrapa adroitement le cahier écorné de Mycroft dans la poche de Hadès, lâcha un cri de triomphe démoniaque et prit la fuite.

— Rendez-vous, Hadès ! hurlai-je en tirant à deux reprises.

La force de l'impact le fit vaciller, mais il se ressaisit rapidement et s'élança à la poursuite de Berthe. Je ramassai le précieux poème, toussant dans l'épaisse fumée qui commençait à envahir le couloir. Les tentures brûlaient bien à présent. J'aidai Rochester à se relever. Nous courûmes après Achéron, rencontrant en chemin d'autres foyers d'incendie qu'il avait allumés sur son passage. Nous les rattrapâmes, lui et la Créole, dans une vaste chambre du fond. C'était une occasion comme une autre d'ouvrir le portail ; le lit était déjà en feu, et Hadès et Berthe se livraient à un curieux jeu du chat et de la souris : elle avait le cahier à la main et brandissait les ciseaux qui semblaient inspirer une authentique frayeur à Achéron.

— Dites les mots ! lançai-je à Rochester.

— Et ils sont ?

— Douce folie !

Il les proféra d'une voix forte. Sans succès. Il les répéta alors, plus fort encore. Toujours sans succès. J'avais commis une erreur. *Jane Eyre* était écrit à la première personne. Tout ce que Bowden et Mycroft liraient là-bas, chez nous, relevait d'événements vécus directement par Jane ; ce qui nous arrivait à nous n'apparaissait pas – et n'apparaîtrait jamais – dans le roman. Je n'y avais pas songé.

— Et maintenant ? demanda Rochester.

— Je ne sais pas. *Attention !*

Berthe se rua sur nous et sortit en courant, Hadès sur ses talons. Anxieux de récupérer le manuel d'utilisation, il ne se préoccupait plus guère de nous deux. Nous les suivîmes dans le couloir, mais à la place de la cage d'escalier se dressait maintenant un mur de flammes – la chaleur et la fumée nous obligèrent à battre en retraite. Toussant, les yeux ruisselants, Berthe fila sur le toit, rejointe par Hadès et, bientôt, par Rochester et moi-même. C'était bon de pouvoir respirer de l'air frais après l'intérieur enfumé de Thornfield. Berthe nous entraîna sur la couverture en plomb de la salle de bal. On voyait que le feu s'était propagé aux étages inférieurs ; les meubles et les parquets copieusement cirés offraient une nourriture de choix aux flammes affamées. Encore quelques minutes, et la grande maison sèche comme de l'amadou allait se transformer en fournaise.

La folle avait entamé une danse langoureuse dans sa chemise de nuit, vague souvenir peut-être du temps où elle était une lady, loin, très loin de l'existence pitoyable qu'elle menait à présent. Grognant à la manière d'un animal en cage, elle menaçait Hadès avec les ciseaux. Lui jurait et la suppliait de lui rendre le cahier qu'elle agitait sous son nez d'un geste moqueur. Rochester et moi assistions à la scène ; le fracas du verre brisé et le crépitement des flammes ponctuaient le silence de la nuit.

Fatigué de ne rien faire et de regarder Hadès et sa femme se livrer à la danse macabre, Edward se servit de son second pistolet et toucha Hadès au creux des reins. Ce dernier fit volte-face, indemne mais furieux. Il tira sa propre arme et nous mitrailla à son tour, pendant que nous nous réfugiions d'un bond derrière une cheminée. Profitant de l'aubaine, Berthe planta les ciseaux dans le bras d'Achéron. Il poussa un hurlement de terreur et lâcha son arme. Berthe dansait en gloussant de plaisir autour de lui tandis qu'il tombait à genoux.

Un gémissement me fit tourner la tête. L'une des balles de Hadès avait traversé la paume de Rochester. Il sortit son mouchoir, et je l'aidai à le nouer autour de sa main déchiquetée.

Levant les yeux, je vis Hadès arracher les ciseaux de son bras ; ils firent un vol plané et atterrirent non loin de là. Ayant recouvré ses pouvoirs, enragé comme un lion, il sauta sur Berthe, la saisit à la gorge et s'empara du cahier. Puis il la souleva à bout de bras, pendant qu'elle hurlait sauvagement, couvrant le vacarme de l'incendie. L'espace d'un instant, leurs deux silhouettes se profilèrent sur fond de flammes qui léchaient le ciel nocturne ; après quoi Hadès fit deux pas en direction du parapet et jeta Berthe par-dessus : ses cris ne se turent que lorsqu'elle heurta le sol avec un bruit sourd, trois étages plus bas. S'écartant du parapet, il se tourna vers nous, les yeux étincelants.

— Douce folie, hein ? rit-il. Jane est chez ses cousins, donc le récit aussi. Et moi, j'ai le manuel !

Il l'agita devant moi, le glissa dans sa poche et ramassa son pistolet.

— Par qui je commence ?

Je tirai, mais il attrapa la balle au vol. Lorsqu'il ouvrit le poing, le projectile aplati n'était plus qu'un petit disque de plomb. Il sourit, et une gerbe d'étincelles s'éleva derrière lui. Je tirai à nouveau, et une fois de plus, il arrêta la balle. La barrette de mon automatique s'immobilisa en position arrière, prête à recevoir le chargeur suivant. Justement, il m'en restait un, mais à mon avis, ça n'allait pas changer grand-chose. A quoi bon se voiler la face : j'avais bien profité de la vie, je lui avais résisté plus longtemps que n'importe quel être vivant, et j'avais accompli tout ce qui était humainement possible de faire. Mais la chance ne vous sourit pas éternellement – la mienne venait de me lâcher.

Hadès me gratifia d'un sourire.

— Tout est une question de timing, Miss Next. J'ai le mot de passe, j'ai le manuel, et je suis en position de force. Comme vous le voyez, ça paie d'attendre son heure.

Il affichait un air triomphant.

— Sachez, en guise de consolation, que j'avais l'intention de vous accorder l'honneur d'être mon Felix9. Je me souviendrai de vous comme de ma plus grande adversaire ; en cela, je vous rends hommage. Et vous aviez raison – vous n'avez jamais cherché à négocier.

Je n'écoutais pas. J'étais en train de penser à Tamworth, à Snood et au reste de ses victimes. Je regardai Rochester qui berçait sa main ensanglantée ; il avait renoncé à se battre.

— La Crimée nous rapportera une fortune, poursuivait Hadès. Quel bénéfice pourrons-nous réaliser sur chaque fusil à plasma ? Cinq cents livres ? Mille ? Dix mille livres ?

Je songeai à mon frère en Crimée. Il m'avait demandé de revenir le chercher, et je ne l'avais pas fait. Mon véhicule avait été touché par un obus, et l'on avait dû me retenir de force pour m'empêcher d'en prendre un autre et retourner sur le champ de bataille. Je ne l'avais jamais revu. Je ne m'étais jamais pardonné de l'avoir laissé là-bas.

Hadès pérorait toujours ; j'aurais presque voulu qu'on en finisse. La mort, après tout ce que j'avais vécu, m'apparaissait soudain comme une solution de confort. Au fort de n'importe quel combat, il survient, disent certains, une sorte d'accalmie où l'on peut réfléchir facilement et tranquillement, l'état de choc faisant barrière à l'environnement traumatisant. J'étais sur le point de mourir, or seule une question apparemment anodine me trottait dans la tête : Pourquoi diable les ciseaux de Berthe avaient-ils un effet aussi radical sur Hadès ? Je le regardai articuler des mots que je n'entendais pas. Je me relevai, et il tira. Il jouait avec moi ; la balle passa loin – je ne cillai même pas. Les ciseaux, voilà la clé : ils étaient en *argent*. Je fouillai dans la poche de mon pantalon, à la recherche de la balle en argent que m'avait donnée Spike. Achéron, vain et arrogant, était en train de perdre du temps à faire l'éloge de sa propre personne. Une erreur qu'il allait payer cher. Je glissai le projectile brillant dans mon automatique et débloquai la barrette. Il se lova prestement dans la chambre. Je visai, pressai la détente et vis quelque chose pénétrer dans sa poitrine. Au début, il ne se passa rien. Puis Achéron cessa de parler et porta la main à l'endroit où la balle l'avait touché. Approchant les doigts de son visage, il les considéra avec une surprise atterrée. Il avait l'habitude d'avoir du sang sur les mains – mais ce n'était jamais le sien. Il se tourna vers moi, ouvrit la bouche et, vacillant, s'effondra pesamment à plat ventre pour ne plus bouger. Achéron Hadès, le troisième homme le plus abject de la planète, avait fini par trouver la mort sur le toit de Thornfield Hall, sans qu'il y eût quelqu'un pour le pleurer.

Nous n'avions guère le temps de nous attarder sur la fin de Hadès ; les flammes montaient de plus en plus haut. Je pris le manuel de Mycroft et remis Rochester debout. Nous nous frayâmes un passage jusqu'au parapet ; le toit avait chauffé, et les poutres sous nos pieds commençaient à gauchir et à se gondoler, créant des ondulations comme si la couverture de plomb avait été vivante. Nous regardâmes en bas, mais il n'y avait aucun moyen de descendre. Me saisissant par la main, Rochester courut le long de la toiture vers une autre fenêtre. Il la brisa, et la bouffée d'air brûlant nous fit baisser la tête.

— L'escalier de service ! toussa-t-il. Par ici.

Il connaissait le chemin par cœur à travers les couloirs sombres et enfumés, et je le suivis docilement, m'accrochant aux basques de son habit pour ne pas me perdre. Nous arrivâmes en haut de l'escalier de service ; l'incendie y était moins violent, et Rochester m'entraîna sur les marches. Nous étions au beau milieu de la descente quand la cuisine s'enflamma, projetant une masse de feu et de gaz chauds dans le couloir et la cage d'escalier. Je vis une énorme lueur rouge surgir en face de moi. L'escalier céda sous nos pas, et ce fut le néant.

34

La presque fin de *leur* livre

Nous attendions un appel de Thursday, un signal, mais il ne venait pas. Je lisais le roman attentivement, cherchant un indice pour savoir ce qui lui était arrivé. J'avais soupçonné que Thursday pourrait décider de rester, si la capture de Hadès se révélait impossible. Le dénouement était proche ; Jane allait partir en Inde, et l'histoire allait prendre fin. Après quoi, nous pouvions éteindre la machine. Thursday et Polly seraient perdues à jamais.

Extrait du journal de Bowden Cable

J'ouvris les yeux et, fronçant les sourcils, regardai autour de moi. Je me trouvais dans une chambre petite mais confortable, près d'une fenêtre à demi ouverte. De l'autre côté de la pelouse, de hauts peupliers oscillaient sous le vent. Je ne reconnus pas la vue ; ce n'était pas Thornfield. La porte s'ouvrit, et Mary entra.

— Miss Next ! dit-elle gentiment. Vous nous avez causé une de ces frayeurs !

— Suis-je restée longtemps inconsciente ?

— Trois jours. Une très grave commotion cérébrale, dit le Dr Carter.

— Où… ?

— Vous êtes à Ferndean, Miss Next, répondit Mary d'un ton apaisant, l'une des propriétés de Mr. Rochester. Vous devez vous sentir faible ; je vais vous apporter un peu de bouillon.

Je l'empoignai par le bras.

— Et Mr. Rochester ?

Elle marqua une pause, me sourit, tapota ma main et dit qu'elle allait me chercher du bouillon.

Je me recouchai, songeant à la nuit de l'incendie. Pauvre Berthe Rochester. Avait-elle eu conscience de nous avoir sauvé la vie de par le choix fortuit de son arme ? Peut-être son esprit dérangé s'était-il branché sur la même longueur d'onde que cette abomination de Hadès. Je ne le saurais jamais, mais je ne l'en remerciai pas moins.

Au bout d'une semaine, je fus capable de me lever et de circuler dans la maison, même si je souffrais encore de vertiges et de violents maux de tête. J'appris qu'après l'effondrement de l'escalier de service, j'avais perdu connaissance. Rochester, lui-même à l'agonie, m'avait enveloppée dans un rideau et s'était précipité avec moi hors de la maison en flammes. En chemin, il avait été heurté par une poutre : cet accident lui coûta la vue. La main déchiquetée par la balle d'Achéron avait dû être amputée le matin suivant l'incendie. Je le retrouvai dans la pénombre de la salle à manger.

— Avez-vous très mal, monsieur ? demandai-je, contemplant son allure dépenaillée ; il avait toujours les yeux bandés.

— Heureusement, non, mentit-il.

Il bougea, et ce mouvement lui arracha une grimace.

— Merci, c'est la seconde fois que vous me sauvez la vie.

Il sourit faiblement.

— Vous m'avez rendu ma Jane. Pour ces quelques mois de bonheur, je serais prêt à souffrir deux fois plus.

Mais ne parlons pas de ma triste condition. Vous portez-vous bien ?

— Grâce à vous.

— Oui, oui, mais comment allez-vous rentrer ? Je suppose que Jane est déjà en Inde avec cette poule mouillée de Rivers ; et le récit l'a suivie là-bas. Je ne vois pas comment vos amis réussiront à vous secourir.

— Je trouverai bien quelque chose, dis-je en lui tapotant la manche. On ne peut jamais savoir ce que l'avenir nous réserve.

Cela se passait le lendemain matin ; mes mois dans le livre s'étaient écoulés en autant de temps qu'il faut pour les lire. Alerté sur les méfaits commis à sa porte, le Politburo gallois avait accordé à Victor, Finisterre et un membre de la Fédération Brontë un sauf-conduit pour se rendre à l'hôtel Penderyn où ils avaient rejoint Bowden, Mycroft et un Jack Maird de plus en plus fébrile. Le représentant de la Fédération Brontë lisait les mots à mesure qu'ils apparaissaient sur le manuscrit jauni en face de lui. Hormis quelques changements mineurs, le roman suivait son cours habituel ; depuis deux heures, tout marchait comme sur des roulettes. Jane avait reçu la demande en mariage de Saint-John Rivers, qui voulait qu'elle l'accompagne en Inde en qualité de son épouse, et elle était sur le point de prendre sa décision.

Mycroft tambourinait sur le bureau et surveillait d'un œil les boutons clignotants sur son engin ; il lui suffisait de choisir un passage pour ouvrir la porte. L'ennui, c'était qu'il ne leur restait plus beaucoup de pages.

Tout à coup, le miracle se produisit. L'expert de la Fédération Brontë, un petit homme d'ordinaire placide du nom de Plink, eut l'impression d'avoir été frappé par la foudre.

— Attendez une minute, voilà qui est nouveau ! On n'avait encore jamais vu ça !

— Quoi ? s'écria Victor, feuilletant rapidement son propre exemplaire.

Mr. Plink ne s'était pas trompé. Tandis que les mots se gravaient sur le papier, le récit prenait une tournure différente. Après que Jane eut promis à Saint-John Rivers qu'ils se marieraient si telle était la volonté de Dieu, il y eut une voix – une *nouvelle* voix, la voix de Rochester qui l'appelait à travers l'éther. Mais d'où ? Cette question, près de quatre-vingts millions de lecteurs de par le monde se la posèrent simultanément en suivant l'histoire inédite qui se déployait sous leurs yeux.

— Qu'est-ce que ça veut dire ? demanda Victor.

— Aucune idée, rétorqua Plink. C'est du pur Charlotte Brontë, mais ce n'était *absolument* pas là avant !

— Thursday ! murmura Victor. Ça ne peut être qu'elle. Mycroft, ouvrez l'œil !

Ils lurent avec ravissement comment Jane avait changé d'avis à propos de l'Inde et de Saint-John Rivers et décidé de retourner à Thornfield.

Je rentrai à Ferndean juste avant Jane. Rochester était dans la salle à manger ; j'allai lui annoncer la nouvelle. Je racontai que, l'ayant retrouvée chez les Rivers, je m'étais cachée sous sa fenêtre et j'avais aboyé « Jane, Jane, Jane ! » dans un murmure rauque censé être le sien. Bien que ce fût une piètre imitation, elle produisit l'effet escompté. Jane s'était mise à s'agiter et avait entrepris de faire ses bagages sur-le-champ. Rochester ne parut pas emballé outre mesure par mon histoire.

— Je ne sais si je dois vous remercier ou vous maudire, Miss Next. Dire qu'elle va me voir ainsi, aveugle et manchot. Et Thornfield qui est une ruine ! Elle va me haïr, j'en suis sûr !

— Vous vous trompez, Mr. Rochester. Si vous connaissez Jane aussi bien que je le crois, ce n'est même pas la peine de songer à entretenir de telles pensées !

On frappa à la porte. C'était Mary. Rochester avait de

la visite, annonça-t-elle, mais la personne refusait de dire son nom.

— O Seigneur ! s'exclama-t-il. C'est elle ! Dites-moi, Miss Next, est-ce qu'elle pourrait m'aimer ? Tel que je suis, j'entends ?

Me penchant, je déposai un baiser sur son front.

— Mais bien sûr. N'importe qui vous aimerait. Mary, interdisez-lui l'entrée ; la connaissant, elle entrera de toute façon. Au revoir, Mr. Rochester. Je ne vois pas comment vous remercier ; je dirai donc simplement que Jane et vous serez toujours dans mes pensées.

Rochester tourna la tête pour tenter de déterminer où j'étais au son de ma voix. Il tendit la main et étreignit la mienne avec force. Sa main était tiède et douce au toucher. Je pensai à Landen.

— Adieu, Miss Next ! Vous avez un grand cœur ; ne le laissez pas en friche. Vous avez quelqu'un qui vous aime et que vous aimez. Choisissez le bonheur !

Je m'éclipsai promptement dans la pièce d'à côté tandis que Jane faisait son entrée. Sans bruit, je fermai la porte au loquet ; au même moment, Rochester feignait de manière fort convaincante de ne pas savoir qui elle était.

— Donnez-moi l'eau, Mary, déclara-t-il.

Il y eut un froufroutement, puis j'entendis Pilote qui allait et venait à pas feutrés.

— Que se passe-t-il ? demanda Rochester, agacé, en prenant sa voix la plus revêche.

Je pouffai silencieusement.

— Couché, Pilote ! fit Jane.

Le chien se calma ; il y eut une pause.

— Est-ce bien vous, Mary ? dit Rochester.

— Mary est à la cuisine, répondit Jane.

Je sortis de ma poche le manuel déjà passablement usé et le poème légèrement calciné. Il restait encore à régler le problème Jack Maird, mais cela pouvait attendre. Je m'assis sur une chaise. Une soudaine exclamation de Rochester me parvint à travers la porte.

— *Qui* est-ce ? Qu'est-ce que c'est ? Qui parle ?

Je tendis l'oreille pour suivre la conversation.

— Pilote me connaît, rétorqua Jane joyeusement, et Mary et John savent que je suis ici. Je viens d'arriver ce soir !

— Grand Dieu ! s'écria Rochester. Quelle est cette illusion qui m'assaille ? Quelle douce folie s'est emparée de moi ?

— Merci, Edward, chuchotai-je tandis que le portail s'ouvrait dans un coin de la pièce.

Je jetai un dernier coup d'œil sur cette maison où je ne remettrais plus les pieds et franchis la porte.

Il y eut un éclair accompagné d'un fort grésillement ; le manoir de Ferndean s'évanouit, et à sa place je reconnus le décor familier du salon délabré du Penderyn. Bowden, Mycroft et Victor se précipitèrent à ma rencontre. Je remis le poème et le manuel à mon oncle qui entreprit immédiatement d'ouvrir la porte sur « J'allais solitaire ainsi qu'un nuage ».

— Hadès ? s'enquit Victor.

— Mort.

— Complètement ?

— A cent pour cent.

Quelques instants plus tard, le Portail de la Prose se rouvrit, et Mycroft se rua à l'intérieur. Il revint peu après, tenant Polly par la main ; elle portait un bouquet de jonquilles et essayait de lui expliquer quelque chose.

— Nous ne faisions que *parler*, Crofty, mon amour ! Tu ne vas pas croire, dis, que je pourrais m'intéresser à un poète défunt ?

— A mon tour, lança Jack Maird avec excitation, brandissant *Le Fusil à plasma dans un conflit armé*.

Il plaça le livre parmi les vers correcteurs et fit signe à Mycroft d'ouvrir le portail. Sitôt que les vers eurent accompli leur travail, Mycroft s'exécuta. Avec un grand sourire, Maird se pencha par l'ouverture blanche et miroitante, cherchant à tâtons un de ces fusils à plasma si bien décrits dans le livre. Mais Bowden avait une autre idée derrière la tête. Il le poussa légèrement, et Maird bascula avec un cri perçant de l'autre côté. Bowden hocha la tête à l'adresse de Mycroft qui débrancha la prise ; la machine se tut. Le passage vers le livre avait été coupé. Jack Maird avait mal choisi son moment. Dans sa hâte de mettre la main sur le fusil, il ne s'était pas assuré de la présence des agents de Goliath à ses côtés. Les deux gardes revinrent alors que Mycroft, assisté de Bowden, était en train de broyer le Portail de la Prose après avoir transféré les vers avec soin et rendu le manuscrit original de *Jane Eyre* – avec une fin légèrement modifiée – à la Fédération Brontë.

— Où est le colonel Maird ? demanda le premier agent.

Victor haussa les épaules.

— Il est parti. Ç'avait quelque chose à voir avec le fusil à plasma, me semble-t-il.

Les hommes de Goliath auraient voulu en savoir davantage, mais le ministre des Affaires étrangères gallois venait d'arriver en personne : puisque la question était réglée, nous étions priés de quitter le territoire. Les agents de Goliath se mirent à protester, mais les militaires de l'armée républicaine galloise, nullement impressionnés par leurs menaces, eurent tôt fait de les escorter dehors.

La limousine présidentielle nous déposa à Abertawe. Pendant tout le trajet, le représentant de la Fédération Brontë avait gardé un silence glacial – on sentait bien que la nouvelle fin ne lui plaisait guère. Une fois en ville, je leur faussai compagnie, récupérai ma voiture et fonçai à Swindon, les paroles de Rochester résonnant à mes oreilles. Le mariage de Landen et Daisy avait lieu à trois heures de l'après-midi, et je voulais être sûre de ne pas le rater.

35

La presque fin de *notre* livre

J'avais véritablement semé la zizanie dans *Jane Eyre* ; mon cri de « Jane, Jane, Jane ! » sous sa fenêtre avait provoqué un changement définitif dans la trame du livre. C'était contraire à ma formation, contraire à tout ce que j'avais juré de défendre. Pour ma part, je n'y voyais qu'un simple acte de contrition, dans la mesure où je me sentais responsable des blessures de Rochester et de l'incendie de Thornfield. J'avais agi par compassion et non par devoir, et parfois ce n'est pas plus mal.

THURSDAY NEXT
Journal intime

A trois heures cinq, je m'arrêtai dans un crissement de pneus devant l'église de Notre-Dame-des-Homards, à la grande surprise du photographe et du chauffeur de la grosse Hispano-Suiza qui attendait les jeunes mariés. J'inspirai profondément, marquai une pause pour rassembler mes esprits et, quelque peu tremblante, gravis les marches. La musique d'orgue flottait dans l'air et, alors que j'avais couru jusque-là, mon pas soudain ralentit. Mon courage m'avait abandonnée. A quoi diable étais-je en train de jouer ? Croyais-je vraiment pouvoir surgir de nulle part après dix ans d'absence et m'attendre à ce que l'homme que j'avais aimé jadis laisse tout tomber pour m'épouser ?

— Oh oui, dit une femme à son compagnon en passant devant moi. Daisy et Landen, c'est une grande histoire d'amour !

J'adoptai dès lors une allure d'escargot, me surprenant à espérer que j'arriverais trop tard et que, de ce fait, je n'aurais pas à prendre de décision. L'église était pleine, et je me glissai discrètement au fond, juste à côté des fonts baptismaux en forme de homard. Sur le devant, j'aperçus Landen et Daisy entourés d'un petit essaim de pages et de demoiselles d'honneur. Beaucoup d'invités étaient en uniforme, des amis que Landen s'était faits en Crimée. Quelqu'un que je supposais être la mère de Daisy était en train de pleurnicher dans son mouchoir, et son père regardait impatiemment sa montre. Du côté de Landen, il n'y avait que sa mère.

— Je vous demande et vous adjure tous les deux, disait l'officiant, de vous confesser à moi, au cas où l'un de vous aurait connaissance d'un empêchement quelconque, par suite duquel vous ne pourriez être unis légalement.

Il s'interrompit, et plusieurs convives se trémoussèrent sur leur siège. Mr. Mutlar, dont l'absence de menton était largement compensée par une grosse bouée autour du cou, paraissait mal à l'aise et regardait nerveusement autour de lui. Le pasteur se tourna vers Landen et ouvrit la bouche quand une voix claire et forte résonna au fond de l'église :

— Ce mariage ne peut se faire ; je déclare qu'il existe un empêchement.

Cent cinquante têtes pivotèrent dans sa direction. L'un des amis de Landen rit tout haut ; manifestement, il avait cru à une plaisanterie. L'homme qui avait parlé n'avait cependant rien d'un plaisantin. Le père de Daisy non plus n'avait pas le cœur à rigoler. Landen était un bon parti, et ce n'était pas une blague de mauvais goût qui allait retarder la cérémonie.

— Continuez ! ordonna-t-il, l'œil noir.

Le pasteur regarda l'homme, puis Daisy et Landen, et finalement Mr. Mutlar.

— Je ne puis continuer sans essayer d'établir si ce qui vient d'être dit est vrai ou faux, répondit-il d'un air peiné.

C'était bien la première fois qu'il se trouvait confronté à ce genre de situation.

Mr. Mutlar, qui avait viré à l'écarlate, aurait volontiers assommé l'importun s'il avait été suffisamment près.

— C'est quoi, ces âneries ? cria-t-il.

Un brouhaha s'éleva parmi l'assistance.

— Ce ne sont pas des âneries, monsieur, rétorqua l'homme distinctement. La bigamie, à mon sens, n'a rien d'une ânerie.

Je dévisageai Landen qui semblait dérouté par la tournure des événements. Etait-il déjà marié ? Je n'arrivais pas à le croire. Je jetai un coup d'œil sur l'homme qui parlait, et mon cœur manqua un battement. C'était Mr. Briggs, l'avocat que j'avais déjà vu à l'église de Thornfield ! Un bruissement se fit entendre à côté de moi ; je me retournai et aperçus Mrs. Nakijima. Elle sourit et posa un doigt sur ses lèvres. Je fronçai les sourcils.

— Quelle est la nature de cet empêchement ? demanda le pasteur. Peut-être existe-t-il un moyen de le surmonter… de l'aplanir ?

— Je ne le crois pas, fut la réponse. Je l'ai déclaré insurmontable, et je parle en connaissance de cause. Il consiste simplement en l'existence d'un premier mariage.

Landen et Daisy échangèrent un regard perçant.

— *Qui diable êtes-vous ?* s'enquit Mr. Mutlar, le seul, semblait-il, à être en état de réagir.

— Mon nom est Briggs, avocat à Londres, Dash Street.

— Eh bien, Mr. Briggs, ayez donc la bonté de nous

expliquer le premier mariage de Mr. Parke-Laine, afin que nous puissions mesurer toute la bassesse de cet individu.

Briggs considéra Mr. Mutlar, puis le couple devant l'autel.

— Mon information ne concerne pas Mr. Parke-Laine ; je parle de Miss Mutlar ou, pour donner son nom de femme mariée, Mrs. Daisy Posh !

Des exclamations fusèrent dans l'assemblée. Landen regarda Daisy qui jeta son bouquet par terre. L'une des demoiselles d'honneur fondit en larmes ; Mr. Mutlar s'avança et prit Daisy par le bras.

— Miss Mutlar a épousé Mr. Murray Posh le 20 octobre 1981, glapit Mr. Briggs pour couvrir le vacarme. Le mariage a eu lieu à Southwark. Aucune procédure de divorce n'a été entamée à ce jour.

Il n'en fallait pas plus à la foule de convives. Une clameur monta sous les voûtes tandis que la famille Mutlar battait précipitamment en retraite. Le pasteur adressa une prière inédite à personne en particulier, et Landen – qui en avait bien besoin – s'assit sur le banc que les Mutlar venaient de libérer. Quelqu'un hurla « Aventurière ! », et les Mutlar pressèrent le pas sous une pluie d'insultes dont bon nombre se révélaient tout à fait déplacées dans une église. Dans la confusion, un page essaya d'embrasser une demoiselle d'honneur et récolta une gifle pour la peine. Je m'adossai à la pierre froide d'un pilier et essuyai mes larmes. Ce n'était certes pas bien de ma part, mais j'étais morte de rire. Briggs se fraya un passage parmi les invités qui se chamaillaient et nous rejoignit, soulevant poliment son couvre-chef.

— Bonjour, Miss Next.

— C'est véritablement un *très* bon jour, Mr. Briggs ! Pour l'amour du ciel, que faites-vous ici ?

— Ce sont les Rochester qui m'envoient.

— Mais j'ai quitté le livre il y a trois heures à peine !

— Vous l'avez quitté douze pages avant la fin, s'interposa Mrs. Nakijima. Entre-temps, dix ans se sont écoulés à Thornfield – largement de quoi s'organiser !

— Thornfield ?

— Reconstruit, oui. Mon mari a pris sa retraite, et c'est nous maintenant qui nous occupons de la maison. Le livre ne fait pas mention de nous, et Mrs. Rochester entend qu'il en soit ainsi ; c'est bien plus agréable qu'Osaka et certainement plus gratifiant que le tourisme.

Que dire, après ça ?

— Mrs. Jane Rochester a prié Mrs. Nakijima de me conduire jusqu'ici, fit Mr. Briggs simplement. Elle et Mr. Rochester tenaient à vous aider comme vous les avez aidés. Ils vous souhaitent tout le bonheur possible et bonne santé pour l'avenir, et vous remercient pour votre intervention opportune.

Je souris.

— Comment vont-ils ?

— Oh, très bien, miss, répondit Briggs avec entrain. Leur aîné a cinq ans ; c'est un beau garçon, le portrait craché de son père. Et au printemps dernier, Jane a donné le jour à une jolie petite fille. Qui a été prénommée Helen Thursday Rochester.

Je jetai un regard en direction de Landen qui se tenait à l'entrée de l'église et tentait d'expliquer ce qui se passait à sa tante Ethel.

— Il faut que j'aille le voir.

Mais je parlais dans le vide. L'avocat et Mrs. Nakijima s'étaient volatilisés ; ils s'étaient retransportés à Thornfield pour annoncer à Jane et Edward la réussite de leur mission.

Landen, pendant ce temps, s'assit sur les marches du parvis, retira l'œillet de sa boutonnière et le renifla distraitement.

— Salut, Landen.

Il leva les yeux et cilla.

— Ah, dit-il. Thursday. J'aurais dû m'en douter.

— Puis-je me joindre à toi ?

— Mais je t'en prie.

Je m'installai à côté sur les marches de calcaire tiède. Landen regardait obstinément droit devant lui.

— C'est toi qui as orchestré ça ? demanda-t-il enfin.

— Pas du tout. J'admets que je suis venue pour interrompre le mariage, mais à la dernière minute je me suis dégonflée.

Il se tourna vers moi.

— Pourquoi ?

— Pourquoi ? Eh bien, parce que… parce que je pensais faire une meilleure Mrs. Parke-Laine que Daisy, tiens.

— Je le sais, *ça*, s'exclama-t-il, et je suis entièrement d'accord ! Ce que je voulais savoir, c'est pourquoi tu t'es dégonflée. Toi qui combats le grand banditisme, qui acceptes les missions à haut risque, toi qui n'hésites pas à braver les ordres pour porter secours à des camarades pris sous un intense tir de barrage, et en même temps…

— Je vois ce que tu veux dire. Je ne sais pas. Peut-être que ces décisions-là entre oui et non, entre la vie et la mort, sont plus faciles à prendre parce que plus manichéennes. Noir ou blanc, le choix me paraît simple. Les sentiments humains, en revanche… c'est un immensurable camaïeu de gris, et les demi-teintes ne sont pas mon fort.

— Les demi-teintes, c'est là que j'ai vécu ces dix dernières années, Thursday.

— Je sais et j'en suis navrée. J'ai eu beaucoup de mal à concilier ce que j'éprouvais pour toi et ce que je considérais comme une trahison vis-à-vis d'Anton. C'était une espèce de tir émotionnel à la corde, et moi j'étais le petit mouchoir au milieu, attaché à la corde, sans bouger.

— Je l'aimais moi aussi, Thursday. Il était pratiquement le frère que je n'ai jamais eu. Mais je ne pouvais me cramponner éternellement à mon extrémité de la corde.

— J'ai laissé quelque chose en Crimée, murmurai-je, mais je crois l'avoir retrouvé. Est-il encore temps d'essayer de repartir à zéro ?

— Ça fait un peu onzième heure, non ? répondit-il avec un large sourire.

— Non, plutôt trois secondes avant minuit.

Il m'embrassa doucement sur les lèvres. C'était chaud et réconfortant, comme rentrer à la maison et retrouver un bon feu de bois après une longue promenade sous la pluie. Mes yeux débordèrent, et je sanglotai sans bruit dans son col pendant qu'il me serrait dans ses bras.

— Excusez-moi, fit le pasteur qui depuis un moment patientait à proximité. Je regrette de vous interrompre, mais j'ai un autre mariage à célébrer à quinze heures trente.

Nous nous levâmes en marmonnant des excuses. Les invités étaient toujours là, dans l'attente d'une quelconque décision. Tout le monde ou presque était au courant de mon histoire avec Landen, et rares étaient ceux qui considéraient Daisy comme un meilleur parti.

— Tu veux ? glissa Landen dans mon oreille.

— Je veux quoi ? demandai-je en étouffant un rire.

— *Imbécile !* Veux-tu m'épouser ?

— Hmm, répliquai-je, le cœur battant à tout rompre. Il va falloir que j'y réfléchisse !

Il haussa un sourcil interrogateur.

— Oui ! Oui, *oui* ! J'accepte, j'accepte de toute mon âme !

— Enfin ! dit Landen avec un soupir. Les efforts que je dois déployer pour avoir la femme que j'aime !

Nous nous embrassâmes, plus longuement cette fois ; tellement longuement en fait que le pasteur, l'œil rivé à sa montre, dut taper Landen sur l'épaule.

— Merci pour la répétition, déclara Landen, lui serrant vigoureusement la main. Nous reviendrons d'ici un mois pour la version définitive.

Le ministre du culte haussa les épaules. Ceci était rapidement en train de tourner au mariage le plus abracadabrantesque de toute sa carrière.

— Mes amis, proclama Landen à l'intention des convives qui restaient, j'aimerais vous annoncer mes fiançailles avec cette charmante jeune personne, agent des OpSpecs, nommée Thursday Next. Comme vous le savez, elle et moi avons eu un différend dans le passé, mais aujourd'hui tout ça est complètement oublié. Il y a une tente dans mon jardin avec un buffet à tout casser, et si mes souvenirs sont bons, Holroyd Wilson viendra jouer à partir de six heures. Ce serait un crime de gâcher tout cela ; je suggère donc que nous changions simplement de prétexte !

Des hurlements excités saluèrent son discours, et les invités se pressèrent pour organiser le transport. Landen et moi prîmes ma voiture, mais nous rentrâmes par le chemin des écoliers. Nous avions beaucoup de choses à nous dire ; quant à la fête... ma foi, elle n'avait qu'à continuer un moment sans nous.

Les réjouissances ne s'achevèrent qu'à quatre heures du matin. Comme j'avais trop bu, je regagnai mon hôtel en taxi. Landen ne demandait pas mieux que de me garder pour la nuit, mais je lui répondis un brin coquettement qu'il pourrait bien attendre notre nuit de noces. Je me rappelle vaguement être montée dans ma chambre, mais ensuite, c'est le trou noir... jusqu'à ce que le téléphone sonne à neuf heures le lendemain matin. J'étais à moitié habillée ; Pickwick regardait Télématin, et j'avais l'impression que ma tête allait exploser.

C'était Victor. Il n'avait pas l'air d'être de très bonne humeur, mais la politesse étant une de ses principales qualités, il me demanda comment j'allais.

Je jetai un coup d'œil sur le réveil. Un marteau cognait à l'intérieur de mon crâne.

— J'ai connu mieux. Comment ça va, au bureau ?

— Ce n'est pas très brillant, répliqua-t-il avec une certaine réserve dans la voix. Le Groupe Goliath voudrait vous parler de Jack Maird, et la Fédération Brontë crie au scandale face aux dommages causés au roman. Etait-il *absolument* nécessaire de réduire Thornfield en cendres ?

— C'est Hadès…

— Et Rochester ? Aveugle, avec une main en miettes ? Ça aussi, c'est Hadès ?

— Ben, oui.

— C'est un sacré foutoir, Thursday. Vous feriez bien de vous expliquer avec ces gens de chez Brontë. J'ai ici leur Comité exécutif, et ils ne sont pas venus épingler une médaille sur votre poitrine.

On frappa à la porte. Je dis à Victor que j'arrivais de suite et me relevai, flageolante.

— Oui ? criai-je.

— Service des chambres. Mr. Parke-Laine a téléphoné pour qu'on vous apporte du café.

— Un instant !

J'essayai de refouler Pickwick dans la salle de bains ; le règlement de l'hôtel était très strict en matière d'animaux de compagnie. Contrairement à son habitude, il se montra agressif ; s'il avait eu des ailes, il en aurait battu de colère.

— Ce… n'est… pas… le… moment… de… me… casser… les… pieds ! grognai-je en poussant l'oiseau récalcitrant dans la salle de bains et en verrouillant la porte.

Je serrai dans mes mains ma tête qui résonnait douloureusement, puis j'enfilai une robe de chambre et allai ouvrir. *Grosse* erreur. Il y avait bien un garçon d'étage, mais il n'était pas seul. Sitôt que j'eus ouvert la porte, deux hommes en costume sombre me plaquèrent au mur avec le canon d'une arme sur ma tempe.

— Il nous faudra deux autres tasses, si vous voulez prendre le café avec moi, gémis-je.

— Très drôle, dit l'homme habillé en garçon d'étage.
— Goliath ?
— En personne.
Il arma le revolver.
— Fini de rigoler, Next. Maird est quelqu'un d'important, et nous avons besoin de savoir où il est. La sécurité nationale et la Crimée en dépendent, et la vie d'un agent calamiteux ne vaut pas tripette face à la taille de l'enjeu.
— Je vais vous conduire jusqu'à lui, pantelai-je, m'efforçant de regagner un peu d'espace pour respirer. C'est à l'extérieur de la ville.
L'homme de Goliath desserra son emprise et me dit de m'habiller. Quelques minutes plus tard, nous sortions de l'hôtel. J'avais toujours mal à la tête, et une sourde douleur palpitait dans mes tempes, mais au moins je raisonnais plus clairement. Il y avait une petite foule devant moi ; à ma grande joie, je reconnus la famille Mutlar qui s'apprêtait à rentrer à Londres. Daisy était en train de se disputer avec son père, pendant que Mrs. Mutlar secouait la tête avec lassitude.
— Aventurière ! hurlai-je.
S'interrompant, Daisy et son père me regardèrent tandis que les hommes de Goliath tentaient de me propulser en avant.
— Qu'avez-vous dit ?
— Vous avez entendu. Je me demande qui est la plus grosse pouffiasse des deux, votre fille ou votre femme.
Cela produisit l'effet escompté. Mr. Mutlar vira au cramoisi et lança un poing dans ma direction. Je me baissai, et le coup atteignit l'un des hommes de Goliath en pleine mâchoire. Je fonçai sur le parking. Une balle siffla par-dessus mon épaule ; en zigzaguant, je descendis sur la chaussée. Une grosse Ford noire d'allure militaire freina à côté de moi dans un crissement de pneus.
— Montez ! cria le chauffeur.
Je ne me le fis pas répéter. Je sautai à l'arrière, et la

Ford redémarra en trombe. Deux impacts de balle parurent sur la lunette arrière. La voiture tourna au coin sur les chapeaux de roues, et fut bientôt hors d'atteinte.

— Merci, murmurai-je. Un peu plus, et j'aurais été bonne pour nourrir les asticots. Pouvez-vous me déposer au Q.G. des OpSpecs ?

Le chauffeur ne répondit pas ; il y avait une cloison vitrée entre nous, et j'eus soudain l'impression d'être tombée de Charybde en Scylla.

— Vous n'avez qu'à me déposer où vous voulez.

Toujours pas de réponse. J'essayai les poignées des portières ; elles étaient verrouillées. Je tambourinai sur la vitre, en vain. Nous dépassâmes le siège des OpSpecs et poursuivîmes en direction de la vieille ville. Il roulait beaucoup trop vite. Deux fois, il grilla un feu rouge et, à un moment, il coupa la route à un bus. Il prit un tournant à toute allure, manquant de peu un haquet de brasseur et me projetant contre la portière.

— Eh, oh, arrêtez cette voiture ! criai-je, cognant de plus belle contre la vitre.

Le chauffeur se contenta d'accélérer, accrochant une autre voiture au passage, dans un nouveau tournant un peu serré.

Je tirai de toutes mes forces sur la portière ; j'étais prête à défoncer la vitre avec mes pieds quand il donna un brusque coup de frein. Je glissai du siège et m'écroulai comme une masse sur le plancher. Le chauffeur descendit et vint m'ouvrir.

— Voilà, ma p'tite dame, je voulais pas vous mettre en retard. Ordre du colonel Phelps.

— Le colonel Phelps ? bredouillai-je.

Il me salua, fringant. Et je finis par comprendre. Phelps avait promis d'envoyer une voiture pour me conduire à son rassemblement, et il avait tenu parole.

Je regardai par la portière. Nous étions arrêtés devant l'Hôtel de Ville ; il y avait une vaste foule, et tout le monde me dévisageait.

— Hello, Thursday ! fit une voix familière.

— Lydia ? demandai-je, désarçonnée par ce soudain changement de décor.

C'était bien elle. Et elle n'était pas toute seule ; six ou sept autres caméras de télévision étaient braquées sur moi alors que j'étais inélégamment vautrée sur le plancher de la Ford. Je me redressai avec effort pour descendre.

— Ici Lydia Startright de Krapo News, annonça Lydia en prenant sa voix de pro. Nous avons avec nous Thursday Next, l'OpSpec responsable du sauvetage de *Jane Eyre*. Tout d'abord, Miss Next, permettez-moi de vous féliciter de votre reconstruction du roman !

— Comment ça ? rétorquai-je. J'ai tout foiré ! J'ai brûlé Thornfield et rendu infirme le pauvre Mr. Rochester !

Miss Startright rit.

— Dans un sondage récent, quatre-vingt-dix-neuf pour cent de lecteurs interrogés se sont déclarés enchantés par la nouvelle fin. Jane et Rochester mariés ! C'est magnifique, non ?

— Mais la Fédération Brontë… ?

— Charlotte ne leur a pas légué son livre, Miss Next, dit un homme en costume de lin, avec une grosse rosette bleue de Charlotte Brontë incongrûment épinglée à son revers.

— La fédération est une bande de prétentieux. Je me présente : Walter Branwell, président du groupe dissident « Brontë pour le peuple ».

Il me tendit la main et sourit démesurément ; autour de nous, plusieurs personnes applaudirent. Des flashes crépitèrent ; une petite fille me remit un bouquet de fleurs, et une autre journaliste me demanda quel genre d'homme était *véritablement* Mr. Rochester. Le chauffeur me prit par le bras et m'escorta dans l'édifice.

— Le colonel Phelps vous attend, Miss Next, murmura-t-il d'un ton affable.

La foule s'écarta, et nous pénétrâmes dans une grande salle pleine à craquer. Je cillai, ahurie. Un brouhaha excité m'accompagna le long de l'allée centrale ; les gens chuchotaient mon nom. L'ancienne fosse d'orchestre avait été convertie en tribune improvisée pour la presse ; l'on y trouvait les représentants des principales chaînes de télévision. Le rassemblement de Swindon était devenu le point de mire de tout le pays ; ses répercussions risquaient d'être considérables. Je me frayai le chemin jusqu'à l'estrade où deux tables avaient été dressées. Les deux camps étaient clairement délimités. Le colonel Phelps trônait sous un immense drapeau anglais ; sa table croulait sous les fanions, les plantes en pots, les blocs-notes et les piles de tracts prêts à être distribués. Il était entouré essentiellement de militaires en uniforme qui avaient servi sur la presqu'île. Tous entendaient s'exprimer avec véhémence sur l'importance de la Crimée. L'un des soldats était même équipé du nouveau fusil à plasma.

A l'autre bout de l'estrade, il y avait la table des « anti ». Là aussi, on comptait nombre de vétérans, mais aucun d'eux ne portait l'uniforme. Je reconnus les deux étudiants de l'aérogare et mon frère Joffy, qui sourit et articula silencieusement : « Salut, Nounouille ! » Le bruit dans la salle retomba ; ayant appris ma présence à la réunion, les gens attendaient mon arrivée.

Les caméras me suivirent jusqu'aux marches de l'estrade. Je montai tranquillement ; Phelps se leva à ma rencontre, mais je ne m'arrêtai pas et allai m'asseoir à la table des « anti », sur le siège que l'un des étudiants m'avait cédé. Phelps était atterré ; il piqua un fard, mais se reprit en voyant que les caméras surveillaient le moindre de ses mouvements.

Lydia Startright m'avait rejointe sur l'estrade. Elle était chargée d'animer la réunion ; c'était elle qui, avec le colonel Phelps, avait insisté pour qu'on m'attende.

Startright était contente de l'avoir fait ; Phelps, beaucoup moins.

— Mesdames, messieurs, annonça-t-elle solennellement, la table de négociations est vide à Budapest, et l'offensive paraît imminente. Alors qu'un million d'hommes se font face de part et d'autre du no man's land, une question se pose : La Crimée à quel prix ?

Phelps se leva pour parler, mais je le devançai.

— C'est une vieille boutade, je sais, commençai-je, mais dans Crimée, il y a « crime ».

Je marquai une pause.

— C'est ainsi que je le vois et je défie quiconque de me prouver le contraire. Même le colonel Phelps ici présent conviendrait avec moi qu'il est grand temps de mettre un terme à ce conflit.

Phelps hocha la tête.

— Là où nos points de vue divergent, c'est que moi, j'estime que la Russie a plus de droits sur cette péninsule.

La remarque prêtait à controverse ; les partisans de Phelps avaient été bien briefés, et il fallut bien dix minutes pour rétablir l'ordre. Startright finit par calmer la salle, et je pus terminer mon intervention.

— On a eu l'opportunité de mettre fin à cette guerre absurde il y a deux mois à peine. L'Angleterre et la Russie étaient réunies autour d'une même table pour discuter du retrait complet des troupes anglaises.

Le silence se fit dans le public. Adossé à sa chaise, Phelps m'observait avec attention.

— Là-dessus est apparu le fusil à plasma. Nom de code : Stonk.

Je contemplai le plancher à mes pieds.

— Ce Stonk était le secret de la nouvelle offensive, le facteur de la reprise des hostilités qui – Dieu merci – avaient compté très peu d'affrontements effectifs ces huit dernières années. Mais il y a un hic. L'offensive a été bâtie sur du vent ; en dépit de tout ce qui a été dit ou fait, le fusil à plasma est un leurre – *Stonk ne fonctionne pas !*

Un murmure d'excitation parcourut l'assistance. Le sourcil tressautant, Phelps me fixait d'un air maussade. Il glissa quelque chose au général de brigade assis à côté de lui.

— Les troupes anglaises attendent une nouvelle arme qui ne viendra pas. Le Groupe Goliath se paie la tête du gouvernement anglais ; malgré l'investissement d'un milliard de livres sterling, le fusil à plasma est à peu près aussi efficace sur un champ de bataille qu'un manche à balai.

Je me rassis. L'impact de ce qu'ils venaient d'entendre n'échappa à personne, ni dans le public, ni chez les téléspectateurs qui suivaient le débat en direct. Déjà, le ministre de la Défense anglais décrochait son téléphone. Il voulait parler aux Russes avant qu'ils ne commettent quelque acte inconsidéré… comme attaquer, par exemple.

Dans la grande salle de l'hôtel de ville de Swindon, le colonel Phelps se leva.

— Voilà des affirmations gratuites de la part de quelqu'un qui est tragiquement mal informé, déclara-t-il d'un ton condescendant. Nous avons tous vu la puissance destructrice de Stonk, et son efficacité n'a même pas à faire l'objet de cette discussion.

— Prouvez-le, rétorquai-je. Je vois que vous avez un fusil à plasma ici. Sortons dans le parc et faites-nous une démonstration. Vous pouvez l'essayer sur moi, si vous le désirez.

Phelps fit une pause, et cette pause-là marqua sa défaite – et celle des Anglais en Crimée. Il se tourna vers le soldat muni du fusil, qui le regarda nerveusement.

Phelps et ses hommes quittèrent l'estrade sous les huées de la foule. Il avait espéré prononcer son discours d'une heure – minutieusement préparé – à la mémoire de frères d'armes et sur la valeur de la camaraderie. Plus jamais il ne s'exprima en public.

En l'espace de quatre heures, un cessez-le-feu avait été proclamé pour la première fois en cent trente et un ans. En l'espace de quatre semaines, les hommes d'Etat se retrouvèrent autour de la table à Budapest. En l'espace de quatre mois, tous les soldats anglais jusqu'au dernier avaient évacué la presqu'île. Quant au Groupe Goliath, très vite on lui demanda des comptes sur sa supercherie. Ses dirigeants firent connaître leur ignorance – très peu crédible, au demeurant – de toute l'affaire et rejetèrent l'entière responsabilité sur Jack Maird. J'avais espéré une condamnation plus lourde, mais au moins, je n'avais plus Goliath sur le dos.

36

Mariée

Notre mariage a eu lieu le jour même de la signature de la paix en Crimée. Landen m'a dit que c'était pour économiser sur les gages des sonneurs de cloches. J'ai jeté un regard nerveux autour de moi lorsque le pasteur en est arrivé à « Parlez maintenant ou bien faites silence », mais il n'y avait personne. J'ai rencontré la Fédération Brontë, et ils ont fini par accepter l'idée du nouveau dénouement, d'autant plus qu'ils étaient les seuls à y objecter. Je déplorais les blessures de Rochester et l'incendie de sa maison, mais j'étais contente que Jane et lui, après plus d'un siècle d'insatisfaction, aient enfin trouvé la paix et le bonheur qu'ils méritaient amplement l'un et l'autre.

THURSDAY NEXT
Ma vie chez les OpSpecs

Les invités étaient plus nombreux que prévu et, à dix heures, la réception avait débordé dans le jardin de Landen. Boswell était un peu éméché ; je le mis dans un taxi et l'expédiai au Finis. Paige Turner avait la touche avec le saxophoniste – on ne les avait pas revus depuis une bonne heure. Landen et moi profitions d'un moment de tranquillité, seuls dans notre coin. Lui pressant la main, je demandai :

— Aurais-tu épousé Daisy pour de bon si Briggs n'était pas intervenu ?

— J'ai les réponses que tu voulais, Pupuce !

— Papa ?

Il arborait la grande tenue d'apparat de colonel de la ChronoGarde.

— J'étais en train de penser à ce que tu m'as dit et je me suis renseigné à droite et à gauche.

— Désolée, papa, je ne vois absolument pas de quoi tu parles.

— Tu ne te rappelles pas notre discussion, il y a deux minutes ?

— Non.

Fronçant les sourcils, il nous regarda l'un et l'autre, puis consulta sa montre.

— Sapristi ! s'exclama-t-il. Je dois avancer. Ah, ces satanés chronographes !

Il tapota le cadran et repartit sans ajouter un mot.

— Ton père ? fit Landen. Je croyais qu'il était en fuite.

— Il était. Il est. Il sera. Voilà, quoi.

— Pupuce !

C'était mon père, à nouveau.

— Surprise de me voir ?

— Façon de parler.

— Tous mes vœux à vous deux.

Je jetai un œil sur la fête qui battait son plein. Le temps ne s'était *pas* figé. La ChronoGarde n'allait donc pas tarder à le repérer.

— Au diable OS-12, Thursday ! déclara-t-il, lisant dans mes pensées.

Il prit un verre au serveur qui passait.

— Je voulais faire la connaissance de mon gendre.

Il se tourna vers Landen et, s'emparant de sa main, l'examina attentivement.

— Comment allez-vous, mon garçon ? Avez-vous subi une vasectomie ?

— Non, répondit Landen, vaguement gêné.

— Un plaquage un peu brutal en jouant au rugby ?

— Non.

— Un coup de sabot d'un cheval dans les régions inférieures ?

— Non.

— Et une balle de cricket dans les valseuses ?

— *Non !*

— Tant mieux. Il en sortira peut-être des petits-enfants, de ce fiasco. Il est grand temps que notre petite Thursday nous ponde des mouflets au lieu de courir partout comme une chèvre de montagne...

Il s'interrompit.

— Vous me regardez tous les deux d'un air bizarre.

— Tu étais là il n'y a pas une minute.

Il haussa un sourcil et jeta un coup d'œil furtif autour de lui.

— Si c'était moi, et tel que je me connais, je dois être planqué quelque part. Mais oui, tenez ! Regardez là-bas !

Il désignait un coin du jardin où une silhouette était cachée dans l'ombre derrière la resserre. Plissant les yeux, il réfléchit tout haut au cours logique des événements.

— Voyons voir. J'ai dû proposer de te rendre un service, je l'ai fait et je suis revenu avec un certain décalage dans le temps – ça arrive souvent dans le métier.

— Et quel est ce service que je t'aurais demandé ? hasardai-je, toujours déroutée mais prête à jouer le jeu.

— Je ne sais pas. Une question brûlante, énormément débattue depuis des années et qui, à ce jour, est restée sans réponse.

Je fouillai ma mémoire.

— La paternité des pièces de Shakespeare, peut-être ?

Il sourit.

— Bonne pioche. Je vais voir ce que je peux faire.

Il termina son verre.

— Encore tous mes vœux à vous deux ; il faut que je file. Le temps n'attend pas, comme on dit chez nous.

Il nous souhaita tout le bonheur possible à venir et prit congé.

— Tu peux m'expliquer ce qui se passe, à la fin ? demanda Landen, complètement décontenancé, moins par les événements eux-mêmes que par l'ordre de leur survenue.

— Pas vraiment.

— Je suis parti, Pupuce ? dit mon père, revenu de sa cachette derrière la resserre.

— Oui.

— Parfait. Bon, j'ai trouvé ce que tu voulais savoir. Je me suis rendu à Londres en 1610 et j'ai découvert que Shakespeare était un simple comédien, avec un à-côté potentiellement embarrassant de marchand de grain à Stratford. Pas étonnant qu'il soit resté discret là-dessus, hein ?

Voilà qui était intéressant.

— Qui les a écrites alors ? Marlowe ? Bacon ?

— Non, c'est là le problème. Vois-tu, personne n'a entendu parler de ces pièces ; du coup, pour ce qui est de les avoir écrites…

Je ne comprenais pas.

— Comment ça ? Il n'y a pas de pièces ?

— C'est exactement ce que je suis en train de dire. Elles n'existent pas. Elles n'ont jamais été écrites. Ni par lui, ni par quelqu'un d'autre.

— Pardonnez-moi, fit Landen qui commençait à en avoir assez, mais nous avons vu *Richard III* il y a tout juste six semaines.

— Bien sûr, acquiesça mon père. L'époque est *sacrément* détraquée. Il fallait faire quelque chose. J'avais sur moi un volume d'œuvres complètes que j'ai remis à l'acteur Shakespeare en 1592 pour qu'il les monte en temps voulu. Cela répond-il à ta question ?

Je continuais à nager en pleine confusion.

— Ce n'est donc pas Shakespeare qui a écrit ces pièces.

— A l'évidence, non. Pas plus que Marlowe, de Vere, Bacon ou n'importe qui d'autre.

— Mais c'est impossible ! s'exclama Landen.

— Au contraire, répliqua mon père. Dans l'immense perspective du cosmos, les choses impossibles sont monnaie courante. Quand on a vécu aussi longtemps que moi, on sait que tout, absolument tout peut arriver. Notre époque est détraquée ; heureusement que je suis né pour la remettre en ordre.

— C'est toi qui as introduit ça ? demandai-je.

J'étais toujours partie du principe qu'il citait *Hamlet*, et non l'inverse.

Il sourit.

— Une petite vanité personnelle dont, je suis sûr, on ne me tiendra pas rigueur, Thursday. D'ailleurs, qui le saura ?

Mon père contempla son verre vide, chercha en vain un serveur des yeux et dit :

— Lavoisier m'aura déjà certainement repéré, à l'heure qu'il est. Il a juré de m'épingler et il est très fort. Normal : on a fait équipe ensemble pendant presque sept cents ans. Une toute dernière chose : comment est mort le duc de Wellington ?

— Je te l'ai dit, papa, il est mort dans son lit en 1852.

Souriant, mon père se frotta les mains.

— Ça, c'est une excellente nouvelle. Et Nelson ?

— Abattu par un tireur français à Trafalgar.

— Ah oui ? Enfin, on ne peut pas gagner à tous les coups. Allez, bonne chance à tous les deux. Une fille ou un garçon, ça serait bien ; un de chaque, encore mieux

Il se pencha plus près et baissa la voix.

— Je ne sais pas quand je vais revenir, alors écoutez-moi bien. N'achetez jamais une voiture bleue ni une pataugeoire, gardez-vous des huîtres et des scies circulaires, et évitez Oxford en juin 2016. Pigé ?

— Oui, mais…

— Allons, bip bip, le temps n'attend pas !

Il m'étreignit, serra la main de Landen et se fondit dans la foule sans nous laisser l'occasion de réagir.

— Ne cherche surtout pas à comprendre, dis-je à Landen, posant un doigt sur ses lèvres. C'est un des domaines des OpSpecs dans lequel il ne fait pas bon s'aventurer.

— Mais si jamais…

— Landen ! le coupai-je d'un ton sévère. Non !

Bowden et Victor étaient aussi de la fête. Très heureux pour moi, Bowden s'était facilement réconcilié avec l'idée que je ne le suivrais pas dans l'Ohio, ni comme épouse ni comme adjointe. On lui avait offert le poste officiellement, mais il avait décliné, disant qu'il s'éclatait trop chez les LittéraTecs de Swindon et qu'il verrait ça au printemps ; ce fut Finisterre qui prit sa place. Et, pour le moment, il avait un autre souci en tête. Après s'être copieusement resservi en alcool, il aborda Victor, plongé dans une conversation animée avec une dame âgée pour laquelle il semblait s'être pris d'amitié.

— Tiens, mais c'est Cable ! murmura Victor.

Il le présenta à sa nouvelle amie avant de lui accorder un petit entretien particulier.

— C'est une réussite, eh ? Aux chiottes la Fédération Brontë ; moi, je soutiens Thursday. Sa nouvelle fin est au top !

Il regarda Bowden.

— Vous en tirez, une tête. Plus longue qu'un roman de Dickens. Que se passe-t-il ? Vous vous inquiétez pour Felix8 ?

— Non, monsieur, je sais qu'on finira par le retrouver. C'est juste que j'ai interverti *accidentellement* les jaquettes de deux livres, dont celui où est allé Jack Maird.

— Comment, il n'est pas avec ses chers fusils ?

— Non, monsieur. J'ai pris la liberté de glisser ce livre-ci dans la jaquette du *Fusil à plasma dans un conflit armé.*

Il lui tendit le volume qui avait transité par le Portail de la Prose. Victor jeta un œil au dos et rit. C'était un recueil de poèmes d'Edgar Poe.

— Voyez page vingt-six, dit Bowden. Il se passe de drôles de choses dans *Le Corbeau.*

Victor ouvrit le livre et parcourut la page. Il lut tout haut la première strophe :

Un soir, sur le minuit blême, pendant que je méditais, [las et faible,
sur un plan pour me venger de cette maudite Thursday [Next,
Cette affaire Jane Eyre, si étrange, plonge mon âme dans une telle fange
Que je sens ma rage monter, monter de ma prison de [texte.
Faites-moi sortir ! dis-je. Tirez-moi de cette prison de [texte.
ou je vous casserai la tête !

Victor referma le livre d'un coup sec.

— La dernière rime n'est pas terrible, hein ?

— Que voulez-vous ? répondit Bowden. Il est Goliath, pas poète.

— Mais j'ai lu *Le Corbeau* pas plus tard qu'hier, ajouta Victor, déconcerté. Il n'y avait rien de tout cela !

— Evidemment. Jack Maird est dans cet exemplaire du poème – et seulement celui-ci. Dieu sait ce qu'il aurait pu commettre, si nous l'avions mis dans l'original.

— To'us N-os V'œux ! s'exclama Mycroft en s'approchant.

A côté de lui, Polly rayonnait sous son chapeau neuf.

— Nous S'ommes *Très* Heu-reux Pour Vous Deux ! dit-elle.

— Vous avez encore travaillé sur les vers correcteurs ? demandai-je.

— Ça Se V'oit ? fit Mycroft. B'on, On Vous Laisse !

Et ils s'en furent.

— Vers correcteurs ? répéta Landen.

— Ce n'est pas ce que tu crois.

— Mademoiselle Next ?

Ils étaient deux. Elégamment vêtus, avec des badges OS-12 qui m'étaient inconnus.

— Oui ?

— Préfet Lavoisier, ChronoGendarmerie. *Où est votre père*[1] ?

— Vous venez juste de le rater.

Il lâcha un juron.

— *Le colonel Next est un homme très dangereux, mademoiselle. Il est important qu'on lui parle au sujet de ses activités de trafic de temps.*

— Il s'agit de mon père, Lavoisier.

Il me dévisagea pour voir s'il existait un moyen quelconque de me convaincre de l'aider. Finalement, il poussa un soupir et capitula.

— *Si vous changez d'avis, contactez-moi par les petites annonces du* Grenouille. *Je lis toujours les archives.*

— A votre place, je n'y compterais pas trop, Lavoisier.

Il rumina mes paroles, chercha quelque chose à dire, se ravisa et sourit. Puis il me salua vivement, me souhaita une très bonne journée dans un anglais parfait et

1. Les phrases en italique sont en français dans le texte. *(N.d.T.)*

s'éloigna. Son jeune coéquipier, toutefois, avait lui aussi son mot à dire.

— Un conseil, marmonna-t-il, légèrement embarrassé. Si vous avez un fils qui veut un jour entrer dans la ChronoGarde, tâchez de l'en dissuader.

Il me sourit et suivit son compagnon à la recherche de mon père.

— C'est quoi, cette histoire de fils ? s'enquit Landen.

— Aucune idée. Mais sa tête me dit quelque chose, pas à toi ?

— Peut-être.

— Où en étions-nous ?

— Mrs. Parke-Laine ? fit un individu extrêmement trapu, me regardant, l'air sérieux, avec ses yeux bruns profondément enfoncés.

— OS-12 ?

Je me demandais d'où il avait surgi, ce petit homme à tête de scarabée.

— Non, m'dame, répondit-il, saisissant une prune sur le plateau du serveur qui passait et la reniflant soigneusement avant de l'avaler tout entière, avec le noyau et tout. Mon nom est Bartholomew Stiggins ; je fais partie de OS-13.

— Et ils font quoi, eux ?

— Je ne suis pas habilité à en parler, rétorqua-t-il brièvement, mais nous pourrions avoir besoin de votre talent et de vos compétences.

— Quel genre de…

Mr. Stiggins ne m'écoutait pas. Il fixait un petit scarabée qu'il avait trouvé dans un pot de fleurs. Avec une grande précaution et une dextérité qu'on n'aurait pas soupçonnée de la part de ses grosses mains maladroites, il cueillit l'insecte et le porta à sa bouche. Je regardai Landen qui grimaça.

— Pardon, dit Stiggins, comme si on venait de le surprendre en train de se curer le nez en public. C'est quoi déjà, l'expression ? Les mauvaises habitudes ont la vie dure.

— Il y en a d'autres dans le tas de compost, fit Landen obligeamment.

Le petit homme sourit tout doucement des yeux ; il ne devait pas beaucoup manifester ses émotions.

— Si ça vous intéresse, je resterai en contact.

— Restez en contact, opinai-je.

Il grogna, remit son chapeau, nous souhaita une très belle journée, s'enquit de la direction du tas de compost et s'en fut.

— C'est bien la première fois que je vois un Neandertal en costard, observa Landen.

— Ne t'occupe donc pas de Mr. Stiggins.

Je me hissai sur la pointe des pieds pour l'embrasser.

— Je croyais que tu en avais terminé avec les OpSpecs.

— Non, répliquai-je avec un sourire. A vrai dire, je ne fais que commencer… !

DAFFODILS

I wandered lonely as a cloud
That floats on high o'er vales and hills,
When all at once I saw a crowd,
A host of golden daffodils;
Beside the lake, beneath the trees,
Fluttering and dancing in the breeze.

Continuous as the stars that shine
And twinkle on the Milky Way,
They stretched in never-ending line
Along the margin of a bay :
Ten thousand saw I at a glance,
Tossing their heads in sprightly dance.

The waves beside them danced ; but they
Out-did the sparkling waves in glee :
A poet could not but be gay
In such a jocund company:
I gazed – and gazed – but little thought
What wealth the show to me had brought :

For oft, when on my couch I lie
In vacant or in pensive mood,
They flash upon that inward eye
Which is the bliss of solitude:
And then my heart with pleasure fills,
And dances with the daffodils.

William Wordsworth

LES JONQUILLES

J'allais solitaire ainsi qu'un nuage
Qui plane au-dessus des vaux et des monts
Quand soudain je vis en foule – ô mirage ! –
Des jonquilles d'or, une légion !
A côté du lac, sous les branches grises,
Flottant et dansant gaiement à la brise.

Serrées comme sont au ciel les étoiles
Qu'on voit scintiller sur la Voie lactée,
Elles s'étendaient sans un intervalle
Le long du rivage au creux d'une baie :
J'en vis d'un coup d'œil des milliers, je pense,
Agitant la tête en leur folle danse.

Les vagues dansaient, pleines d'étincelles,
Mais elles dansaient plus allégrement ;
Pouvais-je rester, poète, auprès d'elles
Sans être gagné par leur enjouement ?
L'œil fixe – ébloui –, je ne songeais guère
Au riche présent qui m'était offert :

Car si je repose, absent ou songeur,
Souvent leur vision, ô béatitude !
Vient illuminer l'œil intérieur
Qui fait le bonheur de la solitude ;
Et mon cœur alors, débordant, pétille
De plaisir et danse avec les jonquilles.

Traduction de François-René Daillie
NRF Poésie, Gallimard, 2001

Michael Chabon

Les extraordinaires aventures de Kavalier & Clay

Les exubérantes années 1940 battent leur plein à New York, c'est l'époque des big bands, de Greenwich Village ... et des comics. Jeune scénariste de dix-neuf ans, Sammy Claymann rêve de s'imposer dans cet univers si convoité de la bande dessinée. Aidé par son cousin Joseph Kavalier, un réfugié juif, il décide de créer l' « Artiste de l'Évasion », une série sur un super héros animé par la vengeance qui combat les forces de l'Axe…

n° 3683 – 12 €

Cet ouvrage a été imprimé par

FIRMIN DIDOT

GROUPE CPI

Mesnil-sur-l'Estrée

pour le compte des Éditions 10/18
en avril 2005

N° d'édition : 3720 – N° d'impression : 73339
Dépôt légal : avril 2005

Imprimé en France